少时读书

废名讲中国诗文

废名 著

上海文艺出版社
Shanghai Literature & Art Publishing House

目 录

灼灼其华

附录

向空中画一枝花

一

"从昨天起,我不要我那名字,起一名字,就叫做废名。"

自 1926 年 6 月的一天开始,"废名"正式替代了原名冯文炳,闪烁起光辉,这一年他正处于对一个诗人来说微妙的二十五岁。此后,小说《桃园》、《枣》、《桥》和《莫须有先生传》,诗歌《坟》、《掐花》、《妆台》等均与这个名字相随。此前有《竹林的故事》等以原名冯文炳发表,到了晚景,他较多地用回原名。这是新文学史上一个殊异的存在。

"废名的价值的被认识,他在中国现代文学史上的地位真正的被肯定,恐怕还得再过二十年。"汪曾祺说这话是在 1996 年,一晃已经不止二十年了。对废名的了解还是有限,或者说很有限。在另一端,说他了不起的人不少,但细读他的人则不多。

废名 1901 年生于湖北黄梅,1967 年病逝于动乱中的吉林长春。他一生中显著的身份是教师,小学、中学和大学都教过,汤一介、乐黛云等在他那里受益匪浅,受他影响的作家包括汪曾祺等。他自己也受到了多位大家的感召与教益,有过往的亦有几位，最切近的是周作人，周作人为这位弟子的多部作品作序，在《莫须有先生传》的序里说："这好像是一道流水，大约总是向东去朝宗于海，他流过的地方，凡有什么汉港湾曲，总得灌注潆洄一番，有什么岩石水草，总要披拂抚弄一下子，才再往前去，这都不是他的行程的主脑，但除去了这些也就别无行程了。"这如水潆洄、拂抚的说法甚好，似乎用来形容废名早些时候的《竹林的故事》和《桥》也恰切，或者说更为形象。我个人觉得，在这率意、诗意、诗化叙事之外，还可珍重的是废名对诗与思的卓越的连接，有时诗胜，有时思邃，这在其小说中可见一斑，在诗歌中最是凸显，如，"虚空是一点爱惜的深心。/宇宙是一颗不损坏的飞尘"（《飞尘》）；如，"思想是一个美人，/是家，/是日，/是月，/是灯，/是炉火"；特别是在1948年的小诗《人类》中显露无疑，虽仅六行，意味深长，两节诗中只有几个字变了，而诗性和思虑缠绕着升腾："人类的残忍/正如人类的面孔，/彼此都是认识的。//人类的残忍/正如人类的思想，/痛苦是不相关的。"这诗与思的融汇放到更远更阔大的文学场中，依旧新异与动人。

这本选集的重点在展示，废名诗歌和小说中的那些好也都隐现于他的随笔和讲谭之中。蕴含着卓识新见，自我与天真。

书分三辑，一是"中国文章"，关乎文章的写法以及读法，亦是心法。二是"灼灼其华"，关乎诗歌，名字取自诗经，而内容又不囿于此，甚至涉及杜甫的内容要更厚些。三是"格义致知"，更为远阔交融，主要是对于佛家的理解，儒与佛与新思想的相遇，等。

二

辑一，中国文章。压轴的《三竿两竿》文字短，篇名亦浅白，却可以说是一个小小的宣示，劈头便是，"中国文章，以六朝人文章最不可及"。其中，他常看的是庾信。并提及苦茶庵长老（周作人）曾借庾信《行雨山铭》中"树入床头，花来镜里，草绿衫同，花红面似"四句指出，他们的文章是乱写的，四句里头两个"花"字。可能也正是这种诸法未定之前的"乱"才最是真，最是魅惑，所谓"生香真色人难学"。废名还顺便讲到自己决不会写"一寸二寸之鱼，三竿两竿之竹"这么容易的好句子，自己写文章，总是不免"在意义上那么的颠斤簸两"。这自述也真是有斤两，见性情。

《中国文章》提出中国没有厌世派的文章和厌世诗，太重实际，少理想，更不喜欢思索死亡；后来如果不是受了佛教的影响，文艺怕是更陈腐，损失更多好看。所以他觉得"霜随柳白，月逐坟圆"和"物受其生，于天不谢"的境界何其与众不同。其实在老子、庄子甚或李白那里也有不少来自时间尽头的回望与斩截。如，"天地不仁，以万物为刍狗"；如，"生者为过客，死者为归人。天地一逆旅，同悲万古尘"。不过，不妨沿着废名的所思，看看他的摸索："因为此地是妆台/不可有悲哀"（《妆台》），好一个"不可"，仿若一面镜子，复制并逆写了本体，一派凄美。"厌世诗人我画一幅好看的山水，/小孩子我替他画一个世界"（《梦之二》）。他的诗歌一般短小，而最后一句往往摇曳迷离。

说起少小读书，先秦直至民国时期人的视野和幼功，如今的大学生也难以比拟，尤其是就原典、古典而言。年少时的很多记忆与趣味，更是可能伴随一生，一边接受岁月的涂抹，一边不断以新的面貌去邂逅新的世界。

《小时读书》仅仅写到四书，重点在《论语》。他读的是北京大学，受过欧风美雨洗礼，认为懂得《四书》的意义便真懂得孔孟程朱，也便真懂得中国学问的价值。他从小这么读过来，当初并不喜，甚至认为小时候所受的教育"等于有期徒刑"。说是这么说，接下来却也谈到了其中那些光色，甚至一连说了许多个"喜悦"：读"一则以喜，一则以惧"喜悦，却不知何故；读"是可忍也，孰不可忍也"喜悦，但那时就能体味《论语》句子写得好了吗？读"暴虎冯河"喜悦，因为有一个"冯"字，这是自己的姓，但偏不要读作 feng，又觉得寂寞了……

读了《论语》再读另外三本，几乎都是一笔带过，只说了《大学》中"秦誓曰，若有一个臣"的口语日常感，《中庸》里"鼋鼍蛟龙鱼鳖生焉"的字如何难写，以及《孟子》中有"五亩之宅，树之以桑"那么一大段文字，第二次读到时，大有胜任愉快之感。

孔子是他时常提及的人。在他眼里，孔子比后来的儒者高明，常在他承认过失。他认为孔子的道是伦常，而这个伦常之道又是中国的民族精神。他是真佩服孔子的艺术观，如"思无邪"。有意味的是，孔子是热心于世事的，废名看上去似乎并不如此，他一度是一个身在北京而又远离纷扰的隐逸者。

在《孔门之文》里谈到孔门与以后的儒家高下之别，不妨说就在一个"文"字，孟子的文章受推崇，而他觉着已有些"野"，朱熹等也都可就此挑出些毛病。

这一辑中还收有关于水浒、金圣叹、诗文中的神仙故事等篇什，约略折射了他的趣味和着力点。

三

废名最早发表的作品是诗歌，《冬夜》和《小孩》，均刊于 1922 年 10 月 8 日的《努力周报》。

于新诗和旧体诗，他均有创见。辑二"灼灼其华"，主要收入了他谈《诗经》和杜甫的内容。《诗经》讲稿不是很多，计十一篇，自《关雎》至《车辇》，约作于1949年夏，后在北大讲授。他讲求正解，并一直有自己的信心与用心。"中国从《诗经》以后简直没有人民文艺了，有的只在民间，在农民的生活里头。"他自认正是呼吸了西方的艺术空气，才恢复了自己的健康，文士的习气渐渐洗掉了，真正懂得了《诗经》所代表的"健康文学"。

关于杜甫，废名留有《杜甫论》和《杜甫诗论》（又名《杜甫的诗》）等，因这些作于1949年以后的若干年里，作者的思维和方法论有了不小的波动，难免有时代的影响，不过还是见出智慧，我们选取了前者中的三篇，即"杜甫走的生活的道路"，"杜甫的思想的特点"和"杜甫的性格的特点"，然后，自后者中抽去了部分内容。整体上，他发现了一个复杂而生动的杜甫。他说杜甫激烈，杜甫乐观，杜甫经常有思想矛盾……尤其是指出杜甫最是懂得并尊重别人的创作成果，赞美过许多名人乃至素人，他们的绘画、歌唱以及个性等，这让我想到一个人的警句：越是天才越是会在不同的人身上发现天才。

他的趣味和取舍也引人遐想。在谈律诗时，他不选《登高》（万里悲秋常作客，百年多病独登台），原因是认为此诗倾向于文字对偶。谈到夔州时期的诗作，他觉得《夜》（露下天高秋气清）可以代替《秋兴八首》，后者虽大名鼎鼎，"辞句多而意义不大"。

本辑还收有一些零散篇什，我在多年前写文章时便喜欢《罗袜生尘》一文，而今看来尤其对他在其中说自己做诗和写小说很讲逻辑，希求与事理相通，文字明明白白，这似乎和旁人的理解不太一致，说他晦涩的人不算少，仔细思量他的话又确有一点点道理在。可能有时，他太想以简驭繁，文字别样而又唯美了。

四

一天，废名和熊十力讨论僧肇，一会儿大声争论，一会儿又突然没了声音，原来二人竟然扭打了起来。很快，废名气鼓鼓地出门而去。谁知次日，他又来找熊十力了。两个人于是重新开始聊天，讨论问题。

这段故事传布较广。《阿赖耶识论》可以说正是因熊十力而起，他觉得这位好友不懂阿赖耶识而著《新唯识论》，不伦不类。

"我的材料将一本诸常识，我的论理则首先已声明了是印度菩萨与欧西学者所公用的。我不引经据典，我只是即物穷理。我这句话说得有点小气，但这一句小气的话是我有心说来压倒中国一切读书人的。"

有人看到他的为学问而学问，有人看到他的狂。

辑三，《阿赖耶识论》以及其余的几篇文字中，尤其吸引人的是对儒和佛的思考：

"我攻击的目标是近代思想，我所拥护的是古代圣人，耶稣孔子苏格拉底都是我的友军，我所宗仰的从我的题目便可以看得出是佛教"；

"儒佛之争，由来久矣，实在他们是最好的朋友，由儒家的天理去读佛书，则佛书处处有着落，其为佛是大乘"；

"阿赖耶识就是心"。

——他讲种子义，讲儒，讲自己的识，我不敢说都看懂了，就我理解的那部分而言，亦未必都认同，但我很喜欢他直抒胸臆的这种讲法和姿态，不时还有自我的代入，譬如在第二章"论妄想"中，他讲到牛顿好奇于苹果为什么不往天上落时，不由得说到他的孩子冯思纯四岁时看着天在下雪，问：爸爸，雪是什么时候上去的？

是啊，雪是怎么到天上去的。到底是诗人。这些可爱与不羁激发了废名的诗与思。于是他会在一种使命与另一使命交汇的地方写下，"我可以向空中画一枝花"。

本书中的篇章，大都几百字，上千字，仅有几篇属于长文，他总是用最少的字抓住并抛出自己的发现、爱憎或疑问，这是他的"道"，召唤着新的思考或辨析。附录的三篇文字最是大胆，都很长，且均来自虚构作品《莫须有先生坐飞机以后》，其中想必有着作者的切身经验和提纯或稍作变形后的对文章、对美的体认。

写至此际，再看看照片中或者说时人目光中的废名："貌奇古，其额如螳螂，声音苍哑，初见者每不知其云何"，倒真真觉得有几分魅惑而可爱了。

最后说明一下，书中的数字与标点，以及一些语词用法有所微调，基本一仍其旧，以期呈现作家作品的原初面貌。除特别注明外，文末所标时间为发表时间。

木叶

2018 年 5 月 7 日

中 国 文 章

小时读书

现在我常想写一篇文章，题目是"四书的意义"，懂得《四书》的意义便真懂得孔孟程朱，也便真懂得中国学问的价值了。这是一回事。但《四书》我从小就读过的，初上学读完《三字经》便读《四书》，那又是一回事。回想起来那件事何其太愚蠢、太无意义了，简直是残忍。战时在故乡避难，有一回到一亲戚家，其间壁为一私塾，学童正在那里读书，我听得一个孩子读道："子谓南容！子谓南容！"我不禁打一个寒噤，怎么今日还有残害小孩子的教育呢？我当时对于那个声音觉得很熟，而且我觉得是冤声，但分辨不出是我自己在那里诵读呢，还是另外一个儿童学伴在那里诵读？我简直不暇理会那声音所代表的字句的意义，只深切地知道是小孩子的冤声罢了。再一想，是《论语》上的这一句："子谓南容，邦有道不废，邦无道免于刑戮，以其兄之子妻之。"可怜的儿童乃读着："子谓南容！子谓南容！"了。要说我当时对于这件事愤怒的感情，应该便是"火其书"！别的事很难得激怒我，谈到中国的中小学教育，每每激怒我了。

我自己是能不受损害的，即是说教育加害于我，而我自己反能得到自由。但我决不原谅它。我们小时所受的教育确是等于有期徒刑。我想将我小时读《四书》的心理追记下来，算得儿童的狱中日记，难为他坐井观天到底还有他的阳光哩。

"子曰，视其所以，观其所由，察其所安，人焉廋哉！人焉廋哉！"我记得我读到这两句"人焉廋哉"，很喜悦，其喜悦的原因有二，一是两句书等于一句，（即是一句抵两句的意思）我们讨了便宜；二是我们在书房里喜欢廋人家的东西，心想就是这个"廋"字罢？

读"大车无輗，小车无軏"很喜悦，因为我们乡音车猪同音，大"猪"小"猪"很是热闹了。

先读"林放问礼之本"，后又读"曾谓泰山不如林放乎？"仿佛知道林放是一个人，这一个人两次见，觉得喜悦，其实孔子弟子的名字两次见的多得很。不知何以无感触，独喜林放两见。

读子入太庙章见两个"入太庙每事问"并写着，觉得喜悦，而且有讨便宜之意。

读"赐也尔爱其羊"觉得喜悦，心里便在那里爱羊。

读"一则以喜，一则以惧"觉得喜悦，不知何故？又读"是可忍也，孰不可忍也"亦觉喜悦，岂那时能赏识《论语》句子写得好乎？又读"左丘明耻之，丘亦耻之"亦觉喜悦。

先读"哀公问弟子孰为好学"，后又读"季康子问弟子孰为好学"，觉得喜悦，又是讨便宜之意。

读"暴虎冯河"觉得喜悦，因为有一个"冯"字，这是我的姓了。但偏不要我读"冯"，又觉得寂寞了。

读"子钓而不网"仿佛也懂得孔子钓鱼。

读"鸟之将死"觉得喜悦，因为我们捉着鸟总是死了。

读"乡人傩"喜悦，我已在别的文章里说过，联想到"打锣"，于是很是热闹。

读"山梁雌雉子路共之"觉得喜悦，仿佛有一种戏剧的动作，自己在那里默默地做子路。

读"小子鸣鼓而攻之"觉得喜悦，那时我们的学校是设在一个庙里，庙里常常打鼓。

读"君子之德风，小人之德草，草上之风必偃"觉得喜悦，因为我们的学校面对着城墙，城外又是一大绿洲，城上有草，绿洲又是最好的草地，那上面又都最显得有风了，所以我读书时是在那里描画风景。

读"在邦必闻，在家必闻"，"在邦必达，在家必达"，觉得好玩，又讨便宜，一句抵两句。

读樊迟问仁"子曰，举直错诸枉"句，觉得喜悦，大约以前读上论时读过"举直错诸枉"句。故而觉得便宜了一句。底下一章有两句"不仁者远矣"，又便宜了一句。

读"其父攘羊而子证之"仿佛有一种不快的感觉，不知何故。

读"斗筲之人"觉得好玩，因为家里煮饭总用筲箕滤米。

读"子击磬于卫"觉得喜欢，因为家里祭祖总是击磬。又读"深则厉，浅则揭"喜欢，大约因为先生一时的高兴把意义讲给我听了，我常在城外看乡下人涉水进城，（城外有一条河）真是"深则厉，浅则揭"。

读"老而不死是为贼"喜欢。

读"子曰，不曰如之何如之何者，吾未如之何也已矣"觉得奇怪。又读上论"觚不觚，觚哉觚哉"亦觉奇怪。

读"某在斯某在斯"觉得好玩。

读"割鸡焉用牛刀"觉得好玩。

读"子路拱而立"觉得喜欢，大约以前曾有"子路共之"那个戏剧动作。底下"杀鸡为黍"更是亲切，因为家里常常杀鸡。

上下论读完读《大学》《中庸》，读《大学》读到"秦誓曰，若有一个臣……"很是喜欢，仿佛好容易读了"一个"这两个字了，我们平常说话总是说一个两个。我还记得我读"若有一个臣"时把手指向同位的朋友一指，表示"一个"了。读《中庸》"鼋鼍蛟龙鱼鳖生焉"，觉得这么多的难字。

读《孟子》，似乎无可记忆的，大家对于《孟子》的感情很不好，"孟子孟，打一头的洞！告子告，打一头的炮"！是一般读《孟子》的警告。我记得我读孟子时也有过讨便宜的欢喜，如"五亩之宅树之以桑"那么一大段文章，有两次读到，到得第二次读时，大有胜任愉快之感了。

（一九四七年）

中国文章

　　中国文章里简直没有厌世派的文章，这是很可惜的事。我这话虽然说得有点儿游戏，却也是认真的话。我说厌世，并不是叫人去学三闾大夫葬于江鱼之腹中，那倒容易有热中的危险，至少要发狂，我们岂可轻易喝采。我读了外国人的文章，好比徐志摩所佩服的英国哈代的小说，总觉得那些文章里写风景真是写得美丽，也格外的有乡土的色采，因此我尝戏言，大凡厌世诗人一定很安乐，至少他是冷静的，真的，他描写一番景物给我们看了。我从前写了一首诗，题目为"梦"，诗云：

　　　　我在女子的梦里写一个善字，
　　　　我在男子的梦里写一个美字，
　　　　厌世诗人我画一幅好看的山水，
　　　　小孩子我替他画一个世界。

　　我喜读莎士比亚的戏剧，喜读哈代的小说，喜读俄国梭罗古勃①

---

　　① 梭罗古勃，即费奥多尔·库兹米奇·索洛古勃（1863—1927），俄国白银时代的著名象征主义诗人、作家、戏剧家和文学评论家。——编注

的小说，他们的文章里却有中国文章所没有的美丽，简单一句，中国文章里没有外国人的厌世诗。中国人生在世，确乎是重实际，少理想，更不喜欢思索那"死"，因此不但生活上就是文艺里也多是凝滞的空气，好像大家缺少一个公共的花园似的。延陵季子挂剑空垅的故事，我以为不如伯牙钟子期的故事美。嵇康就命顾日影弹琴，同李斯临刑叹不得复牵黄犬出上蔡东门，未免都哀而伤。朝云暮雨尚不失为一篇故事，若后世才子动不动"楚襄王，赴高唐"，毋乃太鄙乎。李商隐诗，"微生尽恋人间乐，只有襄王忆梦中"，这个意思很难得。中国人的思想大约都是"此间乐，不思蜀"，或者就因为这个原故在文章里乃失却一份美丽了。我尝想，中国后来如果不是受了一点儿佛教影响，文艺里的空气恐怕更陈腐，文章里恐怕更要损失好些好看的字面。我读中国文章是读外国文章之后再回头来读的，我读庾信是因为了杜甫，那时我正是读了英国哈代的小说之后，读庾信文章，觉得中国文字真可以写好些美丽的东西，"草无忘忧之意，花无长乐之心"，"霜随柳白，月逐坟圆"，都令我喜悦。"月逐坟圆"这一句，我直觉的感得中国难得有第二人这么写。杜甫《咏明妃诗》对得一句"独留青塚向黄昏"，大约是从庾信学来的，却没有庾信写得自然了。中国诗人善写景物，关于"坟"没有什么好的诗句，求之六朝岂易得，去矣千秋不足论也。

庾信《谢明皇帝丝布等启》，篇末云"物受其生，于天不谢"，又可谓中国文章里绝无而仅有的句子。如此应酬文章写得如此美丽，于此见性情。

（一九三六年）

立志

我从前写了一些小说，最初写的集成为《竹林的故事》，自己后来简直不再看它，是可以见小说之如何写得不好了。它原是我当学生时的试作，写得不好是当然的。不但自己"试作"如此，即是说写得不好，我看一些作家的杰作也是写得不好的，是可以见写文章之难了。而古人的文章（包括诗在内）每每有到现在（这是说我现在的标准甚高）令我不厌读的，是可见古人如何写得好了。本来人牛短而艺术长，文章是应该写，令它在人生当中不朽，古人能令我们现在人喜欢，我们现在人也应该令后来人喜欢，无奈现代的排印容易出版，而出版可以卖钱又更要出版，结果作家忘记自己的幼稚，（这是说你的年龄幼稚！）也忘记出版的意义，（古人出版不是卖钱的而是自己花钱刻的是为得不朽的）大家都是著作家了。我自己也是现代的著作家之一，我却是惭愧于我自己的著作了。我是责己重而待人轻的人，我决没有要别人惭愧的意思，我倒是爱惜任何人的任何作品，只是自己不大有工夫去看它罢了。这是我的实在心情，不大有工夫看今人的著作。说老实话，我不急急乎要看的著作，则此著作必速朽矣，古人谓之灾梨祸枣。那么我本着立己立人的意思，还是劝人不要急急乎做著作家。

　　我有一个侄子，① 他常写文章，从前本来是我教他作文的，那是学生作文功课，是另一件事，现在他写文章是想"印出来"了，想做作家了，我虽然十分同情于他，因为我从前做学生时正是如此，但我心里甚不赞成他作文章，赞成他学孔夫子"志于学"。这话我同他谈过，把我自己对于从前的惭愧告诉他了，然而言者谆谆，听者藐藐，他还是喜欢写文章。做大人的总是拿自己的经验教孩子，而孩子总喜欢他的一套，故陶渊明亦曰"昔闻长者言，掩耳每不喜"了。我敢说一句绝对不错的话，少年人贪写文章，是不立志。原因是落在习气之中。

（一九四八年）

---

　　① 侄子指冯健男。——编注

志学

孔子说他"十有五而志于学"，三十，四十，五十，六十，一直说到七十岁的进步。十年以来，我好读《论语》，懂得的我就说我懂得，不懂得的我就觉得我不能懂得，前后的了解也有所不同，到得现在大致我总可以说我了解《论语》了。有趣的最是"志学"这一章。前几年我对于孔夫子所作他自己六十岁七十岁的报告，即"六十而耳顺，七十而从心所欲不逾矩"。不能懂得，似乎也不想去求懂得，尝自己同自己说笑话，我们没有到六十七十，应该是不能懂得的。那时我大约是"三十"，那么四十五十岂非居之不疑吗？当真懂得了吗？这些都是过去了的话，现在也不必去挑剔了。大约是在一二年前，我觉得我能了解孔子耳顺与从心的意思，自己很是喜悦，谁知此一喜悦乃终身之忧，我觉得我学不了孔夫子了，颇有儿女子他生未卜此生休的感慨。去年夏间我曾将这点意思同吾乡熊十力先生谈，当时我大约是有所触发，自己对于自己不满意。熊先生听了我的话，沉吟半晌，慢慢说他的意思，大意是说，我们的毛病还不在六十七十，我们乃是十五而志于学没有懂得，我们所志何学，我们又何曾志学，我们从小都是失学之人。此言我真是得益不少。去年"重九"之后，在我三十五生日的时候，我戏言，我现在大约才可以说四十岁的事情了，这个距离总很不远。是的，今日我可以说"不惑"。回转头来，对于十五志学，又很觉有趣。自己的好学，应自即日问学，自即日起也无妨做一个蒙师，首先我想教读自己的孩子。金圣叹为儿子批《水浒》的意思是很可敬重的，孔子问伯鱼学没有学过《周南》《召南》，我自己还想从头读《周南》《召南》也。

去年"腊八"我为我的朋友俞平伯先生所著《槐屋梦寻》作序，《梦寻》的文章我最所佩服，不但佩服这样的奇文，更爱好如此奇文乃是《周南》《召南》。我的序文里有一句话，"若乱世而有《周南》《召南》，怎不令人感到奇事，是人伦之美，亦民族之诗也。"我曾当面同俞先生谈，这句话恐怕有点缠夹，这里我很有一点感慨，《周南》《召南》系正风，但文王之世不亦为乱世乎？小时在私塾里读《了凡钢鉴》，有一句翻案文章我还记得，有人劝甲子之日不要兴兵，理由是"纣以甲子亡"，那位皇上答道，"纣以甲子亡，武王不以甲子兴乎？"我说"乱世而有《周南》《召南》"，不仅是赞美《国风》里的诗篇，是很有感慨的，很觉得《周南》《召南》是人伦之美，民族之诗也。

（一九三六年）

教训

代大匠斲必伤其手

当我已经是一个哲学家的时候——即是说连文学家都不是了，当然更不是小孩子，有一天读老子《道德经》，忽然回到小孩子的地位去了，完完全全地是一个守规矩的小孩子，在那里用了整个的心灵，听老子的一句教训。若就大人说，则这时很淘气，因为捧着书本子有点窃笑于那个小孩子了。总而言之，这真是一件有趣的事情。我的教训每每是这样得来的。我也每每便这样教训人。

是读了老子的这一句话："夫代大匠斲，希有不伤其手者矣。"

小孩子的事情是这样：有一天我背着木匠试用他的一把快斧把我的指头伤了。

我做小孩子确是很守规矩的，凡属大人们立的规矩，我没有犯过。有时有不好的行为，如打牌，如偷父亲的钱，那确乎不能怪我，因为关于这方面大人们没有给我们以教育，不注意小孩子的生活，结果我并不是犯规，简直是在那里驰骋我的幻想，有如东方朔偷桃了。然而我深知这是顶要不得的，对于生活有极坏的影响，希望做大人的注意小孩子的生活，小孩子格外地要守规矩了。我记得我从不逃学，我上学是第一个早。关于时间我不失信。我喜欢蹚河，但我记得我简直没有赤足下一次水，因为大人们不许我下到水里去。我那时看着会游泳的小孩子，在水里大显其身手，真是临渊羡鱼的寂寞了。我喜欢打锣，但没有打锣的机会，大约因为太小了，不能插到"打年锣"的伙里去，若十岁以上的小孩子打年锣便是打锣的一个最好的机会。说是太小，而又嫌稍大，如果同祖父手上抱着的小弟弟一样大，便可以由祖父抱到店里去，就在祖父的怀里伸手去敲锣玩，大人且逗着你敲锣玩。那时我家开布店，在一般的布店里，照例卖锣卖鼓，锣和鼓挂在柜台外店堂里了。我看着弟弟能敲锣玩，又是一阵羡慕。我深知在大人们日中为市的时候只有小弟弟的小手敲锣敲鼓最是调和，若我也去敲敲，便是一个可诧异的声响了。我们的私塾设在一个庙里，我看着庙里的钟与鼓总是寂寞，仿佛倾听那个声音，不但喜欢它沉默，简直喜欢它响一下才好。这个声响也要到时候，即是说要有人上庙来烧香便可以敲钟敲鼓，这时却是和尚的职事。有时和尚到外面有事去了，不在庙里了，进香的来了，我们的先生便命令一个孩子去代替和尚敲钟敲鼓，这每每又是年龄大的同学，没有我的分儿了，我真是寂寞。有的大年纪的同学，趁着先生外出，和尚也外出的时候，（这个时候常有）把钟和鼓乱打起来，我却有点不屑乎的神气，很不喜欢这个声音，仿佛响得没有意思了，简直可恶。在旧历七月半，凡属小康人家请了道士来"放施"（相当于和尚的焰口），我便顶喜欢，今天就在我家里大打锣而特打锣，大打鼓而特打鼓了，然而不是我自己动手，又是寂寞。有时趁着道士尚未开坛，或者放施已了正在休息吃茶的时候，我想我把他的鼓敲一下响罢——其实这也并没有什么不可以的，博得道士说一声淘气罢了，我却不如此做，只是心里总有一个一鸣惊人的技痒罢了。所以说起我守规矩，我确是守规矩得可以。

有一次，便是我代大匠斫的这一次，应是不守规矩了。推算起来，那时我有七岁，我家建筑新房子，是民国纪元前四年的事，我是纪元前十一年生的，因为建筑新房子所以有许多石木工人作工，我顶喜欢木匠的大斧，喜欢它白的锋刃，别的东西我喜欢小的，这个东西我喜欢它大了，小的东西每每自己也想有一件，这把大斧则认为决不是我所有之物，不过很想试试它的锐利。在木匠到那边去吃饭的时候，工作场没有一个人，只有我小小一个人了，我乃慢慢地静静地拿起大匠的斧来，仿佛我要来做一件大事，正正经经地，孰知拿了一块小木头放在斧下一试，我自己的手痛了，伤了，流血了。再看，伤得不厉害，我乃口哆而不合，舌举而不下，且惊且喜，简直忘记痛了。惊无须说得，喜者喜我的指头安全无恙，拿去请姐姐包裹一下就得了，我依然可以同世人见面了。若我因此而竟砍了指头，我将怎么出这个大匠之门呢？即是怕去同人见面。我当时如是想。我这件事除了姐姐没有别人知道了。姐姐后来恐怕忘记了罢，我自己一直记着，直到读了老子的书又是且惊且喜，口哆而不合，舌举而不下，不过这时深深地感得守规矩的趣味，想来教训人，守规矩并不是没出息的孩子的功课。

多识于鸟兽草木之名

孔子命小孩子学诗，说诗可以兴，可以观，可以群，可以怨，迩之事父，远之事君，还要加一句"多识于鸟兽草木之名"。

没有这个"多识于鸟兽草木之名",上面的兴观群怨事父事君没有什么意义;没有兴观群怨事父事君,则"多识于鸟兽草木之名"也少了好些意义了,虽然还不害其为专家。在另一处孔子又有犹贤博奕之义,孔子何其懂得教育。他不喜欢那些过着没有趣味生活的小子。

我个人做小孩时的生活是很有趣味的,因为良辰美景独往独来耳闻目见而且还"默而识之"的经验,乃懂得陶渊明"怀良辰以孤往"这句话真是写得有怀抱。即是说"自然"是我做小孩时的好学校也。恰巧是合乎诗人生活的原故,乃不合乎科学家,换一句话说,我好读书而不求甚解,对于鸟兽草木都是忘年交,每每没有问他们的姓名了。到了长大离乡别井,偶然记起老朋友,则无以称呼之,因此十分寂寞。因此我读了孔子的话,"多识于鸟兽草木之名!"我佩服孔子是一位好教师了。倘若我当时有先生教给我,这是什么花,那么艺术与科学合而为一了,说起来心向往之。

故乡鸟兽都是常见的,倒没有不知名之士,好比我喜欢野鸡,也知道它就是"山梁雌雉"的那个雉,所以读"山梁雌雉子路拱之"时,先生虽没有讲给我听,我自己仿佛懂得"子路拱之",很是高兴,自己坐在那里跃跃欲试了。我喜欢水田白鹭,也知道它的名字。喜欢满身有刺的猬,偶然看见别的朋友捉得一个,拿了绳子系着,羡慕已极,我害怕螳螂,在我一个人走路时,有时碰着它,它追逐我;故乡虽不是用"螳螂"这个名字,有它的土名,很容易称呼它,遇见它就说遇见它了。现在我觉得庄子会写文章,他对于螳螂的描写甚妙,因为我从小就看惯了它的怒容了。在五祖山中看见松鼠,也是很喜欢的,故乡也有它的土名,不过结识松鼠时我自己已是高小学生,同了百十个同学一路旅行去的，它已不算是我个人的朋友了。再说鱼，却是每每不知道它的名字，只是回来向大人说今天我在河里看见一尾好鱼而已。后来做大学生读《庄子》，又是《庄子》！见其说"儵鱼出游从容"，心想他的鱼就是我的鱼罢，仿佛无从对证，寂寞而已。实在的，是庄子告诉我这个鱼的名字。

在草木方面，我有许多不知名，都是同我顶要好的。好比薜荔，在城墙上挂着，在老树上挂着，我喜欢它的叶子，我喜欢它的果实，我仿佛它是树上的莲花——这个印象决不是因为"木莲"这个名字引起来的，我只觉得它是以空为水，以静穆为颜色罢了，它又以它的果实来逗引我，叫我拿它来抛着玩好了。若有人问我顶喜欢什么果，我就顶喜欢薜荔的果了，它不能给人吃，却是给了我一个好形状。即是说给了我一个好游戏，它的名字叫做薜荔，一名木莲，一直到大学毕业以后才努力追求出来的，说起来未免见笑大方。还有穀树，我知道它的名字，是我努力从博学多能躬行君子现在狱中的知堂老人那里打听出来的，我小时只看见它长在桥头河岸上，我望着那红红的果子，真是"其室则迩，其人则远"，可望而不可即了，因为我想把它摘下来。在故乡那时很少有果木的，不比现在到处有橘园，有桃园，有梨园，这是一个很好的进步，我做小孩子除了很少很少的橘与橙，而外不见果树。或者因为如此，我喜欢那穀树上的几颗红果。不过这个理由是我勉强这么说，我不懂得我为什么喜欢它罢了，从现在看来它是没有什么可喜欢。这个令我惆怅。再说，我最喜欢芭茅，说我喜欢芭茅胜于世上一切的东西是可以的。我为什么这样喜欢它呢？这个理由大约很明白。我喜欢它的果实好玩罢了，像神仙手上拿的拂子。这个神仙是乡间戏台上看的榜样。它又像马尾，我是怎样喜欢马，喜欢马尾呵，正如庾信说的，"一马之奔，无一毛而不动"，我喜欢它是静物，我又喜欢它是奔放似的。我当时不知它是芭茅的果实，只以芭茅来代表它，后来正在中学里听植物学教师讲蒲公英，拿了蒲公英果实给我们看，说这些果实乘风飞飘，我乃推知我喜欢芭茅的果实了，在此以前我总想说它是花。故乡到处是芭茅做篱笆，我心里喜欢的芭茅的"花"便在蓝天之下排列成一种阵容，我想去摘它一枝表示世间一个大喜欢，因为我守规矩的原故，我记得我没有摘过一枝芭茅。只是最近战时在故乡做小学教师才摘芭茅给学生做标本。

（一九四七年）

响应"打开一条生路"

　　杨振声先生在本刊第一期有一篇《我们要打开一条生路》，并引了"周虽旧邦，其命维新"作题辞，我一看到题目就自己振作了起来，我觉得我要来响应这个号召。

　　首先要认定我们都是"生于忧患"的，今日要来说话必是不得已，不得已而为国家民族说话。那么我说"打开一条生路"，一定是有一条生路了。这一条生路是什么呢？很简单，我们要自信。从态度上说，我们不妨自居于师道；从工作上说，我们要发扬民族精神，我们的民族精神表现于孔子，再说简单些，我们现在要讲孔子。

　　一句话，"我们现在要讲孔子"就是了，何以先要委曲的说几句呢？这里又有一个很大的原故，即是说我们要讲孔子是经过新文化运动来的。当初胡适之先生提倡新文化运动，声明是"但开风气不为师"，那时我在学校里做学生，很喜欢这个口号，觉得我们真是抱着一个开风气的使命似的，不知道什么叫做"为师"，师正是偶像，是要打倒的。于今则我感觉得要为师，所以我说我们要自居于师道不是偶然说出来的，是很有一番考虑。接着我说发扬民族精神，我们的民族精神表现于孔子，当然都是经过了考虑，是以为师的资格而说话。老实说，我们今日而不为师的话，便是自私，便是不凭良心，那样自己便不说话了。

为师便要讲孔子。

这里是讲文艺的，所以我在这里只说文艺。我在民国二十三年写了一篇《读论语》，佩服孔子"诗三百，一言以蔽之曰'思无邪'"的话，以为"思无邪"是了解文艺一个很透澈的意见。那时我对于这三个字的解释倾向于圣保罗"凡物本来没有不洁净的，惟独人以为不洁净，在他就不洁净了"，一方面，虽然解释得不算错，却还是由于解放的态度来的，即今思之恐不是孔子立言的本旨。我们当时对于文艺都是从西方文艺得到启示，懂得西方文艺的"严肃"，若中国不是"正经"便是"下流"，即是一真一伪，最表现这个真与伪的莫过于男女问题，恋爱问题，中国人在这些事情上面都缺乏诚意，就男子说自己不尊重自己的人格，也不尊重女子的人格，只是好色而已，西洋人好色也不失其诚，因之也不失其美，意大利邓南遮的小说 *The Child of Pleasure*，真正的意思便是"登徒子"，其艺术的价值还是一个美字，中国文学关于好色则是丑态百出，所以要我举一部书给小孩子读，我简直不敢举，《水浒》罢，《红楼梦》罢，《西厢记》罢，都有丑态，在我由西方文学而回头读中国文学的时候真是痛恨之。西方文艺关于性欲的描写也都是严肃，中国人只是下流。在下流的对面是"正经"，而正经亦是下流，下流是下流的言行一致，正经则是言行不一致，只有这个区别。我们讨厌正经，反而甚于讨厌下流，对于那些假道学家认为"不洁净的"，只看得出假道学自己的不洁净，文艺的材料则没有什么叫做不洁净。因此我佩服孔子思无邪的话，我当时解释这三个字的意思是，"做成诗歌的材料没有什么要不得的，只看作意如何"。这是我们自己解放自己。然而作我们自己生活的准则呢？我们是不是牺牲了自己的生活呢？在别的主义上作了牺牲，牺牲是应当的，若自己牺牲自己的生活则不健康，正如少年人手淫不健康是一样。这里不是道德问题，而是卫生问题。正确的说，也只有卫生问题才是道德问题了。我们那时有逛窑子的朋友，有爱一个女子又爱一个女子的朋友，自己如果患了梅毒，或是博得许多女子的欢喜，便以外国作家如叔本华据说也害了性病引来安慰自己，或以凯沙诺伐①不曾伤过女人的心认自己亦为不错。我那时读雪莱的诗，见他说"爱情不像金子同泥土，把它分开了并不就把它拿走了，爱情简直像学问一样，在认识许多真实之后大放光明"，很是喜欢，仿佛诗人之言是真理。现在想来，雪莱的话恐不对，至少从没有宗教的中国人看应该是不对的。那样可以说母爱，不能说恋爱。恋爱里头总有好色的成分，而且恋爱连忙就是生活，不只是一个人的生活。恋爱是人生之一阶段，在它以后还有许多阶段，正如一个文学家所说："恋爱这个大学要早点毕业才好，毕业之后还要到社会服务。"那么我们何必把恋爱同母爱一样看得那么绝对神圣呢？孔子曰，"吾未见好德如好色者也。"我告诉青年，好德是绝对的，从少年以至于不知老之将至；好色则如做梦一样，一会儿就过去了。中国诗曰，"结发为夫妻，恩爱两不离"，我觉得男女之间应该用恩爱两个字，彼此要认定情分，要知道感激，真是"相亲相爱"，这一来便是中国所谓中庸之道，夫妇之道了。中庸之道里头难道就没有诗歌么？难道不是有趣的生活吗？孔子问伯鱼学过《周南》《召南》没有，孔子又赞美《关雎》乐而不淫哀而

---

① 凯沙诺伐，今译"卡萨诺瓦"（1725—1798），意大利冒险家，18 世纪享誉欧洲的大情圣。——编注

不伤，这便是告诉少年人要懂得"生活的艺术"。否则生活是
"正墙面而立"。正墙面而立的意思便是生活没有意义，便是生活
无味。我在乡间曾同着学生说，像乡下人的结婚可以说是正墙面
而立，新姑娘同新郎彼此不相识，而且洞房花烛夜新姑娘不敢抬
头，坐在床上，对着墙壁，直到夜深，然后，两人见面第一句话
不知说什么，这不是正墙面而立吗？在另一面，中国理学家处处
我佩服他，独于男女之事他也是正墙面而立。我们真应该学孔子
对于生活的态度，对于文艺的见解。孔子曰：

> 小子何莫学夫《诗》，诗可以兴，可以观，可以群，可
> 以怨，迩之事父，远之事君，多识于鸟兽草木之名。

这叫做诗的生活，生活的诗。这个诗是中国民族的诗。这里
也就是道，因为孔子的道是伦常，离开伦常就没有道。这个伦常
之道又正是中国的民族精神。中国的文学，从《三百篇》以至后
代，凡属大家，都不出兴观群怨君父国家鸟兽草木的范围，屈原
是如此，杜甫是如此，杜甫所推崇的庾信也是如此。后来还有
《牡丹亭》罢。可惜在散文方面没有成就，论其可能，这散文方
面的成就该是多么广呢，鸢飞戾天鱼跃于渊都是的，然而从古以
来的英雄豪杰都没有这个意识，等到我们的新文学运动起来，知
道文学至上，知道外国的小说戏剧都是正式的文学，我们也要来
写小说，写剧本，写散文，而关于文学的内容却还没有民族的自
觉，于是还是没有根本的文学，学西洋则西洋是艺术，科学，宗
教并行的，哪里学得来呢？中国没有科学，没有宗教，若说宗教
中国的宗教是伦常，这不足为中国之病，中国作家如不本着伦常
的精义，为中国创造些新的文艺作品来则中国诚为病国，这里的

小孩子没有一滴精神养料，如何能长得大呢？孔子叫小孩子学诗，我们做了许多年的文学家却没有什么给小孩子学的，想起来真是惭愧而且惶恐。我们还是从今日起替中国打开一条生路罢。我愿大家都当仁不让，鲁迅先生的《狂人日记》嚷着"救救孩子!"我到今日乃真找着了救救孩子的道路了。

临了还得补说一句，关于孔子"思无邪"的解释，还是以程朱为得孔子的真意，程子曰，"思无邪者，诚也。"朱子曰，"其用归于使人得其性情之正而已。"是的。我们所理想的文艺是要"使人得其性情之正"。

（一九四六年）

如切如磋

> 子贡曰：贫而无谄，富而无骄，何如？子曰，可也。未若贫而乐，富而好礼者也。子贡曰，诗云，如切如磋，如琢如磨，其斯之谓欤？子曰，赐也始可与言诗已矣，告诸往而知来者。

右《论语》之一章。[1] 我觉得孔子与子贡师生二人谈话的空气很好，所谈的话我们也没有不懂的地方，因为谈的话本来不令人难懂，只是在生活上未必容易学得到。子贡的意见本来也颇高明，所以孔子许之曰"可也"。但孔子到底是孔子，他把子贡的话修改一些，不，不是修改子贡口头上的话，是做人的态度再进一步。子贡到底是孔门高足，听了先生的话，引诗如切如磋如琢如磨咏之。孔子乃又称赞一番，"赐也始可与言诗已矣，告诸往而知来者。"这一番称赞之词用白话恐怕翻译不好。

我从前在武昌上中学的时候，因为校长是讲王学的，我也跟着读王阳明的书。因为一个字的缘故，王阳明到现在留了一个不

---

① 原文直行，故曰"右"。——编注

好的印像给我。孔子说，"君子疾没世而名不称焉。"这句话本来很好，很像孔子的话，然而王阳明说"称"字应该读去声，即是说恐怕死了以后名不相称，怕死后之名誉乃过誉。此殊不合如切如磋如琢如磨之道，有点近乎乡下人拿称来称，未免可笑。

　　去年有一天我无意间默读《论语》，"子曰，富与贵，是人之所欲也，不以其道得之，不处也。贫与贱，是人之所恶也，不以其道……"默读至此，不记得原文，于是我有点着恼，怎么读不下去。我又有点好奇，心想，如果这以下的字句要我来替孔子补足起来，或者孔子当时的说话叫我来记录，应该怎么记？这一来我又很是喜悦，一心想得一百分。结果我只好交白卷，因为我实在想不好，难得适当的字句。再从书架上拿了《论语》来翻阅，孔子乃是这样说下去，"贫与贱，是人之所恶也，不以其道得之，不去也。"我读之甚为喜悦。此事我在北京大学国文系一年级作文班上曾向学生谈及，不知诸生感兴趣否。

（一九三六年）

读《论语》

　　小时读熟的书，长大类能记得，《论语》读得最早，也最后不忘，懂得它一点却也是最后的事。这大约是生活上经验的响应，未必有心要了解圣人。日常之间，在我有所觉察，因而忆起《论语》的一章一句，再来翻开小时所读的书一看，儒者之徒讲的《论语》，每每不能同我一致，未免有点懊丧。我之读《论语》殆真是张宗子之所谓"遇"欤。闲时同平伯闲谈，我的意见同他又时常相合，斯则可喜。二十三年三月二十三日。

一

　　子曰，诗三百，一言以蔽之曰，"思无邪"。愚按思无邪一言，对于了解文艺是一个很透澈的意见，其意若曰，做成诗歌的材料没有什么要不得的，只看作意如何。圣保罗的话，"凡物本来没有不洁净的，惟独人以为不洁净，在他就不洁净了"，是一个意思两样的说法，不过孔丘先生似乎更说得平淡耳。宋儒不能懂得这一点，对于一首恋歌钻到牛角湾里乱讲一阵，岂知这正是未能"思无邪"欤，宁不令人叹息。中国人的生活少情趣，也正是所谓"正墙面而立"，在《中庸》则谓"人莫不饮食也，鲜能知味也"。愚前见吾乡熊十力先生在一篇文章里对于"人而不为周南召南其犹正墙面而立"很发感慨，说他小时不懂，现在懂得，这个感慨我觉得很有意义。后来我同熊先生见面时也谈到这一点，我戏言，孔夫子这句话是向他儿子讲的，这不能不说是一位贤明的父亲。

二

《中庸》言"诚"，孟子亦曰"反身而诚，乐莫大焉。"《论语》则曰"直"。我觉得这里很有意义。"直"较于"诚"然自平凡得多，却是气象宽大令人亲近，而"诚"之义固亦"直"之所可有也。大概学问之道最古为淳朴，到后来渐渐细密，升堂与入室在此正未易言其价值。子曰，"人之生也直"，又曰"斯民也三代之所以直道而行也"，又曰"以直报怨，以德报德"，从以直报怨句看，直大约有自然之义，便是率性而行，而直报与德报对言，直又不无正直之义。吾人日常行事，以直道而行，未必一定要同人下不去，但对于同我有嫌怨的人，亦不必矫揉造作，心里不能释然，亦人之情也。孔子比后来儒者高明，常在他承认过失，他说"直"，而后来标"诚"，其中消息便可寻思。曰"克己复礼为仁"，曰"观过斯知仁"，此一个"礼"与"过"认识不清，"克己"与"仁"俱讲不好，礼中应有生趣，过可以窥人之性情。愚欲引伸"直"之义，推而及此，觉得其中有一贯之处。

三

陶渊明诗曰，"遥遥沮溺心，千载乃相关。"愚昔闲居山野，又有慨于孔丘之言，"鸟兽不可与同群也，吾非斯人之徒与而谁与。"此言真是说得大雅。夫逃虚空者，闻人足音，跫然而喜，人之情总在人间。无论艺术与宗教，其范围可以超人，其命脉正是人之所以为人也。否则宇宙一冥顽耳。孔子栖栖皇皇，欲天下平治，因隐居志士而发感慨，对彼辈正怀无限之了解与同情，故其言亲切若此，岂责人之言哉。愚尝反复斯言，谓古来可以语此者未见其人。若政治家而具此艺术心境，更有意义。因此我又忆起"吾岂匏瓜也哉，焉能系而不食"之句，这句话到底怎么讲，我也不敢说，但我很有一个神秘的了悟，憧憬于这句话的意境。大约匏瓜之为物，系而不给人吃的，拿来做"壶卢"，孔子是热心世事的人，故以此为兴耳。朱注，"匏瓜系于一处，而不能饮食，人则不如是也"，未免索然。

（一九三四年）

我怎样读《论语》

　　我以前写了一篇《读〈论语〉》的小文，那时我还没有到三十岁，是刚刚登上孔子之堂，高兴作的，意义也确是很重要。民国二十四年，我懂得孟子的性善，于是跳出了现代唯物思想的樊笼，再来读《论语》，境界与写《读〈论语〉》时又大不同，从此年年有进益，到现在可以匡程朱之不逮，我真应该注《论语》了。今天我来谈谈我是怎样读《论语》的。

　　我还是从以前写《读〈论语〉》时的经验说起。那时我立志做艺术家，喜欢法国弗禄倍尔①以几十年的光阴写几部小说，我也要把我的生命贡献给艺术，在北平香山一个贫家里租了屋子住着，专心致志写一部小说，便是后来并未写完的《桥》。我记得有一天我忽然有所得，替我的书斋起了一个名字，叫做"常出屋斋"，自己很是喜悦。因为我总喜欢在外面走路，无论山上，无论泉边，无论僧伽蓝，都有我的足迹，合乎陶渊明的"怀良辰以孤往"，或是"良辰入奇怀"，不在家里伏案，而心里总是有所得了。而我的书斋也仿佛总有主人，因为那里有主人的"志"，那

---

　　① 弗禄倍尔，即福楼拜。——编注

里静得很，案上有两部书，一是英国的《莎士比亚全集》，一是俄国的《契诃夫全集》英译本，都是我所喜欢读的。我觉得"常出屋斋"的斋名很有趣味，进城时并请沈尹默先生替我写了这四个字。后来我离开香山时，沈先生替我写的这四个字我忘记取下，仍然挂在那贫家的壁上，至今想起不免同情。我今天提起这件事，是与我读《论语》有关系。有一天我正在山上走路时，心里很有一种寂寞，同时又仿佛中国书上有一句话正是表现我这时的感情，油然记起孔子的"鸟兽不可与同群"的语句，于是我真是喜悦，只这一句话我感得孔子的伟大，同时我觉得中国没有第二个人能了解孔子这话的意义。不知是什么原故我当时竟能那样的肯定。是的，到现在我可以这样说，除孔子而外，中国没有第二个人有孔子的朴质与伟大的心情了。庄周所谓"空谷足音"的感情尚是文学的，不是生活的已经是很难得，孔子的"鸟兽不可与同群，吾非斯人之徒与而谁与"的话，则完全是生活的，同时也就是真理，令我感激欲泣，欢喜若狂。孔子这个人胸中没有一句话非吐出不可，他说话只是同我们走路一样自然要走路，开步便是在人生路上走路了，孔子说话也开口便是真理了，他看见长沮桀溺两个隐士，听了两人的话，便触动了他有话说，他觉得这些人未免狭隘了，不懂得道理了，你们在乡野之间住着难道不懂得与人为群的意思么？恐怕你们最容易有寂寞的感情罢？所以"鸟兽不可与同群，吾非斯人之徒与而谁与？"是山林隐逸触起孔子说话。我今问诸君，这些隐逸不应该做孔子的学生么？先生不恰恰是教给他们一个道理么？百世之下乃令我，那时正是五四运动之后，狂者之流，认孔子为不足观的，崇拜西洋艺术家的，令我忽然懂得了，懂得了孔子的一句话，仿佛也便懂得了孔子的一切，我知道他是一个圣人了。我记得我这回进北平城内时，曾请友人冯至君买何晏《论语集解》送我。可见我那时是完全不懂得中国学问的，虽然已经喜欢孔子而还是痛恶程朱的，故读《论语》而决不读朱子的注本。这是很可笑的。

民国二十四年，我懂得孟子的性善，乃是背道而驰而懂得的，因为我们都是现代人，现代人都是唯物思想，即是告子的"生之谓性"，换一句话说以食色为性，本能为性，很以孟子的性善之说为可笑的。一日我懂得"性"，懂得我们一向所说的性不是性是习，性是至善，故孟子说性善，这时我大喜，不但救了我自己，我还要觉世！世人都把人看得太小了，不懂得人生的意义，以为人生是为遗传与环境所决定的，简直是"外铄我也"，换一句话说人不能胜天，而所谓天就是"自然"。现代人都在这个樊笼的人生观之中。同时现代人都容易有错处，有过也便不能再改，仿佛是命定了，无可如何的。当我觉得我自己的错处时，我很是难过，并不是以为自己不对，因为是"自然"有什么不对呢？西谚不说"过失就是人生"吗？但错总是错了，故难过。我苦闷甚久。因为写《桥》而又写了一部《莫须有先生传》，二十年《莫须有先生传》出版以后我便没有兴会写小说。我的苦闷正是我的"忧"。因为"忧"，我乃忽然懂得道理了，道理便是性善。人的一生便是表现性善的，我们本来没有决定的错误的，不贰过便是善，学问之道便是不贰过。"人不能胜天"，这个观念是错的，人就是天，天不是现代思想所谓"自然"，天反合乎俗情所谓"天理"，天理岂有恶的吗？恶乃是过与不及，过与不及正是要你用功，要你达到"中"了。中便是至善。人懂得至善时，便懂得天，所谓人能弘道。这个关系真是太大。现代人的思想正是告子的"生之谓性"，古代圣人是"天命之谓性"。天命之谓性，孟子便具体的说是性善。从此我觉得我可以没有错处了，我的快乐非言语所能形容。我仿佛想说一句话。再一想，这句话孔子已经说过，便是"朝闻道，夕死可矣"。我懂得孔子说这话是表示喜悦。这是我第二回读《论语》的经验。

　　我生平常常有一种喜不自胜的感情，便是我亲自得见一位道德家，一位推己及人的君子，他真有识见，他从不欺人，我常常爱他爱小孩子的态度，他同小孩子说话都有礼！我把话这样说，是我有一种实感，因为我们同小孩子说话总可以随便一点了，说错了总不要紧了，而知堂先生——大家或者已经猜得着我所说的是知堂先生了，他同小孩子说话也总是有礼，这真是给了我好大的修养，好大的欢喜，比"尚不愧于屋漏"要有趣得多。他够得上一个"信"字，中国人所缺少的一个字。他够得上一个"仁"字，存心总是想于人有益处。我说知堂先生是一位道德家，是我最喜欢的一句话，意味无穷。但知堂先生是唯物论者，唯物论者的道德哲学是"义外"，至多也不过是陶渊明所说的"称心固为好"的意思。陶渊明恐怕还不及知堂先生是一位道德家，但"信"字是一样，又一样的是大雅君子。两人又都不能懂得孔子。此事令我觉得奇怪，不懂得道德标准来自本性，而自己偏是躬行君子，岂孔子所谓"盖有不知而作之者欤？"于是我大喜，《论语》这章书我今天懂得了！"子曰：盖有不知而作之者，我无是也。多闻择其善者而从之，多见而识之，知之次也。"我一向对于这章书不了解，朱注毫无意义，他说，"不知而作，不知其理而妄作也。孔子自言未尝妄作。盖亦谦辞。然亦可见其无所不知也。"孔子为什么拿自己与妄作者相提并论？如此"谦辞"，有何益处？孔子不如此立言也。是可见读书之难。我不是得见知堂先生这一位大人物，我不能懂得孔子的话了。我懂得了以后，再来反复读这章书，可谓学而时习之不亦悦乎。孔子这个人有时说话真是坚决得很，同时也委婉得很，这章书他是坚决的说他"知"，而对于"不知而作之者"言外又大有赞美与叹息之意也。其曰"盖有"，盖是很难得，伯夷柳下惠或者正是这一类的人了。孔子之所谓"知"，便是德性之全体，孔子的学问这章书的这一个"知"字足以尽之了，朱子无所不知云云完全是赘辞了。总之孔子是下学而上达的话，连朱子都不懂，何况其余。朱子不懂是因为朱子没有这个千载难遇的经验，或者宋儒也没有这个广大的识见，虽然他们是真懂得孔子的。我首先说我常常有一种喜不自胜的感情，是说我生平与知堂先生亲近，关于做人的方面常常觉得学如不及，真有意义。及至悟得孔子"不知而作"的话，又真到了信仰的地位，孔子口中总是说"天"，他是确实知之为知之的。儒家本来是宗教，这个宗教又就是哲学，这个哲学不靠知识，重在德行。你要知"天"，知识怎么知呢？不靠德行去经验之吗？我讲《论语》讲到这里，有无上的喜悦，生平得以知堂先生大德为师了。

　　抗战期间我在故乡黄梅做小学教师，做初级中学教师，卞之琳君有一回从四川写信问我怎么样，我觉得很难答复，总不能以做小学教员中学教员回答朋友问我的意思，连忙想起《论语·学而》一章，觉得有了，可以回答朋友了，于是我告诉他我在乡间的生活可以"学而"一章尽之，有时是"不亦悦乎"，有时是"不亦乐乎"，有时是"不亦君子乎"。"有朋自远方来"的事实当然没有，但想着有朋自远方来应该是如何的快乐，便可见孔子的话如何是经验之谈了，便是"不亦乐乎"了。总之我在乡间八九年的生活是寂寞的辛苦的。我确实不觉得寂寞不觉得辛苦，总是快乐的时候多。有一年暑假，我在县中学住着教学生补习功课，校址是黄梅县南山寺，算是很深的山中了，而从百里外水乡来了一位小时的同学胡君，他现在已是四十以上的一位绅士了，他带了他的外甥同来，要我答应收留做学生。我当然答应了，而且很感激他，他这样远道而来。我那里还辞辛苦。要说辛苦也确是辛苦的，学生人数在三十名左右，有补习小学功课的，有补习初中各年级功课的。友人之甥年龄过十五岁，却是失学的孩子，国语不识字不能造句，算术能做简单加减法，天资是下愚。慢慢地我教他算乘法，教他读九九歌诀，他读不熟。战时山中没有教本可买，学生之中也没有读九九歌诀的，只此友人之甥一人如此，故我拿了一张纸抄了一份九九歌诀教给他读。我一面抄，一面教时，便有点迁怒于朋友，他不该送这个学生来磨难我了。这个学生确是难教。我看他一眼，我觉得他倒是诚心要学算术的。连忙我觉得我不对，我有恼这个学生的意思，我不应该恼他。连忙我想起《论语》一章书："子曰：有教无类。"我欢喜赞叹，我知道圣人之所以为圣人了。这章书给了我很大的安慰。我们不从生活是不能懂得圣人了。朱子对于这章书的了解是万不能及我了，因为他没有这个经验。朱注曰，"人性皆善，而其类有善恶之殊者，气习之染也。故君子有教，则人皆可以复于善，而不当复论其类之恶矣。"这些话都是守着原则说的，也便是无话想出话来说，近于做题目，因为要注，便不得不注了，《论语》的生命无有矣。

（一九四八年）

读朱注

我以前读《论语》总没有读注解，也并不拿着《论语》的书读，因为小时在私塾读熟了，现在都还记得，本着生活的经验有所触发，便记起《论语》来，便是我的读《论语》了。十年以来，佩服程朱，乃常读朱注。在故乡避难时期，有两回读《论语》朱子注解，给了我甚大的喜悦，至今印象不忘，而且感激不尽。一是朱子注"季文子三思而后行"章，他引程子之言曰："为恶之人未尝知有思，有思则为善矣。然至于再则已审，三则私意起而反惑矣，故夫子讥之"。程子的话差不多做了我作事的标准，我阅历了许多大人物，我觉得他们都不及我了，因为他们都是"私意起而反惑矣"，我则像勇士，又像小孩，作起事来快得很，毫不犹疑，因之常能心安理得了，都是程子教给我的，也就是我读《论语》的心得了。我记得避难时有一穷亲戚的孩子到我家里来，我想筹点钱给他，连忙又想，这不怕他养成倚赖性吗？连忙我想起程子的话，我第一个想头是对的，应该筹点钱给穷孩子，第二个想头，其实就是"三思"，是自己舍不得了。我不知怎样喜欢程子的话哩。孔子也就真是圣人，"季文子三思而后行，子闻之曰：'再，斯可矣。'"你看这个神气多可爱，然而不是程子给我们一讲，我们恐怕不懂得了，这是朱注给我的一回喜悦，还有一回是朱子注这一章书："子曰，不仁者不可以久处约，不可以长处乐，仁者安仁，知者利仁"，朱注有云，"约，穷困也，利犹贪也，盖深知笃好而必欲得之也"，我读之大喜，给了我好大的安慰，好大的修养了，那是民国三十四年春，我本来在黄梅县中学当教员，新来的校长令我不能不辞职，我失业闲居，一心想把已经动手而未完成的《阿赖耶识论》完成，正是朱子所谓"贪也"，一日我读到这个注解，像小学生见了先生的面，一句话也没得说了，我们原来都是知者好学，较之颜回"一箪食，一瓢饮，在陋巷，人不堪其忧，回也不改其乐"，愧不如了，因此我很喜欢孔子"仁者安仁，知者利仁"的话，然而利仁毕竟是仁，知者也终于安仁了，大约世间终于还是有两种人格，一种是不忧，一种是不惑，故孔子曰"仁者不忧，知者不惑"，又曰"好学近乎知，力行近乎仁"。

今年暑假，看《朱子语类》，关于《论语》子使漆雕开仕章第一条是：

"陈仲卿问子使漆雕开仕章。曰，此章当于斯字上看，斯是指个甚，未之能信者，便是于这个道理见得未甚透彻，故信未及，看他意思便把个仕都轻看了"。

这话我乍看颇出乎意外，因为这章书我向来没有看朱注，也不十分注意这章书，只是觉得漆雕开这个人对于出去做官的事情不敢相信罢了，"吾斯之未能信"的"斯"字便是指上面的"仕"字。今朱子曰，"此章当于斯字上看，斯是指个什么"，可见朱子的意思要深一层了，连忙我觉得朱子的话大概是对的，于是我再打开《论语》看：

"子使漆雕开仕，对曰，'吾斯之未能信。'子说。"（"说"同

"学而时习之不亦说乎"的"说"字是一样，就是"悦"字。）

这一来我很喜欢这章书，诚如朱子所说，"此章当于斯字上看，斯是指个什么。"我还不是就意义说，我是就文章说，《论语》的文章真是好文章，令我读着不亦说乎了。懂得《论语》的文章，《论语》的意义也就懂得了。这章书，把先生的神气，把学生的神气，表现得真是可爱。先生的神气在"子说"二字传神。学生的神气便是这个"斯"字传神。好像漆雕开正在那里好学，手上捧一个什么东西的样子，所谓得一善则拳拳服膺，故曰"吾斯之未能信"了。你看他的话答得多快，好像个不暇顾及的样子。你看先生看着这个学生该是多高兴，故"子说"。我记得我小时在私塾里读书读到这里的"子说"，很觉奇怪，为什么忽然两个字就完了？好像小孩子不能住口似的。今日乃懂得《论语》文章之佳了。这真是一件有趣味的事。因为这章书的一个"斯"字，我乃想起《论语》里面好几个斯字，都是善于传神。我们先看这一章：

"或问禘之说。子曰：'不知也。知其说者之于天下也，其如示诸斯乎？'指其掌。"

这个"斯"字是指孔子自己的手掌，孔子说话时把自己的手掌一指了，故记者接着说明"指其掌"。这里不加说明千秋万世之后便不知道"斯是指个甚么"了。

又如这章书：

"子在川上曰，'逝者如斯夫，不舍昼夜。'"

记者要传孔子说话的神情，故先说明"子在川上"，其实孔子当时只说着"逝者如斯"，是他自己眼前有所指罢了。所以漆雕开之"斯"也必是当下实有所指，显得他正在那里用功了。

又如这一章：

　　"子谓子贱，'君子哉若人！鲁无君子者，斯焉取斯？'"

　　朱注，"上斯，斯此人；下斯，斯此德。"此下斯同朱子注
"吾斯之未能信"之斯徒在句子里头找都找不着何所指了。

　　此外孔子说话，常常前无所指，而直呼曰："斯道"，曰"斯
文"，我们读着都觉其自然。"子曰：'谁能出不由户，何莫由斯
道也！'"这或者是孔子站在门前说——一面指着门说"谁能出不
由户"，一面指着门口的路说："何莫由斯道也"亦未可知，总之
神情非常之亲切可爱。至于"斯文"二字，自从孔子说话之后，
我们大家现在都习用了，如说你是"斯文中人"。

（一九四八年）

孔门之文

棘子成曰，君子质而已矣，何以文为。子贡曰，惜乎夫子之说君子也。驷不及舌。文犹质也。质犹文也。虎豹之鞟，犹犬羊之鞟。

《论语》这一章书，令我很有所触发。我很爱好子贡这一番说话。孔门与以后的儒家高下之别，我们不妨说就在这一个"文"字。孟夫子的文章向来古文家是很佩服的了，我却觉得孟夫子的毛病就在乎有点"野"，即是孔子说的质胜文则野。同时孟轲也就有点纵横家的习气，或者也就是孔子说的文胜质则史罢。孟轲总还不失为深造自得的大贤，到了唐朝的韩愈，他说孟轲功不在禹下，他又以唐朝的孟轲自居，是子贡所谓"犬羊之鞟"者乎。宋儒的毛病也就在乎缺乏一个"君子"的态度，即是不能文质彬彬，或者因为他们正是韩愈以后的人物罢。子贡听了棘子成的话，给他那么一个严重的修正，说着一言既出驷马难追，其言又何其文也。他大约是有得于"夫子之文章"者也。我再引子贡的说话，同孟子的说话，同是关于商纣的，读者诸君比较观之可以分别高下。子贡曰，纣之不善，不如是之甚也。是以君子恶居下流，天下之恶皆归焉。孟子曰，尽信书则不如无书，吾于武成取二三策而已矣，仁人无敌于天下，以至仁伐至不仁而何其血之流杵也。孟轲先生的话真是有点霸道，简直可恶。朱熹对于血流漂杵又加一番解释，"武成言武王伐纣，纣之前徒倒戈，攻于后以北，血流漂杵，孟子言此则其不可信者。然书本意乃谓商人自相杀，非谓武王杀之也。"是又说得更下流，不堪卒读。

（一九三六年）

关于派别

林语堂先生在《人间世》二十二期《小品文之遗绪》一文里说知堂先生是今日之公安，私见窃不能与林先生同。据我想，知堂先生恐不是辞章一派，还当于别处去求之。因此我想到陶渊明。陶渊明以诗传于后代，然而陶渊明的诗实在不能同魏晋六朝的诗排在一起，他本来是孤立的。知堂先生的散文行于今世，其"派别"也只好说是孤立，与陶诗是一个相似的情形。且让我道出究竟。我读陶诗亦可谓久矣，常常感得一个消息而又纳闷，找不着电码把这个消息传出去，有一天居然于他人口中传出我自己的心事，而我与这说话人又可谓之同衾而隔梦。此人为北齐杨休之，我一日读到他的这几句话，"余览陶潜之文，辞采虽未优，而往往有奇绝异语，放逸之致，栖托仍高"，杨休之去渊明未远，他的话没有成见在胸，只是老实说他自己所感触的，他从陶渊明的作品里感到"辞采未优"，这确是一个事实，只看我们怎样认识这个事实。陶诗原来是一个特别的产物，他虽然同魏晋六朝人一样的是写诗，他的诗却不是诗人骚士一样的写景抒情，而他又有诗人骚士一样的成功，因此古今的诗人骚士都可以了解他，而陶诗又实在是较难了解。杨休之提出的"辞采"二字，很能帮助我们说话，陶诗比起《文选》上那些诗人的诗篇，不正是少辞采吗？陶诗像谢灵运的诗吗？像鲍照的诗吗？甚至于像阮籍的《咏怀》吗？我们直觉的可以答曰不像。原来陶诗不是才情之作，陶渊明较之那些诗人并不是诗人，那些诗人的情感在陶诗里头难有，因此那些诗人的辞采在陶诗里头难有。陶诗不但前无古人，亦且后无来者，后之论唐诗者每将王维韦应物柳宗元等人同陶渊明说在一起，以为他们学陶而得陶之一体，这样的说法其实未必公平，王维等人其辞采亦多于陶，与其说他们与陶公接近，还不如说与鲍谢更为接近，唐诗写山水之胜，求之陶诗无有也。这个事实我以为并不稀罕，陶渊明在某一意义上本不是诗人，虽然他的诗写得那么恰好。我由杨休之的话再想到陶公自己的话，他仿张衡蔡邕诸文士而作《闲情赋》，序有曰，"余园闾多暇，复染翰为之，虽文妙不足，庶不谬作者之意乎？"我想"文妙不足"或者本不是一句闲话，其知己知彼情见于词乎？昔年读《饮酒》诗，其第十首云，"在昔曾远游，直至东海隅，道路回且长，风波阻中途，此行谁使然，似为饥所驱，……"我很为"似为饥所驱"之一"似"字所惊住，觉得这实在是有道之君子，对于自己的事情未能相信，笔下踌躇，若使古今文人为之，恐要写得华丽，所谓下笔不能自休也。陈师道曰，"鲍照之诗华而不弱，陶渊明之诗切于事情，但不文耳"，虽然这所谓"切于事情"的含义怎么样我们不能妄为之推测，观其"不文"一语，总也是他的真实的感觉罢。今天我特意把《昭明文选》所录的诗翻阅一过，翻到挽歌项下见其将陶诗《挽歌》三首只选了第三首，此诗曰：

> 荒草何茫茫，白杨亦萧萧，
> 严霜九月中，送我出远郊。

> 四面无人居，高坟正嶕峣，
> 马为仰天鸣，风为自萧条。
> 幽室一已闭，千年不复朝。
> 千年不复朝，贤达无奈何。
> 向来相送人，各自还其家，
> 亲戚或余悲，他人亦已歌。
> 死去何所道，托体同山阿。

于是我掩卷而想，萧统为什么只选这一首？其以此首有"荒草何茫茫，白杨亦萧萧"等萧瑟的描写乎？陶诗之佳却不以此，在其唯物的中庸心境，因其心境之佳，而荒草茫茫乃益佳耳。《挽歌》第二首曰：

> 在昔无酒饮，今但湛空觞。
> 春醪生浮蚁，何时更能尝。
> 肴案盈我前，亲旧哭我傍。
> 欲语口无音，欲视眼无光。
> 昔在高堂寝，今宿荒草乡。
> 一朝出门去，归来良未央。

这样的文章，大约算得"古幽默"，写的是自己死后的情景，从前没有酒喝，现在酒菜都摆在面前，喝不到嘴了。曰"死去何所道，托体同山阿"，又曰"一朝出门去，归来良未央"，好像是老头儿哄孩子的话，说得蕴藉之至。又想着自己死后亲戚朋友来吊丧的情形，后来各人又都回家过日子去了。我的这些话只是对于萧统的选诗起了一点好奇心，他大约不能看出陶渊明的本来面目，同选旁人的诗是一副眼光，这仿佛可以证明我上面的说话似的。话又说回来，我草这篇文章的本意，是因为我觉得知堂先生的文章同公安诸人不是一个笔调，知堂先生没有那些文采，兴酣笔落的情形我想是没有的，而此却是公安及其他古今才士的特色。在这一点上我觉得知堂先生恰好与陶渊明可以相提并论，故不觉遂把一向我读了陶诗所感触者写出一些，而将要说到知堂先生这方面来，话一开头即有告收束之势，未知已足以见我之意乎？我这篇小文的范围，只着重在文章的派别这一个意思，因此把我以为应该算是孤立的两个人连在一起，实在这两个古今人并不因此是一派，此事今日真未能详言也。

上文于昨日写完了，在篇首加了"关于派别"四个字算是题目，打算就寄给《人间世》发表，但心里总觉得有点不安，文章刚刚写到一半就结束——我越想越觉得我还应该把后半篇的意思补足起来，因为我的初意虽只是想说出我自己所感得的知堂先生的散文与陶诗又是怎样的不同，而这文章上的不同乃包含了一个很有意义的事实，我好像有一个要说话的责任似的，当仁而让，恐是自己懒惰。近日身体小有不适，家里的人劝我莫多用心思，昨夜我乃又戏言曰，"这篇文章恐怕还要多得几块钱稿费，两千字还不够。"妻乃又很不以我为然了，说我在病中来了客偏偏爱说话，又写什么文章。我说，这是要紧的话，不能不说。今天早起我的心里很感着一种闲情，因为我很少有一个懒散作文的快乐，今早再来补写这篇文章，很是一个轻巧的工作的意味了。近人有以"隔"与"不隔"定诗之佳与不佳，此言论诗大约很有道理，若在散文恐不如此，散文之极致大约便是"隔"，这是一个自然的结果，学不到的，到此已不是一般文章的意义，人又乌从而有心去学乎？我读知堂先生的文章，每每在这一点上得到很大的益处，这益处我并不是用来写文章，只是叹息知堂先生的德行。我在本刊十三期今人志《知堂先生》一文里有一节关于文章的话我觉得我可以完全抄来。"我常记得当初在《新月》杂志读了他的《志摩纪念》一文，欢喜慨叹，此文篇末有云，'我只能写可有可无的文章，而纪念亡友又不是可以用这种文章来敷衍的，而纪念刊的收稿期又迫切了，不得已还只得写，结果还只能写出一篇可有可无的文章，这使我不得不重又叹息。'无意间流露出来的这一句叹息之声，其所表现的人生之情与礼，在我直是读了一篇寿世的文章。他同死者生平的交谊不是抒情的，而生死之前，至情乃为尽礼。知堂先生待人接物，同他平常作文的习惯，一样的令我感兴趣，他作文向来不打稿子，一遍写起来了，看一看有错字没有，便不再看，算是完卷，因为据他说起稿便不免于重抄，重抄便觉得多无是处，想修改也修改不好，不如一遍写起倒也算了。他对于自己是这样的宽容，对于自己外的一切都是这样的宽容，但这其间的威仪呢，恐怕一点也叫人感觉不到，反而感觉到他的谦虚。"我的这篇文章是去年七月写的，到现在为时虽然不到一年，我自知也不无进益，我觉得我更能了解知堂先生的宽容。去年刘半农先生去世，我同刘先生不甚相识，只能算是面熟，但我听了他死的消息为之哀思，正同另一不相识的人徐志摩先生数年前死了我在故乡报纸上看见消息不觉怅念是一样，不过徐先生好像是以其才华动我的感情，这点感情好像是公的，刘先生则令我一个同他没有交情的人忽然认识他的德行似的，我觉得他的声音笑貌很可亲近，虽然北大上课时休息室里遇见刘先生我总有点窘，想不出话来说。我本着我的朴素的感情作一副挽联，"学问文章空有定论，声音笑貌愈觉相亲"，抄给胡适之先生看，适之先生说上联的"空"字人家看了有褒贬的意思，那么这就很非我的本意了，所以这对子我没有用。北大举行半农先生追悼会时我另外写了一副送去，"脱俗尚不在其风雅，殁世而能称之德行"，我自己还是觉得不好。后来我看见知堂先生有一挽对，我的私心觉得这也是不好的，及至我读到他的《半农纪念》一文，那里面也引了这副挽对，我乃很有所得。我们总是求把自己的意思说出来，即是求"不隔"，平实生活里的意思却未必是说得出来的，知堂先生知道这一点，他是不言而中，说出来无大毛病，不失乎情与礼便好了。知堂先生近来常常戏言，他替人写的序跋文都以不切题为宗旨。有时会见时他刚写好一篇文章就拿出来给我们看，笑着道，"古文。"他说古文，大约就好比搭题的意思。去年他替李长之君的文集写的序，我拿了原稿读到篇末，忽然眼明，原文的句子怎么样我不记得，大意是说他的那些不切题的话就不当论文而当论人罢，这里除一个诚实的空气之外，有许多和悦，而被论者（其实并没有被论）的性格又仿佛与我们很是亲近，不知长之君以为何如，我确是感到一个春风。不久以前我又看到《关于画廊》的原稿，这是为李曦晨君的《画廊集》写的序，我看了很是惭愧，但一点也不觉得怯弱，很有更近乎勇的神气，因为我也应该为《画廊集》写一点序跋之类，但当时觉得写不出就没有写，知堂先生的序《画廊》，曦晨君不知以为何如，我感到一个奋勉的空气，又多苍凉之致。（特别我同曦晨较常接近，故有此感。）其实这都不是知堂先生文章里面字句与意义直接给我们的。这种文章我想都是"隔"，（不知郑振铎先生的"王顾左右而言他"是不是这个意思?）却是"此中有真意"存乎其间也。严格的讲起来，散文这东西本来几几乎不是文学作品，你说你顶爱好这样的文学作品也未始不可，我尝以为《论语》一书最是散文的笔调，这个笔调就是隔，"子曰，富而可求也，虽执鞭之士吾亦为之"，"陈司败问昭公知礼乎，孔子曰知礼"，其他答门人之问无一是孔子的非说不可的那一句话，这句话又每每说得最可爱，千载下徒令我们想见其为人。此外如诸葛孔明的《出师表》，一篇公文那么见人的态度，若求之于字句与意义，俱为心思以外的话也。若陶渊明之诗则不然，一部陶诗是不隔，他好像做日记一样，耳目之所见闻，心意之所感触，一一以诗记之。陶渊明之诗又与《论语》是一样的分量，他的写景与"子在川上曰，逝者如斯夫，不舍昼夜"是一样的质朴，非庄子的秋水不辨牛马也。古今其他的诗人关乎景物的佳句，多为诗人的想像，犹如我们记忆里的东西也。田园诗人四个字照我的意义说起来确可以如之于陶渊明，他像一个农夫，自己的辛苦自己知道，天热遇着一阵凉风，下雨站在豆棚瓜架下望望，所谓乐以忘忧也。我曾同朋友们谈，陶诗不是禅境，乃是把日常天气景物处理得好，然此事谈何容易，是诚唯物的哲人也。然而他较之孔子，较之诸葛，较之今人如知堂先生，陶公又确是诗人。这一点我曾熟思之，觉得我不无所见，我在这半篇文章的开头说有一个很有意义的事实者此也。原来诗人都是表现自己的，大约他天生成的有这表现的才能，他在这表现之中也有着匠人制作的快乐，这是诗之所以"不隔"之故，而诗也要愈是自己的事情愈是表现得好，陶诗虽不能同乎其他诗人之诗，而陶诗固皆是以自己为材料也。陶公之所以必为隐逸，古今诗人只有陶公是真正的隐逸，均是由此而生的有趣的问题。他做彭泽令是为得糊口，"自量为己必贻俗患"又不得不"俛挽辞世"。若在孔子，虽然仕非为贫而有时乎为贫，然而为委吏要会计当，为乘田要牛羊茁壮，"敬其事而后其食"，"执御执射"大约也真是"多能鄙事"，这里头我想也总有一个快乐，不能老早等着做一个"万世师表"。我很爱他自己的话，"吾少也贱，故多能鄙事。君子多乎哉，不多也。"从前我喜欢上半句，后来我爱"君子多乎哉，不多也"，他对于绅士们的谦让很有情趣。我的意思是想说陶公与孔子很有一个性格上的不同。陶公对于生活的写实，又是他与中国文人最大的不同，"人生归有道，衣食固其端，孰是都不营，而以求自安?"所以他结果非思慕长沮桀溺不可，这一来这个"田园诗人"反而令人奇怪，因为难得找例子，他是一个农工，我们不能说他是"隐逸"了。有人怀疑他的"乞食"只是一句诗，大约也怀疑他的耕田，因为我们大家没有亲眼看见。陶诗《归田园居》第三首云，"种豆南山下，草盛豆苗稀，晨兴理荒秽，带月荷锄归，狭道草木长，多露沾我衣，衣沾不足惜，但使愿无违。"此诗我曾经爱读，觉得亲切，有一回平伯我兄也举了"衣沾不足惜，但使愿无违"两句，以为正是孔子之徒，现在我想陶公或者还是农人的写实罢，见面时再问平伯以为何如。再来说散文一派，也就是我所说的儒家。我说诗人都是表现自己的，诗的表现是不隔，(我在这里说诗的表现是"不隔"，特别是就我这篇文章的意思立论，而不是就一般诗的艺术说，若就一般诗的艺术说则不隔二字还很得斟酌。)若散文则不然，具散文的心情的人，不是从表现自己得快乐，他像一个教育家，循循善诱人，他说这句话并非他自己的意思非这句话不可，虽然这句话也就是他的意思。又如我前面所说的，具散文的心情的人，自己知道许多话说不出，也非不说出不可，其心情每见之于行事，行事与语言文字之表现不同，行事必及于人也。这里便是吾意着重之点，行事亦何莫而非自己之表现，只是他同诗人不一样，诗人虽不与鸟兽为群，诗人确是有他自己的一个"自然"，因此他自己也有一个"樊"，(用陶诗"久在樊笼里，复得返自然"语，)孔子的诗情则偶见于

"吾非斯人之徒与而谁与"也。这或许还有环境上的原因，然而性格的不同我想是一个重要的原因。诗人因为"为己"，他恐有不自在的地方，陶公虽然自谦"总角闻道，白首无成"，这里或者也足以见他的真情，自己辛苦数十年，临死还以小儿辈饥寒念之在心。孔子一生与人为徒，有志于老安少怀朋友信之，有许多情感因此恐怕还要淡漠一点，我想这里很有点心理学上的问题，然而我怕我胡乱说话，我只能说我好像懂得一个"礼"字。孔子的经验见于"仁""礼"二词，仁的条目是礼，仁之极致也是礼，除开仁而言礼不是孔子的意思，举仁而礼之义可在其中，我说这些话是记起《论语》一章，"颜渊死，颜路请子之车以为之椁。子曰，才不才亦各言其子也，鲤也死有棺而无椁，吾不徒行以为之椁，以吾从大夫之后不可徒行也。"这章书很有意思。没有颜渊这一死，颜路这一请，孔子不说到他的鲤，孔子说到他的鲤又是当着人家的父亲面前说的，孔子对于这个人的短命又是那么哀恸，这人又"视予犹父"，所以我觉得孔子答颜路的话可谓有情有礼。有人注重"才不才"，拿来做注解，我想未必罢，这三个字的口气是因为"各言其子"罢，是孔子说话的心情态度好罢。后来的人不但不会读"经"，也不会读"传"，他们如果会读《左传》，看看古人对答词令之佳，他们就不会只在"意义"里头去找了。我提起这章书的本意却是因为我们可以想伯鱼死时的情形，在自己小孩子的事情上面见孔子的礼的态度，也就是仁的极致，宋儒则谓之"化"。太凡旷达的人，我想旷达只是禅境，未必无普通人的烦恼，他们对于日常生活有点厌烦，虽然他们有他们自己的很好的境界，到得俗事临头，他们也"未能免俗"，倒是能近取譬修己安人的人，从实生活上得到经验，"恕"本来是及于人的，"恕"亦可以宽己也。陶公不是一般的旷达，他过的是写实的生活，这是他的挽歌写得那么好的原故，不但庄子没有这样的文章，孔子也似乎没有这个冷静，但关于儿女辈常抱一个苦心，可谓不达孔子之礼，而在陶公又最为自然也。写到这里我记起一件事，中国读书人都是士大夫阶级，我们现在也都是，有一天内人同我讲一句话，我甚有所启发，她说，"我们生了小孩子，我只盼望孩子身体健康，至于孩子将来做什么事情那却没有一定，我带到乡间去学手艺也好，我喜欢同他们常聚在一块儿，反正手艺也总是人做的。"庸言庸行，我得一善。然而这话我那里配说，徒有惭愧之情，若陶公一农夫耳，四体诚乃疲，饮酒赋诗，又何害乎职业，至于子孙不能饱食暖衣，实在应非自己的责任。千载下之今日我来讲这些空话，只能算是妄语，读者恕之。话又说回来，我的这一段话的意思，是想说明陶公到底还是诗人，孔子真是儒者的代表，各人性格上的不同，因而生活的状况不一样，两方便又都是写实的生活，都是"尽性"，性情不可有一个解脱的统一，吾辈慕其生活，又爱其性情也。再来说今之人如知堂先生。或者有人要问，知堂先生自己出文集，陶渊明还未必自己出诗集，而你的意思仿佛还认知堂先生是儒家？是的，我在这篇文章的开始，不知不觉的以知堂先生的文章与陶渊明的诗相提并论，并没有想到要说《论语》，大约就因为文集与诗集的原故。然而我以为知堂先生是儒家。其实我的意思从上文已可以寻绎出来，兹不惮再繁言。今之人每每说知堂先生是隐逸，因之举出陶渊明来，连陶渊明一齐抹杀，据我的意见陶渊明其实已不是隐逸，已如上述，夫隐逸者应是此人他能做的事情而他不做，如自己会导河，而躲在沙滩上钓鱼，或者跑到城里来售买黄灾奖券，再不然就是此人消极，自己固然不吃饭去求长生不老，而让小孩子也在家里饿死，纵然大家不责备这些人，这些人亦自可耻矣。社会还是古今这样的社会，非隐逸的条件其实只是一句话，此人尚在自己家里负责任。若在古不谈正统，不谈治国平天下，在今不谈大众文学，较之你们乱谈，其不同正在一个谈字上面，自己知道没有什么罪过。孔子曰，未知生，焉知死。未能事人，焉能事鬼。此言何其慨乎言之。我们生在今日之中国，去孔子又三千年矣，社会罪孽太重，于文明人类本有的野蛮而外，还不晓得有许多石头压着我们，道学家，八股思想，家族制度等等，我们要翻身很得挣扎。名誉，权利，爱情，本身应该是有益的东西，有许多事业应该从这里发生出来，在中国则是一个变态，几乎这些东西都是坏事的。我们今日说"修身齐家"，大家以为落伍，不知这四个字谈何容易，在这里简直要一个很大的知者。孔子曰，"己欲立而立人，己欲达而达人，能近取譬可谓仁之方也已"，孔子说这话恐怕还要随便一点，在今日这句话简直令我们感到苦痛，然而这却是知者的忧愁也。我在《知堂先生》那一篇小文里最后说到科学是道德，意思恐很不明白，然而我当时也就算了，因为我只是记着我自己的一点心情，从知堂先生那里得的知慧，如果我真有好些科学知识，我想我本着这个意思要多写文章，我却是没有科学知识的，不想再多说空话。在知堂先生的《夜读抄》出版的时候，我拿来翻阅，随处感得知者之言，仁者之声，如中华民国二十二年十月九日北京大学西斋有一女子吊死的事情，知堂先生写了一篇《缢女图考释》，读者以为是一篇幽默的文章乎？这个幽默却是与《论语》的"师冕见""子见齐衰者"那几章的文章一样的有意义。因此我又记起一件事，有一天平伯同我谈笑话，他说孔子这人真有趣，"子见齐衰者，冕衣裳者，与瞽者，见之虽少必作，过之必趋"，齐衰者冕衣裳者，大约是有目共见，若夫瞽者，则孔子看见他，他不看见孔子，孔子这人很可爱了。平伯这话又令我记起《莫须有先生传》第二章莫须有先生下乡遇见算命的先生，后来我把《莫须有先生传》再翻开一看，觉得莫须有先生这人也还可爱。《夜读抄》里有《论泄气》一文，大约是幽默的杰作，我在这里完全抄两段：

中国的修道的人很像是极吝啬的守财奴，什么一点东西都不肯拿出去，至于可以拿进来的自然更是无所不要了。大抵野蛮人对于人身看得很是神秘，所以有吃人种种礼俗，取敌人的心肝脑髓做醒酒汤吃，就能把他的勇气增加在自己的上面。后代的医药里还保留着不少的遗迹，一方面有孝子的割股，一方面有方书上的天灵盖紫红车，红铅秋石，人中白人中黄，至今大约还很有人爱用，只是下气通这一件因为无可把握，未曾被收入药笼中，想起来未始不是一桩恨事。唯一的方法只有不让他放出去，留他在腹中协佐真气，大有补剂的效力，这与修道的咽自己的吐沫似是同样的手段，不过更是奇妙，却也更为难能罢了。（废名谨按，此段前文系转引俞曲园先生《茶香室三钞》引明李日华《六砚斋三笔》"李赤肚禁人泄气"云云。）

在某种时地泄气算是失仪。史梦兰的《异号类编》卷七引《乐善录》云：'邵篪以上殿泄气，出知东平。邵高鼻圈鬓发，王景亮目为泄气师子。'记得孙中山先生说中国人坏的脾气，也有两句云：'随意吐痰，自由放屁。'由此看来，在礼仪上这泄气的确是一种过失，不必说在修道求仙上是一个大障碍了。但是，仔细一想，这种过失却也情有可原，因为这实在是一种毛病。吐痰放屁，与吐呕遗矢溺原是同样的现象，不过后者多在倒醉或惊惶昏瞀中发现，而前者则在寻常清醒时，所以其一常被宽假为病态，其他却被指斥为恶相了。其实一个人整天到晚咯咯的吐痰，假如不真是十足好事去故意训练成这一套本领，那么其原因一定是实在有些痰，其为呼吸系统的毛病无疑，同样的可以知道多泄气者亦未必出于自愿，只因消化系统稍有障害，腹中发生这些气体，必须求一出路耳。上边所说的无论那一项，失态固然都是失态，但论其原因可以说是由于卫生状况之不良，而不知礼不知清洁还在其次。那么归根结蒂神仙家言仍是不可厚非，泄气不能成为仙人，也就不能成为健全国民，不健全即病也。病固可原谅，然而不能长生必矣。

我抄这两段文章，除略略有点介绍幽默的嫌疑之外，我是爱好知堂先生心境的和平，我们只看他这一句，"上边所说的无论那 项，失态固然都是失态，但论其原因可以说是由于卫生状况之不良，而不知礼不知清洁还在其次"，我觉得很能看出知堂先生气象，他很少有责备人的意思，看见人家很好就很好。我曾举了《夜读抄》里《兰学事始》这篇文章同知堂先生说，"这种文章给中学生看了很有益处。"知堂先生点首，又踌躇着道，"我们做文章恐怕还应该做明白一点。"有一回我们几个人计议，想办一个杂志给中学生看，知堂先生又提出"严正"二字。有一回我举《论语》"学而"三章，我说，"这样的话真记得好，其实是人人都难做到的事情，却记得那么像家常话。"知堂先生也点头，又接着道，"有许多事大家都承认的，也不必二加二等于四，这些话我们以前都觉得不必说，以后要看怎么说的好。"言下都令

我有所得。我再把《夜读抄》后记里所引的与侵君的信抄在这里：①

> 惠函诵悉。尊意甚是，唯不佞亦但赞成而难随从耳。自己觉得文士早已歇业了，现在如要分类，找一个冠冕的名称，仿佛可以称作爱智者，此只是说对于天地万物尚有些兴趣，想要知道他的一点情形而已。目下在想取而不想给。此或者亦正合于圣人的戒之在得的一句话罢。不佞自审日常行动与许多人一样，并不消极，只是相信空言无补，故少说话耳。大约长沮桀溺辈亦是如此，他们仍在耕田，与孔仲尼不同者只是不讲学，其与仲尼之同为儒家盖无疑也，匆匆。六月十日。

这里令我感得兴趣的是这两句："目下在想取而不想给。此或者亦正合于圣人的戒之在得的一句话罢。"我觉得这很见知堂先生的心情，不知不觉的写出"戒之在得"这句话，殊幽默之至，老年人总是想于人有点益处也。至此我的意思大约已经都说了，只是题目扯得太大，我总怕我有妄语。现在又回转头来，原来我写这篇文章的意思只是想说明文章笔调之不同，文章有三种，一种是陶诗，不隔的，他自己知道；一种如知堂先生的散文，隔的，也自己知道；还有一种如公安派，文彩多优，性灵溢露，写时自己未必知道。我们读者如何知之？知之于其笔调。

（一九三五年）

---

① "侵君"即林庚。——编注。

二十五年我的爱读书

（一）三百篇
（二）左传
（三）周易

民国二十五年我的爱读书可以提出三种，一是《三百篇》，一是《左传》，一是《周易》。不凑巧这三部书都是经，与北平尊经社的人冲突——因为他们同我雷同，故我说与他们冲突。《三百篇》与《左传》最表现着一种风趣，这风趣是中国的，中国后来所没有的也正是没有这个风趣了。可惜这两部书我还没有工夫仔细读。《周易》我也只是稍为翻了一翻，还没有仔细读，我读《易》的宗旨同江绍原先生处于反对的方向，即是说我是注重"微言大义"的，不过此事亦甚难，是孔夫子的话"人能弘道非道弘人"也。

（一九三七年）

《水浒》第十三回

　　我尝劝学生读金圣叹第五才子书，对于自己作文总很有益处。只可惜中国小说于男子妇人间的事情总写不好，此盖是民族精神的致命伤，缺乏健全思想，无可如何也。《红楼梦》的空气要算是最好的，虽然贾宝玉的名誉太大，我不想替他宣传，然而《红楼梦》尊重女子人格这一点，又怎不令我们佩服。据考证家的报告，这又却是满洲人的光荣。《水浒》所写的是英雄好汉，但中国的绿林同文人士大夫也还是一个传统，故秋心君曾向我发泄其愤怒，他说他最讨厌武松，理由是"武松杀丫环"！此君大约是熟读欧洲中世纪骑士的故事，其愤怒我可以同情也。金圣叹第五才子书《水浒传》我总劝学生们读读，可以启发文思，我记得我从前读到杨志在黄泥冈上生辰纲被打劫了的时候，眼看着十四个伙计软倒地下，起来不得，"树根头拿了扑刀，挂了腰刀，周围看时，别无物件，杨志叹了口气，一直下冈子去了，"在周围看时，别无物件，句下有批："只有满地枣子！写来绝倒。"金圣叹先生这一笔，我当时很得到喜悦，仿佛把黄泥冈再描写了一遍，满地枣子，又足以现得黄泥冈寂静矣。第五才子书第十三回下，圣叹有一段文章，至今我很是佩服。这一回晁盖盖始出名，

"我因是而想，有有全部书在胸而始下笔著书者，无全书在胸而姑涉笔成书者。如以晁盖为一提纲挈领之人，而欲第一在便先叙起有，此所谓无全书在胸而姑涉笔成书者也。若既以晁盖为第一部提纲挈领之人，而又不得不先放去一十二回，直至第十三回方与出名，此所谓有全书在胸而后下笔著书者也。"这样的著书之人，这样的批书之人，都可以做我们的老师者也。我们虽不必学著书，却无妨学这一点安闲的态度，即是预备好好的做工作。唐人诗句，"闭户著书多岁月，种松皆作老龙鳞，"其实是无全书在胸而姑涉笔成趣者也，不如金圣叹的诂亲切而有味。在鲁智深倒拔垂杨柳那一回，批书之人曾将"施耐庵"之名，作一句文章，"发愤作书之故，其号耐庵不虚也。"这个作书之故我们不管他，这个批书之人，"予日欲得见斯人矣。"

（一九三六年）

百十五回本《水浒》替我们解决了一个问题

我认为百十五回本《水浒》替我们解决了一个问题。这个问题就是，《水浒传》的著者应该不成问题，我们简单地说它是民间文学好了。对于民间文学，我们如果追问它的著者，那是一点意义没有的。施耐庵很可能是最有名的一个编写人，他的本子就成为后来最流行的本子，而《水浒传》决不是施耐庵"著"的。这件事是中国文学史上一件有趣的事，关系很大的事。这件事百十五回本《水浒》亲切地告诉了我们。

鲁迅《中国小说史略》就说百十五回本《水浒》"虽非原本，盖近之矣"。最近何心《水浒研究》把这个意思又发挥了一些。我对于这些事向来少研究，但觉得何心的话（关于百十五回本《水浒》）有道理。适逢有人给我送来《英雄谱》，我就打开百十五回本《水浒》翻阅，结果引起我很大的注意，增加我学习的兴趣。下面简单地说明几点。

百十五回本《水浒》第三回写鲁达给金老父女盘缠回东京，自己"取出三两银子，放在桌上。对史进曰，'你有银子，借些与洒家，洒家就还。'史进便去包裹内取出十两银子，放在桌上。

又对李忠曰，'你也借些。'李忠只有二两。鲁达就将这十五两银子与金老儿。"这同我们平常所熟悉的情节不一样，我们平常所熟悉的，这十五两银子里面，没有李忠的二两，因为鲁达嫌李忠出得少，说李忠"是个不爽利的人"，把他的二两银子退还了他。鲁达自己是从身边摸出五两银子。因为这个不同，我就有心去查花和尚大闹桃花山的情节。我们平常所熟悉的，是李忠在桃花山做大王，他是一个不爽利的人，鲁达来山，他舍不得现有金银送与鲁达作路费，必得下山去打劫，所以鲁达笑他"是把官路当人情，只苦别人。酒家且教这厮吃俺一惊"。结果有趣的花和尚把桃花山的东西拿走了，自己从后山滚下去。百十五回本《水浒》果然没有这个细节的描写（因为它本来不刻划李忠的悭吝），鲁智深不肯落草，李忠曰，"'哥哥要去时，难以强留。'将出白金十两，送别去了。"百十五回本《水浒》同我们一般所熟悉的《水浒》，像这样细节的不同，很多，而主题思想，典型人物，倒都是一样的。我们再举一例，还是鲁达的故事，鲁达到了代州雁门县，遇见金老，金老引他到家，就是赵员外之家，因为金女嫁给了赵，没有回东京，就住在这里。我们平常知道接着有一场厮打，因为赵员外以为金老"引什么郎君子弟在楼上吃酒，因此引庄客来厮打"。百十五回本便没有这个细节，只是鲁达同金老父女"三人饮酒，至晚，只见丫环来报曰，'官人回来了。'金老便下楼来，请官人上楼，说道，'此位官人便是鲁提辖。'那官人便拜曰，'闻名不如见面！'鲁达同礼曰，'这位官人就是令婿么？'金老曰，'然。'再备酒食相待。"这倒是很合理的。我们平常所读的，有那场厮打，实在并无必要。这说明民间文学，故事流传，是由说话人兴之所好，或迎合听话人的心理，随意增添一些细节。这同著作家著作的性质是不一样的。所以《水浒传》的著作权决不归施耐庵所有，它不属于作家创作一类的东西。

　　我们再就林冲的故事举一例。林冲在柴进庄上同洪教头比武，我们所熟悉的，是两人已交手了四五合，然后林冲忽然跳出圈子外来，而且说道，"小人输了。"因为他多了一具枷。然后柴进才拿出十两银子给两个公人，"相烦二位下顾，权把林教头枷开了。"这样当然把故事说得很有趣，其实如果真要比武，柴进的十两银子一定早给了公人，应该先把林冲枷开了。百十五回本《水浒》就是如此，柴进先叫且把酒来吃，"吃过了五七杯，明月正上，照见厅堂里如同白昼。柴进便叫庄客取十两银子来，与公人曰，'相烦二位，权把林教头枷开了。'"开枷在先，比武在后。

　　大家已经知道的"移置阎婆事"且不谈，——谈起来就太多，而且阎婆事到底是移置的合理还是原来面貌（便是百十五回本的次序）更合理，我的意见同施耐庵并不一致——假设施耐庵属于移置一派。今天我想说明的，《水浒传》是民间文学，这是中国文学史上最光荣的事情，它是由人民来记录了人民的思想感情。它的"著者"问题并不成什么问题，过去我也受了胡适的迷惑，以为《水浒传》究竟是谁做的。这一来便不懂得《水浒》的真价值了。

　　　　　　　　　　　　　　　　　　　　　　（写作时间不详）

无题

　　我在《〈水浒〉第十三回》一篇小文里，称赞金圣叹"此所谓有全书在胸而后下笔著书者也"的说法。这句话的价值，当然是因为《水浒》的价值而有价值，不然则未必能以逗得我们的欢乐。在那个反对的方向，其实也有一个极大的欢乐，即是"无全书在胸而姑涉笔成书者也"。可惜我这番佳话不能说与金圣叹听，圣叹听之当为我浮一大白。此无全书在胸而姑涉笔成书之书为何书？乃外国的《水浒传》。乃世界无比的《吉诃德先生》。可惜这部书我们没有一部好好的翻译，虽然著者西万提司先生[①]在中国的明朝末年曾这样戏言过，说是中国皇帝有信给他，叫他把这一部小说寄去，以便作北京学校里西班牙语教科书用。这部书最有意思的地方，至少我个人觉得最有意思，乃是无全书在胸，而姑涉笔成书，其价值恐在《水浒》以上也。我这样说，一点也不是长他人之威风，灭自己的志气，因为我尝私自里说一句大话，如果硬要我做一部小说作北京学校里教科书用，限十年二十年交卷，《水浒传》我只好五体投地，不敢效颦自分才力不及，若他

　　[①]《吉诃德先生》，即《堂吉诃德》。西万提司，今译塞万提斯。——编注

人的《吉诃德先生》，我确想较一日之短长。其原因，当然因为
"无全书在胸"，故尔说大话。我这句空话的意思，是因为《吉诃
德先生》我国没有翻译本，我不便在读者大众之前说短论长，断
定他的价值不在《水浒》以下，故尔以区区良心为凭。外国也有
金圣叹，他们说，《吉诃德先生》，西万提司本来没有什么计划
的，当他执笔著书的时候，连那么一个主脚，吉诃德先生的从卒
山差邦札①，起初也不在他的心眼里，一直到路上听见一个店主
人的话，岂有骑士出游而不带从卒的事情我们的吉诃德先生乃回
转头来携带我们的山差邦札出门了。所以在《吉诃德先生》上卷
第七回山差邦札始与出名。我想，不但骑士出游应该有一个
Squire②，《吉诃德先生》没有山差邦札一定是写不好的。

在《第六才子书读法》里头，金圣叹也有妙语。《西厢记》
其实只是一字。《西厢记》是何一字？《西厢记》是一无字。赵州
曰，你是不会，老僧是无。《西厢记》是此一无字。何故《西厢
记》是此一无字？此一无字是一部《西厢记》故。圣叹此一无字
的艺术论，其实就是"无全书在胸"的意思。若都要有全书在胸
然后下笔著书，此事岂不甚难，所以我们平常作文也不要成心做
题目。圣叹自己解释得好，"最苦是人家子弟，未取笔，胸中先
已有了文字。若未取笔胸中先已有了文字，必是不会作文字的
人。"又云，"最苦是人家子弟，提了笔，胸中尚无有文字。若提
了笔胸中尚无有文字，必是不会做文字的人。"

（一九三六年）

---

① 山差邦札，今译桑丘。——编注
② Squire，意为"（旧时骑士的）扈从"。——编注

金圣叹的恋爱观

我写下这么个题目，与写陶渊明与托尔斯泰的比较是一样的八股。然而我相信金圣叹先生如果生在我们今日做一个批评家，一定替我们归纳一部恋爱哲学出来。而他当日批《西厢》却用的是演绎法，即是说他把别人的《西厢记》都改窜了，如"王西厢"开始明明是"遇艳"，金圣叹却改作"惊艳"，明明是且上佛殿来，"生做撞见科"，金圣叹却证明没有这一回事，"近世忤奴乃云双文直至佛殿，我靓之而恨恨焉"。张生唱曰，"尽人调戏，躲着香肩，只将花笑燃"。金圣叹批曰，"尽人调戏者，天仙化人，目无下土，人自调戏，曾不知也。彼小家十五六女儿，初至门前，便解不可尽人调戏，于是如藏似闪，作尽丑态。又岂知郭汾阳王爱女晨兴梳头，其执栉进巾，捧盘泻水，悉用偏裨牙将哉。《西厢记》只此四字便是吃烟火人道杀不到。千载徒传临去秋波，不知已是第二句。"这第二句又怎么讲？这第二句"王西厢"是"怎当他临去秋波那一转"，金圣叹改作"我当他临去秋波那一转"，文章改得死板，有丑妇效颦之嫌，却批得好玩，"妙眼如转，实未转也。在张生必争云转，在我必为双文争曰，不曾转也。忤奴乃欲效双文转。"金圣叹先生却真令我们佩服。我起初读《西厢》只读他的第六才子书，读到"琴心"前面的批点，见其喟然叹曰，"夫张生绝代之才子也，双文绝代之佳人也。以绝代之才子惊见有绝代之佳人，其不辞千死万死而必求一当，此必至之情也。即以绝代之佳人惊闻有绝代之才子，其不辞千死万死而必求一当，此亦必至之情也。"这已经有语不惊人死不休，其实他是一番至诚话。他处处喟然而叹，处处也就是莞尔，所以我们也就觉得割鸡焉用牛刀，关于中国才子佳人的勾当，他何以这么认真说话。接着他又有更严重的话，"然而吾每念焉，彼才子有必至之情，佳人有必至之情，然而才子必至之情，则但可藏之才子心中。佳人必至之情，则但可藏之佳人心中。即不得已久之久之至于万万无幸而才子为此必至之情而才子且死，则才子其亦竟死。佳人且死，则佳人其亦竟死。而才子终无由能以其情通之于佳人，而佳人终无由能以其情通之于才子。何则？先生制礼，万万世不可毁也。"除了这一番恋爱哲学之外，还有金圣叹先生的心理学，总之他觉得"此琴心一篇文字"的重要，并不是一个丫环教一个才子以琴"挑"她家小姐，乃是"托之于琴"。否则厘毫夹带狂且身分，唐突佳人乃极不小，读者于此胡可以不加意哉。我为金圣叹的诚意所感，又为好奇心所驱使，从第六才子开卷读到"琴心"一批，赶忙去找了王实甫《西厢记》来对照，果然金圣叹先生是宣传他自己的恋爱哲学，即是先王之礼，因此之故他所佩服的姓王字实甫其人反而挨骂作忤奴了。总之错在当初，他应该先看见她，而她——金圣叹说，"岂惟心中无张生，乃至眼中未曾有张生也。不惟事实如此，夫男先乎女，固亦世之恒礼也"。

（一九三六年）

贬金圣叹

第六才子书《酬简》一篇里，金圣叹在一句正文下有小字批曰，"骒山云，天下事之最易最易者，莫如偷期。圣叹问何故？骒山云，一事只用二人做，而一人却是我，我之肯已是千肯万肯，则是先抵过一半功程也。"我觉得古今戏曲小说诗之最难最难写者，莫如偷期。偷期还较为容易写，因为还可以轻描淡写，如月上柳梢头人约黄昏后，尚可以成为好诗。若到了男女两造已当面的事情，即是金圣叹先生所谓妙事，乃是真难写。若是诗人自己自由做诗，读者又有自由批评其诗的美丑，那是另外一回事，对于金圣叹先生我则不能不贬他一下。他的兴会太好，这是我们最佩服他的一点，他的态度也很诚实，然而以他的兴会去畅谈其先王之礼说着"两人虽死焉可也"则可，若谈偷期之事，尽管兴会好是不成的，我们要看《西厢记》的文章到底是不是妙文，否则就同二家村中冬烘先生有差不多的考语，"此岂非先生不惟不解其文，又独正解其事故耶？"男女之事是不是妙事且不说，但中国关于男女之事没有一篇好文章，则真是一件妙事。"甚矣人之相去不可常理计也。同此一手，手中同此一笔，而或能为妙文焉，或不能为妙文焉。今而又知岂独是哉，乃至同此一男一女，而或能为妙事焉，或不能为妙事焉。"圣叹这句话我断章取义引了来，觉得非同小可，很想自己来写一些妙文，即是写小说，给少年男女们去读，大有"言行君子之所以动天地也"的趣味。最要紧的是文章要写得好，故事也要好玩，没有教训的意味。我这意思还是由金批《西厢》引起来的。在《酬简》一篇，元和令第一句，"绣鞋儿刚半折"，金圣叹断此句为一节，而且批曰，"右第二十五节。此时双文安可不看哉。然必从下渐看而后至上者，不惟双文羞颜不许便看，虽张生亦羞颜不敢便看也。此是小儿女新房中真正神理也。"双文张生的事情我们不管，但如小儿女新房中是这么的情形，吾辈老牛舐犊之情真有点不容坐视。他们岂可以这样的没有趣味，新房中应该留好些记忆，做异日情话的资料，岂可以从今天起便正墙面而立也哉。我真想写一部小说，做他们的洞房花烛夜的礼物，这部小说如果写成了，比老子著一部《道德经》还要心安而理得。说到这里，我对于《聊斋》又要表一番敬意，《聊斋志异》里有一篇题作"青娥"，我觉得写的很不坏，只可惜这样的佳作偶得之罢了。

（一九三六年）

女子故事

　　中国的事情都是该女子倒霉。一方面非女子不行，从秀才人情纸半张算起，以至于国家大事，都好像如此。到得事情弄糟了的时候，这些女子又自然无所逃于天地之间。只有孔夫子算是懂得平等道理的，他虽然说"唯女子与小人为难养也"，话确是嫌老实了一点，然而我想也可以博得现在摩登太太们的同情，她们自己屈尊到媒人店里去找老妈子，也只好默认孔夫子的话有真理。孔夫子另外一句话则应该令古今一切男子们害羞，"吾未见好德如好色者也"。真的，你们为什么不好德呢？你们也就不当好色。我写下"女子故事"这个题目，本意是关于做诗作文的，却不料下笔乃引起了男女两造的敌忾，殊为杀风景之至，未免被他褒女笑也，真是好笑得很。前回我因为写一篇小文说中国文章，拿了庾信的文章翻阅，见其《谢赵王赉丝布启》有"妻闻裂帛方当含笑"这么一句，有点自喜，心想我平日的论断恐怕很靠得住，庾信用典故应该是这么用，因为家里有许多新材料，自然要请裁缝来剪裁，于是女子自然喜欢，所以说"妻闻裂帛，方当含笑"了。若屈原的《天问》，虽然是心里有许多问题解决不了，"周幽谁诛焉得夫褒姒"，总之还是把女子与亡国两件事联在一起，只好算作"未能免俗"了。李商隐的《华清宫》，"未免被他褒女笑，只教天子暂蒙尘，"大约更是平空的自己好笑，有点故意效颦，但决无挖苦的意思。"巧笑知堪敌万几，倾城最在著戎衣，晋阳已陷休回顾，更请君王猎一围，"中国是否有这个倾城的女子不得而知，未必有这么大胆，总是诗人的胆大罢了。外国文学里倒可以找出这样的女子来。中国女人只可以哭不可以笑，所以杞梁之妻善哭，哭得敌人的城崩，笑则倾自己的城，亡自己之国了。孙武子的兵法是有名的，却也靠杀了两个女队长立威名，真是寒伧得可以。女人偏总是以好笑该死，谁叫你们不躲在闺中不出来呢？"梁王司马非孙武，且免宫中斩美人"，这却又是晚唐诗，诗意虽然可佳，总而言之这里头都很有危险性。"景阳宫井剩堪悲，不尽龙鸾誓死期。肠断吴王宫外水，浊泥犹得葬西施。"这一首《景阳井》，我觉得很好，诗里有两条冤鬼，一位就是张贵妃，一位是很古的西施。西施的事情我们不大清楚，只假定她是"水葬"，张贵妃同了亡国之君逃入井，自然是想不死，自然又被拖出来斩了，据说斩之于清溪。李商隐乃写这个景阳井。诗写得很美，其情亦悲，这些事情总不能怪女子，于是只有空井可哀，"肠断吴王宫外水，浊泥犹得葬西施"了。说来说去都是女子不幸，男子可羞。最后我却要引一段文章，是《聊斋志异》上面的，不可谓非难得，两株牡丹花变了两个女子，又由曹州姊妹变而为洛阳妯娌，在某生者家里做人家，"由此兄弟皆得美妇，而家又日以富。一日，有大寇数十骑突入第，生知有变，举家登楼。寇入围楼。生俯问有仇否。答言无仇，但有两事相求，一则闻两夫人世间所无，请赐一见；一则五十八人，各乞金五百。聚薪楼下，伪纵火计以胁之。先允其索金之请，寇不满志，欲焚楼。家人大恐。女欲与玉版下楼，止之不听，炫妆而下，阶未尽者三级，谓寇曰，我姊妹皆仙媛，暂时一履尘世，何畏寇盗，欲赐汝万金，恐汝不敢受也。寇众一齐仰拜，喏声不敢。姊妹欲退。一寇曰，此诈也。女闻之，反身伫立，曰，意欲何作，便早图之，尚未晚也。诸寇相顾，默无一言。姊妹从容上楼而去。寇仰望无迹，阒然始散。"我们读之浮一大白。

（一九三六年）

神仙故事（一）

　　中国诗里用神话做典故，我们可以有几种读法。屈原《离骚》曰，"朝发轫于苍梧兮，夕余至乎县圃。欲少留此灵琐兮，日忽忽其将暮。吾令羲和弭节兮，望崦嵫而勿迫。"这里羲和便等于一名马车夫，因为他是御日的，诗人生怕太阳赶快落了，就叫羲和慢一点走。不过话经我一翻译，现得淘气一点，原文只是一个高贵的身分，另外不表现着什么个性了。所以《离骚》里的神话典故，等于辞藻，这一份辞藻又等于代词，犹如后世称女子说是"月里嫦娥"，说是"电影明星"罢了。有一种用典故，也可以说等于辞藻，不过这里却有着作者的幻想，如庾信《舟中望月》有云，"天汉看珠蚌，星桥视桂花"，便已开了晚唐的风气，他仿佛天河里自然也有蚌蛤，明月正好看珠蚌，月中桂花，星桥也正好看不过了。有一种借用神话，如陶渊明性嗜酒，家贫不能常得，正遇"翩翩三青鸟，毛色奇可怜"，为西王母取食，于是诗人便托此鸟告诉王母，"在世无所须，惟酒与长年"。这可以说是近乎人情。又如李商隐有一首绝句，"海客乘槎上紫氛，星娥罢织一相闻，只应不惮牵牛妒，聊用支机石赠君。"因为相传有一个故事，昔有人寻河源，经月而至一处，见一女织，一丈夫牵牛饮河，问此是何处，女与一石而归，问严君平，君平曰，此织女支机之石，所以李商隐写那么一首诗了，把织女写得同凡女一样，近乎人情。庾信有《见征客始还遇猎》一诗，先说这位征客犹乘战马未解戎衣，就遇着逐猎，自然就猎一围，然后云，"故人迎借问，念旧始依依，河边一片石，不复肯支机。"也无非是说家中织女正望牵牛，不要在这里打猎。"河边一片石"这一句在这里接得很美，非俗手可及。李商隐的"直遣麻姑与搔背，可能留命待桑田"，于人情之中又稍带理想，大约他很不高兴沧海变为桑田这一回事，想着麻姑那个鸟爪似的手，最好就打发她去替人家搔背，或者可以耽误一点时间了。有时又想着叫她栽一点别的东西，所以祷告西王母，"好为麻姑到东海，劝栽黄竹莫栽桑"了。若《听雨梦后作》又云，"瞥见冯夷殊怅望，鲛绡休卖海为出"，写得更像煞有介事似的，很令人同情。蛟人水居如鱼，不废织绩，时出人家卖绡，于是河伯在那里怅望，鲛人你不要卖了，海中行复扬尘矣。这些地方，较之屈原"使湘灵鼓瑟兮，令海若舞冯夷"，便很有差别，屈原的写法容易使人雷同。屈原确是长于辞藻，"帝子降兮北渚，目眇眇兮愁予，嫋嫋兮秋风，洞庭波兮木叶下。""筑室兮水中，葺之兮荷盖。""山中人兮芳杜若，饮石泉兮荫松柏，君思我兮然疑作。雷填填兮雨冥冥，猿啾啾兮又夜鸣，风飒飒兮木萧萧，思公子兮徒离忧。"是长袖起舞，非丑妇可以效颦者也。这篇神仙故事话未完，聊咏《九歌》作结。

（一九三六年）

神仙故事（二）

十八年来堕世间，瑶池归梦碧桃闲。如何汉殿穿针夜，
又向窗中觑阿环。

右李商隐《曼倩辞》。[①] 我以前曾讲陶渊明《读山海经》第
九首，用夸父故事写诗，将整个诗人的态度都表现给我们。李商
隐的《曼倩辞》亦有此特色，虽然稍简单一点，这一位诗人的风
度却已大致描画出来了。这样用神仙故事，中国诗人里难有第三
者。《东方朔别传》，朔谓同舍郎曰，天下人无能知朔，知朔者惟
太王公耳。朔卒后，武帝召太王公问之曰，尔知东方朔乎？公
曰，不知。公何所能？曰，颇善星历。帝问诸星具在否？曰，具
在，独不见岁星十八年，今复见耳。帝叹曰，东方朔在朕旁十八
年而不知是岁星哉！惨然不乐。于是李商隐的《曼倩辞》又更加
了一番色彩，意思是说你来到世间一十八年，（金圣叹批曰，苏
武争禁十九年！）天天梦想家里，大约真是"灵风正满碧桃枝"
了，然而在那一夜里何以又钻他窗纸，觑我们世上的女子呢？这

---

① 原文竖排，故曰"右"。——编注

里有好几个典故，解诗人自己用的典故不算，作诗人用的典故大概是这样，《博物志》，七月七日夜七刻，王母降于九华殿，王母索七桃，以五枚与帝，母食二枚，惟母与帝对坐，其从者皆不得进，时东方朔窃从殿南厢朱鸟牖中窥母，母顾之谓帝曰，此窥牖小儿尝三来盗我桃。又《汉武内传》，七月七日西王母降于宫中，遣侍女与上元夫人相问，须臾上元夫人遣问云，"阿环再拜，上问起居。"随后上元夫人也到了。可见东方朔并没有向窗中觑阿环，窥老乡亲又被她看见了，然而做诗的却说"又向窗中觑阿环"。有人说，"方朔既窥王母，则亦觑阿环矣。"事实上有此可能，故纸堆中总没有。总之诗人做诗又是一回事，等于做梦，人间想到天上，天上又相思到人间，说着天上乃是人间的理想，是执著人间也。其《北青萝》诗有云，"世界微尘里，吾宁爱与憎"，话便说得直率。其咏嫦娥，"嫦娥应悔偷灵药，碧海青天夜夜心"，与《曼情辞》是一个灵魂的光点也。大凡理想的诗人，乃因为他凡人的感觉美，说着瑶池归梦，便真个碧桃闲静矣。说着嫦娥夜夜，便真个月夜的天，月夜的海，所谓"沧海月明珠有泪"，也无非是一番描写罢了，最难。是此夜月明人尽望，他却从沧海取一蚌蛤。我从前写小说的时候，将王维的一瓣梨花夸大的说，"黄莺弄不足，含入未央宫"，"一座大建筑，写这么一个花瓣"。若李商隐的沧海珠泪，非我故意夸张，本来如此也。我现在并不是写小说，乃是说诗，能得古人心者也。

（一九三六年）

三竿两竿

　　中国文章，以六朝人文章最不可及。我尝同朋友们戏言，如果要我打赌的话，乃所愿学则学六朝文。我知道这种文章是学不了的，只是表示我爱好六朝文，我确信不疑六朝文的好处。六朝文不可学，六朝文的生命还是不断的生长着，诗有晚唐，词至南宋，俱系六朝文的命脉也。在我们现代的新散文里，还有"六朝文"。我以前只爱好六朝文，在亡友秋心居士笔下，我才知道人各有其限制，"你不能做我的诗，正如我不能做你的梦"，此君殆六朝才也。秋心写文章写得非常之快，他的辞藻玲珑透澈，纷至沓来，借他自己《又是一年芳草绿》文里形容春草的话，是"泼地草绿"。我当时曾指了这四个字给他看，说他的泼字用得多么好，并笑道，"这个字我大约用苦思也可以得着，而你却是泼地草绿。"庾信文章，我是常常翻开看的，今年夏天捧了《小园赋》读，读到"一寸二寸之鱼，三竿两竿之竹"，怎么忽然有点眼花，注意起这几个数目字来，心想，一个是二寸，一个是两竿，两不等于二，二不等于两吗？于是我自己好笑，我想我写文章决不会写这么容易的好句子，总是在意义上那么的颠斤簸两。因此对于一寸二寸之鱼三竿两竿之竹很有感情了。我又记起一件事，苦茶庵长老曾为闲步兄写砚，写庾信《行雨山铭》四句，"树人床头，花来镜里，草绿衫同，花红面似"。那天我也在茶庵，当下听着长老法言道，"可见他们写文章是乱写的，四句里头两个花字。"真的，真的六朝文是乱写的，所谓生香真色人难学也。

（一九三六年）

灼灼其华

《诗经》讲稿

关雎

关关雎鸠，
在河之洲。
窈窕淑女，
君子好逑。

参差荇菜，
左右流之。
窈窕淑女，
寤寐求之。
求之不得，
寤寐思服，
悠哉悠哉，
辗转反侧。

参差荇菜，

> 左右采之。
> 窈窕淑女,
> 琴瑟友之。
> 参差荇菜,
> 左右芼之。
> 窈窕淑女,
> 钟鼓乐之。

　　我爱好《关雎》这一首诗。我不但懂得这首诗的意义好,而且懂得它的文章好。很少有人懂得这首诗的意义,很少有人懂得这首诗的文章。旧派把它当作"后妃之德",把它看得那么重,当然懂得意义了,然而他们首先不懂得诗,不懂得诗怎么懂得诗的意义呢?新文学运动以后,知道《诗经》的《国风》都是民间的歌谣,《关雎》就是一首恋爱的歌,仿佛文章也懂得了,意义也懂得了,这确是很好的事,是一种解放。然而新文学家投奔西洋文学,大家都讲恋爱,不懂得结婚,故曰结婚是恋爱的坟墓。不懂得结婚,怎么能懂得《关雎》呢?因为《关雎》本来是讲究结婚的。我也是当时的新文学家之一,曾经是崇拜恋爱的,认恋爱为神圣的,恋爱的意义简直代表了人生的意义,仿佛是基督教的上帝。后来我觉悟了,这个观念大要不得,令我们耽误了许多事情,误己误人,演成许多悲剧。恋爱当然是我们生活的一段而且是重要的一段,这一段弄得好,我们整个的生活都可以过得有意义,但决不能把它来代替一切,那我们就没有为人民服务的机会了。我现在确是懂得"为人民服务"的意义。中国人的生活是重结婚的,结了婚以后则恋爱大学毕了业,我们要出去替社会服务了,不能老恋着这个学校,那样便像功课不及格的留级学生。

《关雎》又确是一首好诗，即是说文章写得好。要懂得文章，也并不是一件容易事，得有许多经验。在我懂得《关雎》的意义时，我已经有许多作文的经验，只不过是由西方的悲剧回到中国的"团圆"戏罢了，思想改变了，技巧是无所谓改变的。不过我要附带说一句，从西方悲剧回到《周南》《召南》，我才没有才子佳人的毛病，没有状元及第的思想，也没有道学家的男女观，这是我得感谢西方文学的。我的作文的技巧，也是从西洋文学得到训练而回头懂得民族形式的。这个训练是什么呢？便是文学的写实主义。凡属有生命的文学，都是写实的。中国后来的人之所以不懂得三百篇，便因为后来的文学失掉了写实的精神，而三百篇是写实的。什么叫做"写实的"呢？写实便是写实生活，文学的题材便是实际的生活。即如《关雎》这一首诗，并不是没有经验做底子，而由一个人闭着眼睛瞎想，因为要做诗的原故，故而想出一个什么鸟儿来起兴罢，这样你这个人便是孔子骂的"正墙面而立"，你什么也看不见，你怎么会写出诗来呢？你如果有生活，则处处是诗了，所以你在河之洲上，看见关关雎鸠，那里又有妙龄女郎，而实生活当中的好女子，尤其是农村社会的女子，并不是不在那里做工作，故意在河之洲上叫你拾得恋爱的资料的，总之是生活当中有诗，这首诗的第一章便应该这样写：

> 关关雎鸠，
> 在河之洲。
> 窈窕淑女，
> 君子好逑。

"逑"，匹也。"君子好逑"，便是说这个女子你如果爱着了，那真是佳耦。我告诉诸君，我自己便有这个生活的经验。不过当时是八股时代，不知道写诗，等到后来进了新的学校，同西洋文学接触，我乃把我的少年生活都唤起了，而且加了许多幻想，写了许多小说，起初自己很得意，后来又很不满意，因为我为得写小说的原故，把自己的生活都糟踏了，那时叫做把生命献给艺术之神，其实是糟踏生活。在我认为专门做文学家是糟踏生活，我便离开了文学，回转头去替社会服务，首先是做丈夫，做父亲，而其时适逢抗日战争，我回到故乡，常常在河之洲上走路，看见洲上有鸟儿，妇女们都在那里洗衣，我觉得这个风景很好，可以描写一番，于是我毫不费力地念了起来："关关雎鸠，在河之洲……"这时我已经是老作家了，知道这个技巧很不容易，文章并不一定是自己的好，古人的文章已经很好了，何必自己写呢？即如这"在河之洲"四个字，应该经过了许多辛苦，我们写白话文的人常常觉得驾驭不了文字，要说一个东西站在什么上面仿佛很难似的，而古人的"关关雎鸠在河之洲"很容易的写出来了。因此我非常之佩服《关雎》之诗。我那时做小学教师，教学生作文，告诉学生造一个句子要有主词，要有谓语，总喜欢举"关关雎鸠在河之洲"做例子，因为乡下人很受了旧日读书人的影响，总以为"关关雎鸠"是一句，"在河之洲"又是一句。我则说"关关雎鸠"四个字不是一句，是一个句子的主词，关关是鸟的叫声，是形容雎鸠的，算不得谓语，要有"在河之洲"四个字这句话才有谓语，所以八个字一起才是一句。学生都给我说服了。我在批评卞之琳的诗的时候，又说卞之琳的句子欧化得好，正如"关关雎鸠在河之洲"那么自然。这都不是我故意瞎说，我是真真懂得《诗经》的文章了。我曾经自己批评我自己道："你当初为什么躲在山里头十年写半部小说呢？你整个的小说也抵不过关关雎鸠在河之洲这两句诗!"这确是我的真心话,我写小说的文章那能及得《诗经》的文章,我们当时崇拜恋爱的生活当然更不及《关雎》乐而不淫哀而不伤了。以上都是我的辛苦之言。我现在总说一句,《诗经》的文章是写实主义,《诗经》所表现的生活是现实主义。更说明白些,《诗经》里的《国风》是人民文艺,不是文学家的文艺。凡属人民文艺都是写的实生活,它的写法也是写实的。《诗经》的体裁向来认为有赋,比,兴,其实什么叫做"兴"呢?据我的经验,兴就是写实,就是写眼面前的事情。你看见了关关雎鸠在河之洲,也看见了窈窕淑女,你便写下来,便是:

> 关关雎鸠,
> 在河之洲。
> 窈窕淑女,
> 君子好逑。

所以"兴",其实就是"赋",就是一种叙述。眼面前的事情本来是没有逻辑的,但眼面前的都是生活了,都是文章了,所谓落花水面皆文章。你看见桃之夭夭灼灼其华,你又看见一个出嫁的女子,于是你就写着:"桃之夭夭,灼灼其华。之子于归,宜其室家。"于是人家说你的诗是"兴也"。这样说当然也是可以的,但你决不是没有生活的底子,没有话想出话来说的。没有话想出话来说,可见你没有生活,你也便没有诗!所以后代的诗多半是无病呻吟了。《诗经》里的诗则都是生活,故都是诗。我曾经细心体察一般所认为《诗经》里的"兴"体的诗,差不多完全是眼前的叙述,即是"即事"。如我以前所讲的《野有死麕》一诗就是的。再如这样的诗，"常棣之华，鄂不韡韡，凡今之人，莫如兄弟！"你说它是"兴也"，实在也就是赋也，是把眼见的东西与心下想的事情一齐说出来，所以才写得那么生动。决不是无中生有，闭着眼睛想出常棣之华来说，那你那里还有诗呢？又如"脊令在原，兄弟急难，每有良朋，况也永叹。"也必是一面看见鸟儿一面有自己的心事罢了。古代的诗本不是做文章，所以没有起承转合。后来的诗人如李白杜甫也都是做文章，免不了起承转合。所以"举头望明月，低头思故乡"，"仰面贪看鸟，低头错应人"，都令我们有线索可寻，若《诗经》则是"兴"了。不是写眼面前的事情确乎是兴起下文的也有，那多半是用韵的原故，或者是当时的成语亦未可知，如以前所讲的"匏有苦叶，济有深涉"便是。再如"相鼠有皮，人而无仪"，"相鼠有齿，人而无止"，"相鼠有体，人而无礼"以及"扬之水不流束薪，彼其之子不与我戍申"，"纠纠葛屦，可以履霜，掺掺女手，可以缝裳"，都仅仅是因为用韵的原故由上句兴起下句的。我决不是附会其说，我是毫无成见地观察，在这个观察之下，我发现"扬之水不流束薪"有两见，"纠纠葛屦，可以履霜"也有两见，我觉得很有趣，可以证明它不是即事，是因为用韵的原故，或者是当时的成语，故而雷同。

上面我算是把《关雎》第一章讲了。懂得第一章则其余两章（这首诗的分章向来有不同，我是赞成三章的）是很容易懂的，因为都是写实的。我所不自足的，我们对于鸟兽草木之名都不识得，对于诗恐怕要失得亲切，如参差荇菜的荇菜到底是什么东西呢？我们平常只知道爱菊花，爱莲，用周茂叔的话李唐以来则爱牡丹，因为我们都是智识阶级，同生活脱节。我在农村的日子虽然很久，但也还是空想的时候多，若是写菱角，说"左右流之"，

"左右采之"或者"左右芼之"，照朱熹的话芼者熟而荐之也，我都能喜欢，因为我确是采过菱角，确是左右流之，左右采之，自己坐在小船上，也确是喜欢把它煮熟了，但对于荇菜则很是隔膜，我想不出它是什么东西。传曰，"荇，接余也。"解释了也等于不解释，接余又是什么呢？不过我可以从采菱去推测，从"左右流之"，从"左右采之"去推测。"左右芼之"的"芼"字虽然又脱了节，又可以从"左右流之"，从"左右采之"去推测。这样我还是能感得亲切的。"左右采之"的"采"字当然不成问题，"左右流之"的"流"字与"左右芼之"的"芼"字则颇成问题，芼字我们现在简直不用，流字虽然是很习用的字，在这里是不是有古义呢？我们对于《诗经》的障碍，便是字不认得，再就是鸟兽草木之名不识得，其余的障碍在我是没有的。毛传训"流之"的"流"为"求也"，朱集传"流，顺水之流而取之也"，其实是一样的，朱只是解释"流"何以是"求"罢了。"芼之"的"芼"，毛训为"择"，朱训为"熟而荐之也"，前面我已经说了。"寤寐思服"，这四个字里头，"服"是动词，毛训"思之"，即是寤寐求之的意思，而诗本文的"思"字则是句中助词，关于这一点可参看王引之《经传释词》。其余的字句可以不必解释了，如"悠哉悠哉，辗转反侧"已成了我们口头上活用的语句了。不过有两句话我要特别介绍一下，于此我们可以见《诗经》的文章确是不错，确乎是写实的。此两句为何？即"琴瑟友之"与"钟鼓乐之"。我有一回在北京街上看见一个小户人家墙上贴了红对子，我一看有四个字是"琴瑟友之"，一见之下我很喜欢这四个字，觉得比后来所谓"琴挑"要大方得多了，格外有一种弹琴鼓瑟的苦心孤诣似的，我大大的佩服《诗经》的文章。连忙我又想到"钟鼓乐之"，"钟鼓乐之"完全足以代表中国民间结婚的热闹与欢乐！解放以后，我们到处扭秧歌，也无非是中国的"钟鼓乐之"的空气了。所有后代的诗与文，没有任何文章足以抵得这"琴瑟友之"与"钟鼓乐之"的，我们对于这种好句子已经习而不察，可见我们已经没有民间的欢喜，我们已经与生活脱节了。

桃夭

桃之夭夭，
灼灼其华。
之子于归，
宜其室家。

桃之夭夭，
有蕡其实。
之子于归，
宜其家室。

桃之夭夭，
其叶蓁蓁。
之子于归，
宜其家人。

像这样的诗，必然是从实际生活里面写出来的诗，而且必然是民间的诗，不如后代诗人的诗是写诗人个人的诗思了。个人的诗写得好，可以表现一种个性；民间的诗写得好，表现的则是民族性。在诗人的诗里，我很喜欢这一句话："如花似叶长相见。"这确是把生活写得美满极了。然而这其中仿佛缺少了什么。缺少了什么呢？就是缺少了生活，因为这不像生活似的。缺少了生活故只是一句好诗而已。《桃夭》三章则确乎是生活，即是家庭生活，即是中国的夫妇之道。故我说《桃夭》之诗表现的是民族性。是的，中国的诗是写结婚的，不是只讲恋爱的，所谓乐而不淫，哀而不伤，重的是生活。

　　我引了"如花似叶长相见"这个句子，就诗说，这一句确是写得好。其实就诗说，《桃夭》三章句句写得好，只是给大家读得烂熟不觉得它好罢了。我做小孩时，读了"桃之夭夭，灼灼其华"，觉得可以，到了"有蕡其实"，"其叶蓁蓁"，便觉得是多余的，仿佛桃之夭夭便应该是灼灼其华，还要其叶其实做什么呢？这个文章做得不好！我到现在还记得我那时的心理。我到现在才知道在中国连小孩子也受了八股文人的影响，同生活脱了节了。古代《诗经》是丰富的生活，而我们只晓得做文章凑篇幅。在生活上为什么只晓得说花呢？如果是一个园丁，园里种了有桃子，决无林黛玉葬花之感，桃花谢了就要结桃子，桃子结过了之后就是满树的叶子，这一株好桃树，花盛，果盛，叶盛，真是茂盛极了，快乐极了，可以起生活上一种丰富的感情，美满的状态，如果有一个出嫁的女子当此良辰美景，自然拿这株桃树来描写她了。大约之子于归的时候正是灼灼其华的时候，但仅仅咏她一章，感情不够，意思不够，也就是文章不够，故干脆把这一株树的整个生活都唱出来了，你们文人懂得什么呢？懂得《桃夭》三章写得好，便懂得《诗经》不是写诗，而是中国最好的诗，因为诗是生活。这种文章，也不流利，也不蹩扭，又参差，又整齐，用了许多相同的字句，而又有一个突起的变换，真是自然而又曲尽其致。

　　后来文人的诗，"衰桃一树近前池，似惜红颜镜中老"，"有花堪折直须折，莫待无花空折枝"，他们的树都是没有叶子的，他们只是好色，他们没有生活。姚际恒将唐人诗"绿叶成阴子满枝"与《桃夭》言实言叶相比，其实两样的空气大不相同，一个正是说"色衰"，而《诗经》的"灼灼其华"与"有蕡其实"与"其叶蓁蓁"都是写"桃之夭夭"了。毛传云，"夭夭，其少壮也。"即是说年青的桃树。总之《诗经》是生活的健康，生活的赞美，生活的庆祝，后代的诗是文人的空想与其色情伤感而已。

我由《桃夭》诗写实与叶想起《诗经》里写植物的实与叶子的诗很多，这足以证明《诗经》是写实生活。后代的诗则是空想，只是写花，而花又都是文人的花，很少大众生活的花了。《诗经》写叶子的句子如《小雅·车舝》第三章：

> 陟彼高冈，
> 析其柞薪，
> 析其柞薪，
> 其叶湑兮！
> 鲜我觏尔，
> 我心写兮！

我想这里"析其柞薪，其叶湑兮"，非有实际经验的人是不能懂得的。"湑"，盛也。"其叶湑兮"，是说叶子茂盛极了。这只是说意义。至于"其叶湑兮"的实感，是非析薪之时你亲自站在树下不能领略的。我在故乡山中住得很久，见乡人伐木，一个枝子倒下来的时候，真是"其叶湑兮！"同时"我心写兮"了！据我的听觉的经验，这个声音实在太快乐了，太茂盛了。

汉广

南有乔木，
不可休息。
汉有游女，
不可求思。
汉之广矣，
不可泳思。
江之永矣，
不可方思。

翘翘错薪，
言刈其楚。
之子于归，
言秣其马。
汉之广矣，
不可泳思。
江之永矣，
不可方思。

翘翘错薪，
言刈其蒌。
之子于归，
言秣其驹。
汉之广矣，
不可泳思。

> 江之永矣，
> 不可方思。

　　这首诗方玉润《诗经原始》认为是"江干樵唱"，我是很同意的。方氏之言曰，"殊知此诗即为刈楚刈蒌而作，所谓樵唱是也。近世楚粤滇黔间，樵子入山，多唱山讴，响应林谷，盖劳者善歌，所以忘劳耳。其词大抵男女相赠答，私心爱慕之情，有近乎淫者，亦有以礼自持者，文在雅俗之间，而音节则自然天籁也。当其佳处，往往入神，有学士大夫所不能及者。愚意此诗亦必当时诗人歌以付樵。"方氏所谓"诗人"是一种什么人我们且不管他，总之必有采薪的实生活做底子才能歌此诗，空想的学士大夫决不能有此气息，因为这种诗里头有劳动者的血液流通。我最喜欢"翘翘错薪，言刈其楚。之子于归，言秣其马。""翘翘错薪，言刈其蒌。之子于归，言秣其驹。"劳动者拿着斧头或者拿着镰刀砍了一把柴，他的手下有一个最不空虚的感觉，即是劳动的实在，决不是空想派的什么"得鱼而忘筌"，他什么也忘不了，要说忘，或者忘记疲劳罢，于是他歌唱起来了，唱起"之子于归"的事情来了，"之子于归，言秣其马。"翻译起来便是："为什么喂马呢？因为她要出嫁呵，喂马驾车呵。"离开生活是任何人也不能把砍柴与喂马这两件事连在一起的。因为砍柴的原故乃连在一起，真是写得温柔敦厚，一方面工作，一方面又有一点儿爱情，而这个爱情真表现得可爱，歌起她出嫁喂马来了，这不是劳动者的歌声吗？我为得要赞美这个歌声，不惜费点篇幅把陶渊明的《闲情赋》引了来，"愿在衣而为领，承华首之余芳，悲罗襟之宵离，怨秋夜之未央。愿在裳而为带，束窈窕之纤身,嗟温凉之异气,或脱故而服新。愿在发而为泽,刷玄鬓于颓肩,悲佳人之屡沐,从白水以枯煎。愿在眉而为黛,随瞻视以闲扬,悲脂粉之尚鲜,或取毁于华妆。愿在莞而为席,安弱体于三秋,悲文茵之代御,方经年而见求。愿在丝而为履,附素足以周旋,悲行止之有节,空委弃于床前。愿在昼而为影,常依形而西东,悲高树之多荫,慨有时而不同。愿在夜而为烛,照玉容于两楹,悲扶桑之舒光,奄灭景而藏明。愿在竹而为扇,含凄飙于柔握,悲白露之晨零,顾襟袖以缅邈。愿在木而为桐,作膝上之鸣琴,悲乐极以哀来,终推我而辍音。"陶渊明因为是魏晋人的原故,而且他到底不屑于做士大夫,所以还能做出这样西洋式的抒情诗,即是说写得大方,然而我现在确是喜欢"翘翘错薪,言刈其楚。之子于归,言秣其马"。因为一个是诗人的寂寞,一个确乎是劳动者的生活。要说哀而不伤,只有《诗经》才真是的,因为他只有唱歌的必要,没有寂寞的余地了。陶渊明的可爱在其幽默,《诗经》的可爱在其歌唱实生活。换一句话说,《汉广》的樵唱,其歌与其生活是一元的。这首诗的意义本来很明白,男子爱慕女子而女子是许给别人家的,所以我说他是哀而不伤。郑笺却又说许多冤枉话,我们可以不管,只是笺照例训"言"为"我","言秣其马",便是"我秣其马",诚如胡适之所说《诗经》的"言"字是不能训"我"的,这里的"言"字确乎是一种连接词,把"之子于归"与"秣马"两件事连在一起,意义是"女儿出嫁了,所以喂马呵!"至于秣马这件事是谁做的,那丝毫没有关系。"言"字决不是"我"字,决不是说"我替她秣马",如欧阳修所谓虽为执鞭所欣慕之意,这样正是"我愿"式的文人的诗了,远不及陶渊明的"愿"之诚实，更谈不上三百篇的情调了。"翘翘"应如王引之训为众多之貌。"错薪"是许多木杂在一起。这里的木是江边的木，一定不是高大的树，言刘"楚"，又言刘"蒌"，蒌简直是草类，在《王风》与《郑风》并有"不流束楚"的句子，楚而可束故非大木，只是都可以做柴烧罢了。这首诗里的"思"字都是语辞。"方"是名词当动词用，方，桴也。即是说，江水长不可以乘桴了。《谷风》云，"就其深矣，方之舟之"，方同舟一样都是名词当动词用。"汉有游女，不可求思"，游女当用韩诗义训为水神，这是《诗经》里其他的诗所没有的情调，《楚辞》以后则很普通了。还有"南有乔木，不可休息"两句，郑笺云，"木以高其枝叶之故，故人不得就而止息也。"这真是可笑的说法，高其枝叶为什么不得就而止息呢？高其枝叶正好止息于其下了。我以为这两句不是空空的什么"兴也"，"南"或者就是江南岸，或者远远的望见的南边，在那里有一棵大树，可是望得见不能到那树底下去了。汉水之广，江水之长，都是写实。这首诗最重要的便在二三章的刘薪与秣马，否则真像诗人的空想，有了"翘翘错薪，言刘其楚，之子于归，言秣其马"，然后山高水长都跟着切实了，真是一唱三叹。

关于"薪"的问题是一个很有趣的问题，《汉广》是情诗，写刘楚刘蒌，其余如《唐风·绸缪》，《小雅·车辖》，都是写结婚的诗，或言"束薪"，或言"析薪"，又如《齐风·南山》"析薪如之何，匪斧不克，取妻如之何，匪媒不得"，很能表现一种农村社会的空气，这个原故我以为便因为采薪这件事占农村生活很重要的部分，男女共同在一块儿操作，古代如此，现代也还是如此，中国的"牧歌"便于此产生了。中国是重结婚的，故咏"之子于归"了。

行露

厌浥行露。
"岂不夙夜？
谓行多露！"

"谁谓雀无角——
何以穿我屋？
谁谓女无家——
何以速我狱？
虽速我狱，
室家不足！"

"谁谓鼠无牙——
何以穿我墉？
谁谓女无家——
何以速我讼？
虽速我讼？
亦不女从！"

　　这是《诗经·国风·召南》里的一首诗，诗的文章写得非常之精简而有力量，在我习惯了现代短篇小说的人，即是说受了西方文学影响的人看来，一点没有不明白的地方。西洋短篇小说最讲究经济，要以少的文字写出多的意思，这一首《行露》真是最经济的写法。凡属经济的写法，并不是故意求之，乃是一种天然的武装，必是最沉痛的文章，最富有反抗性的文章。我这样抽象的说还不行，我要具体的解释《行露》这首诗。第一章三句，毛传，"厌浥，湿意也"，形容露之湿。两个"行"字都是名词，即是"道路"的意思。"谓行多露"的"谓"字，王引之《经传释词》说，"谓犹奈也。"王氏引了许多证据，在《诗经》里有"天实为之，谓之何哉？"谓之何，即是奈之何。又如"赫赫师尹，不平谓何？"即是说师尹为政不平，其奈之何？所以"岂不夙夜？谓行多露！"意思是说"我本是半夜里起来走路的，无奈路上露水太多，难以行走，所以到时天已经大亮了"。或者到时红日已经好高也说不定。《诗经》里"岂不"的句子都是将肯定的意思以反语出之，如《大车》里"岂不尔思，畏子不奔"，《东门之墠》里"岂不尔思，子不我即"，两个"岂不尔思"都是"我本思你"的意思。所以这里"岂不夙夜"正是说夙夜而行。这一章诗是写女子半夜起来走路，从乡下到衙门口去打官司，因为男子告了她。乡下女子进城，尤其是为得诉讼之类的事情，总是夜里起来走路的，一方面女子性急，一方面又怕白天里给人看见有点羞惭。这种人情，我在乡村间见得很多，中国农村社会古今恐相差不远。在北平有一个小曲，叫做《王定保借当》，里面写了两姊妹赴县衙鸣冤，有云："二人打伴到县衙，夜晚登梯过墙走，背着爹娘私离家。姊妹俩，行路难，天明见人面羞惭，一直找到衙门口。"《行露》诗里的女子也正是这个心理，天明见人面羞惭，故她说，"我走是走得很早的，半夜里就起来走路，无奈路上露多不好走了。"首句"厌浥行露"是一个叙述的句子，接着"岂不夙夜，谓行多露"，便不是作诗者的叙述，是诗里的主人公一个女子自己说的话了。我们读了这第一章，仅仅三句，因为是三句，所以迫促得有趣，我们读了就知道有一种痛苦的事情发生，一种急迫的事情发生，真是写得精干有力量。接着二三两章把全个事情都告诉我们了，都是写得那么简短，那么明白，那么沉痛，用女子自述的口气。只可惜中国后代的文人既缺乏思想，又不懂得文章的技巧，一直埋没了这种好诗，糟踏这种好诗。

二章，"何以速我狱"，"速"训"召"，"狱"即是"讼"，"速我狱"同三章"速我讼"是一样的意义，即是说"弄得我吃官司！"这首诗的作者，或者是另外一个作诗的人，或者作诗的人就是吃官司的女子自己，我们无从知道，但技巧真是高，我们从简短的文字里可以推测（简直不是推测，是完全知道！）男女两造的关系。因为比喻用得好。"谁谓雀无角，何以穿我屋？"这是一个乡下人坐在自己的屋子里看见麻雀儿在屋角里跳动得响，一幅最生动最寂寞的情景——"雀儿，你又没有角儿，怎么钻进得来的呢？"乡下人与牛儿或羊儿最有感情，牛儿或羊儿倘若钻进屋里来了，毫不足奇，仿佛牛儿或羊儿它本是有角的，它应该钻进屋里来！由此可知道这里有一个男子，"女（同汝）本是无家的，但你同我有了关系，于是你仿佛你有家了，所以你现在告我了！你同我虽然有关系，但我们之间夫妇的关系是不够的，（诗里说是'室家不足！'）所以你告我我不怕的。"

接着第三章妙喻层出不穷，鼠也是最能在我们家里墙上打洞的，我们平常看见老鼠把家具或衣服咬破了，心里总觉得奇怪，这个小东西当然有牙齿，但我们看见它咬破了坚硬的东西如木头之类，仿佛这个东西没有牙齿似的，它怎么这么的会咬！雀穿我屋，鼠穿我墉，虽然不是正式的关系，但也确是最有接近的关系了，最容易进我们屋子里的莫过于雀与鼠这两样东西了。所以我说这是妙喻。二章说"室家不足"，三章说"你无论如何强迫不了的，我不会跟从你的，我要同你断绝关系！"所以我说整个的事都明白的告诉我们了。这种"谁谓女无家，何以速我讼"的事情在乡村间是很有的，只有古代的《诗经》给我们写得那么好罢了。这首诗很可能是女子写的，就是另外一个诗人写的这个诗人也是同情于女子的，是女子写的我们敬重这个女子，是诗人写的我们敬重诗人，因为这首诗尊重女子的生活，了解女子的痛苦，把农村社会里的妇女生活状况与妇女心理描写得淋漓尽致，虽然只有那么几行文字。这种诗表现出的是一种健全的妇女观，这是不成问题的，真正的艺术必定是健全的，同时又反映了它所出生的那个社会。

三百篇的背景当然是封建社会，封建社会而有反封建思想，那正是艺术的价值，艺术不能超过它所出生的社会，但艺术最重要的性质是反抗性与严肃性，这便是艺术的永久价值了。

因为是封建社会的产物，你如不是诗人，换一句话说你如没有反抗性，你便不能懂得这些诗，所以历来解诗的人大半是封建思想了。什么毛传，什么郑笺，都是乡下老学究做的玩意儿，他们是一点也不懂得文学的。朱熹较高明，然而他又到底是道学家。即如这一首《行露》，毛也好，郑也好，朱也好，都是拿一个"礼"字来解释。毛传解释"虽速我讼，亦不女从"，说是"终不弃礼而随此强暴之男"。所以二章"室家不足"解为礼不足，毛传拿出礼的标准来，说"昏礼纯帛不过五两"。郑笺则是，"室家不足，谓媒妁之言不和，六礼之来，强委之。"这都是凭了自己的意见，于诗的本身之外加了许多的事件来解诗。这一来，对于第一章三句自然无法解释了，陈奂《毛诗传疏》替毛公说话道："故此云厌浥者道中之露也，然必早夜而行始犯多露，岂不早夜而谓多露之能濡己乎？以兴本无犯礼，不畏强暴之侵陵也。"郑笺则是："言我岂不知当早夜成昏礼与？谓道中之露太多，故不行耳。"与诗上下文不相连贯，不知说的是些什么。《朱熹集传》解释第一章云："南国之人，遵召伯之教，服文王之化，有以革其前日淫乱之俗，故女子有能以礼自守，而不为强暴所污者，自述己志，作此诗以绝其人，言道间之露方湿，我岂不欲早夜而行乎？畏多露之沾濡而不敢尔。盖以女子早夜独行，或有强暴侵陵之患，故托以行多露而畏其沾濡也。"我看他"作此诗以绝其人"的话，实有所见，"有以革其前日淫乱之俗"，似乎也知道男女曾有关系，不知怎的他说不出人情之所以然，扯到教化上面去了。不管怎样，朱传较之毛郑要高明些。

　　清代姚际恒颇能有识见，其释《行露》首章云："此比也。三句取喻违礼而行，必有污辱之意。集传以为赋，若然，女子何事蚤夜独行，名为贞守，迹类淫奔，不可通矣。或谓蚤夜往诉，亦非。"这个"或谓"本来很对，不知何以"亦非"？我看到这句话很喜欢，我的意思正是如此。这一章确是"赋"，即是叙述。毛传谓之"兴"，姚际恒谓之"比"，俱非。

　　我这样说诗，我认为是毫无疑问的。有人问我："你有什么证据呢？"这种人是中了考据的毒，我只好回答他："有诗为证。"

摽有梅

摽有梅，
其实七兮；
求我庶士，
迨其吉兮！

摽有梅，
其实三兮；
求我庶士，
迨其今兮！

摽有梅，
顷筐塈之；
求我庶士，
迨其谓之！

摽，落也。"摽有梅，其实七兮"，就是说树上落了有梅，一共落了有七个，于是这个采梅的女子就暗暗地自己喜着说道："求我庶士，迨其吉兮！"吉就是吉利的意思，如《定之方中》诗里"卜云其吉"的吉是一样，而且这个女子在这里打树上的梅子，简直有"卜"的意味，看她的求爱吉利不吉利，落下了有七个，那一定是吉利的，所以歌曰："摽有梅，其实七兮；求我庶士，迨其吉兮！"真是写得天真可爱，最难得的健康的民间歌谣。接着歌第二章，这回落了有三个，这回已不是吉利不吉利的问题，而是时间早晚的问题，既然是"其实三兮"，那么就"迨其今兮！"就是说现在就是时候了。梅子都落在地下了，那么就拿筐子拾起来罢，所以第三章便写着"顷筐塈之"。塈，取也。顷筐是一种小的筐子，在《卷耳》诗里也有"采采卷耳，不盈顷筐"，《荀子·解蔽篇》释诗云，"顷筐易满也，卷耳易得也，"毛传释为："易盈之器"。这个女儿一面拿筐子拾梅儿，一面又自言自语道："我现在就去同他说罢！"诗上谓之"迨其谓之！"这比"迨其今兮"又更进一层了，这已经是要向他有一种表示的意思了。这首诗的意义很明白，"摽有梅"的"梅"字，恐怕有双关的意思，陈奂《毛诗传疏》说梅媒声同，故见梅以起兴，这一点是不错的。

　　像这种思想健康，意义明白的诗歌，却给思想不健康的人将诗意歪曲了，"其实七兮"，他们要说是"尚在树者七"，"其实三兮"，他们要说是"梅在树者三"，这是多么不自然的看法！天下那有这样的笨人，数一数树上还有几颗果子呢？而中国从古迄今的读书人都是数三百篇树上的剩梅，不喜欢看地下的落梅，这些人不应该算是白痴吗？甚矣中国读书人不懂诗，诗在《诗经》！诗在民间！孔子曰，"诗三百，一言以蔽之曰：'思无邪。'"我真佩服孔子的艺术观。在中国只有民间的思想每每是"无邪"的。反之，读书人则是"邪"。他们都认为"摽有梅，男女及时也"，（小序的话）女子"惧其嫁不及时而有强暴之辱也"，（朱熹集传）于是第一回数一数树上还有七个梅，这已经够少的了，朱熹便借女子的口气说话道："求我之众士，其必有及此吉日而来者乎？"到了第二回，则朱熹曰："梅在树者三，则落者又多矣。今，今日也，盖不待吉矣。"这就是说迫不及待。最可笑的，既然只剩了三个在树上，则第三回为什么又"顷筐塈之"？这似乎至少不只三个，所以拿筐子来盛取。综观中国说诗人的意思，是不承认女子求爱这一件事实，拒绝这一件事实，故把一首青春欢乐之歌当作嫁不出去的老处女的忧虑了。

野有死麕

野有死麕，
白茅包之。
有女怀春，
吉士诱之。

林有朴樕，
野有死鹿——
白茅纯束。
有女如玉。

"舒而脱脱兮！
无感我帨兮！
无使尨也吠！"

这首诗的空气热闹极了，快乐极了，是中国的一首最好的牧歌，而腐儒们却将一个"礼"字把它掩盖起来，俞平伯先生数了一下，"郑氏此诗之笺，三章用八礼字"，于是它毫无生气了。我们现在要还它的本来面目，然后请你看这首诗好不好。麕是鹿的一种，"野有死麕"，是男女一起在野外打猎，打死了一匹鹿。凡属打猎，打死一个什么东西，无论是禽，无论是兽，便是大家最快乐的时候，所以"野有死麕，白茅包之"，不要以为是死的，其实是活的空气。这时有一女子在场，此女也，怀春之女也，哥儿便拿了白茅包了鹿肉献给她了，当然是诱惑的意思。毛传"群田之获而分其肉"，这话是不错的，但他说"凶荒则杀礼，犹有以将之"，便歪曲了，从那里见得"凶荒"呢？因了"凶荒"便马马虎虎拿死鹿来当聘礼呢？第二章句子最别致，三句，却是四顿，最后一句"有女如玉"四个字来得非常之郑重，非常之大雅，要说礼，这才真是礼了，在这样野外，好像很野蛮，包了死鹿，然而"有女如玉"！"朴樕"，小木也；"纯束"，犹包之也。第三章"舒而脱脱兮，无感我帨兮，无使尨也吠"，毛传，"舒，徐也。脱脱，舒迟也。感（同撼），动也。帨，佩巾也。尨，狗也。"但毛公接着说一句"非礼相陵则狗吠！"我以为狗决不是吠非礼，这个狗大约还是猎犬，跟着女儿（它的主人）去打猎的，或者虽非猎犬，林野离家不远，尨也跟着主人一路来了，跟在身旁，故女子看见男子动手动脚来撩她，便告诉他道："你别鲁莽，别拉我的手巾，别弄得我的狗吠了。"她口里虽然那么说，心里是很快乐的，其实尨也是很快乐的，决不是什么"非礼相陵则狗吠"的空气。我以为三章都是写野外的事情，所以我开头便说是"牧歌"。高明如俞平伯先生在这里也错信了古人的话，认为第三章"则述为婚时女之密语，神情宛尔，绝妙好词"。（《读诗札记》）他引了姚际恒的话，"定情之夕，女属其舒徐而无使帨感犬吠，亦情欲之感所不讳也欤？"我认为这话仍是说得很寒伧的。其实毛传"非礼相陵则狗吠"的话颇含糊，并不一定说是婚时。毛传讲这首诗还没有十分讲"礼"，还不十分可恶，若如卫宏之序，郑玄之笺，则可恶已极。卫序云："野有死麕，恶无礼也。天下大乱，强暴相陵，遂成淫风，被文王之化，虽当乱世，犹恶无礼也。"郑笺首章云："乱世之民贫，而强暴之男多行无礼，故贞女之情欲令人以白茅裹束野中田者所分麕肉为礼而来。"其余同样荒谬。

匏有苦叶

匏有苦叶，
济有深涉，
深则厉，
浅则揭。

有弥济盈，
有鷕雉鸣，
济盈不濡轨，
雉鸣求其牡。

雝雝鸣雁，
旭日始旦。
士如归妻，
迨冰未泮。

招招舟子，
人涉卬否。
人涉卬否，
卬须我友。

这首诗完全是写实，写一个济渡处。中国后来的诗简直没有这样写实的手法。不但诗里头没有，便是散文里头也没有，小说里头也没有。但在中国农村社会里头这种生活的情形却是很普遍的。我做小孩子的时候，常常在一个济渡处玩耍，"匏有苦叶"所写的完全是我所看见的情形了，难得它写得那么朴质，那么热闹，那么健康，一点后来文人的习气没有，真是古代的人民文艺了。我因为懂得这首诗的原故，赞美这首诗的原故，等我再回转头去看看汉代宋代以迄近代的读书人对于这首诗的讲解，我真是感得难过，中国的事情难道真是可以恸哭流涕！何以一般所谓儒者，思想都是那么下流，那么一种变态心理呢？这件事决不是小事！中国从《诗经》以后简直没有人民文艺了，有的只在民间，在农民的生活里头，而两性间的变态心理管治了一切的正统文学！我大约真正应该感谢西洋文学，我因为呼吸了西方的艺术空气的原故，乃恢复了我的健康，文士的习气乃渐渐洗掉了，今日我敢说我是真正的懂得《诗经》，懂得《诗经》所代表的中国农村社会产生出的健康文学。现在且让我来解释《匏有苦叶》这首诗，我说这首诗是写实。第一章，"匏有苦叶"这一句是没有意义的，只是用韵的原故引起"济有深涉"这一句来，那么这里所写的是一个过渡的地方了。渡有浅深，我记得我小时在县城外河边看乡下人过渡进城来，水深时淹到他们的肚脐，我们看着觉得好玩极了，乡下人则毫不在乎，这便叫做"深则厉"。古训谓"以衣涉水为厉"，"由带以上为厉"，又说"至心曰厉"，都是不错的，水深了，和衣而涉，水或深到脐，或深到胸，都是常有的情形。"浅则揭"，揭，褰衣也，水浅则褰衣便可以过来了。我小时最喜欢在城外看乡下人过河，而且常看见"关关雎鸠在河之洲"，即是说看见河之洲上有小鸟叫，如八哥喜鹊之类；但没有看见雉，那么有雉的地方当然可以看见雉了。在抗战期间我在故乡住着是看见过雉的，它忽然叫着一飞，真是"有鷕雉鸣"了，于是说到《匏有苦叶》的第二章，我认为"有弥济盈，有鷕雉鸣"都是写景，"济盈"是说水满了，"弥"是写水满之状，"鷕"是雉鸣的响声。"济盈不濡轨"当然也是写景，稍稍带了一点旁观者的心理作用。"雄鸣求其牡"是诗的点睛作用，把空气都活动了，凡属诗必然有两性的关系在里头才能写得生动的。"轨"者车轴之两端，河岸上的人容易看见，水太盈满了，车在水里渡过，很容易把轮子都淹没了，然而我们既然让车渡水，必然有渡过之可能，所以岸上的人看来轮子快淹没了，而终于没有淹没，没有濡到车轴了，故诗写着"济盈不濡轨"，是写得很生动的，我说稍稍带了一点旁观者的心理作用。"雄鸣求其牡"，是说雌雉求雄雉。本来飞者曰雄，走者曰牡，但亦可通称，故《南山》诗里头称狐为雄，"雄狐绥绥"。做诗作文用字之妙存乎一心，我以为"雄鸣求其牡"是应该用这一个"牡"字的，若改"牡"为"雄"便死得多了。这里还有用韵的关系，因为"济盈不濡轨"的"轨"读作"九"音。因为这一个"牡"字，乃生起许多胡说，我对于古来讲解这首诗的人表示痛恨，说他们是变态心理，我不暇引他们的解释，只看他们解这一个"牡"字！毛传云，"违礼义不由其道，犹雄鸣而求其牡矣。飞曰雌雄，走曰牝牡。"即是说飞禽在那里求走兽！毛公生怕我们不懂得他的意思，故多写两句，诚如陈奂传疏所云："传嫌牡雄可以通称，故又申释之云'飞曰雌雄走曰牝牡'者，雌雄从隹为飞鸟，牝牡从牛为走兽，刺夫人兼刺宣公也。"原来儒者们以为《匏有苦叶》这首诗是刺卫宣公与其夫人并为淫乱的。郑笺云，"雄鸣反求其牡，喻大人所求非所求。"我一点也不想笑他们！我真是感得伤心，这样怎么能谈义艺！王引之关于这一个字说得很好，"牡即雄之雄者，故曰'其牡'，若属之走兽，不得言'其'矣。传笺失之。"

第三章，"雝雝鸣雁，旭日始旦。士如归妻，迨冰未泮。"这也正是我小时所看见的热闹情景。王引之说这个"雁"是说鹅，是不错的，并不因为我小时所看见的是羽毛上涂了红色的鹅叫，实在诗里这个雁是鹅。这都是从头一年中秋以后到第二年春天以前的事情，而以薄冰的时候为最普遍，那时的朝阳也格外显得"旭日始旦"了，所谓冬日可爱。奇怪，我的"雝雝鸣雁"的记忆确乎是在济渡处，我的"旭日始旦"也在这个济渡处。

第四章我以为又是用女子说的话。大概这里也有过渡的船，非一定要自己涉水不可的。"招招舟子，人涉卬否。人涉卬否，卬须我友。"招招是舟子召人过渡之状，卬者我也，意思是说"人家过去，我要等候我友。"说话的神气不像男子。这话当然不说出口，只在她的心里说。我的话说完了，中国有这样好的短篇小说吗？就连"五四"以后的新小说也没有这样新鲜健康的，因为这是民间文艺。

蝃蝀

蝃蝀在东，
莫之敢指。
女子有行，
远父母兄弟。

朝隮于西，
崇朝其雨。
女子有行，
远兄弟父母。

"乃如之人也，
怀昏姻也！
大无信也！
不知命也！"

这首诗向来都认为是说女子不好的，所谓"刺奔"。为什么呢？大约因为字面上有"女子"两个字，那么明明是说女子了！所以毛传在第三章"乃如之人也"句下解释道："乃如是淫奔之人也。"我说因为字面上有"女子"两个字，还是宽恕他们的话，只不过说他们不懂得文章，究其实乃因为他们的思想是"邪"的，即是封建思想。《国风》里的诗没有一首是刺女子的，都是同情女子的。在封建社会里头，本来是男子的势力，要刺女子整个社会都在那里刺，用不着诗人作诗了，若作诗则必是反抗社会，反抗社会即是同情女子。这正是诗之所以为诗。姚际恒的《诗经通论》在《蝃蝀》之后论道："此诗未敢强解，小序谓刺奔虽近似，然'女子有行，远父母兄弟'，《泉水》《竹竿》二篇皆有之，岂亦刺奔耶？此语乃妇人作，则此篇亦作于妇人未可知，必以为刺奔，于此二句未免费解。"姚氏的话可谓能有识见，然而照我的意思，"女子有行，远父母兄弟"的话，《泉水》诗里头有，《竹竿》诗里头有，这首《蝃蝀》里头也有，可能是当时的成语，故诗里头引用来了，诗是诗人作的，这个诗人可能是女子，可能不是女子，诗的文章自可以用女子说话的口气了。在《蝃蝀》这诗里，我以为第三章是女子说的话，第一章第二章则是叙述句子，在叙述当中引用了"女子有行，远父母兄弟"的成语罢了。因为押韵的原故，第二章便写作"远兄弟父母"。在我的故乡黄梅有一句通行的话，"嫁出之女，放出之水（ㄒㄩ）"，①意思是说女子出嫁以后娘家便不能照顾她了，常常在人家口里用，不过意义同"女子有行，远父母兄弟"似乎很不同，前者是父母兄弟再也"不管她"的意思，后者似是说女子远离父母兄弟的寂寞了。现在让我来解释《蝃蝀》这首诗，我确是没有强为之解的意思，我倒是有修辞立其诚的诚意了。

这首诗一定是写一个没有信义的丈夫，正是同情于弱女子的诗。第三章"乃如之人也"，正同《邶风·日月》诗里头"乃如之人兮"是一样的句法，是女子指男子说。"怀昏姻也，大无信也，不知命也"，这三句，恰恰是判断这个男子，并不是什么刺淫奔之女子。第一章"蝃蝀在东，莫之敢指"，毛传，蝃蝀，虹也，望着东边天上这个东西，不敢指他，心里真是怕他，很能象征女子害怕的心理，也就是这个男子可怕。接着，"女子有行，远父母兄弟"，便是写女子的凄凉孤独，因为她离娘家很远，没

---

① "ㄒㄩ"为民国时国音字母，依今拼音作 xu。——编注

有可以共商量的人了。《诗经》里被虐待或被弃的女子，每每只有一条路，（后代的农村女子也正是如此！）即是想同娘家的父母兄弟说一说，如《邶风·柏舟》所云"亦有兄弟，不可以据，薄言往愬，逢彼之怒！"《卫风·氓》则有"兄弟不知，咥其笑矣！"那都是告诉了父母兄弟也还是枉然。《蝃蝀》则离父母兄弟很远，没有可以共说话的人了。所以这个女子的心情是很怯弱的，形单影只，望着天上的虹不敢指了，这个虹很有点象征可怕的丈夫。第二章又不过重复的说，说清早西边天上的虹。东与西没有多大的意义的，只是将文章的空气加重了罢了。郑玄谓朝隮于西的隮亦虹。崇朝其雨即是整个早晨下雨。在我的故乡也有这样的话："东虹晴，西虹雨。"此事不知确否？我还没有在早晨看见虹的经验。有了第一章与第二章的空气，于是第三章用女子自己说话的口气说这个男子道："乃如之人也，怀昏姻也！大无信也！不知命也！"他心里怀着鬼胎，他想弃她！

绸缪

绸缪束薪；
三星在天。
今夕何夕？
见此良人！
子兮！子兮！
如此良人何！

绸缪束刍，
三星在隅。
今夕何夕？
见此邂逅！
子兮！子兮！
如此邂逅何！

绸缪束楚，
三星在户。
今夕何夕，
见此粲者！
子兮！子兮！
如此粲者何！

　　这首诗是新婚之夕男女见面喜不自胜之辞。这个见面真是不容易了，太好了。所谓"良人"，所谓"邂逅"，所谓"粲者"，我以为都是男子指女子说的。毛传，"子兮者，嗟兹也。"王引之说，"嗟兹，即嗟嗞。"所以"子兮子兮"是惊叹辞。"今夕何夕？

见此良人！子兮！子兮！如此良人何！"翻译起来应该是"今天晚上该是怎样一个晚上，得见好人儿！哎呀，要怎样才对得起你呵！"这首诗的艺术价值都在每章的首两句，有了首两句则下文便都好了。我决不是附会其说。这种写法本来叫做"兴也"。我曾说"兴"就是写实，并不是凭空拿一个什么来兴起一个什么。不过我现在还要将我所谓写实的意义更规定一下，不可以含糊其辞，写实者便是将生活上就其时与地自然而然可以联得起来的事情写下来的意思。如"关关雎鸠在河之洲"与"窈窕淑女，君子好逑"是同时同地之所见，故自然而然的写了下来，写下来自然是诗了。如果照朱熹的话淑女与君子"相与和乐而恭敬，亦若雎鸠之情挚而有别"，那便成了逻辑，不是诗了。若是诗，则很容易写，因为随时有生活，随处有生活，只要你不是"视而不见"，不是"正墙面而立"。若是逻辑，则很难写，写出来也一定不是诗，因为你没有感情。又如就《汉广》的"翘翘错薪，言刈其楚，之子于归，言秣其马"四句说，也叫做兴，因为"刈其楚"与"秣其马"虽然不是同时同地发生的事情，而这两件事情与此时此地最有关连。现在我们所讲的《绸缪》之诗正是新婚之夕，新婚之夕与"绸缪束薪"有什么关联呢？这里头真见生活。大约农村间，平常"绸缪束薪"的时候，抬起头来正是"三星在天"，这个生活太辛苦了，这个记忆太深刻了，到了新婚之夕，真是今夕何夕，而也从"绸缪束薪，三星在天"说起了，所谓劳动者的意识。这一来，"今夕何夕，见此良人"，说不尽的辛苦，说不尽的甜蜜。下面的"束刍"与"束楚"，是一唱三叹，也真是有许多事情。

东山

我徂东山，
慆慆不归。
我来自东，
零雨其濛。
我东曰归，
我心西悲。
制彼裳衣，
勿士行枚。
蜎蜎者蠋，
烝在桑野，
敦彼独宿，
亦在车下。

我徂东山，
慆慆不归。
我来自东，
零雨其濛。
果臝之实，
亦施于宇，
伊威在室，
蠨蛸在户，
町畽鹿场，
熠燿宵行，
不可畏也，

伊可怀也。

我徂东山，
慆慆不归。
我来自东，
零雨其濛。
鹳鸣于垤，
妇叹于室：
"洒埽穹窒，
我征聿至！
有敦瓜苦，
烝在栗薪，
自我不见，
于今三年！"

我徂东山，
慆慆不归。
我来自东，
零雨其濛。
仓庚于飞，
熠燿其羽，
之子于归，
皇驳其马，
亲结其缡，
九十其仪——
其新孔嘉，
其旧如之何？

　　这首诗相传是周公东征劳归士之作，我想是不错的。从来人的解释，也没有大背诗情的地方，可见这首诗之近乎人情了。我现在从各家注解当中，择取我认为最恰当的解释，写在下面：

首章　惛惛，言久也。零雨其濛，同"击鼓其镗""雨雪其雱"是一样的句法，濛，雨貌。

　　　制彼裳衣，治归装也。勿士行枚，士，事也；行，阵也；枚，衔枚之枚。蜎蜎，动貌。蠋，桑虫如蚕者也。

　　　烝在桑野，是久处桑野的意思，烝训久。敦彼独宿，敦，独处不移之貌；独宿，指离家已久的士兵。"蜎蜎者蠋，烝在桑野"，这两句是兴起"敦彼独宿，亦在车下"，意思是说，"虫儿们总呆在桑林里头，我的兵士们也都在行阵里头，没有离开了。""独宿"这个名词用得甚佳，很表现一种对于士兵的爱。现在大家是要归家，显得大家久矣夫是独宿之人了。现在不再作战，这样说不显得大家不是战士了。

二章　果臝，栝楼也。施，延也。伊威，鼠妇也。蟏蛸，小蜘蛛也。町畽，鹿迹也。熠燿宵行，是说萤火夜飞有光。此章言战后此情此景令人可惧，亦最动人之思也。

三章　垤，小丘也。穹窒，是说屋子里有窟窿的地都填塞起来。我征，是指出征在外的丈夫。

　　　"有敦瓜苦，烝在栗薪"，同首章"蜎蜎者蠋，烝在桑野"是一样的文章，那是说虫在桑野，这是说瓜在栗薪，那是兴起眼前之人都在车下，这是兴起出征之人久在外面，仿佛像瓜挂在栗薪了。不同的地方，"蜎蜎者蠋，烝在桑野"，并不是眼前的事情，是想像的；"有敦瓜苦，烝在栗薪"，则眼前确有此瓜，触景生情。因为这首诗所写的归时是"果臝之实亦施于宇"的时候，也正是"有敦瓜苦，烝在栗薪"的时候。瓜在栗薪，是她眼前看见的，而她想到久在外面的人了，"自我不见，于今三年！"

四章　"仓庚于飞，熠燿其羽"，是说仓庚飞时羽翼鲜明，以兴起下文"之子于归"的热闹。"于飞"的"于"字同"于归"的"于"字是一样的用法，都是动词前面加这么一个字，这个字并没有意义。《诗经》里这种句子很有，如"黄鸟于飞"，"王于兴师"，"王于出征"都是。"之子于归"即是女儿出嫁，这个女儿大概就是三章"妇叹于室"的"妇"。所以这里所描写的女儿出嫁的光景乃是思往事。郑玄说得很好，"归士始行之时，新合昏礼，今还，故极序其情以乐之。"郑笺很少有这样通达的话，这话令我喜悦。不过他说"仓庚于飞，熠燿其羽"，是写"于归"之时，我以为不必一定如此，只是兴起嫁时的一切光辉夺目罢了。"皇驳其马"，是写马的颜色，言嫁时车马之盛。"亲结其缡"，《仪礼·昏礼》，母施衿结帨，结缡当即是指结帨这件事，言嫁时母亲丁宁告戒一番。"九十其仪"，言多仪也。那么新婚时的情形真是"伊可怀也"了，现在这回久别归来应该是怎么样呢？我们乡下有一句话，"久别胜新婚"，便是《东山》"其新孔嘉，其旧如之何"的答案了。所以这里的"新""旧"两个字是指的一个人儿。郑笺云，"其新来时甚善，至今则久矣，不知其如何也，又极序其情乐而戏之，"汉儒也懂得周公的幽默了。

我为什么讲这首诗呢？我是一则以喜一则以惧。喜者，《东山》诗写得那么好，一点没有后来士大夫的恶劣气息，惧者，从汉以来诗里的空气已不复有民间的朴素，而民间也染了士大夫的思想了，即是封建思想。我读了《东山》诗之后，连忙想到的，是鲁秋胡妇的故事以及傅玄颜延之辈写的《秋胡行》。《列女传》，鲁秋胡洁妇者，鲁秋胡子之妻，秋胡子既纳之五日，去而宦于陈，五年乃归，未至其家，见路傍有美妇人，方采桑，秋胡子悦之，下车谓曰："今吾有金，愿以与夫人。"妇人曰："嘻！夫采桑奉二亲，吾不愿人之金！"秋胡子遂去，归至家，奉金遗其母。其母使人呼其妇，妇至，乃向采桑者也。妇污其行，去而走，自投河而死。我们试把这个故事同《东山》诗的诗情一比，便可知道什么是封建思想。封建思想，是不要人有健康的生活，女子动不动是要"死"的，那么平日所过的勤苦的生活不知为了什么了，真是可怜。傅玄的诗写得很好，篇末云，"引身赴长流，果哉洁妇肠。彼夫既不淑，此妇亦太刚。"诗人毕竟是有感情的。元人杂剧有《秋胡戏妻》，洁妇却是没有死，给一位老太太救活了，很令我喜欢。这位老太太便是她的婆婆，婆婆这样同她说："媳妇儿，你若不肯认我孩儿呵，我寻个死处！"于是她说："妳妳，我认了秋胡也。"这是士大夫的思想还没有完全统治民间的生活，所以在杂剧里产生了这一位老太太。中国人不喜欢悲剧，在戏剧里如果秋胡妇以死收场，观众一定不喜欢看。在实际生活上，在抗战期间我本着实际观察，一般农民对于被日寇污辱的妇女都是十分同情的，丈夫同情其妻，孩儿同情其母，大家只有"生"的意志，没有"死"的纲常了。文人编剧本，在这一点不能不投老百姓之所好，不让秋胡子之妻投河而死，确是可喜的。然而士大夫的真面目毕竟要露出来，即是狐狸尾巴露出来了，试看杂剧的收结：

> 想当日刚赴佳期，被勾军蓦地分离。苦伤心抛妻弃母，
> 早十年物换星移。幸时来得成功业，着锦衣脱去戎衣。
> 倘君恩赐金一饼，为高堂供膳甘肥。到桑园糟糠相遇，
> 强求欢假作痴迷。守贞烈端然无改，真堪与青史标题。
> 至今人过钜野寻他故老，犹能说鲁秋胡调戏其妻。

这便是道地的士大夫思想，在这个思想统治之下秋胡妇是要投水而死的。所以我以为在杂剧里秋胡妇之不死是一位老太太救活了的，即是民间思想不喜欢这样的悲剧。

我读了《东山》诗，同时联想到的还有庾信的一首诗，题为《见征客始还遇猎》，诗是这样：

> 贰师新受诏，长平正凯归，犹言乘战马，未得解戎衣，
> 上林遇逐猎，宜春暂合围，汉帝熊犹愤，秦王雉更飞。
> 故人迎借问，念旧始依依，河边一片石，不复肯支机。

这首诗我也很喜欢，"河边一片石，不复肯支机"，仿佛叫你赶快回家去，织女再也不肯织布了。这很有希腊神话的空气，将人情美化。然而《东山》一诗才真是中国的，是写实的，是民间的，难得写得那么深厚，那么幽默。

车舝

间关车之舝兮，
思娈季女逝兮。
匪饥匪渴，
德音来括。
虽无好友，
式燕且喜。
依彼平林，
有集维鷮。
辰彼硕女，
令德来教。
式燕且誉，
好尔无射。

虽无旨酒，
式饮庶几。
虽无嘉殽，
式食庶几。
虽无德与女，
式歌且舞。
陟彼高冈，
析其柞薪，
析其柞薪，
其叶湑兮！

鲜我觏尔，

我心写兮！

高山仰止，

景行行止，

四牡騑騑，

六辔如琴，

觏尔新昏，

以慰我心。

这是《小雅》里的一首诗，是咏新婚的，我十分喜欢它。我觉得这种诗歌真能代表一种文明，给毛郑腐儒们都讲歪曲了，有特别提出来讲一讲之必要。我不暇引腐儒们的话。我真有点奇怪，这种诗不像贾宝玉式的崇拜女子，一点文人习气没有，但把妇女也就崇拜得可以了，只有我们现在的劳动英雄们的结婚才配得上，到底是什么原故呢？我决不是说笑话，我决不是附会，我们且讲诗。最精采的当然是四五两章。四章我在讲《桃夭》的时候已经引过了，按说要有析薪的经验才懂得"析其柞薪，其叶湑兮"，现在把"其叶湑兮"与新婚相见相提并论，一定是有实生活作底子的，仍是劳动者的歌声呵！诗的茂盛与诗的快乐与生活的朴实，都在这个文章里表现出来了，但这个文章一点也不能捏造呵，因为生活不能捏造！第五章也真好，你走在大路上，你望见高山，你没有别的说法，只有"高山仰止，景行行止"。是唯一的诗呵，翻译出来便是："高山我们望罢！大路我们行罢！"接着又说"四牡騑騑，六辔如琴"，新婚的马车跑起来真是得意呵，合拍子呵，好一个"六辔如琴"！这真是野外的音乐，壮健的音乐，而在劳动者的新婚时是美丽的音乐！是的，这种诗不能是写贵族的，试看第一章"虽无好友，式燕且喜"，无论主人怎样谦逊，总不能替"敝友"谦逊起来，在《陋室铭》里头都是"谈笑有鸿儒，往来无白丁"，何况贵族之家呢？只有农村间的口吻才说"我们家里没有好朋好友"。"间关车之辖兮"，也活像乡村间车子动身时的情形，朱集传，"间关，设辖声也。辖，车轴头铁也，无事则脱，行则设之。"听这个声音，车子一定不多，所以后面也不过说"四牡騑騑"，决不是"之子于归，百两御之"的光景了。何况下面还有"陟彼高冈，析其柞薪"呢？照我这样讲，则一章二章三章都写得好，正是老老实实的写，"虽无好友"，"虽无旨酒"，"虽无嘉殽"，虽"匪饥匪渴"，然而正是如饥如渴呵，"觏尔新昏，以慰我心！"写得最令我们赞叹的，当然是"高山仰止，景行行止，四牡騑騑，六辔如琴"。

　　（本文为废名 1949 至 1950 年在北大授课时的讲稿，约作于1949 年。）

孔子说诗

　　知堂先生《苦竹杂记》里有《郝氏说诗》一文，我读了甚得喜悦，篇末抄引郝兰皋夫妇合著的《诗说》里几则文章，读之不欲放下，后来放下了，又联想到孔子说诗。《论语》里有一章书，向来不引起我的注意，这回因了《郝氏说诗》，我乃又默诵一遍，"唐棣之华，偏其反而。岂不尔思，室是远而。子曰，未之思也，夫何远之有。"孔子说诗亦复有趣，我觉得他老先生好像替学生改作文一样，批得很幽默——这或者是我自己呆头呆脑，年来常替学生改作义，故而乱说孔夫子亦未可知。我且以第二回手将郝氏这一节文章从《苦竹杂记》里抄录下来，即为介绍诗三百篇的文章起见这节话亦不惜第三回说：

　　　　晋人论诗，亟赏昔我往矣，杨柳依依，今我来思，雨雪霏霏，及讦谟定命，远犹辰告，以为佳句。余谓固然，佳句不止此也，如鸡栖于埘，日之夕矣，羊牛下来，写乡村晚景，睹物怀人如画。又如蒹葭苍苍，白露为霜，所为伊人，在水一方，渺然有天际真人想。其室则迩，其人甚远，渺渺予怀，悠然言外。东门之栗，有践家室，此有践二字便带画景。至如汉之广矣，不可泳思，江之永矣，不可方思，尤所谓别情云属，文外独绝者也。

这节文章不待看完，我就想去读《诗经》，《诗经》读了一半，我就默读《论语》里的诗四句，"唐棣之华，偏其反而。岂不尔思，室是远而。"我受了郝氏诗说的暗示，先翻了诗《东门之墠》在书桌上，"东门之墠，茹芦在阪，其室则迩，其人甚远。"这室迩人远的说话，所谓咫尺千里是也，今古诗情都一般。若这样写文章："岂不尔思，室是远而！"翻成白话便是"我岂不想你，只是你住的地方太远了"。人听了这一句话人以为是敷衍面子的话，难怪孔子听了也说不是，"未之思也，夫何远之有。"只有说"人远"的情理，没有说"室远"的情理。室迩而人远乃是"思"，若说"室远"，是"未之思也"。因此我想孔子这人一定很令我们向迩，我们可以高山仰止矣。不过我说来说去还是说得好玩的，这里的问题乃是，"唐棣之华，偏其反而，岂不尔思，室是远而"，这四句诗何以落得孔夫子说一个不是？是别人在他老先生耳朵旁边唱，如子路一年三百六十日唱"不忮不求，何用不臧！不忮不求，何用不臧！"于是老师劝他百尺竿头更进一步——还是在别的读书情形之下呢？殊为吾辈所欲知之而不得而知之者也。

（一九三六年）

陈亢

陈亢问于伯鱼曰，子亦有异闻乎？对曰，未也。尝独立，鲤趋而过庭，曰，学诗乎？对曰，未也。不学诗，无以言。鲤退而学诗。他日，又独立，鲤趋而过庭，曰，学礼乎？对曰，未也。不学礼，无以立。鲤退而学礼。闻斯二者。陈亢退而喜曰，问一得三，闻诗，闻礼，又闻君子之远其子也。

《论语》这章书我很喜欢，觉得孔门真是诚实切实。陈亢这个人很老实。伯鱼亦殊可爱，不愧为孔子之子，孔子亦不愧为其父。父亲问他学诗没有，他说没有学，退转来他就学诗。有一天父亲又问他学礼没有，他说没有学，退转来他就学礼。他很有礼貌的把这些话告诉陈亢，临了还要诚恳的说一句："闻斯二者。"陈亢起初像一个乡下人，问着世兄"子亦有异闻乎？"临了又像大学里的旁听生，偷听了一堂课，喜不过，还要说一点自己老实的心得。不过他喜不过告诉给什么人，我们却无从知道。宋儒却真不令人喜欢，在"子亦有异闻乎"句下朱熹注曰，"亢以私意窥圣人，疑必阴厚其子。"在"闻斯二者"句下注曰，"当独立之时所闻不过如此，其无异闻可知。"是何伧父口吻也。

在另一章书里也可以见陈亢对于孔子的神气，他问于子贡曰，"夫子至于是邦也，必闻其政，求之与？抑与之与？"子贡回答他，"夫子温良恭俭让以得之。夫子之求之也，其诸异乎人之求之与。"观子贡说话的神气，不免有点鄙陈亢的意思，然而我们都如闻其语如见其人，我们又可以看得出孔门的真面目也。

（一九三六年）

偶感

知堂先生有《希腊人的好学》一篇短文章，讲的是古希腊书呆子的故事，我们读了犹如读一篇神仙故事，虽然那两个书呆子一个就是几何学老祖宗欧几里得（Euchlid），一个是古代最大的力学者兼数学者亚奇默得（Arhimedes）①。那样好学的传统于咱们中国人很陌生，故我们听了犹如神话一样的好玩了。皇帝问欧几里得，可否把他的那学问弄得更容易些，他回答道，大王，往几何学去是并没有御道的。有一弟子习过设题后问他道，我学了这些有什么利益呢？他就叫一个奴隶来说道，去拿两角钱来给这厮，因为他是一定要用他所学的东西去赚钱的。亚奇默得于基督二八七年前生于须拉库色，当他的故乡与罗马抗战的时候，亚奇默得先生造了许多力学的器具，把敌人的船弄了一些恶作剧，沉没到海里去或是碰在岩石上粉碎了，然而他老先生自己对于这些玩艺儿颇不满意，以为学问讲实用便是不纯净。须拉库色被罗马所攻取，他叫一个罗马兵站开点，不要踹坏地上所画的图，遂被杀。这是希腊人的荣誉。知堂先生还有一篇短文章，可以说是对

---

① 亚奇默得，今译"阿基米德"。——编注

于乞食的礼赞，"一切生物的求食法不外杀，抢，偷三者，到了两条腿的人才能够拿出东西来给别的吃，所以乞食在人类社会上实在是指出一种空前的荣誉。"这个荣誉又归印度人拿去了，印度人乞食与布施的意思真是人类的光荣，从我这一个中国的懒人的立场说，除了发愤忘食较为切近生活之外，最理想的办法还是乞食。我此刻所想谈的其实是恋爱问题。今天无意之间翻得以前在大学里一本英文练习簿，第一页上铅笔写的几行英文，一看知是摘抄 Shelley① 的一句半诗，现在也不必去查考原诗，将这一句半引来便行：

> True Love in this differs from gold and clay,
> That to divide is not to take away.
> Love is like understanding, that grows bright,
> Gazing on many truths'
> ……

意思是说，爱情不像金子也不像土，分开了并不就把他拿走了。爱情好比是一个人的智力，注视的真理多，乃放光明。我今番看了英国浪漫派诗人这一句半诗，不觉大吃一惊，即是说我对于这一句半话很是隔膜，不知做学生的时候为什么抄下来了。我觉得中国书籍里没有"恋爱"这个字，我们也就没有恋爱的光荣了。大凡传统里所没有的东西，也就不必去捏造，没有什么东西并不就没有光荣，只须说明没有什么东西便好了。中国有"好色"二字。孔子言未见好德如好色，又言少之时血气未定戒之在

---

① Shelley，即"雪莱"。——编注

色。庄子也以毛嫱丽姬人之所美，鱼见之深入，鸟见之高飞，喻天下孰知正色。宋玉有《好色赋》，也以好色与守德并称。食色二事，中国确是平等观之。这个不能不说是很合理的看法。而且人与动物平等。人与动物平等，正是人类的健康。到了《国风》好色而不淫，哀而不伤，也正是健康。《论语》有一章书，我近来始懂得，我且抄引了来：

子夏问曰，巧笑倩兮，美目盼兮，素以为绚兮，何谓也？子曰，绘事后素。曰，礼后乎？子曰，起予者商也，始可与言诗已矣。

孔门这样说诗，这样说礼，说礼为后来的事，然后诗与礼是人类的文明。人类不进于文明，于是求降为野蛮乃事理之不可得者也。野蛮即健康，人类的健康则有待于文明者也。孔子说绘事后素，即是说文采后于质地，子夏乃悟到"礼后"，可见礼是有趣味的事情，是最高等的事情，难怪孔子以非礼勿视听言动的话告诉大弟子颜回也。中国圣贤不讲恋爱，却言学礼，言学诗，我以为是很美满的人生观，亦即中庸之道。后代的文人学者，不是登徒子便是道学家，摩登男女乃讲恋爱。我今觉得不讲恋爱或者还是一件文明，与希腊人的好学印度人的乞食同日而语之，无非是表示我提倡本位文化之至意，即是说我也很摩登。

（一九三六年）

谈用典故

作文用典故本来同用比喻一样，有他的心理学上的根据，任何国的文学皆然。在外国文学里头用典故这件事简直不成问题，只看典故用得好不好，正如同比喻用得好不好。他们的作家，在他们的作品里头，典故不常用，正如同比喻不常用，若用之则是有必要，这时文章的意思格外显豁，感人的效果格外大。中国的事情每不可以常理论，他没有文章而有典故！于是典故确乎应该在排斥之列。我说中国是因为没有文章而有典故，这话一点也不错，只看中国的文章里头没有比喻便可以知道。若用比喻则非有意思不可了，有意思才叫做文章。只看周秦的文章连篇累牍用的是比喻，而后来的文章则只有典故，中国确乎是从周秦以后没有文章了。有典故没有文章，这样的文学不应该排斥吗？那么照意义说起来，我们反对典故，并不是反对典故本身，乃是反对没有意思的典故罢了。因为反对典故的原故，我曾赞美宋儒的文章，我读朱子《四书集注》，文章都很能达意，在他许多文字里头只有两个典故，即"枉尺直寻"与"胶柱鼓瑟"，实在这也不能算是典故，只是成语罢了。其解释"欲罢不能"云："如行者之赴家，食者之求饱。"这样有力量的文章要什么典故呢？二程子称大程子"盖自孟子之后，一人而已。然学者于道不知所向，则孰知斯人之为功；不知所至，则孰知斯名之称情也哉？"这是多么能达意的文章，何暇用典故？这样的文章，应该算是理想的"古文"。即是韩愈所提倡的古文的古文。那么我平常反对古文也只是反对他没有意思罢了。

我今天的本意是作典故赞的，开头却说了上面一段话无非是表示我很公平，我说话向来没有偏见。那么我来赞典故乃是典故真可赞了。

中国的坏文章，没有文章只有典故。在另一方面，中国的好文章，要有典故才有文章！这真是一件奇事。我所赞美的，便是这种要有典故才有文章的文章了。那么倘若没有典故岂不就没有文章了吗？是不然。是必有文章的，因此也必有典故，正如外国文章里必有风景，必有故事。换一句话说，中国的诗人是以典故写风景，以典故当故事了。中国文学里没有史诗，没有悲剧，也不大有小说，所有的只是外国文学里最后才发达的"散文"。于是中国的散文包括了一切，中国的诗也是散文。最显明的征象便是中国的文章里（包括诗）没有故事。没有故事故无须结构，他的起头同他的收尾是一样，他是世界上最自由的文章了。这正同中国的哲学一样，他是不需要方法的，一句话便是哲学。所以在中国文章里，有开门见山的话。其妙处全在典故。下面是庾信《谢滕王赉马启》的全文：

　　某启：奉教垂赉乌骝马一匹。柳谷未开，翻逢紫燕，陵源犹远，忽见桃花。流电争光，浮云连影。张敞画眉之暇，直走章台；王济饮酒之欢，长驱金埒。谨启。

第一句等于题目。接着是无头无尾的文章，同时也是完完全全的文章，不多不少的文章。所用的全是马的典故，而作者的想像随着奔流出来了。柳谷句，张掖之柳谷，有石自开，其文有马；紫燕是马名。接着两句，"流电""浮云"俱系马名，"争光"与"连影"则是想像，写马跑得快。争光犹可及，连影则非真有境界不可，仿佛马在太阳底下跑，自己的影子一个一个的连着了，跟着跑了。那么争光亦不可及，作者的笔下实有马的光彩了。我并不是附会其说，只看作者另外有这样一句文章，"一马之奔，无一毛而不动"，他的句子确不是死文章了。画眉之暇，走马章台；饮酒之欢，长驱金埒，可不作解释。读者试看，这样一篇文章不是行云流水吗？不胜过我们现在一篇短篇小说吗？他没有结构而驰骋想像，所用典故，全是风景。他写马，而马的世界甚广，可谓杂花生树，群莺乱飞！时间与空间在这里都不成问题，连桃花源也做了马的背景了。在任何国的文学里没有这样的文章的。我们不能说他离开典故没有文章，乃是他有文章自然有典故了。外国的文章靠故事，我们不能说他离开故事没有文章，他是有文章自然有故事了。莎士比亚在他的剧本里写一个公爵给国王流放出去，舞台上自白道：

> Now no way can I stray,
> Save back to England, all the world's
> my way,

这样的文章写得多容易。真是同庾信的文章一样容易！这样写"流放"是伟大的文章，藉故事表现着作者的境界。中国的诗人则是藉典故表现境界了。我这话也决不是附会，有时也有等于藉故事表现境界的，也正是庾信的文章，如皇帝赐给他东西谢皇帝而这样写一个"谢"字："直以物受其生，于天不谢。"这完全是英国莎士比亚的写法了。不过这是偶然的，中国文章本来不以表现情节见长，而诗人伟大的怀抱却是可以以同样尺度去度量的了。我顶喜欢庾信这两句写景的文章："龟言此地之寒，鹤讶今年之雪。"大约没有典故他不会写这样的美景，典故是为诗人天造地设的了。"草无忘忧之意，花无长乐之心"，"非夏日而可畏，异秋天而可悲"，都是以典故为辞藻，于辞藻见性情。是的，中国有一派诗人，辞藻是他的山川日月了。庾信的《象戏赋》有这样两句话，"昭日月之光景，乘风云之性灵"，正是他自己的文章。我最佩服这种文章，因为我自己的文章恰短于此，故我佩服他。我大约同陶渊明杜甫是属于白描一派。人说"文章是自己的好"，我确是懂得别人的好。说至此，我常常觉得我的幸运，我是于今人而见古人的。亡友秋心君是白话文学里头的庾信，只可惜死得太早了，我看他写文章总是乱写，并不加思索，我想庾信写文章也一定如此。他们用典故并不是抄书的，他们写文章比我们快得多。有一回我同秋心两人在东安市场定做皮鞋，一人一双，那时我住在西山，后来鞋子他替我取来了，写信告诉我，"鞋子已拿来，专等足下来穿到足上去。"他写文章有趣，他的有趣便在于快。庾信的《枯树赋》有这两句："秦则大夫受职，汉则将军坐焉。"我想他的将军坐焉同秋心的足下足上是一样写得好玩的，此他的文章所以生动之故。

　　我今天写这个题目，本来预备了好些"典故"，但写至此已觉得可以成一短文，其余的只好暂不写，否则文章恐怕长了。然而这样又不能说典故之长于万一了。此决非夸大之辞，实乃缩小之论。

（一九四八年）

再谈用典故

今天我再来谈用典故罢。

上回我说庾信写文章写得非常之快，他用典故并不是翻书的，他是乱写，正同花一样乱开，萤火虫一样乱飞。而且我举出我的朋友秋心为证。我这话当然说得很切实，但反对者如反对我，"你究竟是乱说！人家的事情你怎么能知道呢？"那我只好学庄子诡辩，子非我，安知我不能知道呢？话不要游戏，我还是引杜甫的话，"文章千古事，得失寸心知"，是可以知道的。今天我再来说用典故比庾信稍为慢一点儿的，至少要慢五分钟。且听我慢慢道来。

我第一想起陶渊明。陶渊明作诗是很正经的，决没有乱写的句子，有一回用了一个太阳的典故，不说太阳而说"乌"，却是写得好玩的。这首诗题作"怨诗"，诗确是有点怨，然而因为这一只"乌"的原故，我觉得陶公非常之可爱了，他思索得这一个典故时，他一定自己笑了，觉得好玩，于是诗的空气缓和好些了。诗是这样的，"天道幽且远，鬼神茫昧然。结发念善事，僶俛六九年。弱冠逢世阻，始室丧其偏。炎火屡焚如，螟蜮恣中田。风雨纵横至，收敛不盈廛，夏日长抱饥，寒夜无被眠。造夕思鸡鸣，及晨愿乌迁。……"造夕思鸡鸣当然是真的光景，老年人冬夜睡不着，巴不得鸡鸣，天便亮了，而"及晨愿乌迁"决然是一句文章，意思是说清早的日子也难过，巴不得太阳走快一点，因为写实的"鸡鸣"而来一个典故的"乌迁"对着，其时陶公的想像里必然有一支乌，忘记太阳了。这是很难得的，在悲苦的空气里，也还是有幽默的呼息，也便叫做"哀而不伤"。这样的用典故确是同庾信的用典故不同，乌是从作者的文思里飞出来的，不是自己飞出来的所以要来得慢，可以令我们读者看得出了。虽然慢这支乌确是活的不是死的，仿佛"犹带昭阳日影来"了。总之陶渊明偶尔用典故不是死典故，我想谁都不能否认我的话。到了后来的李商隐完全弄这个把戏，他比庾信慢一点，比陶渊明又要快一点，介乎二者之间。庾信不自觉，李商隐自觉，庾信是"乘风云之性灵"，李商隐则是诗人的想像了。他写唐明皇杨贵妃"此日六军同驻马，当时七夕笑牵牛"，六军驻马等于陶渊明的造夕思鸡，七夕牵牛则是及晨望乌了，是对出来的，是慢慢地想了一会儿的，是写得好玩的，虽是典故，而确是有牵牛的想像的。不知者每每说李诗纤巧，而陶渊明独不纤巧乎？不知诗人的想像便不能谈诗，谓陶句不纤巧者，是以乌迁为一死典故而已耳。

"于今腐草无萤火，终古垂杨有暮鸦"，这是李商隐写隋宫的，上句是以典故写景，真是写得美丽，下一句则来得非常之快，真写得苍凉。上句貌似庾信，下句是神似。多一个自觉，故说貌似。来得不由己，故曰神似。没有典故便没有腐草没有萤火。没有腐草没有萤火也没有垂杨没有暮鸦，那时世界上也没有诗人。

杜甫的诗有感情有图画，是白描一派，无须乎用典故的。但杜甫有时也拿典故来写想像。他咏明妃诗句，"一去紫台连朔漠，独留青塚向黄昏。"便很见工夫见想像。紫台是汉宫名，"一去紫台连朔漠"意思是由汉宫出发到匈奴那里去，这么大的距离给他一句写了，妙处便在紫台，由紫台连得起朔漠于是"一去紫台连朔漠"，仿佛是对对子，读之觉其自然，事实却很不自然，比李白的"千里江陵一日还"还要快过多少倍了，比我们现在坐飞机还要快。一句还不自然，接着"独留青塚向黄昏"句则文章是天生的，非常之自然。而事实杜甫是"语不惊人死不休"的，他费了很大的气力。妙处在青塚这个故事，相传明妃塚草独青，而这个美的故事只当作一个典故用。"向黄昏"是诗人的想像，是文生情，也正是情生文，于是这两句真是活的了，而是从典故的死灰里复燃的。换一句话说，没有典故便没有诗。其余如咏宋玉"江山故宅空文藻，云雨荒台岂梦思"以及写他自己漂泊西南大地之间，"三峡楼台淹日月，五溪衣服共云山"，俱是以典故写想像。五溪衣服句很费力，却能生动。五溪蛮的衣服是染色的，这是典故，我们在避难时也有此情景，同着当地土人邀游山水，尤其是过年过节看了他们男妇老幼穿着新衣服花花绿绿的，我们与之共天上的云眼前的山光水色了，热闹的很，故杜甫曰，"五溪衣服共云山"。有这一句则"三峡楼台淹日月"一点也不空，都是诗人的实景了。"云雨荒台岂梦思"这一句我最佩服，把朝云暮雨的梦真拿来写景，不愧是大诗人了。然而无论怎么说杜甫的典故是来得非常之慢的，较之庾信是小巫见大巫。

作文叙事抒情有时有很难写的地方，每每借助于典故。这样的用典故最见作者思想的高下，高就高，低就低，一点也不能撒谎的。陶渊明《命子诗》有云："厉夜生子，遽而求火，凡百有心，奚特于我，既见其生，实欲其可。……"我很喜欢这个厉生子的典故。《庄子》，"厉之人，半夜生其子，遽取火而视之，汲汲然惟恐其似己也。"厉之人大概生得很寒伧，庄子的文章是幽默，陶公用来则真显出陶公的大雅与真情了。人谁不爱其子，谁不望自己的儿子好，但不能像陶公会说话了，因为陶公人品高。陶公在说他穷的时候也用了一个很好的典故。因为家贫没有酒喝他这样写："尘爵耻虚罍，寒华徒自荣。"这个诗题是"九日闲居"，寒华句是说菊花，当然写的好，尘爵句更佳。典故出自《诗经》"瓶之罄矣惟罍之耻"。《诗经》这两句文章也真是有趣，然而不是陶渊明告诉我，我未曾注意了。总而言之家里没有酒罢了，瓶子里是空的。瓶子说："这不能怪我，是他可耻，是他里头没有酒。"瓶子指着一个更大的盛酒的家伙说。所以酒真是没有了，这里也是空的，那里也是空的。陶公连米也没有大的东西盛，故曰："瓶无储粟"，何况酒。他大约是望着空杯子，杯子说，"不怪我是酒瓶子里没有。"故诗曰"尘爵耻虚罍"。不懂得《诗经》，便不知陶诗之佳了。陶渊明真会读书。他说他好读书不求甚解，孰知他是神解。

有时有一种伟大的意思而很难表现。用典故有时又很容易表现。这种例子是偶尔有之，有之于李商隐的诗里头，便是我常称赞的这两句："我是梦中传彩笔，欲书花叶寄朝云。"这是写牡丹的诗，意思是说在黑夜里这些鲜花绿叶俱在，仿佛是诗人画的，寄给朝云，因为明天早晨太阳一出来便看见了。没有梦中五色笔的典故，这种意境实在无从下笔。朝云二字也来得非常之自然，而且具体。

有时用典故简直不是取典故里的意义，只是取字面。如李商隐《华山题王母祠绝句》云："莲花峰下锁雕梁，此去瑶池地共长。好为麻姑到东海，劝栽黄竹莫栽桑。"诗写得很快，很美丽，很有悲情，他不喜欢沧海变桑田这一件事于是叫人家不要栽桑树好了。不栽桑栽什么呢？随便栽什么都可以，只要天地长不没！恰好穆天子有"黄竹"之诗，那么就栽你们的黄竹好了。是叫这个老太太。（我假设是老太太，其实照陶渊明"王母怡妙颜"的话未必是老太太）对那个老太太说的话。其实黄竹是个地名，作者乱借字面而已。庾信也常借字面，但感情没有李诗的重。李的感情重而诗美，庾信生平最萧瑟。用典故却不宜感情重，感情重愈生动愈晦涩。

　　我在上回的文章里说过，外国文学重故事，中国文学没有故事只有典故，一个表现方法是戏剧的，一个只是联想只是点缀。这是根本的区别，简直是东西文化的区别。中国文学里如有故事，则其故事性必不能表现得出，反不如其典故之生动了。因为有故事必有理想，有理想必要表演出来的，非用典故暗示所能行的。李商隐咏常娥有云："常娥应悔偷灵药，碧海青天夜夜心。"这是作者的理想，跑到天上去是非常之寂寞的，而人间又不可以长生不老，而诗人天上的布景仍是海阔与天空，即咱们的地球，头上有青天，眼下有碧海，正同美人的镜子一样，当中有一个人儿了。中国没有戏剧，这个故事如编剧，一定很成功，当典故用真可惜了。李诗另有咏月绝句云，"过水穿楼触处明，藏人带树远含清……"这是说月亮里头有一女子而且有树，都藏在里头看不见了，而且光照一处明一处，只是藏了自己。这都是适宜于写故事，而作者是用典故，故晦涩了。总之典故好比是一面镜子，他只宜照出你来，你不宜去照他。

（一九四八年）

罗袜生尘

　　自来写美人诗句，无论写神女写凡女，恐无过"凌波微步，罗袜生尘"两句之佳，这两句大约亦最晦涩，古今懂得这两句话的人据我所知大约有两个人。我的话很有点近乎咄咄逼人，想一句话压倒主张诗要明白的批评家似的，其实不然，我是衷心的喜爱这两句文章，而文章又实在是写得晦涩罢了。多年以前，我因为不解《洛神赋》里头这凌波微步，罗袜生尘两句怎么讲，两句其实又只是一个尘字难解，明明是说神女在水上走路，水上走路何以"生尘"呢？可见我是很讲逻辑的，平日自己做诗写小说也总是求与事理相通，要把意思写得明明白白，现在既然遇着这一个不合事理的尘字，未免纳闷，乃问之于友人福庆居士，问他凌波微步，罗袜生尘的尘字怎么解。他真是神解，开我茅塞。原来凌波微步，罗袜生尘就在一个尘字表现出诗来，见诗人的想像，诗的真实性就在这一个字。福庆居士若曰，正惟凌波生尘，乃是罗袜微步，她在水上走路正同我们在尘上走路，否则我们自己走路的情形，尘土何足多。不知诸位如何，我自从听了福庆居士的讲，乃甚喜爱曹植这两句诗，叹为得未曾有。后来又恍然大悟，李商隐有一首《袜》诗云，"尝闻宓妃袜，渡水欲生尘，好借常娥著，清秋踏月轮。"因为"渡水欲生尘"是一个真实的意像，故宓妃袜常娥素足著之乃很有趣味，犹之乎摩登女子骑脚踏车驰过，弄得人家满眼路尘，何况天上的路清秋月轮乎？故我说懂得凌波微步，罗袜生尘这两句话至少有两个人，福庆居士我当面听了他的讲，李商隐我们看见他这个袜也。

（一九三七年）

陶渊明爱树

世人皆曰陶渊明爱菊，我今来说陶渊明爱树。说起陶公爱树来，在很早的时候我读《闲情》一赋便已留心到了。《闲情赋》里头有一件一件的愿什么愿什么，好比说愿在发而为泽，又恐怕佳人爱洗头发，岂不从白水以枯煎？愿做丝而可以做丝鞋，随素足周旋几步，又恐怕到时候要脱鞋，岂不空委弃于床前？这些都没有什么，我们大家都想得起来，都可以打这几个比方，独有"愿在昼而为影，常依形而西东，悲高树之多荫，慨有时而不同"，算是陶公独出心裁了，我记得我读到这几句，设身处地的想，他大约是对于树阴凉儿很有好感，自己又孤独惯了，一旦走到大树荫下，遇凉风暂至，不觉景与罔两俱无，惟有树影在地。大凡老农老圃，类有此经验，我从前在乡下住了一些日子，亦有此经验也。所以文章虽然那么做，悲高树之多荫，实乃爱树荫之心理。稍后我读《影答形》的时候，见其说着"与子相遇来，未尝异悲悦，憩荫若暂乖，止日终不别"，已经是莫逆于心了。在《止酒》一诗里，以"坐止高荫下"与"好味止园葵，大懽止稚子"相提并论，陶公非爱树而何？我屡次想写一点文章，说陶渊明爱树，立意却还在介绍另外一首诗，不过要从爱树说起。陶诗

《读山海经》之九云：

> 夸父诞宏志，乃与日竞走。俱至虞渊下，
> 似若无胜负。神力既殊妙，倾河焉足有。
> 余迹寄邓林，功竟在身后。

这首诗我真是喜欢。《山海经》云，夸父不量力，欲追日景，逮之于禺谷，渴欲得饮，饮于河渭，河渭不足，北饮大泽，未至，道渴而死，弃其杖，化为邓林。这个故事很是幽默。夸父杖化为邓林，故事又很美。陶诗又何其庄严幽美耶，抑何质朴可爱。陶渊明之为儒家，于此诗可以见之。其爱好庄周，于此诗亦可以见之。"余迹寄邓林，功竟在身后"，是作此诗者画龙点睛。语云，前人栽树，后人乘荫，便是陶诗的意义，是陶渊明仍为孔丘之徒也。最令我感动的，陶公仍是诗人，他乃自己喜欢树荫，故不觉而为此诗也。"连林人不觉，独树众乃奇，提壶挂寒柯，远望时复为"，他总还是孤独的诗人。

（一九三六年）

关于"夜半钟声到客船"

这篇小文是远在第二次世界大战以前预备登在朱孟实先生编的《文学杂志》上答覆房庑先生的，后来战事发生，《文学杂志》停刊，区区小文章根本没有寿命之可言，也无所谓死亡了。孰知他依然活在，藏在北平的箱中。今夜友人又偶然谈起"夜半钟声到客船"，乃再拿出来发表，想不到他有这样的历史，经过了一次大战争。

我在一篇小文里讲到"夜半钟声到客船"，据我的解释是说夜半钟声之下客船到了。文章未发表前，曾经被一位朋友考过，后来我又拿去考了别人，现在房庑先生见了我的文章又写信来问我，问我的解释不算错么？据大家的意思是说夜半的钟声传到客人的耳朵。只有从小住在苏州的一个人与我同意，他当然也不能替我做证明，因为我错他也错了。此事只有张继一人不许错。我的解法，是本着我读这诗时的直觉，我不觉得张继是说寒山寺夜半的钟声传到他正在愁眠着的船上，只仿佛觉得"姑苏城外寒山寺，夜半钟声到客船"这两句诗写夜泊写得很好，因此这一首《枫桥夜泊》我也仅喜欢这两句，另外不发生什么问题。不过前回被一位朋友考了之后，我曾翻阅《古唐诗合解》，诗解里将“到客船”也是作客船到了解，据说这个客船乃不是“张继夜泊之舟”，是枫桥这个船埠别的客船都到了，其时张继盖正在他的船上“欲睡亦不能睡”的光景，此点我亦不肯同意，只在拙作小文里将“客船”二字的含义来得含糊一点，不显明的说是张继的船，其实私意确是认为是张继的船。那么这一首七绝准我这样解两句，与前两句的意思贯串不呢？我想也贯串。“姑苏城外寒山寺，夜半钟声到客船”正是枫桥夜泊非是他处夜泊，亦非是枫江来来往往正在夜行的船上夜半听见寒山寺打钟。姑苏城外寒山寺夜半钟声到客船既已是枫桥夜泊则“月落乌啼霜满天，江枫渔火对愁眠”亦都是枫桥夜泊，非是他处夜泊，否则月落乌啼江枫渔火不独姑苏城外为然。我想唐人做诗未必是做题目，依拙解此诗没有题目似亦可解其事。如是姑苏城外寒山寺夜半钟声传到愁眠的耳朵里，则非先写下夜泊的题目不能决定其为夜泊。我个人只是喜欢“姑苏城外寒山寺，夜半钟声到客船”这两句诗好，其实就是句子写得好，将平常的事情写成一种诗韵的和谐似的，最见中国诗的长处。若夫什么地方的钟声传到愁人的耳鼓，诗情固然更重，诗趣反而减少——张继如果真是那样说，他或者还不把姑苏城外寒山寺一齐搬出来，一齐搬出来显得头大尾小，其因缘岂不只在于说那个庙里的钟声么？正惟是写一个泊船的地方，故将这个地方半夜里船到的情景写得很好。我这话说得很玄，文章千古事，得失寸心知，妄议别人的诗文，又只能说是个人的意见而已。

（一九四七年）

讲一句诗

李商隐有一首绝句，题作"月"，诗云：

> 过水穿楼触处明，藏人带树远含清，初生欲缺虚惆怅，未必圆时即有情。

这首诗怎么讲呢？我曾考了好些个人，没有一个人的答案同我相同。因此我很有点儿惶恐，难道只有我是对的，大家都不对么？连忙我又自信起来，我确实是对的，请大家就以我的话为对好了。四句诗只有"藏人带树远含清"一句难懂，这一句见诗人的想像丰富，人格高尚。相传月亮里头有一位女子，又相传月亮里头有一株树，那么我们看着□像一面镜子似的，里面实藏着有人而且有一株树了。月亮到什么地方就给什么地方以"明"，而其本身则是一个隐藏，"藏人带树远含清"，世间那里有这么一个美丽的藏所呢？世间的藏所那里是一个虚明呢？只有诗人的想像罢了。李商隐的这首诗，要说晦涩晦涩得可以，要说清新清新得无以复加。大凡想像丰富的诗人，其诗无有不晦涩的，而亦必有解人。我真忍不住还要赞美两句，这样说月，月真不是空的；这样写世界，世界真是美丽的。

（一九四七年）

赋得鸡

李商隐有一首绝句,题作"东南",若用新式标点符号便该这样标点:

> 东南一望日中乌,欲逐羲和去得无?——且向秦楼棠树下,每朝先觅照罗敷!

我在北京大学课堂上讲新诗的时候,曾说像这样的旧诗绝句乃是新诗的题材,因为旧诗用典故结果这首诗好像文胜质,其实他的质很重,好像他应该严装而他便装了。此诗三四两句,乃好容易抓住乐府《陌上桑》而得解脱,"日出东南隅,照我秦氏楼,秦氏有好女,自名为罗敷"。诗人即景生情,望着远远的太阳想到什么人去了,大约真是天涯一望断人肠,于是就做起诗来,诗意是说,追太阳去是不行的——这是望了今天的太阳而逗起的心事,于是又想到明天早晨"日出东南隅",在那个地方有一个人儿,太阳每天早晨都照着她罢!所以这首诗是由一个夕阳忽而变为一个朝阳,最为难得。李商隐写日落时的诗,都是即景生情,多有感触,如《天涯》一绝,"春日在天涯,天涯日又斜,莺啼如有泪，为湿最高花。"又如有名的《乐游原》，"向晚意不适，驱车登古原。夕阳无限好，只是近黄昏。"我抄这两首五言绝句，仿佛暗示给读者，《东南》一诗乃由今日的夕阳变而为明天早晨的太阳这一个学说，是有几分靠得住的。我又想到了一首诗，系李诗题作《代赠二首》之一，"东南日出照高楼，楼上离人唱石州，总把春山扫眉黛，不知供得几多愁。"这总一定是早晨的太阳照着楼上人儿。这人儿不知就是"秦楼棠树下"那人儿否？我这一说是说得好玩的，一点也没有意思暗示读者说是的，万一是的也无法，一言既出驷马难追了。

其实我今天写这篇小文的本意，乃是有点同屈原为难，我一向知道屈原不会活用神话典故，上回为得作文说神话典故起见，又只好再拿《楚辞》翻阅，翻来翻去又给我看出破绽来，如三闾大夫自己偏要"远游"，何以又于穆天子多有微辞，"穆王巧梅，夫何为周流？环理天下，夫何索求？"此亦我所欲问天者也。岂他乃根据别的史乘，不同我同陶渊明都只读一本书乎，即是《穆天子传》，我读了这一本书，又熟读了《唐诗三百首》，"瑶池阿母绮窗开，黄竹歌声动地哀，八骏日行三万里，穆王何事不重来？"阿母曾为天子谣曰，"将子无死，尚复能来？"现在既不来，是人生无常也。李商隐还有两首诗，他对于羲和的态度，比屈原也要了解人情些，"万树鸣蝉隔岸虹，乐游原上有西风。羲和自趁虞泉宿，不放斜阳更向东。"此诗亦题作《乐游原》。又《丹丘》云，"青女丁宁结夜霜，羲和辛苦送朝阳。丹丘万里无消息，几对梧桐忆凤凰。"他仿佛羲和也应该赶到那个客店里去打一尖，明天早晨又要"不辞风雪为阳乌"也。

（一九三六年）

莫字

李后主有名的《浪淘沙》，我在大学预科的时候还是很喜欢，动不动就"帘外雨潺潺"的哼唱起来，后来乃觉得像这样的诗并写得不好，虽然作者的感情我还以为是真的。这样的诗，若借用王静庵的一个字，我以为正是"隔"。大凡诗之所给读者的，不是作者作诗的情绪，应是作者将这个情绪写成的诗，写得"不隔"才是不隔。什么"罗衾不耐五更寒，梦里不知身是客，一晌贪欢"，大约可以博得少年们的欢喜，只是诗的调子读起来像煞有介事而已，其实写得很粗浮。就连"问君能有几多愁，恰似一江春水向东流"，我以为也不及秦少游的"飞红万点愁如海"。我曾将这点意思同侵君谈，他反诘我道，"那么，车如流水马如龙，花月正春风，不好吗？"我应之曰好，这确乎乃是写得好。我今天写这篇小文的意思乃是来谈《浪淘沙》里的"莫"字，我一晌是把"独自莫凭阑"之莫，读作暮，有一天捧读槐居士《读词偶得》，[①]他说莫就是莫，不宜读为暮也。槐居士引后主《菩萨蛮》"高楼谁与上"之句作参证，高楼谁与上，非即独自莫凭阑之孤

---

① "槐居士"即俞平伯。——编注

况欤？这一解使我眼明，我对于李后主的《浪淘沙》乃稍有好感，仿佛这一个莫字可以拗得起"无限江山"的情感似的。我自己觉得有趣的乃是另外两个诗人的莫字我平常很喜欢，一是"楼高莫近危阑倚"，一是"劝君莫上最高梯"，来得儿女缠绵，诗情深美，何独把李后主看得那么老实总以为他是老老实实的告诉我们日暮之时他独自凭阑去乎？

上文是写这篇小文的本意，一面写一面再翻阅槐居士的解词，一面又读《浪淘沙》，看来看去，我乃又觉得事情不妙，"独自莫凭阑"恐怕还是说日暮之时他独自凭阑去。此事本无关闳旨，反正我是不喜欢《浪淘沙》的。后主词另有"无言独上西楼"之句，我就以之搪塞槐居士。

（一九三六年）

蝇

　　我故意取这一个字做题目，让大家以为我是讨厌苍蝇。我的意思不是那样，我是想谈周美成的一首词，看他拿蝇子来比女子，而且把这个蝇子写得多么有个性，写得很美好。看起来文学里没有可回避的字句，只看你会写不会写，看你的人品是高还是下。若敢于将女子与苍蝇同日而语之，天下物事盖无有不可以入诗者矣。在《片玉集》卷之六"秋景"项下有《醉桃源》一首，其词曰：

　　　　冬衣初染远山青，双丝云雁绫，夜寒袖湿欲成冰，都缘珠泪零。　　情黯黯，闷腾腾，身如秋后蝇，若教随马逐郎行，不辞多少程。

杜甫诗，"况乃秋后转多蝇"，我们谁都觉得这些蝇儿可恶，若女儿自己觉得自己闷得很，自己觉得那儿也不是安身的地方，行不得，坐不得，在离别之后理应有此人情，于是自己情愿自己变做苍蝇，跟着郎的马儿跑，此时大约拿鞭子挥也挥不去，而自己也理应知道不该逐这匹马矣。因了这个好比喻的原故，把女儿的个性都表现出来了，看起来那么闹哄哄似的，实在闺中之情写得寂寞不过，同时路上这匹马儿也写得好，写得安静不过，在寂寞的闺中矣。因了这匹马儿，我还想说一匹马。温飞卿词，"荡子天涯归棹远。春已晚，莺语空肠断。若耶溪，溪水西，柳堤，不闻郎马嘶。"第一句写的是船，我看这只船儿并不是空中楼阁，女儿眼下实看见了一只船，只是荡子归棹此时不知走到那里，"千山万水不曾行"，于是一只船儿是女儿世界矣。这并不是我故意穿凿，请看卜面这一匹马，"柳堤，不闻郎马嘶"，同前面那只船一样的是写景，柳堤看见马，盼不得郎马，——不然怎么凭空的诗里会有那么一个声音的感觉呢？船是归棹，马也应是回来的马，一个自然要放在远水，一个又自然近在柳堤矣。这些都是善于描写女子心理。

(一九三六年)

诗与词

　　上回我打算写一篇神仙故事的时候，遇着一件有趣的事情。我诵着"瑶池阿母绮窗开，黄竹歌声动地哀，八骏日行三万里，穆王何事不重来"，觉得这个诗的音乐很好，仿佛我不会吟诗的人也会吟一首似的。于是我真个吟起来了，出口如有神助，这么吟着，"奉帚平明金殿开，且将团扇共徘徊，玉颜不及寒鸦色，犹带昭阳日影来。"那时我是在街上走路，确乎是口号。再一想这岂是我能作的诗，原来这还是一首唐诗了，是盛唐诗人王昌龄一首有名的绝句。我觉得很好玩，古人的诗乃成为我的天籁了。我再一想，难怪我出口成章，王昌龄这一首《长信秋词》，同李商隐的那一首《瑶池》，原来是一个音乐，或者李诗是熟读了王的诗然后出口成章也未可知，所以今日无意中由我吐露消息了。因此我又想起一件事，即诗的内容的问题。王昌龄的诗就是王昌龄的诗，是他那个时候的诗，即世所谓盛唐，写的便是奉帚平明。李商隐的诗就是李商隐的诗，是他那个时候的诗，即世所谓晚唐，写的便是瑶池阿母。两首诗，不但同样是绝句，而且同是一个韵，我们读之感着不同，乃因为题材的不同，即人情之变化，非诗的本身有什么"气体"之可言也。

　　李商隐有一首律诗，五六两句云，"日向花间留返照，云从城上结层阴"。我们读之觉得凝滞，大约因为是对句子的原故，作者对于花间晚照并没有一个生动的情绪，这个情绪也不适宜于诗体。若宋祁的词，"为君持酒劝斜阳，且向花间留晚照"，便很见情致了。李商隐《赠荷花》诗云，"世间花叶不相伦，花人金盆叶作尘。惟有绿荷红菡萏，卷舒开合任天真。此荷此叶常相映，翠灭红衰愁杀人。"同一个题材，在《珠玉词》里更十分美好，"荷花初开犹半卷，荷花欲折须微绽。此叶此花真可羡，秋水畔，清凉绿映红妆面。美酒一盃留客宴，拈花摘叶情无限，争奈世人多聚散，频祝愿，如花似叶长相见。"此如花似叶长相见在诗里便见不着者也，乃是体裁的关系。

（一九三六年）

随笔

　　中国诗词，我喜爱甚多，不可遍举。但也可以举出一句两句诗来，算是我最喜欢的。我的意思同一般人说的名句不一样，名句不一定表现着作者，只是这个句子写得太好罢了，如韦应物之"流萤度高阁"，孟浩然之"疏雨滴梧桐"，都是古今所称赏的，实在这两句诗别人也可以写，这两句诗非一定要写在韦孟二人的名字下不可。我所最喜爱的一句两句诗，诗是真写得好，诗又表现着作诗之人，作者自己大约又并不怎么有意的写得的。我最爱王维的"春草明年绿，王孙归不归"。因为这两句诗，我常爱故乡，或者因为爱故乡乃爱好这春草诗句亦未可知，却是没有第二个人能写得者也，未免惆怅而可喜。李商隐诗"一春梦雨常飘瓦，尽日灵风不满旗"，可以说是前不见古人，后不见来者，中国绝无而仅有的一个诗品。此诗题为"重过圣女祠"，诗系律诗，句系写景，虽然不是当时眼前的描写，稍涉幻想，而律诗能写如此朦胧生动的景物，是整个作者的表现，可谓修辞立其诚。因为"一春梦雨常飘瓦"，我常憧憬南边细雨天的孤庙，难得作者写着"梦雨"，更难得从瓦上写着梦雨，把一个圣女祠写得同《水浒》上的风雪山神庙似的令人起神秘之感。"尽日灵风不满旗"，大约是描写和风天气树在庙上的旗，风挂也挂不满，这所写的正是一个平凡的景致，因此乃很是超脱。最后我想说我喜欢"细雨梦回鸡塞远"这一句词。这一句词，我想同诗里"姑苏城外寒山寺，夜半钟声到客船"是相似的妙趣，就时间与空间说，夜半钟声与客船到岸一定有什么关系吗？客曰没有什么因果关系。然而夜半钟声到客船诗句则美。同样，梦到鸡塞去了一趟，醒来乃听见淅沥淅沥的下着细雨，于是就写着细雨梦回鸡塞远，就时间与空间说，细雨与梦回鸡塞也没有因果关系，大约因为窗外细雨，梦回乃有点不相信的神情罢了。实在细雨梦回乃是兴之一体，比"风雨如晦鸡鸣不已"更为诗中有画，余甚爱此句，亦甚爱南唐中主之词。

（一九三七年）

杜甫论

杜甫走的生活的道路

杜甫何以能够深入生活呢？这又是一个问题。有杜甫本人的个性的原因，有唐代知识分子所走的生活道路的原因，还有安史之乱，这是客观方面。杜甫和他同时的诗人也确有不同，如他和高适、岑参诸人同登慈恩寺塔，大家都写了诗，高、岑的诗和杜甫的诗比起来，杜甫反映了时代，高、岑写的是自己个人方面，属于一般的知识分子的诗，这说明杜甫较之高适、岑参能深入到社会里面去。再如李白，他同杜甫其实是处于同一时代背景的，杜甫有长安十年的丰富经验，李白也有他的长安生活，也经过了安史之乱，也有长久的游走生活，但和李白比起来，杜甫深入民间，这应该说是他们个人的原因。然而杜甫之为杜甫，他在中国古代知识分子当中能够深入生活因而接近人民，我们必须注意的，还在于唐代知识分子（尤其是李白、杜甫的时期）所走的生活道路有其特殊的地方。他们的仕进，不同于隋以前完全由选举决定，也不同于唐以后完全由科举决定，他们还很有自己选择的余地。还有，如孟浩然、李白，他们还可以不仕，孟浩然隐居而

"风流天下闻"，李白离开长安，真是"奔流到海不复回"，这也是他们自己选择的，天下也容许这条路，唐以后的科举时代便不能说有这样的一条路了。杜甫所走的正是这个特殊的生活道路，沿着这个道路他便深入到社会当中去了。在他二十四岁的时候，应进士考试，这是走科举的路。考试落第了，这并没有对他起什么打击，这以后八九年他"放荡齐赵间，裘马颇清狂"，不像后代的知识分子每每是一场考试决定了命运。从三十五岁的时候起，开始了他的长安十年的丰富生活，目的是一个，求官做。这证明唐代知识分子的仕进不止科举一条路，因为杜甫在长安走了许多路子（都不像二十四岁时应进士考试那一条正式的科举的路），以"天下通一艺者"的资格应过尚书省的试，自己向皇帝进过《三大礼赋》，结果"玄宗奇之，命待制集贤院"，于是"召试文章，送隶有司，参列选序"，还向皇帝进了一篇赋，两篇赋。都没有达到目的。他还走了向不少达官贵人投诗的门径。到了四十四岁的时候，他得了官职了，在两个官职之中还经过了自己的选择，他决定就右卫率府胄曹参军之职。以上说明杜甫的仕进的路不止一条，虽然条条都是不好走的。不好走是当然的，而路不止一条，是科举制度在杜甫时代还没有绝对化，杜甫从各方面都碰了一下，因而深入到生活当中去了。

　　就了率府的官之后，作了《官定后戏赠》，又作《去矣行》，就是要像陶渊明一样"归去来兮"，而杜甫果然归奉先家中去，写了《自京赴奉先咏怀五百字》。这首《咏怀》的内容就决不是陶渊明的《归去来辞》可比，陶渊明的事情简单得很，虽然也坚决得很，他回来就不出去定了，杜甫的《咏怀》太复杂，包括的问题太多，下一步我们真不知道作者将怎么办。当然，这么一首划时代的诗岂能是一时的感情作用，回去之后又回到长安来做率府的官？像仇兆鳌那样的想法，那是太大的误解。仇注杜诗把杜甫归奉先后次年正月在奉先家中写的《晦日寻崔戢李封》的诗认为是杜甫时又在长安写的，再次年沦陷在长安城中写的《苏端薛复筵简薛华醉歌》也认为同《晦日寻崔戢李封》是同一个正月在长安的诗，这样杜甫归奉先后又回长安做率府的官了，事实是大谬不然。关于这些诗的编次，杨伦的《杜诗镜铨》是正确的。总之《自京赴奉先咏怀五百字》等于杜甫的《归去来辞》，倘若不是安禄山在天宝十五载（七五六年）打进了潼关，玄宗跑出长安了，肃宗即位于灵武，我们真不知道杜甫将怎样实践他的五百字的《咏怀》的。因为国难当前，肃宗即位于灵武，杜甫就很自然地采取了行动，从家里动身，"羸服奔行在"，在路上被捉住了，遂陷贼中，陷在长安。以写在《自京赴奉先咏怀五百字》里那样严重的思想矛盾以及它所反映的当时社会的矛盾，来一个奔赴灵武，在杜甫的主观上确实是得到了解决，就是后来《喜达行在》诗的两句："今朝汉社稷，新数中兴年！"这样的生活的道路，至此暂告一段落，是杜甫走的。我们认为很分明，摆在杜甫面前让他选择的道路不止一条，这样在生活当中就产生了思想矛盾，他的思想矛盾又是以实际生活来解决的，所有这些都反映在杜甫的诗里。

我们考察一下杜甫长安十年以及沦陷长安又逃至凤翔的诗。

所有杜诗的具体性、真实性，表现在细节描写的手法上，杜甫在他的诗里一定要把具体时间、具体地点告诉读者，通过细节的描写。如《兵车行》，读者从"尘埃不见咸阳桥"以及"况复秦兵耐苦战"两句，就知道了出发地点在长安，兵是秦兵。从"未休关西卒"以及"君不见，青海头，古来白骨无人收"，就知道要到达的地点是西边境。时间呢，是一年之中还没有到秋收的时候，从"禾生陇亩无东西"句可以看出，所以接着就是"且如今年冬，未休关西卒，县官急索租，租税从何出？"这是说，到了冬天索租的时候，关西兵未休，男子没有回来，家里的女人怎么办？"且如今年冬"一句的具体性，同前面"尘埃不见咸阳桥"的具体性一样，写出了言者、听者、身临其境者面对面的真实，不是间接的描写。而对读者说又没有不明白的地方，杜诗都是以高度的技巧传达生活的真实，这才是"诗史"的价值。

再看《丽人行》，"三月三日天气新，长安水边多丽人"，这是杜甫长在长安水边走，目击的事情。最后一句："慎莫近前丞相嗔！"这个形象的逼真不能是作者空想出来的，我们简直可以说杜甫自己也在群众之中，要"近前"去看一看，所以它同"尘埃不见咸阳桥"一样是直接从生活中取得的形象。《兵车行》，《丽人行》，是杜甫的了不起的创造，是诗人"骑驴三十载，旅食京华春"的收获。士大夫如果不参加到老百姓的一般生活当中去，对于这样的诗只好是"望尘莫及"。杜甫以前和杜甫以后，便没有这样的诗，是当然的，因为作诗者自己都没有杜甫的深入生活的机会，他们有一定的做官的路，其中陶渊明又自己说得明白，"实迷途其未远，觉今是而昨非"，他的路走得"未远"了。

陶渊明一句话就决定了他的生活，"觉今是而昨非"。杜甫的思想则总是矛盾的，他没有一个简单的"今是而昨非"。杜甫的思想矛盾都反映在《自京赴奉先咏怀五百字》里，这五百字也就是生活本身的复杂的反映。"许身　何愚，窃比稷与契"，"生逢尧舜君，不忍便永诀"，这应该是杜甫的主导思想，综观杜诗全部以及诗人的一生，谁都承认的，但我们看他的"永诀"这两个字，便和"生逢尧舜君"的思想矛盾，杜甫的"永诀"的感情甚重，"永诀"就是愤，就是他不相信有"尧舜君"的事实！在诗里他就这样刻划："况闻内金盘，尽在卫霍室。中堂有神仙，烟雾蒙玉质。暖客貂鼠裘，悲管逐清瑟。劝客驼蹄羹，霜橙压香橘。"这和《丽人行》是一样的反映，所以接着就是两句："朱门酒肉臭，路有冻死骨！"但《自京赴奉先咏怀五百字》决不同《丽人行》那样简单，我们很难用一句话说明它的主题思想，就因为它所反映的矛盾太多了。"穷年忧黎元"，这个感情是杜甫在任何时候都有的，他没有不"忧"之事，这也就是他解决不了问题，和"窃比稷与契"的思想矛盾，那就叫做"许身一何愚"。所以他又说："非无江海志，萧洒送日月。"这两句反映了杜甫常常有的"归去来"的思想。这个思想，在他在长安十年，一直到他后来，表现在诗里。我们且说长安十年的诗，如《重过何氏五首》里他说："何日霑微禄，归山买薄田。"在《送裴二虬尉永嘉》诗里说："扁舟吾已僦，把钓待春风。"《留赠崔于二学士》诗里又说："故山多药物，胜概忆桃源。"这都不是说假话，是真有那么的想法，是"朝扣富儿门，暮随肥马尘，残杯与冷炙，到处潜悲辛"的生活刺激起来的，是"独耻事干谒"的唯一的逃路。他还没有得到官职，他的家不知道什么时候从河南搬到长安来了，在长安杜曲却也是一个小地主，这时他也发过感慨："自断此生休问天，杜曲幸有桑麻田，故将移住南山边，短衣匹马随李广，看射猛虎终残年！"我们已经说过，在杜甫的时代，如果真要归隐，是可以的，当时不乏其人，但杜甫的这种思想，是他的思想里的矛盾的一面，他的思想不是静止的，静止的"隐士"的思想在他倒是没有的。他自己说得非常好，"行歌非隐沦"，就是说他不作官而作诗人，他也不是隐士了。在《咏怀五百字》里又说："终愧巢与由，未能易其节。"即是说还是求官做，不能有巢由之节了。到了得了率府的官，作了《官定后戏赠》的诗，又暴露了自己的矛盾："故山归兴尽，回首向风飙!"这是说做官没有什么意义，对"故山"亦无归兴。其实他这时已没有一定的故乡，他的家已从长安移到奉先去了。连忙又作了《去矣行》，说着"野人旷荡无腼颜，岂可久在王侯间，未试囊中餐玉法，明朝且入蓝田山!"接着就归奉先，一直以来他的生活，他的思想，集中表现在《自京赴奉先咏怀五百字》里。我们把《官定后戏赠》、《去矣行》、《自京赴奉先咏怀五百字》三首诗联系起来，确实看得出杜甫长安十年最后等于赋一首"归去来兮"，不过杜甫的《归去来辞》是他深入生活、自己的思想矛盾以及社会的阶级矛盾的记录。《咏怀》的下文怎么样，我们已经说了，是"嬴服奔行在，遂陷贼中"。这是合乎逻辑的发展的，合乎杜甫的生活的逻辑，因为恰好是这一行动能统一他在《咏怀》里所反映的他的思想的矛盾，他奔向"中兴"的皇帝那里去!

　　杜甫沦陷长安城中这段生活不到一年的时间，从肃宗至德元载（七五六年）八九月间至次年四月里逃脱了。这期间写的《哀王孙》，《悲陈陶》，《悲青坂》，《塞芦子》，《春望》，《哀江头》，向来都是有名的诗。这些诗是杜甫写的，其形式，其内容，一望而知。这些诗表现了杜甫在国难当中的生活，也表现了杜甫在国难当中的思想，尤其是他肯定生活的态度，他对生活不丧失信心。如《春望》一开首就是这五个字："国破山河在!"我们好像当面听见了杜甫的声音。一个"在"字，就是他后来在成都《登楼》诗中说的"北极朝廷终不改"的意思，不过在眼前"国破"的现实之下，"山河在"真喊得响亮。司马光说，"山河在，明无余物矣"，这对杜甫的思想感情就没有把握住。"草木深，明无人矣"，倒说得不错。再看看《哀江头》，"少陵野老吞声哭，春日潜行曲江曲"，我们也仿佛看见杜甫就在眼前，我们知道他从前写过《丽人行》，也写过《乐游原歌》，他现在在"黄昏胡骑尘满城"的紧张日子里走到曲江来了，这个时候当然同"三月三日天气新，长安水边多丽人"的空气不一样，所以杜甫对唐明皇和杨贵妃很有一些同情，有一些感伤。但我们必须注意这两句："人生有情泪沾臆，江草江花岂终极！"这表现杜甫的真正的感情还是爱国，"泪沾臆"是少陵野老自己的泪，"江草江花岂终极"，仇兆鳌解释得不错："江草江花岂终极乎？盖望长安之兴复也。"这个感情在同时写的《一百五日夜对月》里就说得更明白："牛女漫愁思，秋期犹渡河！"杜甫真是不丧失信心。在天下太平的时候他游乐游园，他高唱："此身饮罢无归处，独立苍茫自咏诗！"在《哀江头》里他倒没有苍茫无归之感，"黄昏胡骑尘满城，欲往城南望城北"，这表现诗人是多么的沉着，正合乎四月里自京窜至凤翔的少陵野老的神气。《悲陈陶》，《悲青坂》，《塞芦子》，同以后写的《潼关吏》一样表示杜甫对重大事件的关心，而这三首诗是在危城中写的，在危城中他怕"帝阍"叫不应，"谁能叫帝阍？胡行速如鬼！"我们再看看这个春天里写的一首《喜晴》，这又反映了杜甫的思想的矛盾，我们把全诗抄下来：

> 皇天久不雨，既雨晴亦佳。出郭眺西郊，肃肃春增华。
> 青荧陵陂麦，窈窕桃李花。春夏各有实，我饥岂无涯？
> 干戈虽横放，惨澹斗龙蛇，甘泽不犹愈，且耕今未赊。
> 丈夫则带甲，妇女终在家，力难及黍稷，得种菜与麻。
> 千载商山芝，往者东门瓜，其人骨已朽，此道谁疵瑕？
> 英雄遇辗轲，远引蟠泥沙。顾惭昧所适，回首白日斜。
> 汉阴有鹿门，沧海有灵查。焉能学众口，咄咄空咨嗟。

这和沦陷期中其余的诗比起来，好像不是杜诗似的，其实这正是杜甫写的诗，一面写出了长安的萧条景况，而一面表现了诗人是多么地振作，"春夏各有实，我饥岂无涯？"这是杜甫在饥饿中对着桃李和麦秀的好容颜！"干戈虽横放，惨澹斗龙蛇，甘泽不犹愈，且耕今未赊。丈夫则带甲，妇女终在家，力难及黍稷，得种菜与麻。"这和后来写的《无家别》的主人公"方春独荷锄，日暮还灌畦"是一样的空气，杜诗总不是悲观的。而下面杜甫好像消极起来了，"商山"，"东门"，"鹿门"，"沧海"，正是一般隐士的口气。我们认为这不是消极，这合乎杜甫的生活逻辑，他的思想里总是矛盾的，因为现实生活本来替他统一不起来，他感到自己的做诗等于"空咨嗟"，对古代的有些"英雄"起向往之情，不敢轻易疵瑕。当然他也总没有走上他们的道路。这一段长安生活留下了杜甫的有名的诗，反映了他的光明的人格，千载读者感到光荣，又喜于诗人脱难了，其实杜甫脱难奔到皇帝所在地，他的价值，如诗人自己写的，"所亲惊老瘦，辛苦贼中来"，如此而已。更凄惨的是我们读一年之后写的一首诗——这首诗的题目很长，不忍卒读，写出来是：《至德二载，甫自京金光门出，间道归凤翔，乾元初，从左拾遗移华州掾，与亲故别，因出此门，有悲往事》。我们把这首诗抄下来：

> 此道昔归顺，西郊胡正繁。至今犹破胆，应有未招魂。
> 近侍归京邑，移官岂至尊。无才日衰老，驻马望千门。

旧时代的社会就是这样的不合理，反映在杜甫的思想里，当然有矛盾的，"千载商山芝，往者东门瓜，其人骨已朽，此道谁疵瑕？"这才是杜甫。

　　上面的事实证明，杜甫在《自京赴奉先咏怀》里说着"生逢尧舜君，不忍便永诀"，而他在一年多一点的时间里，至德二载至乾元初，他由金光门，和长安永诀了。谁也没有留他，他自己也知道他是"永诀"了。

　　我们回头看一看他在长安做左拾遗的官的生活，也是有意义的。一句话，又是矛盾。杜甫写的朝皇帝的诗，我们认为很有它的价值，不能轻易说它是封建的。这样的诗，除了杜甫，谁都不能写呢。杜诗的价值每每表现了两点，一是诗的美丽，一是诗人性情的"真"。别人难得及他，就在于不及他的美丽和他的性情的"真"。他自己也说了，"为人性僻耽佳句"，这是美丽；"不爱入州府，畏人嫌我真"，这是性情的"真"。他写的朝皇帝的诗正是诗的美和诗人真性情的表现。如《奉和贾至舍人早朝大明宫》：

　　　　五夜漏声催晓箭，九重春色醉仙桃。旌旂日暖龙蛇动，宫殿风微燕雀高。朝罢香烟携满袖，诗成珠玉在挥毫。欲知世掌丝纶美，池上于今有凤毛。

又如《紫宸殿退朝口号》：

　　　　户外昭容紫袖垂，双瞻御座引朝仪。香飘合殿春风转，花覆千官淑景移。昼漏稀闻高阁报，天颜有喜近臣知。宫中每出归东省，会送夔龙集凤池。

这都经得起"文章千古事，得失寸心知"的考验。到了今天，我们还应该感谢杜甫，他把唐代的朝仪完全用图画留下来了。如果我们宝贵古代的文物，为什么不宝贵杜甫的这些庄严性的图画呢？就是"大颜有喜近臣知"，也只见得杜甫可爱，他真正是"葵藿倾太阳"的性格，他认为皇帝应该是"圣人"！而事实上皇帝总不是"圣人"，他就埋怨起来了，"唐尧真自圣，野老复何知！"可见他对于"圣人"并不是谄媚，而且他把人民的血汗看得非常贵重，"圣人筐篚恩，实欲邦国活，臣如忽至理，君岂弃此物？多士盈朝廷，仁者宜战栗！"他不懂得"圣人"是官的代表，他以为"圣人"是人民的代表，代表人民把俸禄给官，这是他的局限性。正因为他以为"圣人"是代表人民的，所以他写的朝皇帝的诗表现了诗人的性情的"真"。而思想上的矛盾也就来了。杜甫在长安做左拾遗的时候写的游曲江的诗也真是诗的美丽和诗人的性情的"真"的表现，我们只抄《曲江对酒》一首：

　　苑外江头坐不归，水精宫殿转霏微。桃花细逐梨花落，黄鸟时兼白鸟飞。纵饮久判人共弃，懒朝真与世相违。吏情更觉沧州远，老大徒伤未拂衣。

　　这就是思想的矛盾。杜诗总表现诗人对时光真爱好，而在美丽可爱的时光之下他的拂衣而去的感情是多么的真实！杜甫的归隐之思和陶渊明总不同，在他不是哪里有一块"自然"天地，所谓"久在樊笼里，复得返自然"，不是的，他写的曲江的诗，都是良辰美景，只是良辰美景逗起了诗人思想的矛盾，思想的矛盾就是他解决不了的现实生活的矛盾。

　　杜甫在乾元元年（七五八年）六月里同皇帝"永诀"了——这"永诀"二字是他在《自京赴奉先咏怀五百字》里一口气说出来的，包含着丰富的思想感情，生活上则到这回"自京（金）光门出"，果然有"永诀"的事实。他从此决没有再回长安的思想，虽然他后来总是思慕长安，"每依北斗望京华"。他同他的故乡也早已永诀了，虽然到后来他也总是思故乡，"孤舟一系故园心"。长安不能回来，故乡不能归去，这两个范畴，故国和故乡，应该是杜甫灵魂的根据地，都丧失了，那么杜甫的生活道路从此就决定了，就是"行歌非隐沦"——这五个字是他很早的时候在一首诗里一口气说出来的，可谓光芒万丈，伟大的杜甫的一生是这五个字的实践。他走出长安后，不知到了多少地方，走了多少路程，首先是华洛之行，再西至秦州，今天甘肃的天水，往南又走了一段极险的路到了四川成都。在成都好像是"卜居"了，然而没有住下去。再就是夔州生活，很可以"萧洒送日月"的，诗人还是出三峡，过洞庭，到了湖南的耒阳县境，两年之间，在湘江上死了，死时五十九岁。他的歌颂人民的诗，如我们所已讲过的，都是在路上写的。在生活当中培养了他的同人民站在一边的感情，虽然他不忘记他的知识分子的身份，自己比作凤凰，晚年写了一首《朱凤行》，但这个"朱"字就是"血"字，"血"字就是"泪"字，和《朱凤行》同时写的《客从》说得明白：

> 客从南溟来，遗我泉客珠，珠中有隐字，欲辨不成书。
> 缄之箧笥久，以俟公家须。开视化为血，哀今征敛无！

在《朱凤行》里却是杜甫的极其愤怒的声音，从古以来懂得愤怒的杜甫，还是少的。

在这里我们想提出两首诗来，与杜甫的游走生活有关。一首是由秦州出发往同谷写的《赤谷》：

天寒霜雪繁，游子有所之。岂但岁月暮，重来未有期。
晨发赤谷亭，险艰方自兹。乱石无改辙，我车已载脂。
山深苦多风，落日童稚饥。悄然村墟迥，烟火何由追？
贫病转零落，故乡不可思。常恐死道路，永为高人嗤。

一首是在湖南写的《次空灵岸》：

沄沄逆素浪，落落展清眺。幸有舟楫迟，得尽所历妙。
空灵霞石峻，枫栝隐奔峭。青春犹无私，白日已偏照。
可使营吾居，终焉托长啸。毒瘴未足忧，兵戈满边徼。
向者留遗恨，耻为达人诮。回帆觊赏延，佳处领其要。

　　杜甫的这两首诗是有联系的，虽然写诗的时间相隔了十年。
《赤谷》的话是直说，"常恐死道路，永为高人嗤"，表现了他的
思想矛盾。他走他自己的生活道路，和"高人"不同，"高人"
当然指的是从古以来的隐十一派，他没有讽刺他们的意思，也并
不是不相信自己，但死在道路上总是一个讽刺，他想到他要死在
道路上了。《次空灵岸》则是经过十年之后，不妨说杜甫把天下
的艰险都走过了，他的话就说得曲折，同时他的胸怀何其豁达，
他没有什么叫做"遗恨"了。"遗恨"两个字即指《赤谷》诗里
"常恐死道路，永为高人嗤"的两句话。我们绝对地相信，所有
杜甫的诗，他哪里有什么个人的"遗恨"呢？他的生活道路是和
人民共走的，他的足迹是伟大的祖国山川，"得尽所历妙"！
　　我们还应该注意杜甫过剑阁的时候写的《剑门》一诗，看
他胸中有些什么思想。我们大家知道，毛主席对昆仑写了有名
的词，"而今我谓昆仑，不要这高，不要这多雪。安得倚天抽

宝剑，把汝裁为三截。一截遗欧，一截赠美，一截留中国。"
这是大同世界的理想。古代的杜甫，他过剑门，思考的是古代
中国的历史。历史上"并吞与割据"的局面，是不是因为"至
今英雄人"高据险要的原故呢？"吾将罪真宰，意欲铲叠嶂！"
他又知道这不是必然的原因，"恐此复偶然，临风默惆怅。"我
们把他经验的诗通读起来，他对个人不是像对国家、对历史那
么关心的。

在《剑门》的诗里杜甫想到了"真宰"，他又认为"恐此复
偶然"，就是不相信有"真宰"。在另一个问题上杜甫确实相信
"真宰"，他在一首《遣兴》的诗里告诉天下的恶势力，你们的性
命是不长的，等到你们遭灭亡的时候，再也不要说"真宰意茫
茫"吧！我们今天知道，没有什么神秘的"真宰"，社会生活是
有它的客观规律的，根据客观规律，恶势力决不能久长。杜甫用
了"真宰"，是他相信恶势力不能久长，有他的深刻的经验。在
另外一首《遣兴》的诗里他用老虎的形象表现了他的思想，我们
把它抄下来：

　　　　猛虎凭其威，往往遭急缚。雷吼徒咆哮，枝撑已在脚。
　　　　忽看皮寝处，无复睛闪烁。人有甚于斯，足以劝元恶。

这不是对真理有信心的人万万写不出来，世上的老虎，它的
皮不都是给剥下来了吗？它有什么"睛闪烁"呢？

最后我们把个人的生活道路和它的社会原因再谈一谈。杜甫
和李白，他们的生活道路，是他们的社会允许他们走的。李白以
布衣而召到金銮殿上去了，最后仍是"赐金归之"，就是不给官
他做，给钱叫他走了。于是李白就漫游起来。这是李白的被允

许。杜甫在长安出来的时候是"移华州掾"，是调职，一直到后来到处走，他还是个官，"已老尚书郎"，不等于李白的"赐金归之"。实际上杜甫是自己"归之"。皇帝不要他在长安就是了，至于他到哪里去由他。杜甫的飘流明明也是社会许可的。这是政治的原因。但经济呢？杜甫一家人从长安出来以后最困难的日子是在同谷的时候，史书上都是这样记载，到了居成都草堂，日子就好过些了，是靠朋友的帮助，"故人分禄米"，"携钱过野桥"。这以后的生活，如夔州时期有奴仆，有田，有园林，住的地方不止一处，都不知是怎么来的，有自己说是买来的，"古堂本买藉疏豁"，"春深买为花"，也不知道他的钱是怎么来的。这些财产后来都送给人了，自己走了。我们说这些，是指出杜甫所取的生活道路，在经济上是有一定的条件的。我们想，主要是别人送钱给他，至于他的"郎"官的俸禄，照他自己所说，"事主非无禄"，似乎也是有的，但不知怎么给他。再看他从夔州出峡水上的生活，他的书籍都运走了，一定还不少，装在船上，"书史全倾挠，装囊半压濡"。他所心爱的一张几，也带在船上，不过日久损坏了，要把绳子层层捆起来，所以他说"乌几重重缚"——在旅行当中倒是运费的问题，不管东西的破旧。船上杜甫也总有仆人，"仆夫问盥栉"。凡这些，都说明杜甫的生活道路，还因为经济上有可能，客观上给了他一定的条件。否则如他自己在《闷》那一首诗里说的，"无钱从滞客"，走不动了。

杜甫的思想的特点

一般都说杜甫是儒家，其实这样的提法，很是表面，不能说明什么问题。杜甫的思想，确实有它的特点，杜甫只能说是爱国的诗人，是人民的诗人，他的思想的特点就是他不属于哪一家。

在身份上杜甫当然不否认"儒"字，他说他"儒冠多误身"，这同说某人是一个商人或者是一个农民一样，不等于有诸子百家的儒家的思想。他倒是明确地表示过："儒术于我何有哉？孔丘盗跖俱尘埃！"这就很像《齐物论》一派人说的话。有《齐物论》思想的人也可以有儒家思想，甚至以儒家思想为主导，陶渊明就是显明的例证，但杜甫确不是儒家，我们看他说了这样有风趣的话："小儿学问止《论语》"。这样的话连《世说新语》里面都找不出，到了韩愈、朱熹以后简直没有人敢说了。有许多人，如韩愈，是正统的儒家，他反对佛教，他主张"人其人，火其书，庐其居"；如陶渊明，他本来是旷达的，但不肯同和尚有来往，莲社的和尚请他去，他说要让他喝酒他就来，来了，"忽攒眉而去"。杜甫不知道同多少和尚来往，他对他们都很有感情，很佩服，杜诗中怀僧、游寺以及有关佛教道理的诗，或全篇，或几句，很不少呢。对我们有参考意义的有两回的诗，一次是他沦陷长安时到大云寺去（这时他在长安等于各处乞食，"诸家忆所历，一饭迹便扫"，到庙里去可能也是为得找饭吃），写有《大云寺赞公房四首》，有云："既未免羁绊，时来憩奔走。近公如白雪，执热烦何有？"这说明和尚对遭难的诗人有帮助，杜甫接近和尚并不因为他相信佛教，他的交游广，他对生活的兴趣属于多方面，却是的确。再一次是广德元年吐番陷长安代宗一度出走的时候，杜甫在梓州写了一首《山寺》，叙他同人在一个野寺里游，诗的开首是，"野寺根石壁，诸龛遍崔嵬。前佛不复辨，百身一莓苔。虽有古殿存，世尊亦尘埃。如闻龙象泣，足令信者哀。"这明明是受了时事的影响，因为当时"天子不在咸阳宫，……呜呼得不哀痛尘再蒙"。最后六句很可注意："穷子失净处，高人忧祸胎。岁晏风破肉，荒林寒可回。思量人道苦，自哂同婴孩。"这岂不反映了杜甫有做和尚的思想？他笑他自己同小孩子一样，怕苦。我们认为杜甫的特点在于他的生活面广，他的思想的特点是他没有哪一家的教条，我们不能说他是儒家，正如我们不应该说杜甫信佛。杜甫确有下面的思想：

> 市人日中集，于利竞锥刀。置膏烈火上，哀哀自煎熬。
> 农人望岁稔，相率除蓬蒿。所务谷为本，邪赢无乃劳。
> 舜举十六相，身尊道何高。秦时任商鞅，法令如牛毛。
> （《述古三首》第二首）

这种思想是他不同意法家，但也不是儒家思想。（他举出了"舜"，是他相信有那么的君，不是儒家虚构的道统观念。）同是这样的思想，他有时又用起佛教的词汇了，如《写怀二首》之一：

> 夜深坐南轩，明月照我膝。惊风翻河汉，梁栋日已出。
> 群生各一宿，飞动自侪匹。吾亦驱其儿，营营为私实。
> 天寒行旅稀，岁暮日月疾。荣名忽中人，世乱如蚁虱。
> 古者三皇前，满腹志愿毕。胡为有结绳，陷此胶与漆。
> 祸首燧人氏，厉阶董狐笔。君看灯烛张，转使飞蛾密。
> 放神八极外，俯仰俱萧瑟。终然契真如，得匪金仙术。

杜甫的这个思想是很真实的，也是素朴的，是农民的思想经过诗人用诗的句子写出来，因而显得华采些，说到"金仙"上去了。杜甫确乎不是儒家的思想，我们可以说他有一般农民的思想。他"自比稷与契"，在他的诗里就是没有把自己和孔子的道理一起比较过，是很可注意的事。"稷与契"不过是素朴的农民思想的代表人物，是理想中的贤臣。我们读他的《昼梦》：

> 二月饶睡昏昏然，不独夜短昼分眠，桃花气暖眼自醉，春渚日落梦相牵。故乡门巷荆棘底，中原君臣豺虎边。安得务农息战斗，普天无吏横索钱。

再读一首《蚕谷行》：

> 天下郡国向万城，无有一城无甲兵。焉得铸甲作农器，一寸荒田牛得耕。牛尽耕，蚕亦成。不劳烈士泪滂沱，男谷女丝行复歌。

这两首诗表示了杜甫的理想，他的理想是具体的，素朴的，即男耕女织，没有贪官污吏。这就是农民的思想。农民总不情愿打仗，杜甫当然要看打什么仗，如在夔州写的《甘林》，记了他同一个老年农人的谈话，"主人长跪问，戎马何时稀？我衰易悲伤，屈指数贼围，劝其死王命，慎莫远奋飞。"这里的"贼"指吐番为寇，杜甫就劝农民不要逃兵役。《蚕谷行》是在湖南写的，杜甫正逢着湖南有内乱，所以他自己就是"烈士泪滂沱"，替农民说话了。所有杜甫的诗，都是对现实生活表示态度和愿望，是一般老百姓的态度和愿望，儒家则是一种有系统的意识形态的代表，杜甫的思想我们认为归入不进去。

陶渊明的思想的特点是以儒家思想为主导，而一般还不感到陶渊明是儒家之徒。杜甫的思想的特点是他并不是儒家之徒，而一般认为杜甫是儒家思想的强烈的代表。这是什么原故呢？这恐怕因为陶渊明是学长沮桀溺的，要自己耕田，所谓"遥遥沮溺心，千载乃相关"，而长沮桀溺是和孔子反对的，杜甫在历史上是"忠君"的代表人物，儒家思想最显著的一条就是忠君，所以杜甫公认为儒家。陶渊明学习长沮桀溺，但他最佩服的是孔子，他说"汲汲鲁中叟，弥缝使其淳，凤鸟虽不至，礼乐暂得新"。接着他就叹惜他自己的时代："终日驰车走，不见所问津！"这是他以长沮桀溺自比，他没有遇见像孔子那样的人了。他不以长沮桀溺和孔子为对立面。这是诗人陶渊明的特点，我们且不多说。人民诗人杜甫，在他的思想里，也不是反对长沮桀溺的，在他生活困难的时候，他也想到自食其力，他会种药，他懂得药物，在同谷时想到"采药吾将老"。总而言之杜甫没有隐逸的思想，生活可以有长沮桀溺的生活方式，在他的灵魂深处长沮桀溺的生活方式和"忠君"不是对立的。这就表现杜甫不是儒家，因为孔子之徒对长沮桀溺式的生活是这样批评的："不仕无义。长幼之节，不可废也；君臣之义，如之何其废之！"杜甫的思想里当然没有这样的教条，他不认为一定要"仕"。他的生活实践明明证明他"行歌非隐沦"。杜甫的忠君思想，也正是封建社会里一般老百姓的思想，如《洛阳》所写："洛阳昔陷没，胡马犯潼关，天子初愁思，都人惨别颜。清笳去宫阙，翠盖出关山，故老仍流涕，龙髯幸再攀。"这是老百姓喜欢看见皇帝，杜甫自己也正是这样忠君的。有时杜甫确实表现了封建思想，如《杜鹃》诗里竟写着"我见常再拜，重是古帝魂。生子百鸟巢，百鸟不敢嗔，仍为矮其子，礼若奉至尊。

鸿雁及羔羊，有礼太古前，行飞与跪乳，识序如知恩。"这真叫做腐儒。在《牵牛织女》一诗里，腐儒又有极不腐的话："嗟汝未嫁女，秉心郁忡忡，防身动如律，竭力机杼中。虽无舅姑事，敢昧织作功。明明君臣契，咫尺或未容。义无弃礼法，恩始夫妇恭。大小有佳期，戒之在至公。方圆苟龃龉，丈夫多英雄！"这最后两句，是说女子和男子地位不是平等的，不能闹别扭，闹起来女子是吃亏的，"丈夫多英雄"嘛！诗人多么站在被压迫者一边，这正是杜甫思想感情的特点，讲到底杜甫不是儒家的面孔。

　　一种思想意识的代表派别都是有体系的，儒家有儒家的体系，好比陶渊明的思想就反映了儒家的体系。我们已经说过陶渊明推崇孔子"凤鸟虽不至，礼乐暂得新"，这是陶渊明为儒家的标志。还有，陶渊明在喝酒当中说他"重觞忽忘天"。连忙又解释："天岂去此哉？任真无所先。"这样的自我夸大，在陶诗里不止一次，"啸傲东轩下，聊复得此生"，空空洞洞地认为自己得着一个东西了，这个东西是绝对的。这种绝对思想，向来是"大儒"的标志。还有，陶渊明重视"乐"，就是宋儒所谓"寻孔颜乐处"的乐，他虽然家贫，他确实是乐，这是读陶诗的人都能够认识的。以这三个标志来考察杜甫的思想，杜甫的思想里都没有。他不把"诗书礼乐"当作教条。杜诗里没有人生的绝对观念。杜诗里没有"孔颜乐处"的乐。所以杜甫不是儒家一派。

　　儒家当然也口不谈仙道。杜甫虽然和李白很有些不同，早年他说他"未就丹砂愧葛洪"，但杜甫并不是否认有葛洪这类人物的，他明明寻访过这类人物。他的绝笔诗《风疾舟中伏枕书怀呈湖南亲友》里面正是把家事与丹砂并起来谈，"家事丹砂诀，无成涕作霖！"他是不是真的相信"葛洪尸定解"呢？难说他相信，也难说他不相信。我们也无须研究他是真相信，还是假相信。我们必须说明，杜甫有这种思想，是和他带着家人到处逃难的生活分不开的。我们把《风疾舟中伏枕书怀》最后六句都抄出来："战血流依旧，军声动至今。葛洪尸定解，许靖力难任。家事丹砂诀，无成涕作霖！"这只能是乱离人对身家之忧的反映，自己死了，一具尸身和一家老幼，付托给谁呢？诗人是求湖南亲友了。又把同年同在这条路上舟中写的《咏怀二首》里的话抄来比较一下："虎狼窥中原，焉得所历住？葛洪及许靖，避世常此路。贤愚诚等差，自合受驰骛。"这是他在舟中想到如果再往前走就是葛洪和许靖从前走的路了，一个尸解得仙，一个携带亲族避乱。杜甫这时自己总是病，他的诗真实地反映了他在这个环境当中的思想感情。他带着一家人长途跋涉的生活当然是不容易的，他有多少次的长途跋涉，当他从同谷入蜀过飞仙阁时，写有《飞仙阁》，飞仙阁是飞仙的地方，所以杜甫有句云："歇鞍在地底，始觉所历高。往来杂坐卧，人马同疲劳。浮生有定分，饥饱岂可逃。叹息谓妻子，我何随汝曹！"这是说他自己也应该作飞仙才好，但妻子为什么紧紧跟着自己呢？这是多么真实的话！一直到死的时候，还是叹息："家事丹砂诀，无成涕作霖！"

　　总括上面的话，把诗人杜甫说成儒家，是不能说明问题的，杜甫的思想的特点在于它真实地反映了生活。

杜甫的性格的特点

对杜甫的性格我们提出四个特点：一是激烈；二是乐观；三是杜甫有大量的山川草木的诗，但他根本上没有"卜居"的要求，也不是"一生好作名山游"；四是"语不惊人死不休"的癖性。下面我们分别加以说明。

先说杜甫的激烈。"激烈"这两个字是杜甫自己曾经用过的，他说："穷年忧黎元，叹息肠内热。取笑同学翁，浩歌弥激烈。"很明白，杜甫的"浩歌弥激烈"必须同他对现实生活联系起来，必须看出他同"同学翁"的不同。就拿他同李白来说吧，他在最初认识李白的时候就有《赠李白》的诗，"痛饮狂歌空度日，飞扬跋扈为谁雄？"他是欣赏李白，并不是批评李白，李白也是激烈的，"痛饮狂歌"，"飞扬跋扈"，不过杜甫的激烈和李白不同罢了。他的这一首《赠李白》就写得很激烈，异乎常调，把要说的话都说出来了。杜甫以后怀李白的诗都写得激烈，我们抄一首："死别已吞声，生别常恻恻。江南瘴疠地，逐客无消息。故人入我梦，明我长相忆。恐非平生魂，路远不可测。魂来枫林青，魂返关山黑。君今在罗网，何以有羽翼？落月满屋梁，犹疑照颜色。水深波浪阔，无使蛟龙得！"这真是激烈之声，不平之气。杜诗的激烈之处，明代的杨慎表示过不满，他对"慎莫近前丞相嗔"，"千家今有百家存"，"哀哀寡妇诛求尽"，"但有牙齿存，所悲骨髓干"，都认为是写得不含蓄的。我们认为"激烈"正是杜甫的价值，同谷七歌，《茅屋为秋风所破歌》，为什么一望而知是杜甫的诗呢？别人没有这样的激烈的声音。"莫自使眼枯，收汝泪纵横，眼枯即见骨，天地终无情！"这是激烈。"暮投石壕村，有吏夜捉人！"这是激烈。为什么要"含蓄"呢？"新松恨不高千尺，恶竹应须斩万竿！"这一望而知是杜诗，因为它表现了激烈的杜甫。当他初营成都草堂那年，好像过的是安静的日子了，但他的心情还是激烈的，我们读他的《晚晴》："村晚惊风度，庭幽过雨霑。夕阳薰细草，江色映疏帘。书乱谁能帙，杯干自可添。时闻有余论，未怪老夫潜。"（王符有《潜夫论》）这个"老夫潜"不像晋代的陶潜，倒像我们现代的鲁迅。陶潜有时对着人不说话，如《饮酒》诗所说："觞来为之尽，是谘无不塞。有时不肯言，岂不在伐国？仁者用其心，何尝失显默。"他是心中有数，有些话他不肯说，不是不屑于说。杜甫的"潜"乃是激烈，表示了他的"不屑于"，像鲁迅在一篇文章里说的"不说"。"何以不说之故，也不说。"然而我们为鲁迅这个"不说"的神气所感染了，感得作者的激烈。杜甫的"未怪老夫潜"也是一样。因为杜甫的激烈的性格，杜诗所取的形象常常出乎别人的意外，真真标志着杜诗的美丽。如《瞿塘两崖》："三峡传何处？双崖壮此门。入天犹石色，穿水忽云根。猱玃须髯古，蛟龙窟宅尊。羲和冬驭近，愁畏日车翻。"这个"日车"的形象该有多么美丽！我们读着感到这个太阳真有翻车的危险，比起李白的"搥碎黄鹤楼"、"倒却鹦鹉洲"显得利害得多，它确实是从杜甫平日的"愁"来的。又如《衡州送李大夫赴广州》："斧钺下青冥，楼船过洞庭。北风随爽气，南斗避文星。日月笼中鸟，乾坤水上萍。王孙丈人行，垂老见飘零。"杜甫以太阳为笼中鸟呢，在世界文学史上难得有这个美丽的形象，表现了诗人的灵魂是多么的激烈！在杜诗里绝对没有"人生如梦"一类的话，"日月笼中鸟"出在他的口中。

其次说杜甫的乐观。杜诗里动不动就是"忧"字，动不动就是"愁"字。杜甫他确实是"忧端齐终南"，他确实是呼吁自己

"春来花鸟莫深愁"。然而杜诗的总的空气是乐观,杜甫的总的精神是乐观。我们谁都相信他的"北极朝廷终不改"的信心,他的信心正是在"花近高楼伤客心"之下表现出来的。乐观精神是能够传给人的,必须在困难之中才表现一个人的乐观精神。杜诗的乐观空气,杜甫的乐观精神,传给了千古的读者。他从同谷入蜀的路上写的诗,我们可以想像他当时遇到的困难是很不容易克服的,读了他的诗却是感到他的天真烂漫,饶有风趣。读《泥功山》这一首:

> 朝行青泥上,暮在青泥中。泥泞非一时,版筑劳人功。
> 不畏道途永,乃将汩没同。白马为铁骊,小儿成老翁。
> 哀猿透却坠,死鹿力所穷。寄语北来人,后来莫匆匆。

走在这个路上该不是开玩笑的事吧,不小心你就要"汩其泥"了,杜甫写得多么有趣!他的小孩子当时也可能像泥菩萨了。杜诗传给我们的是乐观空气。如在成都写的《百忧集行》:

> 忆年十五心尚孩,健如黄犊走复来。庭前八月梨枣熟,
> 一日上树能千回。即今倏忽已五十,坐卧只多少行立。
> 强将笑语供主人,悲见生涯百忧集。入门依旧四壁空,
> 老妻睹我颜色同。痴儿不知父子礼,叫怒索饭啼门东。

这是五十岁的杜甫,其实他还是"心尚孩"。"老妻睹我颜色同",是说家里的人以为他在外面吃了饭喝了酒回来了,看了他一眼,而"颜色同",即是同为饥色,写得饶有风趣。小孩子的形象更妙。读了这种诗,我们一点也不是愁眉苦脸的,为杜诗的

乐观空气所感染了。再读出三峡后写的《江汉》：

> 江汉思为客，乾坤一腐儒。片云天共远，永夜月同孤。
> 落日心犹壮，秋风病欲苏。古来存老马，不必取长途。

"片云天共远，永夜月同孤"是杜诗的句子，杜甫的形象。
"落日心犹壮，秋风病欲苏"也正是杜诗的句子，杜甫的形象，
他向来是"日暮聊为梁甫吟"的。关于"古来存老马，不必取长
途"有不同的解释，我们认为杜甫是一种幽默的说法，也就并不
真是一位腐儒者的口气，他是说古来存老马，不必要老马总在路
上走吧。杜甫是有风趣地说他自己的飘流生活。

再说杜甫有大量的山川草木的诗，但他根本上没有"卜居"
的要求，也不是"一生好作名山游"。这关乎诗人性格的特点，
必须指出来。人们将问，杜甫一到成都的时候就经营草堂，一开
始就写了《卜居》的诗，怎能说他没有"卜居"的要求呢？我们
把这一首《卜居》的诗抄下来：

> 浣花溪水水西头，主人为卜林塘幽。已知出郭少尘事，
> 更有澄江销客愁。无数蜻蜓齐上下，一双鸂鶒对沉浮。东行
> 万里堪乘兴，须向山阴入小舟。

我们认为这首诗真正表现了杜甫的性格，他开始写《卜居》
的诗，写到第六句就想到走了，"东行万里堪乘兴，须向山阴人
小舟"，所以他确实没有卜居的意思。他写这首诗之前，在一年
之内，该走了多少路。他写这首诗之后，过了几年，又该走了多
少路，一直到死无葬身之地。在中国封建社会里，"卜居"其实

就是过地主的生活，像辛弃疾的《西江月》，就是地主家长"以家事付儿曹"，"乃翁依旧管些儿，管竹管山管水"。杜甫在夔州的时候几乎像"卜居"的样子，毕竟还是居不下去，走了。他在成都草堂，头一年还显得安静，如仇兆鳌所说，"盖多年匍匐，至此乃得少休也。"到第二年春天，自己就同自己闹起来了，我们读《绝句漫兴九首》第一首：

> 眼见客愁愁不醒，无赖春色到江亭，即遣花开深造次，便教莺语太叮咛！

这简直达到了一种颠狂状态。在《江畔独步寻花七绝句》第一首就自道"颠狂"：

> 江上被花恼不彻，无处告诉只颠狂！走觅南邻爱酒伴，经旬出饮独空床。

这是合乎杜甫的思想情况的，他经常有思想矛盾，他怎么会求一个安定的生活呢？所以我们说他没有"卜居"的要求。同样，他也不是"一生好作名山游"。他游了名山大川，他写了大量的山水诗，他绝没有为写景而写景的事情，他是"花近高楼伤客心，万方多难此登临"罢了。我们引过他的《次空灵岸》一诗，在这首诗里有"可使营吾居，终焉托长啸"的话，也有"回帆觊赏延，佳处领其要"的话，好像有"卜居"的要求，好像以游历为心愿似的，其实不是，实质是杜甫对生活总有新鲜感，对自然世界和对社会现实一样。所以在这诗里就有两句："青春犹无私，白日已偏照。"

　　再说杜甫的"语不惊人死不休"的癖性。杜甫的这个癖性是很容易看得出的，他在青年的时候写的《望岳》，出语就惊人，"岱宗夫如何？齐鲁青未了！"这决定是杜甫诗集的语言，别人的集子里夺不去的。又如他晚年写的《登岳阳楼》，"昔闻洞庭水，今上岳阳楼，吴楚东南坼，乾坤日夜浮！……"我们可以想像，这和他早年写《望岳》是一样的"语不惊人死不休"的神气，不是"老去诗篇浑漫与"了。当然，"老去诗篇浑漫与"的情况是有的，但"语不惊人死不休"的癖性是年既老而不衰。我们必须注意，杜甫所谓"惊人"，和他的"不薄今人爱古人，清词丽句必为邻"分不开，所有古代作家当中，要说尊重别人的创作成果，杜甫是第一。前乎他的，他把谁都赞美过；和他同时的，谁都经过他的赞美。他赞美过许多人的画，他的题画的诗也都是"语不惊人死不休"，一定要把画师的真本领写出来。他赞美民间艺人的歌唱，他的《听杨氏歌》这样写："佳人绝代歌，独立发皓齿。满堂惨不乐，响下清虚里。江城带素月，况乃清夜起。老夫悲暮年，壮士泪如水。……"这种诗的手法真是"响遏行云"！这表现杜甫"语不惊人死不休"。他赞美公孙大娘（弟子）舞剑器，"观者如山色沮丧，天地为之久低昂！"这也是"语不惊人死不休"。杜甫的这个癖性，是他懂得艺术之所以为艺术，诗之所以为诗。

（一九六三年）

杜甫的诗①

杜甫的律诗和他的伟大的抒情诗

我们在这里所讲的杜甫的律诗是指着一般包含八句的五言律和七言律，长律暂不讲。秦州律诗另外专讲，这里也不讲。

说到律诗，一般都认为它是特别讲究声律的，所以才叫做律诗。这只能说明大家对于律诗的注意之点，注意它的语音方面，在语音上没有严格的限制就不能叫做律诗。其实律诗之所以能够成立，根本原因还在乎语法。如果不是汉语语法的规律适合于做对偶，律诗问题根本谈不上了。我们举两件最显著的事情来说，即汉语连接词的规律同主语的规律。汉语的连接词，不是两个或几个东西之间一定要用的，与外国语法的连接词比较起来，汉语是以不用为原则。象陶渊明的"结庐在人境，而无车马喧"，两句连起来中间加一个连接词"而"，是很好的句子，然而这样加

---

① 本文原刊于 1956 年东北人民大学《人文科学学报》，共三篇。后废名将之重新编排并加了题目，但序号从"二"至"八"，没有"一"，今将序号去掉，保留小标题，有删节。——编注

连接词的情况反而是很少的，普遍是不要这个东西，因此杜甫的
"烽火连三月"乃能与"家书抵万金"对起来，如果同外国语法
一样两句之间非加连接词不可，那就没有法子作对偶了。汉语的
主语常常是不写出来的，象陶渊明的"众鸟欣有托，吾亦爱吾
庐"两句都有主语，固然好，但"既耕亦已种，时还读我书"也
是很好的，很明白的，很普遍的句子，主语用不着写出来。因为
主语用不着写出来，乃能作对偶，杜甫乃能作他的八句有六句都
对的《闻官军收河南河北》那首有名的律诗——我们看，杜甫的
这首诗的题目，"闻官军收河南河北"，其中主语"我"用不着写
出来，"河南""河北"之间用不着连接词，正是一个规范化的汉
语的句子。律诗确乎是在这种语法规律之下发生作用。关于汉语
语法的规律（因为它而能作对偶），不止我们在这里所说的两件
事，我们不能多讲。我们只想指出来，中国的律诗之所以能够成
立，汉语的语法是主要的事情。

　　律诗在杜甫的时候，还是刚刚起来，杜甫对于律诗的写作是
很重视的，他说他自己"颇学阴何苦用心"，他谈到李白说"李
侯有佳句，往往似阴铿"，正是说明写作律诗的经验，所以说着
"佳句"的话。李白杜甫是从何逊阴铿推陈出新的，我们可以指
出显明的痕迹，好比阴铿有"瞻云望鸟道，对柳忆家园"两句，
李白有两句诗则更好："拨云行古道，倚树听流泉。"何逊有"薄
云岩际出，初月波中上"两句，在杜甫的笔下则是："薄云岩际
宿，孤月浪中翻。"我们说明这一点，是说李白杜甫正在创造律
诗。杜甫的五言律、七言律又真是伟大的创造，最显得汉语的光
彩，在中国文学史上不能不说是一个奇迹。

　　我们当然没有意思鼓吹人家做律诗。杜甫以律诗这个体裁写
了他的最伟大的抒情诗，也是过去中国文学史上一首最伟大的

抒情诗，就是七律《登楼》，确也是事实，古代说诗人也多有这样说的，我们应该说明其所以然。原因其实也很简单，就是作者的思想感情伟大，加以他充分地发挥汉语的长处。是的，汉语根据它的语法的规律，它最宜于作对偶，在缺乏思想感情的时候，它可以做八股，具有伟大的思想感情也可以写杜甫的律诗。

我们把杜甫的五律、七律在这里共选了十四首。我们是有我们的选择的标准的，就是要诗中语言是真实的反映，不能偏向于文字上的对偶相生。好比象"万里悲秋常作客，百年多病独登台"，便是偏向于文字对偶一类的，我们则不选。

春望

国破山河在，城春草木深。感时花溅泪，恨别鸟惊心。

烽火连三月，家书抵万金。白头搔更短，浑欲不胜簪。

这首诗是安禄山的兵占据了长安，杜甫陷在城中写的，其时正是春三月。到了这年（唐肃宗至德二载）四月里他乃好容易脱身西往凤翔了。身陷城中他写了一些诗，从这些诗里我们可以知道他的生活，有时到和尚庙里，所谓"即未免羁绊，时来憩矩奔走。"（《大云寺赞公房四首》）有时到人家家里，所谓"诸家忆所历，一饭迹便扫"，（《雨过苏端》）大约一家只能吃一回饭。有时他"出郭眺西郊"，看见麦子，看见"窈窕桃李花"，说道："春夏各有实，我饥岂无涯！"（《喜晴》）这很象危城中没有饭吃的人说的话，然而杜甫是乐观的气概。大家所熟知的《哀江头》一诗，首两句叙他自己"少陵野老吞声哭，春日潜行曲江曲"，末两句"黄昏胡骑尘满城，欲往城南望城北"，把在敌人包围之下的行动和心理写得十分逼真，哭要"吞声"，走路要"潜行"，曲江要到曲江"曲"，往城南要望着城北。然而古今有名的还是我们现在选的五律《春望》。这个环境当然不能作为一个典型，因为国家的京城遭了敌寇的占领，是非常之事。既然有了这个非常之事，就应该有杜甫的这一首诗，这首诗在同一环境之中是写得最有概括性的了。诗题着"春望"，便表示诗人是春天的心，哀愁虽深，而信心不失，生气勃勃，祖国不会有什么动摇的。但春天的城里没有多的人民，草木都长起来了，国确是给胡人攻破了，这不能同做梦一样！这是事实！所以杜甫极其清醒地写着："国破山河在，城春草木深！"诗人把国难记得清清楚楚，自己站在祖国的山河上又确确实实，诗人在这里作着"春望"。这是非常的遭遇，伟大的感情。我们看，就在这一年八月里，他居然到了鄜州自己家里，见了妻子，"妻孥怪我在，惊定还拭泪"，"夜阑更秉烛，相对如梦寐！"（《羌村三首》第一首）这是人情之常，对好事不敢相信似的，象做梦似的，就是说惊喜不定。而在胡骑满长安的时候，自己正陷在城中的时候，则非常沉着地描写祖国的山河"在"！这一个"在"字确是中国诗人杜甫写的，打动了若干年代的中国人的心！附带地我们还应该讲一讲《一百五日夜对月》，也正是杜甫在这个环境中写的，表现杜甫对恢复山河的信心。一百五日夜就是清明前二日的夜里，就是"城春草木深"的夜里，在这夜里杜甫想着他的远在鄜州的爱人，两人在地下相隔犹如牛郎织女在天上不能见面。然而杜甫在他的诗里最后两句写道："牛女漫愁思，秋期犹渡河！"就是说到秋天就可以见面的。就在这年八月里回家见了妻子，又写了"夜阑更秉烛，相对如梦寐"的话，不知还记得"一百五日夜对月"时怀着的希望否？大约未必记得，那也并不是"预言"，只是杜甫对国事的信心确可以看得出。所以"国破山河在",一方面是哀国破,一方面是诗人在祖国的山河上走路,目中无"胡骑",正是"北极朝廷终不改"一类的感情。

司马光《诗话》说,"城春草木深"一句写得城中无人迹。接着"感时花溅泪,恨别鸟惊心"也见城中无人,才使人对花落泪,听鸟惊心。这些句子都不是一般的对偶,是真的生活。中国诗是从杜甫才有这种句子的,也就是杜甫过了这种生活。杜甫这年四十五、四十六岁,他总是说他白头,现在的情况下"白头搔更短,浑欲不胜簪",把这一个老年人的"搔首踟蹰"写得多么可爱!

自京窜至凤翔喜达行在所

西忆岐阳信,无人遂却回。眼穿当落日,心死著寒灰。
茂树行相引,连山望忽开。所亲惊老瘦,辛苦贼中来。
愁思胡笳夕,凄凉汉苑春。生还今日事,间道暂时人。
司隶章初睹,南阳气已新。喜心翻倒极,呜咽泪沾巾。
死去凭谁报,归来始自怜。犹瞻太白雪,喜遇武功天。
影静千官里,心苏七校前。今朝汉社稷,新数中兴年。

这三首诗应该说是五言律诗最大的成功,就是就老杜说也应该说是"一鸣惊人",在这三首诗以前他还没有过这样的成功了。他自己也一定自觉着,他本着他今天的生活,他本着他今天的感情,他今天要写惊人的诗了,写出来就是这三首律诗。这三首律诗震动了古今读诗的人。他自己后来说"语不惊人死不休",象这三首诗真是拼命写的,乃写得那么好,把他的生活,把他的感情,把他的思想,同着人民的愿望,都写出来了。古来读诗的人爱读这三首诗，就是到我们今天它还不减它的吸引力量，这就说明什么叫做"美"。美是从真实的生活来的，美是生活的最好的典型。诗的典型性又借助于语言的规律。

我们还要赞叹一句，把律诗这样表现生活，换句话说生活这样象杜甫的律诗，不但是杜甫的可爱，也确乎是汉语的可爱。"眼穿当落日，心死著寒灰"，把一个提心吊胆、时刻有性命危险而又满怀希望的心的人，走路走到太阳快要落了，自己正是往太阳那个方向走，该写得多么真实，多么生动，同时是真实生动的语言的美，把不要的都精简了，要的便集中起来——这不是汉语的特长吗？"茂树行相引，连山望忽开"，写一路遇不见人（上句有"无人遂却回"），写一个人夏天（杜甫是四月里从长安脱身的）行路，路上有树，远望尽是山，忽然前面的山敞开了，也就是说在望眼欲穿之际展出希望来了——谁能比杜甫的两句诗，十个字，写得更好？最后两句，"所亲惊老瘦，辛苦贼中来"，也同"连山望忽开"的景色展开得那么快一样，把事情都说清楚了，不只是语言的精炼，精炼的语言乃是表现感情的集中。两句里面的"惊"字，"老瘦"字，"辛苦"字，"贼中"字，"来"字，首先还从上文想不到而突出以"所亲"，这一个"亲"字来得多么神速！在这第一首诗里，一个典故没有，一个生字没有。"无人遂却回"的"却回"是当时口语，杜诗里常用，如《舍弟观归蓝田》首二句："汝去迎妻子，高秋念却回"，又如《热三首》第二首："闭户人高卧，归林鸟却回"都是。

第二首的首句我们在讲《后出塞》的时候曾提起注意，就是爱国诗人杜甫笔下的"胡笳"，我们千载下的读者容易读过去，在杜甫当时这个声音就代表"国破"。这在杜诗里确乎不是一次的记录，我们再看《洛阳》一诗里首二句："清笳去宫阙，翠盖出关山"，便是指胡兵走了，唐玄宗又从四川回长安。这些都看得出杜诗的现实意义。杜甫写唐肃宗中兴，用汉光武中兴的典故，就是"司隶章初睹，南阳气已新"两句，象这样用典故也同用比喻一样，在修辞上（尤其是作旧诗）应该是许可的，否则旧诗的叙事要遭到困难，简直就没有法子写。"喜心翻倒极，呜咽泪沾巾"，这两句把今日生还者的形象都写出来了。杜甫的这个喜极的情形一生有两次，再一次就是后来蜀中闻官军收河南河北。

第三首也应完全算是白描。"犹瞻太白雪，喜遇武功天"，当然与"武功太白，去天三百"的成语有联系，但是写实际环境。"影静千官里，心苏七校前"两句，是真真经过危险又真真再有安全感的人说的话，在自己人的行列之中，在自己的武装保卫之下。这时自己对自己的影子乃不至于惊惧了。

恨别

洛城一别四千里，胡骑长驱五六年。草木变衰行剑外，兵戈阻绝老江边。思家步月清宵立，忆弟看云白日眠。闻道河阳近乘胜，司徒急为破幽燕。

我们翻开杜集，象这样的七律，在以前是没有的了。诗人到了成都后，因为他的生活，因为他的思想感情，很自然地写了这种律诗，——就是老杜到成都后新的创造。这首诗里所用的词汇，只有"变衰"二字我们现在不用，其余的词汇到今天都是用的。就是"变衰"这两个字，我们如果翻译它，还是找不到适当的词汇的，可见杜甫当时从楚辞"草木摇落而变衰"这句话里选择了"变衰"这个词汇，是选得确切的。那么这一首诗完全合乎汉语的语法，虽然是唐朝人写的律诗，到今日还是可以作为汉语的标准，写得多么生动，真切，把诗人的生活，把历史事实都告诉我们了。其中"思家步月清宵立，忆弟看云白日眠"两句当然是因对偶而来的，但不是为对偶而对偶，反映情况反映得极真实，在极少的语言里有不少的动作。

寄杜位

近闻宽法离新州，想见归怀尚百忧。逐客虽皆万里去，
悲君已是十年流。戈戈况复尘随眼，鬓发还应雪满头。
玉垒题书心绪乱，何时更得曲江游。

从前说诗的人说这首诗："字字排空，却字字砧实，妙不可名状。"其实不是"妙不可名状"，所谓"排空"就是语言生动自然，所谓"砧实"就是反映了生活的真实。这种诗也就是老杜写的《离骚》，不能说是个人的事情。通过这种诗我们可以看出，思想感情是最重要的，语言的技巧也是要学习的。

不见

不见李生久，佯狂真可哀。世人皆欲杀，吾意独怜才。
敏捷诗千首，飘零酒一杯。匡山读书处，头白好归来！

前一首《寄杜位》与这一首《不见》，我们不是因为这两首诗有什么连带的关系因而选出的，杜甫写这两首诗完全是各不相关的。不过这两首诗连起来读也很有意思，是杜甫的同一方面的思想感情的表现。我们则是本着杜甫的律诗是表现真实这一个前

提而选出的。

闻官军收河南河北

剑外忽传收蓟北，初闻涕泪满衣裳。却看妻子愁何在，
漫卷诗书喜欲狂。白首放歌须纵酒，青春作伴好还乡。
即从巴峡穿巫峡，便下襄阳向洛阳！

这首诗第五句作"白首放歌"是对的，作"白日放歌"不
对，因为杜甫这首诗确实是"白首放歌"，也就是他最狂喜的一
首《白头吟》。唐代宗广德元年正月，史朝义缢死，其将皆降，
便是诗里说的"收蓟北"，历史上的安史之乱到这时告一结束了。
所以杜甫的"青春作伴好还乡"是写这年春天的真实的愿望。
"白首放歌须纵酒"也正是这个老年人狂喜的实际情形。这两句
不是一般的文字上的对偶，是真正地写出了生活。其余的句子都
是真正地写出了生活，写出了生活的愿望，更是不用说的了。
"律诗"在伟大诗人的笔下不能叫做"束缚"罢，内容决定形式，
这首诗应该算是一个例证罢。不承认格律的人正如看不见火车的
轨道，火车正是在它的轨道上奔驰。

登楼

花近高楼伤客心，万方多难此登临。锦江春色来天地，
玉垒浮云变古今。北极朝廷终不改，西山寇盗莫相侵！
可怜后主还祠庙，日暮聊为梁甫吟。

这首诗作于唐代宗广德二年春。广德元年冬，吐番陷长安，
唐朝的皇帝逃了，郭子仪连忙又收复了长安，故诗曰"北极朝

廷终不改"。在长安收复之同时，吐番陷松维保三州，剑南西
山诸州亦入于吐番，故诗里表现着诗人的愿望："西山寇盗莫
相侵！"

　　我们认为这首诗是杜甫最伟大的抒情诗，也是过去中国文学
史上最伟大的抒情诗。异民族侵略中国是中国历史上最大的事
情，这件事情激动着爱祖国的诗人的思想感情，这件事情又暴露
了中国长期封建统治的腐败与无能，通过对侵略的抵抗又表现了
中国广大人民的坚强的爱国力量。由于统治阶级的腐败与无能，
人民的力量不能发挥作用，结果神圣的国土屡遭异族的践踏，人
民的生活到了蹂躏不堪的地步。所有这些，都反映在杜甫的诗
里，如我们所已讲过的。而诗人对祖国前途无限的信心以及对封
建统治没法寄以希望的苦闷，见之于这一首《登楼》。多么美丽
的春天的诗呵！"花近高楼伤客心"，这一句是非常直接的，是杜
甫当下的泪，当下的泪就是无言的花，一连几年以来总是如
此，所谓"感时花溅泪"，所谓"春来花鸟莫深愁"，今日高楼
一上仿佛把伤心的原故说得非常明白似的！其实一点逻辑没
有。所以诗人接着必得说明"花近高楼伤客心"的所以然给我
们听。有了一个"客"字本来算是说了一点，但爱祖国爱人民
的杜甫不能是因作客而伤心——是因为"万方多难此登临"。
于是我们就不免同情诗人，诗人一个人在这里确是寂寞，然而
诗人却替我们画出一幅热闹的世界来，完全不是玄学地设想，
是唯物地认识问题："锦江春色来天地，玉垒浮云变古今。"连
忙就用了最强烈的语言（非常之能代表汉语的语言！）道出最
强烈的感情："北极朝廷终不改，西山寇盗莫相侵！"强烈的感
情又有脆弱的因素，怕封建中国抵不住强寇侵略似的——封建
中国的历史正是如此！唐以后中国受了辽金元清的侵略，近百

年又有帝国主义。只有今日伟大的中国人民在伟大的中国共产党领导之下把中国历史完全换了新的一页，历史上中国爱国诗人的感情格外显着光辉。

"可怜后主还祠庙，日暮聊为梁父吟。"这两句诗又真是素朴，真是美丽，表现着杜甫的感情同中国古今一般老百姓的感情是一致的。中国老百姓都是同情蜀汉的，蜀汉后主虽然懦弱无能，在成都老百姓还替他设了有庙，杜甫对这件事也觉得苦闷——因为他是亡了国之君呵！故曰"可怜后主还祠庙"。然而杜甫是坚强的，是有信心的，尤其是涉及国家盛衰兴亡之事，故他不觉日暮而为梁甫吟。

咏怀古迹之一

群山万壑赴荆门，生长明妃尚有村。一去紫台连朔漠，
独留青冢向黄昏。画图省识春风面，环佩空归夜月魂。
千载琵琶作胡语，分明怨恨曲中论。

像这一首诗，真显得老杜会写，学习写作的人可以从这里找窍门。然而首先还是要作者在选择语言时富有感情，善于形象化。好比这首诗的首两句只是说在荆门那里有昭君村，这样说就太不生动了，在杜甫的笔下则江流直下，群山竞秀，仿佛令我们看见了昭君村在那里，而昭君村就是昭君生长的地方了，仿佛没有看见昭君的人也可以想象昭君似的。接着底下两句真不容易写，难为老杜大笔一挥："一去紫台连朔漠，独留青冢向黄昏。"我们看这一十四个字分作两句，一个对子，写了多么大的空间距离与时间间隔！空间是从汉宫一直到匈奴，时间是从古到今，从古到今而以"青冢"与"黄昏"的形象表出之。这就叫做会写。

只有律诗才能达到这样的目的。接着"画图省识春风面，环佩空归夜月魂"又是非常有形象的，把故纸堆中的故事拿来这样利用，说得上"怅望千秋一洒泪"！总之同一般的空对对子太不同了。"省识"的"省"字与"空归"的"空"字相对，不是肯定的意义，是否定的意义，就是叹息，为什么你以为看画就看见了真人呵！悲剧从此产生，咱们中国的好女子结果在塞外外国"青冢向黄昏"了，这比起"美人为黄土"来又太悲痛了。所以最后说："千载琵琶作胡语，分明怨恨曲中论。"这两句最表示杜甫懂得音乐，你在那里弹琵琶，他以为你在那里说话儿，他听得很难过！把这两句诗翻译出来就是："千载下为什么还奏这一曲胡音呵！昭君当时听了怎么样呵！这分明是怨恨在曲中传！""作胡语"的"语"字就是"永夜角声悲自语"的"语"字，因此"曲中论"的"论"字就是"传"字的意思，杜甫太懂得音乐的精神了。

瞿唐两崖

三峡传何处？双崖壮此门。入天犹石色，穿水忽云根。
猿玃须髯古，蛟龙窟宅尊。羲和冬驭近，愁畏日车翻。

杜甫入同谷写的诗，如《泥功山》，是古今罕见的，见诗人的伟大。现在写三峡的这一首律诗，也是古今罕见的，见诗人的伟大。这真配得上叫做"图经"。向天上望，天上是石头，因为峡高，峡狭。而向底下望，水里也是石头，因为峡深，峡狭。"猿玃须髯古"，无意间给杜甫看见了，那个一脸的胡公，他知道世上几千年呵！连忙叫人想到，那些人迹不敢至的深洞里，不是蛟龙所居吗？再看天上的冬天的日头，离石头太近了，羲和你不怕翻车吗?

寄杜位

寒日经檐短,穷猿失木悲。峡中为客久,江上忆君时。
天地身何在,风尘病敢辞! 封书两行泪,沾洒浥新诗。

这首诗同"愁畏日车翻"的诗是在一个冬天写的。"天地身何在"就是飘流的意思。飘流不由己,而风尘之中病落在你的身上了,你辞得掉吗? 杜甫当时的生活确是太可怜,一直飘流到楚湘,飘流到死。

东屯北崦

盗贼浮生困,诛求异俗贫。空村唯见鸟,落日未逢人。
步壑风吹面,看松露滴身。远山回白首,战地有黄尘。

我们可以把这首诗同《恨别》那首对看,那时初到成都,现在快离夔州,相隔有七八年。那时是"兵戈阻隔",现在还是"盗贼浮生困"。第二句指当地农民不堪赋税。接着四句写地方环境的凄凉。最后两句"远山回白首,战地有黄尘",真非杜甫不能写,又最显得汉语之长。此老一个人徘徊于祖国很远很远的偏僻的山边,他这时意识到自己鬓发"雪白头"了,把这头抬起来向战地一望罢,当然望不见,然而"战地有黄尘",不难想见的。他看见的战地太多了。作诗的时候是唐代宗大历二年秋,吐蕃寇邠州灵州。在这首诗后同是在东屯写的诗里有"野哭初闻战"之句,可见"战地有黄尘"确与当地人民不是没有关系的,虽然不是当地的战争。我们千载下的读者真有感于当时"远山回白首"

的杜甫翁。

登岳阳楼

昔闻洞庭水，今上岳阳楼。吴楚东南坼，乾坤日夜浮。
亲朋无一字，老病有孤舟。戎马关山北，凭轩涕泗流。

这首诗是唐代宗大历三年冬杜甫飘流到湖南作的。过两年诗人就在这飘流之中死了。从来都认为这首诗写得极其阔大、自然、深厚，而且令人有一个整体感——是的，整体感还是有名的《春望》所缺少的东西，《春望》给读者的印象要散些。《登岳阳楼》应是老杜会写的标准诗。

写登山临水游古迹一类的诗，应该有不可移易的地方。好比登泰山，我们将写些什么，仿佛大家可以有共同的思想感情因而有相似的语言似的，登泰山的诗就决不是登别的山的诗，就是孟子"登泰山而小天下"的话也确乎只能是登泰山而说的话了。杜甫最早的时候写了一首《望岳》，我们设想他应如何下笔？他写道："岱宗夫如何？"仿佛问候千古的泰山似的。确是应该有这样一问，这样问真说出了祖国人对有历史意义的泰山的感情。接着就道："齐鲁青未了！"这一句又真回答得好，不成问题，今日的泰山仍是齐鲁时的山色了。杜甫是爱国诗人，爱国诗人就处处见祖国之可爱，祖国是有悠久的历史的。可惜的是这一句好诗给许多说诗的人说错了，他们把"齐鲁青未了"不当着时间的青未了，而当着泰山占的地域之大，包括齐和鲁。我们连带地讲两句《望岳》的诗，是为得讲《登岳阳楼》。诗人善于说出我们心之所同然的话。杜甫登岳阳楼本来是第一次登上的，然而洞庭水谁都是听说的，今日一上，正如小说上一句说不清楚、两句又显得重复的话："闻名不如见面，见面胜似闻名！"杜诗则说得很清楚："昔闻洞庭水，今上岳阳楼"。我们人人都要这样说，倘若第一次登岳阳楼。接着两句真是伟大的诗："吴楚东南坼，乾坤日夜浮。"有人说这象写海，其实写海不能如此，海不能是"浮"，这乃是写洞庭湖，比海要显得动荡些。杜甫的这两句诗又并不是写景，这两句诗象征国家的不安定，杜甫见着洞庭湖乃一口说出"乾坤日夜浮"的形象了。这五个字又很象小孩子说的话，小孩子可能是这样认识大湖的。伟大的诗人每每是以童心说话，我们可以再举一例，好比杜诗里写边地这样写："弱水应无地，阳关已近天"。（《送人从军》）仿佛弱水阳关就到了地尽处，天边头，很能给人一个"远"的形象。洞庭湖则给人一个"乾坤日夜浮"的形象。接着四句，《杜臆》解得很好："三四已尽大观，后来诗人何处措手。下四只写情，是做自己诗，非泛咏岳阳楼也。"不过杜甫"做自己诗"总不属于个人范围。

秦州诗风格

杜甫在秦州写的诗，集中在五言律，给人以一种新的风格之感。这种风格，应该是关塞诗所特有的。杜甫后来到夔州后曾有著名的诗句道："庾信生平最萧瑟，暮年诗赋动江关。"杜甫的秦州律诗确乎就是杜甫生平最萧瑟的诗，应该是受了庾信的影响。杜甫一生最后的一首诗又曾说他"哀伤同庾信"，（《风疾伏枕书怀》）他的秦州律诗便最有同乎庾信的哀伤，用庾信的话就是"关山则风月凄怆，陇水则肝肠断绝"。不过庾信哀伤固是哀伤已极，同时他从哀伤中得到陶醉，他把这种生活写得很"美"，好比在我们这里引的他的两句话之下接着就是这么两句："龟言此地之寒，鹤讶今年之雪，"就描写冰天雪地说不能有更好的形象，他用着典故借一只大龟来说秦地寒冷，让鹤来表示今年雪下得大，读者读着就爱好这个形象，为庾信的文章所吸引了，庾信自己确乎在这些形象里忘记了哀伤。庾信的文章都是这样，好比他写逃难的生活："兽食无草，禽巢无木，于时无惧而栗，不寒而战，胡马哀吟，羌笛凄咟，亲友离绝，妻孥流转，"这应该是现实的，令人感到逃难的痛苦，然而庾信不止于此，他总要把这种生活"想象"化，仿佛别有天地非人间似的，用典故来达到这个目的，所以他很喜欢这样写："石望夫而逾远（因为有望夫石这个典故，走起路来这块石头愈望愈远），山望子而逾多"（因为有望子陵的典故，走路当中山自然是愈望愈多），"班超牛而翚返，温序死而思归，李陵之双凫永去，苏武之一雁空飞"。读者读起来也就陶醉了。我们再抄他描写被俘入秦的一段文章："冤霜夏零，愤泉秋沸。城崩杞妇之哭，竹染湘妃之泪。水毒秦泾，山高赵陉。十里五里，长亭短亭。饥随蛰燕，暗逐流萤。秦中水黑，关上泥青。于时瓦解冰泮，风飞电散。浑然千里，淄渑一乱。雪暗如沙，冰横似岸。逢赴洛之陆机，见离家之王粲，莫不闻陇水而掩泣，向关山而长叹。"论痛苦是最痛苦的生活，论形象是最形象的文章，把千里路的事情都写出来了，然而这样的人只配作俘虏，说"冤"说"愤"都是典故，实生活都变成了想象，也就是"忘却"，毫无斗争意志。这与作者的阶级出身有关系，就是没落的贵族阶级。他的语言确是"清新"，杜甫所谓"清新庾开府"，他的风格确是"萧瑟"——安得不如此？因为生活，如他的诗所说的，"终为关外人！""安知死羡生？"杜甫同情他的哀伤，也确乎受了他的"萧瑟"的影响，一到秦州，所谓"浩荡及关愁"，就不知不觉地写出自己的关塞诗来了。他后来到夔州后乃意识着，可是就诗的风格说，只有秦州诗与庾信的"动江关"的诗赋相似，而且更有意义，因为杜诗总是表现着积极的精神，诗人总是希望国家强盛的，个人的生活总是有充分的斗争意志的。所以我们对于杜甫的秦州诗应该给以极大的注意，我们就说秦州律诗是杜甫最出色的作品，是有理由的。

杜甫于唐肃宗乾元二年七月从华州往秦州，主要是生活的困难，所以《秦州杂诗》第一首便说："满目悲生事，因人作远游。"同一首诗末二句是："西征问烽火，心折此淹留。"便是说想在秦州住下去又怕住不下去了。秦州西出吐番，胡汉杂处，如《秦州杂诗》第三首说的，"驿道出流沙"，"降虏兼千帐"。杜甫在这里天天听"胡笳"，看"羌童"，还有"烽火"、"驿使"，都是与国家安危有关的事。个人的生活在这里也没有办法，史称"负薪采橡栗自给"。七月从华州来，十月里又离秦州往同谷去了。在这一秋里，在祖国的西边疆作了淹留，结果给千载下的读者留下了难忘的诗篇。下面我们讲秦州诗十首，都是五言律诗。

秦州杂诗（录四首）

萧萧古塞冷，漠漠秋云低。黄鹄翅垂雨，苍鹰饥啄泥。

蓟门谁自北？汉将独征西。不意书生耳，临衰厌鼓鼙。

首两句用极少的语言（十个字）把古塞的秋天的形象完全传给没有到过古塞的人了。中国诗向来是以少写多，令人不觉其少，只觉得话都给它说尽了，说尽了而又余音不绝，能令千载下的读者回咏不已，像《易水歌》"风萧萧兮易水寒，壮士一去兮不复返"便是的。杜甫的"萧萧古塞冷，漠漠秋云低"也是一样，看他写边塞的冷，写边塞的秋天满布着雨云，能用了几个形容词？其实是最大的人工。人工里包括了语言的规律，包括了文学的传统。我们说"漠漠秋云低"是满布着雨云，诗人从哪里叫我们看见秦州雨呢？他取了一个典型的形象，他把雨从雨中飞的黄鹄的翅膀上垂下来（正如同在我们家里雨从瓦檐上垂下来一样），因为这时天上飞的这只鸟儿不能不被风吹雨打的。在中国诗词里又常常以小写大（比如把雨声写在芭蕉里，把夕阳写在雁背上），老话叫做"境界"，其实在我们今天看来就是看你所取的形象恰当不恰当，自然不自然，真实不真实，美丽不美丽，而且通过这个形象看不看得出作者的积极精神、战斗意志。杜甫的"黄鹄翅垂雨，苍鹰饥啄泥"便是恰当的，自然的，真实的，美丽的，不只是写景的诗，而是抒情的诗，表现了杜甫的积极精神、战斗意志。这起首四句给人多么萧瑟的情调呵！接着两句又真是整个杜甫精神的表现，就是无论如何不忘记国家，在祖国的西疆更容易想到祖国的北疆，"蓟门谁自北？汉将独征西。"这时史思明尚占据河北，诗人记起"出自蓟北门"这一句古诗，就连忙说一句话道："蓟门谁自北"呢？中国人谁在那里走路呢？杜甫自己则在秦州这里，这里正在抵御吐番，所以又说"汉将独征西"。"征西将军"是汉朝的史实，借这个典故表明唐朝在西境设有将军。杜甫的秦州诗里另有一首《日暮》，末二句"将军别换马，夜出拥雕戈"，可见确实是有一个将军的。律诗写成一个有机体真不容易，也就是作诗的人除掌握技巧之外本来就难得有一个整个的思想感情，杜甫的整个的思想感情则给我们看得清清楚楚，他是爱国，他个人是流落在国家的极西的地方，他触景生情，在他下笔之先我们可以推见他并没有想到要写"蓟北"的，他可能是看见了雨中的飞鹄，看见饥鹰啄泥，（这两个形象就象征诗人高贵的品质，艰难的生活！）然而一落笔就写到蓟北去了，这难道不是因为平日忧国之深吗？杜甫秦州律诗的特色真是"天衣无缝"，是诗人思想感情的整体的表现。这首诗的最后两句，"不意书生耳，临衰厌鼓鞞"，又是真实的感情，我们应该同情他。这种感情在秦州诗里还有，如《寓目》所说，"自伤迟暮眼，丧乱饱经过。"他确是经过的太多了。他只有些厌战，但他的坚强的心一点也不衰，我们看秦州诗里另有一首《蕃剑》，最后两句是，"风尘苦未息，持汝奉明王！"此外表现坚强感情的诗还很多。在这里听见鼓鞞，感到厌听，他认为有些不应该，所以说着"不意"，说着"书生耳"，因为这里是国防之地。

> 凤林戈未息，鱼海路常难。候火云峰峻，悬军幕井干。
> 风连西极动，月过北庭寒。故老思飞将，何时议筑坛！

这种诗，技巧上很象庾信的文章，"凤林"跟"鱼海"，"风连西极"与"月过北庭"，真是"清新"，真是"萧瑟"，然而杜甫在这里不象庾信是用典故，他写的是当时实际环境，凤林、鱼海都是边境地名，北庭是唐朝的西疆，设有北庭都护府，西极也就是极西之地。"幕井"的"幕"字，是军中饮水之井遮之以幕，故井用"幕"来形容，现在这个井里的水要干了，这是严重的事情。上一句"候火云峰峻"也是一个警惕的形象，烽火在山上点起来了。所以诗的现实性非常之强，给人以一种艰难奋斗的感觉，不象庾信陶醉在一种想象里，庾信说着"草无忘忧之意，花无长乐之心"，实在是把忧"忘"了。我们再看杜甫的这两句："故老思飞将，何时议筑坛！"这充分表现诗的政治性。前面诗人说他"临衰厌鼓鼙"，并且承认自己是"书生"的耳朵，那确是一时的伤感。这里则自命为"故老"，向国家建议应该再用郭子仪做大将。旧日说诗的人对这两句这样解释是对的。就在杜甫入秦州这年，唐肃宗听信谗言把郭子仪罢免了，故杜甫以"故老"自命，说出他的意见。后来的局势确是导致吐番入秦陇，陷长安，恢复长安的是郭子仪的功劳。杜甫真是爱国诗人。我们看这首诗紧接着的下一首，首两句道："唐尧真自圣，野老复何知！"诗人的愤慨是显然的，"野老复何知"就跟着"故老思飞将"来，"野老"是自谓，"故老"也正是自命。

　　山头南郭寺，水号北流泉。老树空庭得，清渠一邑传。
　　秋花危石底，晚影卧钟边。俯仰悲身世，溪风为飒然。

　　象这样描写景物的诗，在中国诗里也是少有的，在杜甫自己的诗里也是少有的，真是"清新"，真是"萧瑟"。同庾信的诗比起来完全不靠字面生感情，同王维的"明月松间照，清泉石上流"比起来又真真是有个人与时代的艰难困苦，而语言是一样的明净，景物是一样的天成。首两句山上的庙给人看见了，立在那里了，而水也就在人眼下流出去了。接着就看见在古庙里有一棵老树，同时又不忘记清溪的印象，这一流泉传注于一邑。这时是秋天，是日暮，杜甫看见花，花长在危石底下，看见钟卧着，可见寺的荒废了，而这个钟旁仿佛故意跟着一个影子似的，晚照之下也很有生气了。杜甫在这个山上很望了一下，所以他说"俯仰"。他的"悲身世"决不只是个人的感情。而溪风为之飒然而至。这便叫做"文章本天成"，这是难得的律诗。

> 东柯好崖谷，不与众峰群。落日邀双鸟，晴天卷片云。
> 野人矜绝险，水竹会平分。采药吾将老，儿童未遣闻。

这是一首清新的诗，在秦州以前的诗里没有见过，在秦州以后的诗里亦不可再得。就这首诗所表现的对生活的态度说，杜甫对生活的态度，也就是说他将取一个什么方式来生活，是真真没有人及得上他，比起陶潜来杜甫更接近人民得多，因为他丝毫没有"隐逸"气，没有特别的士人的身份，他只是到了没法生活的地步，只好准备选择卖药这个途径。他对于这个职业是有些内行的，当他在长安的时候就卖过药，如他在《进三大礼赋表》内所说的。至于"采药吾将老"之后是不是一样关心国事，关心人民的生活，替人民说话，那当然一样是关心的，他本来就不是存心来做一个"避俗翁"，如他所说陶潜的。其实卖药也只是一个理想，这样又何能生活得下去，我们看他终于离秦州而去同谷，到了同谷生活就濒于绝望便可知道。以老老实实的生活态度写出这么有风趣的诗来，是这首诗的特点。

东柯谷在秦州东南五十里，杜甫的侄儿杜佐居住在这里，这可能是杜甫也想在这里住下去的原因。"东柯好崖谷，不与众峰群"，两句写东柯是众山外的一个山，常常有这样的山，于众峰之外独立一峰，因之它特别引起人看它，如陶渊明说树一样，"连林人不觉，独树众乃奇。"若它与众峰连起来，它的可居住的条件便少了。我们不能因这两句诗联想到杜甫脱离群众，说他是一个很蹩扭的人。不能这样说。杜甫只是一眼觉得东柯谷好，"不与众峰群"是它处的地位，不是它的"性格"。杜甫本人的性格也确乎不是不喜与人为群的，当然他也不会敷衍人，他自己说得明白："不爱入州府，畏人嫌我真。及乎归茅宇，旁舍未曾嗔。"（《暇日小园散病》）可见他同群众的关系是好的。"落日邀双鸟，晴天卷片云"，这两句又写出多么一种和平的空气，他在后来写的诗总是"片云天共远，永夜月同孤"一类的情调，显出生活的孤单到了无法挽回的地步，在秦州时仿佛还有希望，至少不绝望——他万万想不到结果要由陇入蜀，由蜀出峡，一直飘流楚湘而死！秦州诗的清新可爱，在杜诗里确实是偶尔得之。从这两句，我们又可以看出古人在选择语言方面的推陈出新，杜句与王勃的"落霞与孤鹜齐飞，秋水共长天一色"有关，而王勃的两句与庾信的"落花与芝盖同飞，杨柳共春旗一色"有关。庾信是杜甫所谓"清新庾开府"，王勃要显得不自然些，而"落日邀双鸟，晴天卷片云"，太自然了，太天真了，仿佛小孩子的感情似的，一点也不是故作工巧。我们说"不与众峰群"不是东柯谷故意脱离群众，从"落日邀双鸟"的空气也看得出，大家都是很和谐的。接着"野人矜绝险，水竹会平分"也是和谐的，大约杜甫看见有一个人在悬崖绝壁上行其所无事地攀折什么东西，他故意用一个"矜"字，羡慕那人真有本领。其实那人不是"矜"，是如履平地。诗人连忙自己解嘲："我不能象你那样走高险之处，水和竹我们两人可以平分罢?"在另外一首咏东柯谷的诗里杜甫曾说此地"映竹水穿沙",可见水竹之可爱。

最后两句,"采药吾将老,儿童未遣闻",便是杜甫告诉我们,他将就在东柯住下去,以采药卖为生活,不过他还没有把这个计划告诉家里的小孩子知道罢了。他这话说得很有点幽默,是模仿《左传》上记载的鲁隐公将授位于桓公所说的话,那话是:"使营菟裘,吾将老焉。"一家人寄居于此,是准备过穷苦日子的,故这样幽默着说。仇兆鳌注云:"采药二句即晚唐诗山下问童子言师采药去所本。"这是非常错误的话,完全不懂得杜甫的意思。杜甫哪里有一丝一毫这种道士气味呢?同在《秦州杂诗》里不还有"晒药能无妇,应门亦有儿"的话吗?那不正是"采药吾将老"的注释?

月夜忆舍弟

戍鼓断人行,边秋一雁声。露从今夜白,月是故乡明。

有弟皆分散,无家问死生。寄书长不达,况乃未休兵。

我们读杜集,各时期的诗是分得很清楚的,从诗的内容很容易辨得出,风格也显然各有不同,正如同春夏秋冬各个季节令人一接触到就知道时候变换了一样。秦州诗如我们已讲过的四首,我们说是"清新",说是"萧瑟",表现着秦州以前的诗所没有的风格。再读这一首《月夜忆舍弟》,又必觉得新鲜,好象第一次读到这样的诗似的,倘若你第一次读杜集的话。是的,这首诗里有"露从今夜白"这一句,这一句打动我们的耳目和心灵仿佛它是最难得的语言,其实再一想是平常话表现平常事,乡下人谁都知道有白露节,这一整首诗打动我们也正如此。我们读杜集第一次有这样的诗感到新鲜，同时也因为我们在杜甫以前的别人的集子里也没有碰到，毫没有面熟之感。这样的东西对我们是最容易接受的，只是难得给我们见面罢了。在杜诗以后的篇章里这样的东西还有，但也不多见，如怀念李白而写的那首《不见》便属于这一类。

"有弟皆分散，无家问死生"，一看知道是杜甫的诗，是杜甫最动感情也最容易动读者的感情的句子，这种句子也从《月夜忆舍弟》开始有。

寓目

一县葡萄熟，秋山苜蓿多。关云常带雨，塞水不成河。
羌女轻烽燧，胡儿掣骆驼。自伤迟暮眼，丧乱饱经过。

这是把所见所感都直接地写出来的诗。凡属直接地写出来的东西，未必令人如你有同感，如你身临其境有同见，因为你所写的未必是有代表性的东西，可能是个人的偶感偶见。杜甫的这首《寓目》则非常地感动人，原因又很明白，杜甫自己已经说了，他是"丧乱饱经过"的人，他很容易触目惊心了。他在这个"寓目"的题目之下，预感到从祖国西疆将又有祸事起来。我们引朱鹤龄的话："此诗当与'州图领同谷'一首参看，关塞无阻，羌胡杂居，乃世变之深可虑者，公故感而叹之。未几，秦陇果为吐番所陷。"这话是不错的。杜甫真真是爱国诗人，他这首诗简直象鸟鸣，从这个声音里能告人以季节了。诗写得非常之真，同时又非常之美，但这里的美感同庾信的文章所引起的不一样，庾信引起人的陶醉，叫人忘却，杜诗确乎是给人以忧伤警惕之感。看见这么多的葡萄，看见这么多的苜蓿，就令人感觉这里不是中国内地。"关云常带雨，塞水不成河"，是真真地会写，写得真实，能够诗中有画，而毫不风景迷人！这是杜甫最伟大的地方。庾信就是迷人。这是他的没落之故。我们学习马克思列宁主义的人在这里尽有原故可以思考。这里有关乎马克思主义美学的原则。"羌女轻烽燧，胡儿掣骆驼"，把边地上羌女、胡儿都写出来了，写得很形象，表现着羌女、胡儿强梁的个性，而诗人在这里就受了刺激，所以接着就说"自伤迟暮眼，丧乱饱经过"。朱鹤龄说到"当与'州图领同谷'一首参看"，我们确是应该参看，前面已经引了这首诗的两句，全诗是："州图领同谷，驿道出流沙。降虏兼千帐，居人有万家。马骄朱汗落，胡舞白题斜。年少临洮子，西来亦自夸！"马骄胡舞二句写秦州降虏正同《留花门》一首诗里写留在京室的回纥是"天骄子"是一样，诗人以为可虑，而"年少临洮子，西来亦自夸！"就是说不懂事的中国少年反而要插足于胡舞之中，这是很危险的！你将以为边防不足虞了！

遣怀

愁眼看霜露，寒城菊自花。天风随断柳，客泪堕清笳。
水静楼阴直，山昏塞日斜。夜来归鸟尽，啼杀后栖鸦。

这首诗写的事情很多，霜，露，菊，风，柳，泪，笳，水，楼，山，日，鸟，还特别提到鸦。写了这么多的事情，而毫没有令读者的注意力分散，令读者一气读下去，诚如向来说诗人说的，"读之令人欲涕。"这表示杜甫在秦州的日子虽然只有一个短短的秋天，边秋的生活却把他包裹住了。他感受得太深，霜，露，菊，风，柳，泪，笳，水，楼，山，日，鸟，以及暮鸦，样样都是秦州的，对他起了什么影响，他能够写出来同样地影响我们了。他后来在蜀中写的诗，如七律《登高》，起二句"风急天高猿啸哀，渚清沙白鸟飞回"，写的事情也是很多的，向来说诗人评为"一句中三层"，是的，两句是六层，这里的"层"字很可注意，可能是做诗做出"三层"来，不及秦州诗《遣怀》写许多事情而令读者毫不感觉到作者是故意加进来的。在这个意义上，秦州诗的价值是特别值得提出的。"庾信生平最萧瑟，暮年诗赋动江关"，确实应该拿来移赠于杜甫的秦州诗。当然，我们已经说过，这是就诗的风格说，若就写诗的精神说，从这一首《遣怀》也就看得出，杜甫是正视现实，以积极的态度记录正在过着的这个生活，对前途是奋斗着去。庾信则是忘却现实，陶醉于故纸堆中的想象。

这首诗所表现的时间是从"日斜"到夜。二、三、四、五、六、七、八，共七句，是在日斜到夜这段时间内，如仇注所云"句句是咏景，句句是言情"，不外"边塞凄凉，触景伤怀"。首句"愁眼看霜露"则不属于这段时间内的事情，是诗人看见菊花，爱这个花在这个地方开得好看，仿佛霜露不足以摧残它似的，而自己每天则不免以"愁眼"看此地霜露，所以可爱"寒城菊自花！"这一句诗真是好，杜甫是冲口而出的，比起陶渊明的"寒华徒自荣"来要显得杜甫是生活的战士，他不觉而爱寒城中的菊花开，陶渊明尚有些孤芳自赏。"寒华徒自荣"就表现陶渊明的人格，他不怕穷，他能自得。杜甫的人格要两句诗一齐表现，即是"愁眼看霜露，寒城菊自花"十个字，"霜露"好比不属于个人范围艰难的生活，"愁眼"表示自己感到的苦，这里当然也有人民的苦，而"寒城菊自花"正是在他的时代当中诗人有他的美丽的诗篇。我们再说一句，这两句诗杜甫是冲口而出的，他想不到"寒城菊自花"似的，因为他确乎记得他每天"愁眼看霜露"，而现在眼前开着这可爱的秋花了。往下六句都是眼前的景，当下的情，把边塞写尽了。天风吹柳，清笳堕泪，楼影是"万里流沙道，西行过此门"（《东楼》）的楼，这个楼下有水，此时"水静楼阴直"了，而远处"山昏塞日斜"。"夜来归鸟静，啼杀后栖鸦"，这里的"啼杀"二字真是啼杀，比起陶渊明的"万族各有托，孤云独无依"来杜甫痛苦的喊声大得多了。

夕烽

夕烽来不近，每日报平安。塞上传光小，云边落点残。
照秦通警急，过陇自艰难。闻道蓬莱殿，千门立马看。

杜甫在秦州诗里屡次说到烽火，如《秦州杂诗》第一首说"西征问烽火"，第十八首"警急烽常报"，第十九首"候火云峰峻"，《寓目》里又说"羌女轻烽燧"，这里是以"夕烽"为题专写烽火。我们可以推想，他是从内地来的人，而且"丧乱饱经过"，在与吐番接壤的秦州，每日看着平安火，或者看见报警急的火，是不能不引起心事的。这一首《夕烽》是望见平安火从西方传来，所以说"夕烽来不近，每日报平安"。因为是平安火（凡属平安火只用一炬）故接着描写两句："塞上传光小，云边落点残。"虽然是平安火，但杜甫的心里总是感觉着国家多难的，所以接着四句就写他安不忘危，诗人的忧国忧民的精神完全传给我们了，我们看他的心怎样地和这一炬火一样，照秦照陇一直照到长安！"照秦通警急，过陇自艰难"，这里的"艰难"二字应该同《潼关吏》里的"艰难奋长戟，万古用一夫"的"艰难"同样体会，杜甫最懂得"艰难"的意义。末后两句"闻道蓬莱殿，千门立马看"对整个诗的作用是很大的，没有这两句则这首诗就缺乏形象性了。当然，《夕烽》诗的形象是非常生动的，集中的，是最后两句把它集中起来了。

日暮

日暮风亦起，城头乌尾讹。黄云高未动，白水已扬波。

羌妇语还笑，胡儿行且歌。将军别换马，夜出拥雕戈。

这首诗把杜甫在边塞上一种警惕的心写得非常逼真。许许多多并不相关联的形象（只是在一个时间里）通过诗人的心灵都联起来了，一幅可忧的秦州画面。首四句，两联，里面有三个副词，"亦"，"未"，"已"，最是善于作心理描写，写一个人在边城远近上下四顾。应是先有第二句的事情，即是说城上一只乌的尾巴动（"讹"就是动，从《诗经》一群牛或羊在那里"或寝或讹"学得来的），给诗人注意了，连忙乃觉到"日暮风亦起"，这里的"亦"字传神。"黄云高未动，白水已扬波"也是一样，是先看见白水扬波，然后再向天上望望，黄云并没有怎么动了。写出云层之重，而日暮风亦不大。"羌妇语还笑，胡儿行且歌"，杜甫又写秦州的羌胡，虽然是妇女儿童，（当然是妇女儿童，否则不已经是敌寇了吗？）然而在中国边城里仿佛只有他们格外露头面似的，同《寓目》里"羌女轻烽燧，胡儿掣骆驼"两句是一样的用意。"语还笑"的"还"字，"行且歌"的"且"字，也都是副词传神。最后两句写中国的将军，也是两个副词起作用，即是"别换马"的"别"字，"夜出"的"夜"字——在这里是副词的功用。将军在夜里另外换一匹马骑着出来，不是表示要小心一些吗？所以综观全诗，是杜甫忧边。

空囊

翠柏苦犹食，明霞高可餐。世人共卤莽，吾道属艰难。
不爨井晨冻，无衣床夜寒。囊空恐羞涩，留得一钱看。

杜甫写穷的诗很多，一般是大喊大叫，（我们赞成大喊大叫！）如《同谷七歌》，如《茅屋为秋风所破歌》，都是叫破了喉咙的。独有这一首《空囊》显得很象一个"高人"似的，象起首的两句"翠柏苦犹食，明霞高可餐"，在杜诗里真只有这一次碰见。杜甫绝没有屈原"朝饮木兰之坠露兮，夕餐秋菊之落英"一类的想象。他总是同老百姓一样诉苦。因此，在杜集里，对于这一首《空囊》，我们要另眼相看了。我们还应该这样想，倘若我们画这一位伟大的现实主义的诗人的画象，他的"明霞高可餐"的精神也是要体会进去的。中国诗人，陶渊明也是最切实的，他的《咏贫士》的诗，不说一句"明霞高可餐"的话，不是说没有衣穿，就是说没有饭吃，象杜甫的"不爨井晨冻，无衣床夜寒"一样。然而杜甫的"世人共卤莽，吾道属艰难"的思想感情陶渊明就可以说没有，陶渊明是"人皆尽获宜，拙生失其方"，是说自己不适于生存，所以杜甫称他为"避俗翁"确是有道理的。杜甫这里用了"卤莽"二字斥责"世人"（当然没有把人民群众包括进去），是愤慨国家的事情只有由他们搞的，卤莽灭裂，任意胡为。有良心的少数人就混不进去，所以"吾道属艰难"。最后两句"囊空恐羞涩，留得一钱看"，可能与陶诗与《诗经》有关联。《诗经》有"瓶之罄矣，惟罍之耻"的话，陶渊明也说"尘爵耻虚罍"，这充分表现士大夫阶级对贫穷的幽默，在家里没有酒喝的时候，不肯大发牢骚，对着空杯子和空瓶子看，杯子和瓶子说笑话："是你没有酒，所以显得我可耻了！"杜甫"囊空恐羞涩"的"羞涩"，可能是从《诗经》和陶诗的"耻"字学来的。

入蜀诗的变化

杜甫在秦州没有法子生活下去，就到同谷去，在同谷生活就更没有法子，十月里从秦州来，十二月里又从同谷经剑门入蜀，到成都府，于是就在成都住下去，历史上乃有有名的浣花溪草堂。在杜集里，从《发秦州》这首诗起，我们读下去，很容易地感觉得诗的空气又变了，关塞诗的萧瑟空气一变而为险峻恐惧的空气，同时作者勇猛的、克服困难的精神溢露于纸上。所有这些诗篇，对于研究杜甫，都是重要的。我们把这些诗篇，一首一首地读，一直读到《成都府》，忽然地又感到诗的空气变了——这个变化我们又觉得是很自然的，原来杜甫已到了成都府，他好容易把险地都走过了，到了成都府就应该有这一首脱艰险而见名都的诗，我们看见他的心忽然开朗了。《成都府》这一首诗，便标志着杜甫入蜀诗的变化，便是开朗化。从《发秦州》到《成都府》，共三十一首诗（《同谷歌》七首算在内），我们不能都提出来讲，其中有两首，《赤谷》同《泥功山》，我们认为属于杜诗中最成功的诗篇之列，应在这里作一介绍。《赤谷》一首写得很象陶诗，但是写杜甫自己的生活，因此是杜甫的创造，不是模仿陶渊明。在陶渊明以后，学陶者不少，象杜甫这样不是表面上的模仿，是形式与内容的统一，确实是难得的。懂得陶诗的人就应该欣赏杜甫的《赤谷》真写得好。诗云：

> 天寒霜雪繁，游子有所之。岂但岁月暮，重来未有期！
> 晨发赤谷亭，险艰方自兹。乱石无改辙，我车已载脂。
> 山深苦多风，落日童稚饥。悄然村墟迥，烟火何由追？
> 贫病转零落，故乡不可思！常恐死道路，永为高人嗤。

这是从秦州远行，刚历艰险（赤谷在秦州西南七十里）说的话。杜甫后来经历的生活，这首诗都作了预言似的。这首诗的语言是真不易及，把真实的思想感情表现得没有一点隔阂，陶渊明的长处就是如此。我们再抄《泥功山》：

> 朝行青泥上，暮在青泥中。泥泞非一时，版筑劳人功。
> 不畏道途远，乃将汩没同。白马为铁骊，小儿成老翁。
> 哀猿透却坠，死鹿力所穷。寄语北来人，后来莫匆匆。

这首诗首两句是从三峡谣"朝发黄牛，暮宿黄牛，三朝三暮，黄牛如故"里面的句法来的，写泥功山的难走，早晨在这个青泥中走，夜暮也还在这个青泥中走。从这些地方我们可以学习古人怎样会运用语言，不但泥泞中跋足不动的形象正好用朝行暮在的句法来表现，而且诗里艰险的空气也同过三峡相似，读着很有一种互相传染的作用。这首诗真真表现了杜甫性格的一个方面，走到绝望的境地他格外能昂头天外似的，诗兴格外浓厚起来，没有困难能叫他低头了。这首诗简直象一篇童话，其中有许多令人好笑的形象——而是最苦的生活！最后两句真说得声嘶力竭："寄语北来人，后来莫匆匆！"《赤谷》和《泥功山》我们是附带地讲一讲，我们生怕丢掉了杜甫最好的诗。我们在本章所要讲的主要目的是杜甫入蜀诗的变化，即是奇险后的开朗化。因为生活环境有一个大变化，所以心理上也有一个大变化，作起诗来也就显然变化了。在出剑门到鹿头山离成都还有百五十里的时候，杜甫就已经破惧为喜，所以《鹿头山》诗说："连山西南断，俯见千里谿。游子出京华，剑门不可越，及兹险阻尽，始见原野阔。"这是他开始告诉我们他的歌声要变了。到了成都果然就变了，《成都府》诗云：

　　翳翳桑榆日，照我征衣裳。我行山川异，忽在天一方。
但逢新人民，未卜见故乡。大江东流去，游子日月长。层城
填华屋，季冬树木苍。喧然名都会，吹箫间笙簧。信美无与
适，侧身望川梁。鸟雀夜各归，中原杳茫茫。初月出不高，
众星尚争光。自古有羁旅，我何苦哀伤。

我们前说《赤谷》一首象陶渊明，而是杜诗中最好的诗篇之一。
这一首《成都府》，也是杜诗中最好的诗篇之一，与前代的古诗
比起来，却是比陶渊明还要古，比阮籍也还要古，有古诗十九首
那么古，而表现着杜甫的最令我们亲近的思想感情。我们当然不
是崇拜"古"，但就古诗这个体裁说，"古"字却包含一定的艺术
意义，正同一件有价值的古代艺术品一样，它的价值就是它是不
可模仿的东西。杜甫的《成都府》，写起来一定是很容易的，才
能那么自然，那么朴质，所以然则非常不简单，如他自己说的，
他读破了万卷书，他吸收了前人的许多长处，然而最主要的还是
生活，我们看他走了多少路呵！我们简直可以说他从天宝十四年
自京赴奉先以后就没有休息过，一直是在路上走，走的尽是险
地——没有这些原故，就不可能写这一首可爱的《成都府》，令
古今读杜集的人至此豁然开朗。这一首诗真是千载一时之机，杜
甫以后没有别人有这样的诗，杜甫自己也再不能来第二篇了。这
首古诗所表现的开朗的空气，接着都表现在七律上面。我们在讲
杜甫的律诗的时候曾选了《恨别》，并说这种诗是老杜到成都后
新的创造，杜甫于写了《成都府》之后，分明地有意挥写他的入
蜀的律诗了，就是杜诗经过萧瑟与奇险后的开朗化。下面我们讲
五首成都的七律。

卜居

浣花溪水水西头，主人为卜林塘幽。已知出郭少尘事，
更有澄江销客愁。无数蜻蜓齐上下，一双鸂鶒对沉浮。
东行万里堪乘兴，须向山阴入小舟。

　　他在头一年十二月里来到成都，次年（唐肃宗上元元年）春
天开始经营草堂，首先就写了这一首《卜居》。这种诗的好处很
可以用孟子"若决江河沛然莫之能御"的话来形容，生气非常之
大，这种生气一般的"卜林塘幽"的名士派是万万没有的，这种
生气就是"销客愁"的"愁"。杜甫的"愁"就表示他的生气。
他一方面说"卜居"，一方面就想到走，"东行万里堪乘兴，须向
山阴入小舟"，真是令人可爱。这种话不是做诗偶然做得出来
的，是一个伟大的灵魂自然的流露。在杜甫的思想感情里有几
个不可移动的因素，应该就是国家，人民，再还有故乡，弟
妹，而他的生活是飘流，国家是不安定，人民是苦难，因此他
的诗是"愁"，他的美丽是"春来花鸟莫深愁"，而他的"卜
居"的本意是"更有澄江销客愁"。他一生的生活证明他不能
在一个地方"居"得下去，而诗人到处是生气勃勃，刚说"卜
居"的时候又感到"东行万里堪乘兴，须向山阴入小舟。"这
种变化得很快的思想感情最不好表现，而这首诗的这两句表现
得最好，最自然。他现在住的地方的东边有一个"万里桥"，
所谓"万里桥西一草堂"。他青年时曾东游吴越，后来在夔州
时还说"为问淮南米贵贱，老夫乘兴欲东游"。现在由万里桥
想到东游，又想到王子猷居山阴雪夜乘船的故事，故很容易而
且很快地写了这两句诗。我们应该总结一句话，我们读诗的人

跟着杜甫从秦州一路而来，读到《卜居》，谁都感到空气大大地不同了。

堂成

> 背郭堂成荫白茅，缘江路熟俯青郊。桤林碍日吟风叶，
> 笼竹和烟滴露梢。暂止飞乌将数子，频来语燕定新巢。
> 旁人错比扬雄宅，懒惰无心作解嘲。

这首诗明明是说了许多话，自夸住的地方多么好，而令人读着不肯停留，就是说没有意思留连这些风景（风景又确实写得不错），一直要读到"旁人错比扬雄宅，懒惰无心作解嘲"才肯罢休。读罢这两句又觉得他（当然因为我们读了他的许多诗）有许多话不肯说，他不是"懒惰"，他只是要休息一下。确实是如此。这一首《堂成》就是解嘲。他不是为"卜居"而"卜居"。杜甫这个人真是坚强得很，凡属他写风景的诗，只是见他的兴趣好，表现他精神积极，如他年纪更老身体更坏的时候还写着"落日心犹壮，秋风病欲苏"（《江汉》）就是最好的说明。不但王维"晚年惟好静，万事不关心"不能与杜甫相比，就是"有志不获骋"的陶渊明也确乎是不及的，因为陶渊明总有"不亦乐乎"的神气。杜甫的诗没有这个神气。

狂夫

> 万里桥西一草堂，百花潭水即沧浪。风含翠篠娟娟净，
> 雨浥红蕖冉冉香。厚禄故人书断绝，恒饥稚子色凄凉。
> 欲填沟壑惟疏放，自笑狂夫老更狂。

　　这首诗是这年夏天写的，所以"雨浥红蕖"。杜甫在成都经营草堂以及一家人的生活，是靠亲戚朋友的帮助，如他有诗写他的表弟遗营草堂资云："忧我营茅栋，携钱过野桥。他乡惟表弟，还往莫辞遥。"高适当时为彭州刺史，对杜甫时有所赠，故初到成都《酬高使君相赠》诗云"故人分禄米"，这年秋天有寄高一绝，"百年已过半，秋至转饥寒。为问彭州牧，何时救急难。"现在这首诗里也说"恒饥稚子色凄凉"。明年有一首《百忧集行》，有云："强将笑语供主人，悲见生涯白忧集。入门依旧四壁空，老妻睹我颜色同（就是说两人相顾同为饥饿之色）。痴儿不知父子礼，叫怒索饭啼门东。"从这些可看出他的生活的困难情形。我们说杜甫到成都诗是有一种开朗的空气，也就是这首诗里诗人自己所说的"疏放"的精神的表现，就是"狂"的表现，可爱的这"狂夫老更狂"，这是很不容易的。

江村

清江一曲抱村流，长夏江村事事幽。自去自来梁上燕，相亲相近水中鸥。老妻画纸为棋局，稚子敲针作钓钩。多病所须惟药物，微躯此外更何求。

　　这种诗在杜诗里是仅有的诗，然而也还是杜诗，是老杜初在成都的诗。仇兆鳌注云："盖多年匍匐，至此始得少休也。"这话是很对的。因此我们应该格外爱惜它。杜甫很少替他的老妻写一件快乐的事，就是在最喜的时候也还是"却看妻子愁何在"，只有今天说"老妻画纸为棋局"，另外稍后写的《进艇》我们又知道他"昼引老妻乘小艇"，算是百花潭上的佳话。至于杜甫写小孩，那应该向来是会写的，写出小孩的形象，写出小孩的性格，可说惟妙惟肖。如我们前面所引的《百忧集行》写小孩子饿了嚷着要饭吃，"痴儿不知父子礼，叫怒索饭啼门东"，真把父子两人写得好。在长安的时候写天宝十二载长安下六十天的雨，"反锁衡门守环堵，老夫不出长蓬蒿，稚子无忧走风雨"，老少对比写小孩子极生动。在《羌村》里写小孩子对出门已久忽然归来的父亲的神气："娇儿不离膝，畏我复却去。"真写得象。在《北征》里更是放笔写，写男孩："见耶背面啼，垢腻脚不袜。"写女孩："床前两小女，补绽才过膝。海图拆波涛，旧绣移曲折，天吴及紫凤，颠倒在短褐。"接着更是："瘦妻面复光，痴女头自栉，学母无不为，晓妆随手抹，移时施朱铅，狼藉画眉阔。"今天"稚子敲针作钓钩"，《进艇》里又是"晴看稚子浴清江"，正是成都诗的空气。我们认为仇兆鳌"多年羁旅，至此始得少休"的话是能说明实质的。同时仇注本对《江村》诗引了申涵光的话："此诗起二句，尚是少陵本色，其余便是《千家诗》声口。选《千家诗》者，于茫茫杜集中，特简此首出来，亦是奇事。"申涵光自己是三家村学究的见解。懂得茫茫杜集中成都诗的变化及其意义，才懂得什么是"少陵本色"。

江上值水如海势聊短述

> 为人性僻耽佳句，语不惊人死不休。老去诗篇浑漫与，
> 春来花鸟莫深愁。新添水槛供垂钓，故著浮槎替入舟。
> 焉得思如陶谢手，令渠述作与同游。

这也正是杜甫"多年羁旅，至此始得稍休"的诗。这首诗应

该作于到成都之次年的春天，所以说"新添水槛"。他自己意识到他现在的诗是信笔写，便是"浑漫与"，我们所讲的这些律诗便是证明。虽是信笔写，也还是"佳句"，不过在"语不惊人死不休"的精神之下确是表现着"漫与"的力量了。"春来花鸟莫深愁"也是真的，因此比起以前的诗来才有"自去自来梁上燕，相亲相近水中鸥"的空气。因为是匍匐后的休息，这些空气才真是和平，绝不是"萧洒送日月"的名士风流。从这首诗看来，草堂有了垂钓之槛，但没有船，只是想着"入舟"。另外有两首《春水生》的绝句，第二首云："一夜水高二尺强，数日不可更禁当。南市津头有船卖，无钱即买系篱旁。"可见家里不能预定一只船以备水患。但接着有《进艇》的诗，有"昼引老妻乘小艇"的话，我们想杜甫也还不是自己有船，可能正是"南市津头有船卖"的船，他一面看着稚子（当然就是他的"恒饥稚子"）在清江浴水，一面老夫妇二人乘一乘小艇罢了。这应该是老杜一生最快乐的生活，然而我们要知道这个船上并不是一对阔人，老妻就是"老妻睹我颜色同"的老妻。我们交代这些话的意思是说杜甫决不是名士，他配得上吩咐花鸟莫深愁，因为我们知道了他的生活，我们读了他以前为人民写了许多诗，而且以后也为人民写了许多诗，一直到死。现在这首诗的题目就可爱，"江上值水如海势聊短述"，我们想着他该有多少长篇大论！"焉得思如陶谢手，令渠述作与同游"，这两句里的"思"字很有意思，接着一个命令陶谢的"令"字也很有意思，他不是一般的做诗，他的诗是表现他应接不暇的思想，由自己的思想又想到前人生气勃勃的诗，（陶渊明不用说，谢灵运也是生气勃勃的！）而前人的诗又决不足以代表自己，"令渠述作与同游！"

　　是的，"老去诗篇浑漫与，春来花鸟莫深愁"，这两句诗可以说明杜甫入蜀诗的变化。

以上是讲成都七律。杜甫成都诗的变化同样也表现在五律上面。这些五律都写在到成都后的次年，七律的风吹在先，五律与七律比起来是风后的雨。下面我们讲成都五律十首。

遣意二首

啭枝黄鸟近，泛渚白鸥轻。一径野花落，孤村春水生。
衰年催酿黍，细雨更移橙。渐喜交游绝，幽居不用名。

檐影微微落，津流脉脉斜。野船明细火，宿鹭起圆沙。
云掩初弦月，香传小树花。邻人有美酒，稚子也能赊。

仇兆鳌注云：“诗云‘春水生’，又云‘更移橙’，当是草堂成后，逢春而作，盖上元二年也。”确实是在成都休息了一年之后的诗。这种诗便是思如陶谢、“令渠述作与同游”的诗。一般人总以为这是唐诗，是王维一类的唐诗，从律诗佳句说仿佛是如此，若论杜甫成都诗的精神，句句是实际环境，篇篇见生活态度，是“老去诗篇浑漫与”，是“春来花鸟莫深愁”，是律诗当中的陶潜，不是王维。王维的佳句是主观的意境，杜甫这类诗之不同于王维，正同秦州诗不同于庾信。

漫成二首

野日荒荒白，春流泯泯清。渚蒲随地有，村径逐门成。
只作披衣惯，常从漉酒生。眼边无俗物，多病也身轻。

江皋已仲春，花下复清晨。仰面贪看鸟，回头错应人。
读书难字过，对酒满壶频。近识峨嵋老，知余懒是真。

同《遣意二首》一样，杜甫这类诗把主观与客观写成一片，诗就是个人在这个环境当中的生活。他的生活态度是奋斗的，他不是王维的趋向，那是"静者"，那是"高人"，他"渐喜交游绝，幽居不用名"，是他好容易同"俗物"不见面了。他对士大夫阶级是憎恶的。"只作披衣惯，常从漉酒生"，这表示他与陶渊明同调，两位诗人同士大夫处不来，同农民倒过得很好。陶诗云："农务各自归，闲暇辄相思，相思则披衣，言笑无厌时。"杜甫的"只作披衣惯"是指这件事，把一幅生活图画写得生动已极，一相思披起衣来就去了，农村中彼此相距本不远。这也就是杜甫同陶渊明的"真"，杜甫所谓"不爱入州府，畏人嫌我真"的"真"。陶渊明的"漉我新熟酒，只鸡招近局"又是一幅生活图画，杜甫也是心向往之，所以他在《可惜》一诗里又说："此意陶潜解，吾生后汝期！"，"常从漉酒生"的"生"，应该就是这"吾生"之"生"。这个"生"字很可能还同陶潜《饮酒》诗"笑傲东轩下，聊复得此生"两句里面的"生"字有关联。有抱负的诗人们在酒中并不是"醉"，倒是"醒"，所谓"举世皆醉而我独醒"，所以陶潜在"一觞虽独进"之下连忙说着"聊复得此生"的话。《漫成二首》第二首最后两句"近识峨眉老，知余懒是真"是什么意思？我们看这同陶渊明不肯留莲社攒眉而去是一样的。陶渊明不喜欢和尚，杜甫对学道也没有兴趣。大约"峨嵋老"告诉他许多话，他不高兴听，所以说"近识峨嵋老，知余懒是真。"

还有，"读书难字过"这一句，从前解诗的人意见不一，有的说碰到难识之字就让它过去，不复考查；有的说经眼之字难于轻过，要好好地研究；有的说"读书难于字过，老年眼钝也"。我们看还是第一说是正确的，不过杜甫在这里表示的态度并不是

"懒"，乃是积极的，是"读书破万卷"的人说的一句最有教育意义的话，就是，语言是大家公用的工具，好的语言要用普通的词汇，"难字"是什么玩意儿呢？学习古典文学的青年们，每每怕读汉赋，那上面的难字太多，要知道，并不是我们今天认为是难字，老杜也认为是难字哩，从"读书难字过"这一句诗他告诉我们了。我们在讲《自京赴奉先咏怀》时曾说到好的诗好的语言不应该有难字，确是颠扑不破的道理。"难字"是古人文章的毛病，是古人给我们的困难，至少要这样说。

《遣意二首》，《漫成二首》，这四首诗里一个难字没有，只有"漉酒"与"披衣"算是典故（其实对农村生活有了解的人知道这两句正表现着具体的生活），其余的句子都不是勉强作对偶，太自然了。所谓"自然"，就是生活的复制，换句话说生活的复制最不容易自然。"啭枝黄鸟近，泛渚白鸥轻"，把近听与远见该写得多么神速，多么恰当，在一侧耳与转眼之间。"一径野花落，孤村春水生"，花是多，水是满，而都在一见之下，而"一径"与"孤村"正相当于外国文的指件字的功用，是画龙点睛，否则你就看不见春水似的，你也就不觉得野花落。"衰年催酿黍"接一句"细雨更移橙"，格外给人以具体生活的感觉，这当然是会写，懂得怎样吸引人，也因为生活确实是如此，作者舍不得不把真实告诉人，所以读者也就受其传染了。"云掩初弦月，香传小树花"也是一样，真正复制了生活，是当时两件具体的事情，不由于文字的对偶。"渚浦随地有，村径逐门成"，真是太好，在生活当中还容易不觉得生活，艺术所复制的生活令人感觉得生活真是如此了。"江皋已仲春，花下复清晨"，把一个人感到是春天又感到是清早写得极有生气。

春夜喜雨

好雨知时节，当春乃发生。随风潜入夜，润物细无声。
野径云俱黑，江船火独明。晓看红湿处，花重锦官城。

陶渊明诗云："微雨从东来，好风与之俱。"这是写江南孟夏好雨，只写两句，但写得好。杜甫《春夜喜雨》整首诗写春夜雨，一直写到明天早晨，把江城的雨天以及人们喜雨的神气写出来了。一般咏物的诗，总是一味地刻划，弄巧成拙，令人生厌，杜甫的《春夜喜雨》则表现一种春天的精神，愈读愈见精神，不是死板的刻划，是真真难得。我们遇见好雨时不觉喜笑颜开，要互相告诉一句话，这话应该就是"好雨知时节"这么一句，所以老杜第一句就替我们说了。再说一句"当春乃发生"又是当然要说的。接着四句把春天夜里什么都写了，真是什么都包括得尽，比夜里故意点一盏灯还要象一幅黑夜图。而最难写的，也就是杜甫概括得最好的是明天早晨"花重锦官城"这么一句，比说清早太阳出来了要显得形象性大得多。杜甫本来住在成都城外，他的诗所取的形象都属于江村的范围，独有这"晓看红湿处"乃放在锦官城，这就叫做善于突出——如果在乡村，"红"就不显得那么"重"了，仿佛昨夜的春天的雨没有什么大变化似的。

春水

三月桃花浪，江流复旧痕。朝来没沙尾，碧色动柴门。
接缕垂芳饵，连筒灌小园。已添无数鸟，争浴故相喧。

这种诗象小孩子一样富有生气，令人感觉到生活是应接不暇新鲜可爱。真没有诗象杜甫这样表现着生命力，而他所写的都是眼面前的生活，也就是对生活感兴趣，不是中国诗里特别占优势的对文字感兴趣，对主观意境感兴趣。如庾信《对酒歌》，其实并没有看见水，而他首先写着"春水望桃花，春洲借芳杜"，只不过从相传的"桃花水"这一个名词生出的幻想。到了真正"泛江"，他又这样写："春江下白帝，画舸向黄牛"，同样是幻想。这便叫做文字禅。堕入文字禅的人的特点就是逃避现实。杜甫不是这样的，他说"三月桃花浪"，对于"桃花"一点没有幻想，他只是用了相传下来的词汇说明桃花季节的水，就是春水。他所要记录下来的是一连串的实际生活，住在南边江边的人都是熟悉的，在冬天里水浅时沙岸上有水深时的痕迹，这时水忽然过了那个痕迹了，所以老杜写着"江流复旧痕"，说了我们心里要说的话。有时昨天夜里明明还看见江中那个沙尾，今天早晨一起来忽然不看见了，诗里乃有"朝来没沙尾"这一句。"碧色动柴门"把门前水到写得非常之好，可能小孩子最喜欢，诗人杜甫也高兴。所以接着"接缕垂芳饵，连筒灌小园"，忙得很。"接缕"、"连筒"真是写得好，实际本来是如此，这时钓丝必得接起来，灌水是连着灌，因为水就在手下了。"芳饵"一词也用得很有意思，并不是显得自己同公子哥儿一样动不动要什么"芳尘"、"芳草"，钓鱼之饵而曰"芳"，正是儿童心理，也正懂得钓鱼。所以接缕垂芳，与连筒灌园，同样是俗事，也就是生活，不是表现"雅人"。"已添无数鸟，争浴故相喧"，鸟儿真来得快，杜甫真会写他们。

独酌

步屧深林晚，开樽独酌迟。仰蜂粘落絮，行蚁上枯梨。
薄劣惭真隐，幽偏得自怡。本无轩冕意，不是傲当时。

从前陶渊明喝酒也曾经个人到树底下喝，所以他的诗说："提壶挂寒柯，远望时复为。"很象小孩子一样，把酒壶挂在树上。我们也可以说诗人有时同水浒英雄一样，喝了酒格外地表现他的精神，他确乎总是一面喝酒一面思想的。杜甫这一首《独酌》也很象陶渊明，偏偏个人要到树林里去开樽，而且要在樽前发表自己的思想。"薄劣惭真隐"，这是他理想中有一种自食其力的人，也就是《自京赴奉先咏怀》里说的"终愧巢与由，未能易其节。""幽偏得自怡"，便是他现在在成都的生活。"本无轩冕意"深深道出了他的灵魂，有时也"干谒"，求官做，地主阶级的人当然是如此，但"官定后"便是"去矣行"，一生的生活证明他是如此。"本无轩冕意，不是傲当时"两句连起来把一个复杂的思想表示得天真直率，其实正是"傲当时"。同陶渊明比起来，他还真真了解人民的痛苦，在任何时候替人民作了记录——这种记录在成都诗里也就不少，因为不是本讲重点之所在，所以我们不讲了。

作诗也同作小说一样，要展开一些描写，要写出环境来，令读者相信你写的是实生活，不是个人在那里凭空独白。杜甫《独酌》里的"仰蜂粘落絮，行蚁上枯梨"两句便有这样的作用，因为这两句整首诗的话都是生活，不是说教了。我们确是为他所吸引，相信他这一段生活。这便是善于作细节的描写。这两句的描写是眼前的事，粘着落絮的蜂就是"仰"，爬上枯梨的蚁定成"行"。

徐步

整履步青芜，荒庭日欲晡。芹泥随燕觜，花蕊上蜂须。
把酒从衣湿，吟诗信杖扶。敢论才见忌，实有醉如愚。

这首诗当然可同《独酌》作一样的分析。我们简单地说几句。老作家的语言，哪怕是一个字，它来得毫不费力，要代替它就令人搜索枯肠，即如"荒庭日欲晡"的"欲"字，写太阳下去对人们心理的状况该是多么恰当。"敢论才见忌，实有醉如愚"，可见他有许多话要说，一定都是关于国家政治、人民生活痛苦的。"如愚"是孔夫子说一天的话而颜回一句话也不说，孔子说他"如愚"。

寒食

　　寒食江村路，风花高下飞。汀烟轻冉冉，竹日静晖晖。
　　田父要皆去，邻家赠不违。地偏相识尽，鸡犬亦忘归。

我们现代的鲁迅，在他的小说《风波》的前面有两段关于临河的村子的描写，我们抄在下面：

　　临河的土场上，太阳渐渐的收了他的通黄的光线了。场面靠河的乌桕树叶，干巴巴的才喘过气来，几个花脚蚊子在下面哼着飞舞。面河的农家的烟突里，逐渐减少了炊烟，女人孩子们都在自己门口的土场上泼些水、放下小桌子和矮凳；人知道，这已经是晚饭时候了。

　　老人男人坐在矮凳上，摇着大芭蕉扇闲谈。孩子飞也似的跑，或者蹲在乌桕树下赌玩石子。女人端出乌黑的蒸干菜和松花黄的米饭，热蓬蓬冒烟。河里驶过文人的酒船，文豪见了，大发诗兴，说，"无忧无虑，这真是田家乐呵！"

凡属赏鉴"田家乐"的文人都是不足取的，这种赏鉴就是地主阶级的烙印。与之同时，我们并不反对描写农村的景物，不过伟大的现实主义作家决不以一味地描写为能事。这些都是事实。鲁迅的描写文章就是可爱的。所有杜甫对江村的描写，都不属于文豪一类，是他的"不爱入州府，畏人嫌我真，及乎归茅宇，农舍未曾嗔"的注脚。

晚晴

村晚惊风度，庭幽过雨沾。夕阳薰细草，江色映疏帘。
书乱谁能帙，杯干自可添。时闻有余论，未怪老夫潜。

这首诗后四句表现老杜真不是读死书的人，是一个豪杰之士。"书乱谁能帙"，并不是说他懒，是表示他心中不平，所以很是一个气愤的语气，不然把几本书收拾一下有什么谁能或不能呢？酒当然是要喝的，所以"杯干自可添"。"时闻有余论，未怪老夫潜"（王符有《潜夫论》），这个老夫不象陶潜，倒象鲁迅。陶潜有时对着人不说话，象《饮酒》诗说的，"觞来为之尽，是谐无不塞。有时不肯言，岂不在伐国？仁者用其心，何尝失显默"。可见陶潜虽然心里有数，他还显得不是不屑于。杜甫确实是傲当时，他的"潜"，象鲁迅的"不说"。"何以不说之故，也不说。"鲁迅的这句文章，就象杜甫"未怪老夫潜"这句诗。

最后我们讲两首成都七绝，作本讲的结束，一方面从绝句也见诗人的"老去诗篇浑漫与"，一方面又见"春来花鸟莫深愁"并不容易办到。七言绝句，杜甫在成都以前只写过一首，就是高叫李白"飞扬跋扈为谁雄？"现在他在成都，逢着第二年春天，忽然一天飞扬跋扈起来了，我们看他的《绝句漫兴九首》第一首：

> 眼见客愁愁不醒，无赖春色到江亭，
> 即遣花开深造次，便教莺语太丁宁！

这简直是拉着春光吵架，我们还没有看见有谁象这样发急，比起李白的"举杯销愁愁更愁"来要利害得多。这到了一种癫狂状态。在《江畔独步寻花七绝句》第一首里就说出了"颠狂"，我们再把这一首抄下来：

> 江上被花恼不彻，无处告诉只颠狂！
> 走觅南邻爱酒伴，经旬出饮独空床。

"无处告诉只颠狂"，我们完全相信他的感情。从"卜居"到这时有一年的时间，头一个春天是好容易得到休息，故诗里呈现着和平的空气，到了第二个春天就有这样抑制不住的颠狂状态，从此我们也可以看出杜甫的思想感情是热烈的，他不象王维、孟浩然能在一个安静的角落里闲居得下去。

夔州诗

杜甫于唐肃宗乾元二年十二月来到成都，卜居草堂，到代宗永泰元年五月离开，首尾是七年，实际的时间不到六年，这六年中还有在梓州、阆州一年多的生活，最后乃从成都离开。离开成都时，他写了《去蜀》这一首诗：

> 五载客蜀郡，一年居梓州。如何关塞阻，转作潇湘游。
> 万事已黄发，残生随白鸥。安危大臣在，不必泪长流。

这是说北归不得，只好往南到湖南去。在去蜀以前诗里计划去蜀的事情不止一次，如《桃竹杖引》里面说，"杖兮杖兮，尔之生也甚正直，慎勿见水踊跃学变化为龙，使我不得尔之扶持，灭迹于君山湖上之青峰！"这里面也提到君山，同"转作潇湘游"是一样的意思。《奉待严大夫》里面说，"欲辞巴徼啼莺合，远下荆门去鹢催，"这是计划下荆门。另外还有"将适吴楚"、"将赴荆南"等留别的诗。等到他真正去蜀，却不是笔直下荆门、转潇湘，路上有停留，而在夔州住了两年。到了离夔州，下荆楚，转潇湘，乃是他一生最后三年的事了。这当然都是因为生活的关系，他的生活依赖别人的帮助，同他入秦州时所说"满目悲生事，因人作远游"的情况是一样的。杜甫在夔州的两年，是他一生中过的安闲的日子，写了四百几十篇诗，占杜集的七分之二，不但数量多，向来的评价也是很高的。在过去，有许多人，一提起杜诗，首先就是《秋兴八首》了。杜甫夔州诗，在中国文学史上确实代表着一个东西。我们必须正确地对待杜甫的夔州诗。

我们讲秦州诗的时候，认为秦州诗，把杜甫同庾信比较，杜诗是现实主义最出色的作品，而庾信在杜甫看来"暮年诗赋动江关"。杜甫这样称美庾信的话，却是他自己在夔州"咏怀"（诗题是"咏怀古迹"）说的。可见杜甫自己是把他的夔州诗同庾信的暮年诗赋联系起来。这样联系，对不对呢？对的。这是一个方面。另一个方面，后来人都说晚唐诗人李商隐是学杜，冯至在他的《杜甫传》里对《秋兴》等篇也笼统地说着"由此而产生李商隐的唯美的诗"的话，这种看法对不对呢？也是对的。庾信、李商隐都有他们的独特的艺术成就，然而杜甫是中国诗人当中最有斗争意志的人，（这一点象古代屈原，象现代鲁迅！）他的诗以国家的命运、人民的生活为主要的题材，一旦承庾而启李，是什么原故呢？其关系既表现在夔州诗里，我们一定得分析出所以然来。是的，简单地说是这几件事：夔州诗情调是悲哀的，想象是丰富的，生活是在回忆中，不在斗争的现实中，因此而有文字的陶醉。下面我们就加以说明。

从我们讲秦州诗、入蜀诗所举的诗篇看来，杜甫的语言岂不美丽？都是美丽的。但比起夔州诗来，那些诗没有一句是文字禅，生活是第一，语言（不是字面）是用来表现生活。至若三"吏"、三"别"、《前出塞》、《后出塞》等篇更不用说，伟大的语言是因为写出伟大的人民的思想感情和生活。夔州诗才开始突出了老杜的文字禅（庾信、李商隐是这方面的能手），就是说从写诗的字面上大逗其想象，从典故和故事上大逗其想象，如我们一读到《上白帝城》就碰到这样的诗句："江流思夏后，风至忆襄王。""天欲今朝雨，山归万古春。"我们必须辨别清楚，这不是生活，这倒是逃避生活的倾向，因为这样是把实际生活粉饰化，也就是主观。当然，杜甫这一步并没有走得顶远，但确是跨进了边缘，他可能很有些欣赏这个主观的世界，所以他曾有"晚节渐于诗律细"（《遣闷戏呈路十九曹长》）的自我称许。我们必须多举例。《滟滪堆》诗云："沉牛答云雨，如马戒舟航。"这是从"滟滪如象，瞿唐莫上，滟滪如马，瞿唐莫下"的话而引起的联想，滟滪堆象马的时候不能行舟，下雨下大的时候滟滪堆就象水牛浮在那里了。因为雨后水涨，把堆淹没了一些，所以这个堆的样子是回答云雨似的。"答云雨"的"云雨"当然又与宋玉的《高唐赋》有关系，便是巫山云雨，从那里产生这两个字的字面。象这一类的东西不能属于文学的"形象"的范畴，只能算是文字禅，是作者个人的意境，虽然它也是生动的，同用死典故不同。后来李商隐的"此日六军同驻马，当时七夕笑牵牛"，"于今腐草无萤火，终古垂杨有暮鸦"都属于这一类。本来汉字因容易作对偶的原故最容易起联想，以白描著名的陶渊明有时也有这种表现法："造夕思鸡鸣，及晨愿乌迁。"但陶诗是偶尔为之，而且他的整篇诗生活气息太重，他的"乌迁"应该属于童话一类。到了文字禅，它一泛滥起来，真容易把生活淹没了，是很危险的。我们再看杜甫《雨晴》诗里的这两句："有猿挥泪尽，无犬附书频。"其中"猿"是现实，"犬"是联想，从黄犬寄书的故事来的，这样的表现法同我们已经讲过的《登岳阳楼》的"亲朋无一字，老病有孤舟"便不同，一是抒写意境，一是表现生活。表现生活是生活上的这件事非表现出来不可，当然要求表现得好，便是要语言好。抒写意境，当然也不能离开生活，但不属于主题思想范围内的事，是从文字安排出来的，很容易拿一个"美丽"的空想迷失生活的现实性了——情调可能是很哀伤的，同时它的陶醉作用确实大。又如《雨》里有这样几句："骤看浮峡过，密作渡江来。牛马行无色，蛟龙斗不开。"并不真是江边有牛或马雨中看不见，乃是由庄周脑中的图画又转变而为杜甫诗中的字面，因为庄子

《秋水》篇说"秋水时至，百川灌河，泾流之大，两涘渚崖之间不辩牛马。"庄子的文章这样描写水形象性是很大的，杜甫的"牛马行无色"则是文字禅，所以接着又空想一句"蛟龙斗不开"了。又如《西阁口号》写风雪的句子："雪崖才变石，风幔不依楼。"这也完全是李商隐的写法，这里面没有典故，没有词藻，而一样是把客观主观化，一句话就是主观。上面是五言诗举例。再举七言诗，如《雨不绝》里这样的句子："舞石旋应将乳子，行云莫自湿仙衣。"这放在李商隐的诗中简直没有分别。舞石是从石燕的故事来，零陵石燕，遇着雨就象燕子一样飞舞起来，雨止则止，这是一个传说。另一个传说，燕山有石，大石象大燕子，小石象小燕子，雷雨之下，小随大而飞，若母之将子。杜甫的《雨不绝》本是实生活当中的雨不绝，乃把故纸当中的石燕浮动起来，是文字禅。"行云莫自湿仙衣"从《高唐赋》来，怕巫山神女在为云为雨之际把自己的衣服弄湿了。我们如果借一个故事来表达自己的思想，如鲁迅的《故事新编》那样，也是现实主义的一种创作方法，李商隐的咏嫦娥的绝句"云母屏风烛影深，长河渐落晓星沉，嫦娥应悔偷灵药，碧海青天夜夜心"属于这一类。若李诗咏武侯庙古柏"叶凋湘燕雨，枝拆海鹏风"，咏楚宫"暮雨自归山峭峭，秋河不动夜厌厌"，便是文字禅了，学会这一套本领，语言不是用来反映现实，而是在文字中"别有天地非人间"。我们再看杜甫的《秋兴》，无疑的，杜甫所谓"晚节渐于诗律细"是指这一类的诗了，总括一句这类诗情调是悲哀的，兴致是饱满的，而生活不能不说是贫乏的。一个人如果专门做这些诗，结果终日只有吟咏的分，就是《秋兴八首》最后一句说的"白头吟望苦低垂"的状态，其实也应该说是无病呻吟。象"江间波浪兼天涌"这一句，写长江是写得生动的，但由"天"要对出"地"来，因而对一句"塞上风云接地阴"，就不能算是杜甫个人的"性僻耽佳句"，是一般做律诗的通病，而由杜甫开其端。"丛菊两开他日泪，孤舟一系故园心"，"听猿实下三声泪，奉使虚随八月槎"，都是一味地雕琢，因而晦涩。晦涩就是主观，不是有目共见的东西，是作者个人脑子里隐藏的一点东西。好比"奉使虚随八月槎"，指的是什么呢？很可能是两句连起来说，听猿下泪是实有的事，若故事所传张骞乘槎上天哪有可能呢？就是"每依北斗望京华"的感伤，望而不能到。这该是如何的晦涩！象《咏怀古迹》里"三峡楼台淹日月，五溪衣服共云山"的句子，是同样晦涩的表现，而在作者的脑子里可能是很生动的，或者山居之中与少数民族同游，留有印象，或者因为"五溪蛮"好五色衣是书上有的话，作者就幻想起来也未可知，总之是想法子与"三峡楼台淹日月"作一对句，好容易对一个"五溪衣服共云山"。这都叫做文字禅。《秋兴八首》第七首最后两句"关塞极天惟鸟道，江湖满地一渔翁"，一句写山，一句写水，仿佛写得很形象，然而是作者的意境，是绞脑汁绞出来的，绞出来以后就一定自己满足，自己把自己封在这个想象的王国里，离开了生活。杜甫对"鸟道"这两字常常利用，可见他很感兴趣，如《谒先主庙》里"虚檐交鸟道，枯木半龙鳞"，《南极》里"近身皆鸟道，殊俗自人群"，都是字面上的把戏。杜甫夔州诗确乎有它的趋向，上面我们都是从一首诗里挑出句子来说明这个趋向，现在我们再挑出一篇诗来，从整首诗来看这个趋向，我们挑的诗是七律《吹笛》，诗云：

　　吹笛秋山风月清，谁家巧作断肠声？风飘律吕相和切，月傍关山几处明？胡骑中宵堪北走，武陵一曲想南征！故园

　　　杨柳今摇落，何得愁中却尽生？

这真是杜甫"巧作断肠声"！我们读着确乎感到它的情调是很悲伤的，但这种写诗的方法真危险，离开杜甫，就要成为八股了。从前说诗的人说："千条万绪，用巧而不见，乃为大家。"有什么"千条万绪"呢？就靠典故做蜘蛛网。为什么"用巧而不见"呢？乃是诗人杜甫诚如庾信《伤心赋》所说"唯觉伤心"，江淹《恨赋》所说"仆本恨人"，他这个人本来是感情厚的，过去的生活又是丰富的，所以不见其巧。如果再往前走一步专门成为"大家"就要不行了。确切地说，诗人不接近人民，不从人民生活取得诗的泉源，他的诗的材料就要窘竭，他就要向故纸堆中去乞怜，他就要向逝去的光阴去讨生活，杜甫在夔州两年，因为生活单调，又比较地安闲，一方面是一组一组的往事回忆（《诸将》、《八哀》、《秋兴八首》、《洞房》等八首、《往在》、《昔游》、《壮游》还有《夔州百韵》），一方面就有《吹笛》这样的吟风弄月，确乎是吟风弄月！从第四句起，没有一句是写生活，都是联想。因为乐府有《关山月》这个曲名，是伤离别的，所以风月凄清之夜杜甫听了谁家吹笛之声，就想到"月傍关山几处明？"又想到古人有受胡骑的包围者，乘月登楼，中夜奏胡笳，吹得胡人有怀土之思，弃围奔走，所以第五句就有"胡骑中宵堪北走"。又想到马援南征，作了《武溪深》之曲，故曰"武陵一曲想南征"。又《折杨柳》是最哀怨的调子，所以唐诗有有名的句子，"此夜曲中闻折柳，何人不起故园情？"杜甫现在是当着秋山风月而闻笛，故曰"故园杨柳今摇落，何得愁中却尽生？"就是说，家乡的杨柳此时都落掉了，如何愁中生长起来而再折之呢？象这样就叫做"吟"，就叫做"弄"。我们讲夔州诗，应该认识到夔州诗的趋向是危险的。主要的问题是生活，杜甫在夔州孤独而安闲的生活，使得他的诗离不开"风"和"月"，而杜甫必然地要离开这种生活了，他在夔州住了两年，终于把"田园"放弃了，又去过飘流的生活——能说他的飘流是更有所求吗？他所求的只不过是"故园"，他知道，他的故园是飘流所得不到的。一句话，杜甫要离开夔州罢了。

但夔州诗毕竟是中国文学史上有特殊面目的产品，我们随便拈出它一首来，它不是成都诗，不是秦州诗，它是杜甫晚年的雕刻。而且它对后来李商隐的影响，是真花，不是假色，应该属于咱们民族文化里面的佳话，不能一笔抹杀的。因为这个原故，我们从杜甫的夔州诗里选出七首诗来作为代表。下面分别讲这七首诗。

古柏行

孔明庙前有老柏，柯如青铜根如石，霜皮溜雨四十围，
黛色参天二千尺。君臣已与时际会，树木犹为人爱惜。
云来气接巫峡长，月出寒通雪山白。忆昨路绕锦亭东，
先主武侯同閟宫，崔嵬枝干郊原古，窈窕丹青户牖空。
落落盘踞虽得地，冥冥孤高多烈风。扶持自是神明力，
正直原因造化功。大厦如倾要梁栋，万牛回首丘山重。
不露文章世已惊，未辞剪伐谁能送？苦心岂免容蝼蚁，
香叶终经宿鸾凤。志士幽人莫怨嗟，古来材大难为用。

杜甫一到成都就去寻"丞相祠堂"，看见了"锦官城外柏森森"。现在一到夔州又歌颂孔明庙前的老柏。他很有一般老百姓对孔明的感情。这首古诗，读起来完全是感情作用，并不

一定是合乎事实、合乎逻辑的。诗是纪念夔州柏，而把成都柏也连起来纪念，所以有"气接巫峡"、"寒通雪山"的话，巫峡指夔州而言，雪山指成都而言。"忆昨"四句是成都柏的回忆，"落落盘踞虽得地"以后当然回到眼前"孔明庙前有老柏"来，然而回忆中的成都柏也包括在一起说，都不外"君臣已与时际会，树木犹为人爱惜"，"扶持自是神明力，正直原因造化功"等等。"万牛回首丘山重"一句是晦涩的，这种晦涩是夔州诗所特有的，同《咏怀古迹》的"五溪衣服共云山"句子一样，对读者不明白，诗人脑海深处确有生动的形象。很可能是象庄周文章的夸大，写树之大，有丘山之重，万头牛想运载出去，回首认为不可能了。所以下面说"未辞剪伐"但"谁能送"呢？"苦心岂免容蝼蚁，香叶终经宿鸾凤"，正是夔州诗的巧句见之于古体诗里。通篇都是想象之辞，然而都是感情的流露，是夔州诗的特色。

夜

露下天高秋气清，空山独夜旅魂惊。疏灯自照孤帆宿，
新月犹悬双杵鸣。南菊再逢人卧病，北书不至雁无情。
步檐倚杖看牛斗，银汉遥应接凤城。

我们选这一首《夜》，可以代替《秋兴八首》。因为《秋兴》向来那么地有名，我们实在想从那八首里面去选，结果选不出。那八首确是杜甫铺张成篇，辞句多而意义不大，没有什么可取的了。这一首《夜》有《秋兴》之长而无其短，是杜甫夔州七律的代表作，我们选了它可以没有遗憾。《杜诗镜铨》在这首诗上面批道："清丽亦开义山"。这话是很有见地的。不但清丽，而且

响亮，把一种普遍的感情移到许多形象上去描写，而且令人读着不觉得作者是在那里雕琢字面，仿佛一气呵成，李商隐最好的律诗是如此，杜甫的《夜》乃是这类诗当中最具有普遍性的了。

"露下天高秋气清"，这种写秋的语言真是好，而最不容易的是首先两个字告人以"露下"，本来是开门见山，把秋说出来了，把夜写出来了，而你毫不觉得这里有什么文章作法，只感到这两个字突然而至，意思的明白是不成问题了，这是老杜一贯的"语不惊人死不休"的本领。"空山"两个字是常用的，但杜甫在这里把"空山"与"独夜"对举，"空山"的形象便非常地突出于作者与读者的思想意识，同时"独夜"也不是如"独夜不成寐"那样一般的意义，一般的意义是说一个人在夜里罢了，杜甫的"空山独夜旅魂惊"是把"山"当作一个东西，它的性质在秋天是"空"这个形容词；"夜"又是一个东西，如果把它当作整体来看，它确是一个独物了，所以说它是"独夜"；在白露高天空山独夜之下，于是乃有"旅魂惊"。杜甫是这样写的。"疏灯自照孤帆宿"是一件事，同成都诗里"野船明细火"，"江船火独明"一样指江里的船，（我们于此也可以看出成都诗与夔州诗的形象思维有怎样的不同！）"新月犹悬双杵鸣"则是两件事，天上明月与水边两个女子捣衣，而这两件事当然可以一起看，所以"新月犹悬双杵鸣"。"南菊再逢人卧病，北书不至雁无情"，就是我们所说的把　种普遍的感情转移到形象上去描写，在这种表现方法当中，杜甫这里的两句是最自然的，到了"丛菊两开他日泪，孤舟一系故园心"，"殊方日落玄猿哭，故国霜前白雁来"等，便雕琢了，语言里的感情就显得不够。"步檐倚杖看牛斗，银汉遥应接凤城"，都令人读着感到自然，感到亲切，不觉得是在字面上用功夫，虽然用了"牛斗"，用了"凤城"。

江月

江月光于水，高楼思杀人。天边长作客，老去一沾巾。

玉露溥清影，银河没半轮。谁家挑锦字，烛灭翠眉颦。

这种诗的语言，是夔州诗的特色，在以前的诗里是没有的。最后两句"谁家挑锦字，烛灭翠眉颦"，不但杜甫自己以前的诗里没有，在古诗里，在唐诗里也没有（李商隐的诗里有）。象曹植的"明月照高楼，流光正徘徊，上有愁思妇，悲叹有余哀……"用全篇来描写女子的事情是有的，同我们现在写小说一样，写一个女性的故事，杜甫的"烛灭翠眉颦"则是从诗人自己的生活日历上忽然想到"谁家"那方面去，确实少有。我们于此可以看出杜甫在夔州的生活状况，思想状况，生活缺少内容，思想上乃呈出空想的现象来。

月

四更山吐月，残夜水明楼。尘匣元开镜，风帘自上钩。

兔应疑鹤发，蟾亦恋貂裘。斟酌嫦娥寡，天寒奈九秋。

这同《江月》诗一样，都是杜甫在夔州楼上、月下、江边写的诗。无疑的，他是在楼上夜里睡不着，四更天起来，刚好看见下弦月出来了。这种诗完全是李商隐的写法，只是显得老气一些，李商隐不会写"兔应疑鹤发，蟾亦恋貂裘"。我们对这两句也有点疑问，鹤发杜甫是有的，他哪里会有"貂裘"呢，而且秋天就穿它，因此使得月中蟾蜍也羡慕他？看样子是真的，因为他另外有《江上》一首诗，说着"江上日多雨，萧萧荆楚秋，高风下木叶，永夜揽貂裘"的话。推想起来，江边的秋天的天气是寒冷的。

　　"斟酌嫦娥寡，天寒奈九秋"，这两句就是李商隐式的思想，杜甫是其先导，我们应该加一番说明。中国有嫦娥奔月的故事，又传说月亮里面有桂树，这两件事在杜甫的诗里都有表现，到了李商隐就成了他的重要的题材，把民间故事渲染以诗人个人的想象。在封建士大夫的思想意识支配文学的旧时代，对民间传说不能欣赏，对诗人的诗也多有误会，好比杜甫的《一百五日夜对月》一般就不得其解，诗是："无家对寒食，有泪如金波。斫却月中桂，清光应更多。仳离放红蕊，想象颦青娥。牛女漫愁思，秋期犹渡河。"里面的"仳离"二字从《诗经》"有女仳离"来，就是我们现在所讲的"斟酌嫦娥寡"的"寡"字的意思。嫦娥在寡居之下，而丹桂大放其花，想象（就是"斟酌嫦娥寡"的"斟酌"的意思）起来，她应该是"翠眉颦"罢。所以我们现在所讲的这一首《月》同《一百五日夜对月》是可以相互印证的。封建文人对杜甫的想象不能理解，对李商隐的想象就更莫名其妙，好比李商隐有一首《月》云："过水穿楼触处明，藏人带树远含清。初生欲缺虚惆怅，未必圆时即有情。"首两句是说月照到哪里哪里就亮，而它自己里面却捉迷藏似的藏着了一个人即嫦娥和一棵树即月中桂树。这很象一篇童话，而封建文人却批之曰"不成语"。封建文人开口闭口说李商隐学杜，他们知道李商隐究竟学了杜甫的什么呢？所谓"学"，应该不是模仿，各人有各人的时代背景，从民族传统之中，有时对某一点继承相似而发挥不同罢了。嫦娥的故事，吸引了杜甫，更吸引了李商隐，（李商隐的时代，妇女有出家做女道士的风气，故嫦娥奔月的故事打动了他的思想）我们应该特为指出。

我们在前面曾说杜甫夔州诗想象多而生活少，这个判断的正确性，把他在长安沦陷时写的《一百五日夜对月》同《月》这一首里"斟酌嫦娥寡，天寒奈九秋"比较一下，就可能更加明白。这是有着重大意义的事，我们就在这里费一点考察。原来《一百五日夜对月》是对月而拿月的故事与自己的生活作对照，自己与自己的爱人今夕不能相见，把她想象为孤独的嫦娥，这个形象很新鲜，更望今年秋天又如牛郎织女终能见面，这个愿望又确是有生气，有力量，所以这个写法是修辞上一般所说的比喻法，是借故事写实生活，读者读着感得诗里的生活气息逼人。"四更山吐月……"则不然，通篇完全是想象，其不落于一般的咏月的滥调是几希的！旧日说诗的人对这首诗说："叠用镜、钩、蟾、兔、嫦娥，他人且入目生厌矣，一经公笔，顾反耐思，由其命意深而出语秀也。"这话不够科学，确是说出了一个现象。我们的话应该是这样说：诗人如缺乏生活，伟大的现实主义作家如杜甫，亦不免空想了。

我们还应该作补充，缺乏生活内容的诗容易流为空想，中国旧诗里用典故写的诗并不就缺乏生活内容，杜甫的《一百五日夜对月》就是例证。最有趣的例证应莫过于李商隐的一首《东南》，我们把它附在这里讲一讲。诗是七言绝句："东南一望日中乌，欲逐羲和去得无？且向秦楼棠树下，每朝先觅照罗敷！"李商隐这时在徐州，他的爱人远在北方家里，他怀念她，所以嚷着"东南一望日中乌，欲逐羲和去得无？"真是天涯一望断人肠的样子。所望的太阳当然是夕阳，一定是急似下坡车，知道追逐不了，连忙就送给她一个朝阳，明天早晨照着她起来！用旧诗写就是李商隐的"觅照"两句。这种诗读者读着总接触到它的生活气息，因为它所表现的内容甚丰富，同杜甫的《一百五日夜对月》是一样。若"斟酌嫦娥寡，天寒奈九秋"，乃老杜之空想而已耳。

雨（四首之一）

楚雨石苔滋，京华消息迟。山寒青兕叫，江晚白鸥饥。
神女花钿落，鲛人织杼悲。繁忧不自整，终日洒如丝。

这首诗也正是夔州诗，在忧伤的情调之下把实境与空想对写。"神女花钿落，鲛人织杼悲"，两个故事连写起来，比"斟酌嫦娥寡，天寒奈九秋"又显得繁复一些了。到了李商隐则联想更多，我们且抄他的《听雨梦后作》："初梦龙宫宝焰燃，瑞霞明丽满晴天。旋成醉倚蓬莱树，有个仙人拍我肩。少顷远闻吹细管，闻声不见隔飞烟。逡巡又过潇湘雨，雨打湘灵五十弦。瞥见冯夷殊怅望，鲛绡休卖海为田！亦逢毛女无愦极，龙伯擎将华岳莲。恍惚无倪明又暗，低迷不已断还连。觉来正是平阶雨，独背寒灯枕手眠。"

课小竖锄斫果林（三首之一）

众壑生寒早，长林卷雾齐。青虫悬就日，朱果落封泥。
薄俗防人面，全身学马蹄。吟诗重回首，随意葛巾低。

最后我们选出这首《课小竖锄斫果林》和下面的一首《有叹》，亦足以把杜甫夔州诗所表现的生活和思想感情与以前的诗所表现的作一比较。这里"青虫悬就日，朱果落封泥"的描写不很象成都诗"仰蜂粘落絮，行蚁上枯梨"的描写吗？然而诗的情调不同，在那里杜甫还是"傲当时"，还是"醉如愚"，这里是

"全身学马蹄"，生活显得凄凉多了。"随意葛巾低"也是借陶潜的生活来写自己，但比起"焉得思如陶谢手，令渠述作与同游"的激昂情绪来，是"随意"得多了。"马蹄"的字面用来作对偶，更是夔州诗。庄周的思想与文章对旧日中国文人是很有传统势力的，他的《马蹄》篇便足以为一种思想的代表，所以杜甫"薄俗防人面，全身学马蹄"的句子一般都认为"如此用事，真出神入化矣。"这样从古书上的题目生出个人脑海里的形象来，以前有庾信的"至乐则贤乎秋水，欢笑则胜上春台。"不过一是欢乐，一是感伤。

有叹

壮心久零落，白首寄人间。天下兵常斗，江东客未还。

穷猿号雨雪，老马怯关山。武德开元际，苍生岂重攀！

这属于杜甫"随意"写的一首诗，见他晚年的生活和思想感情。从现实生活的"穷猿"对出"老马怯关山"（就是说回家的关山之路他不敢再走）的一匹"老马"来，正是夔州诗的表现方法。他过去对国家确实存有希望，常认真地把唐太宗搬出来，"煌煌太宗业，树立甚宏达"，现在极无意兴地说一句"武德开元际"，因为生活经验太多了。

（一九五六年）

"听杨氏歌"解

佳人绝代歌，独立发皓齿。满堂惨不乐，响下清虚里。
江城带素月，况乃清夜起。老夫悲暮年，壮士泪如水。
玉杯久寂寞，金管迷宫徵。勿云听者疲，愚智心尽死。
古来杰出士，岂特一知己？吾闻昔秦青，倾侧天下耳。

这是杜甫的一首《听杨氏歌》，在夔州写的，我很爱它。我觉得这首诗比同在夔州写的《观公孙大娘弟子舞剑器行》更能直接地写出当场的感情，尤其是写出了听众。《观公孙大娘弟子舞剑器行》我最喜欢末两句："老夫不知其所往，足茧荒山转愁疾。"把老杜望着民间艺人奔走的后影，依依不舍，写给我们了。《听杨氏歌》我为什么爱它呢？已经说了，它直接地写出了当场的感情，尤其是写出了听众。老杜真是会写，他不从"江城带素月，况乃清夜起"写起，把不定感情的人就·定先写出这个时间和地点来，那就叫做一般化。老杜现在首先把那个女儿站在那里开口唱告诉我们，"佳人绝代歌，独立发皓齿"，因为听众首先被吸引的是这两句的形象。"满堂惨不乐，响下清虚里"，写唱真是写得快，一唱就把大家的心悲惨起来了，唱的一定是一首悲惨生活的歌；声音本来是佳人发皓齿而出，而老杜却写着"响下清虚里"，声音已经是天空里下来，真会写女子的高音！比"响遏行云"更觉真实。在大家听了感得惨不乐之后，乃写"江城带素月，况乃清夜起"，才不是一般地写时间地点，一般地写时间地点是文章作法一类，是作者应该让读者知道，与当场人的思想感情未必有关，杜甫的"江城带素月，况乃清夜起"乃同李白的"床前明月光，疑是地上霜，举头望明月，低头思故乡"一样，是当场人已经浸在月光之中，再望天上明月了。杜甫并没有告诉我们唱的是什么歌，我们推想可能是悲惨生活的故事，所以"老夫悲暮年，壮士泪如水"。未必是老夫无故生悲，也未必是触景伤情，应与歌辞有关，更不用说与歌调有关。唱歌的时间是不短的，所以接着写"玉杯久寂寞，金管迷宫徵"，就是说大家听得有些迷糊了。但连忙两句，"勿云听者疲，愚智心尽死"，我认为这两句写出杜甫的悲愤，他也不是借题发挥，是他当时实有此感，他告诉我们："不要以为听者疲了，不要以为天下人不分愚智心都死了。"这个歌可能还与国事有关的。照语法，我认为不成问题，"勿云"贯两句。只是杜甫为什么用"愚智"这两个字？照汉语的语气，应该是说有一种人心死而有一种人心不死，所以才说不是"尽死"。我认为杜甫是说"智"心死，而"愚"心不死。"智"指士大夫阶级，"愚"指一般老百姓。"智"和"愚"犹如说"君子"和"小人"。上文"老夫悲暮年，壮士泪如水"，正是老百姓心不死的表现。最后四句就用"响遏行云"的秦青的典故，表示杜甫对民间歌唱的爱好，它能够倾侧天下人的耳朵，也就是对民间艺人的尊敬。

　　以上是我对《听杨氏歌》的理解。其中有问题的是"勿云听者疲，愚智心尽死"两句。旧注作"老壮智愚即满堂中人，听若疲而心欲死，所谓惨不乐也"。我觉得"心欲死"决不是"心尽死"的意思。我认为"老壮"是"愚"，即满堂中人，而"智"不在这里，在朝廷做官，他们的心死。我近来常常感到古代杜甫同现代鲁迅有相似的地方，鲁迅在早期曾无意中说出"不读书便成愚人，那自然也不错的。然而世界却正由愚人造成，聪明人决不能支持世界，尤其是中国的聪明人"。杜甫也叫我们不要以为"愚智心尽死"！鲁迅"横眉冷对千夫指，俯首甘为孺子牛"，杜甫在一首《朱凤行》里则说"下愍百鸟在罗网，黄雀最小犹难逃。愿分竹实及蝼蚁，尽使鸱枭相怒号！"都是在人当中分出两种，一种指统治阶级，一种指人民。

　　我曾分析了杜甫的前后《出塞》，题为"杜甫写典型"，发表于去年一月号东北人民大学《人文科学学报》，在那篇文章里引了《听杨氏歌》里面"勿云听者疲，愚智心尽死"两句，今天再把此诗全文解释出来。当然因为它值得解释。另外还有一个原因，读了一月号《文史哲》上面吴代芳先生《目前杜诗研究中存在的问题》的文章，吴先生说我对杜诗（指《听杨氏歌》和前后《出塞》）"不是进行艺术分析，而是机械地庸俗地搬用某些公式和术语"等等，其实我是进行艺术分析的，拙作《杜甫写典型》是对前后《出塞》进行艺术分析，对《听杨氏歌》也曾经有过仔细分析，在《杜甫写典型》里只引用了它的两句罢了。

　　　　　　　　　　　　　　　　　　（一九五七年）

谈 "语不惊人死不休"

　　杜甫说他作诗是"语不惊人死不休"。"语不惊人死不休"，不光是"语"的问题，同时包含了"语"所表现的思想感情的问题，而首先是要思想感情饱满。作者要把自己的思想感情传达给人，就要有一枝熟练的笔，否则就不能更好地表达出来。古今中外所有的杰作都是如此。杜甫是属于那些最用功的人中的一个，因此他的成绩显著。又是他说的："文章千古事，得失寸心知"。他在当时那样用功，作为千古后的读者，我们完全可以感到他的一枝惊人的笔，读了他的诗真喜悦，而且能够推知他是怎样下功夫的。我们且读他的一首《闻官军收河南河北》：

　　　　剑外忽传收蓟北，初闻涕泪满衣裳。
　　　　却看妻子愁何在，漫卷诗书喜欲狂。
　　　　白首放歌须纵酒，青春作伴好还乡。
　　　　即从巴峡穿巫峡，便下襄阳向洛阳。

　　这首诗的题目就惊人："闻官军收河南河北"，知道他下笔将极快。极快是从思想感情的饱满来的，是从"语不惊人死不休"

的精神来的。"闻官军收河南河北"决不能慢吞吞地写，因为安史之乱河南河北沦陷太久了，杜甫一家人离故乡太远了。官军收河南河北是唐代宗广德元年正月的事。在前三年杜甫初来四川的时候便写有《恨别》一诗，开首四句是"洛城一别四千里，胡骑长驱五六年。草木变衰行剑外，兵戈阻绝老江边。"现在一闻官军收河南河北，应该是"即从巴峡穿巫峡，便下襄阳向洛阳"了。象这样的句子难道不是"语不惊人死不休"的证据吗？我们不能想象杜甫当时下笔的神气吗？就诗的结构说，人在剑外，故乡是洛阳，故事发生的时间是春天，八句诗里都交代明白了，然而没有一点结构的痕迹，这叫做结构自然。这是我们最要向大作家学习的。诗一开始的"忽传""初闻"，都是快极了。"初闻涕泪满衣裳"，非常合乎人情，这个突然之喜是容易"涕泪满衣裳"的。接着"却看妻子愁何在"便真是老杜惊人之笔，本来是写妻儿之喜，而说着"愁何在"呢，连带把一家人多年的愁都写出来了，而今天则该是如何地狂喜啊！就作对偶说，下句"漫卷诗书喜欲狂"的"喜欲狂"是定的，上句便只能用"愁何在"来对。这种地方都见杜甫的"苦用心"。"却看妻子愁何在，漫卷诗书喜欲狂"两句又把一个穷书生的杜甫和他的家人避难异地的生活写得极其真实，富有形象性。"白首放歌须纵酒，青春作伴好还乡"，又最写出了杜甫的性格，"白首"对"青春"在这里真对得好。官军收河南河北是广德元年春天的事，所以"青春作伴好还乡"是写实。"白首放歌"当然也是写实，杜甫屡次说自己的"白首"，他的头发早白了，现在有青春作伴还乡之喜，故这个老头儿纵酒放歌了。我们读了能不为他喜？能不为他悲？实际生活里他这回并没有能够回乡，他一直没有能够回乡，他是漂流而死的。然而他作这首诗的时候，"即从巴峡穿巫峡，便下襄阳向洛阳"，他是神驰故乡了，也真是"下笔如有神"。"下笔如有神"
这五个字也是杜甫自己说的，这句话可以说他有作诗的天才，也
可以说他是"语不惊人死不休"。我们认为杜甫的这一首诗对我
们练习文学基本功可能有些帮助，就是要狠狠地用功。

（一九六一年）

谈杜甫的 "登楼"

我最爱杜甫的《登楼》。我想说出我的理由来。先把这首诗抄下来：

> 花近高楼伤客心，万方多难此登临。
> 锦江春色来天地，玉垒浮云变古今。
> 北极朝廷终不改，西山寇盗莫相侵。
> 可怜后主还祠庙，日暮聊为梁甫吟。

沈德潜对这首诗也赞美得很，他评道："气象雄伟，笼盖宇宙，此杜诗之最上者。"我认为这是杜甫的一首抒情诗。抒情诗还是律诗，这是了不起的事，因为律诗讲对仗，容易逞技巧，见作者的功夫，未必有抒情诗的效用。而杜甫的《登楼》是中国古典文学里一首伟大的抒情诗。我还没有见过古代诗人有谁表现过象杜甫这样深厚的感情。这首诗的表现方法是直接地写出，即是把一刹那一刹那的感情记下来，然后给读者以整个的艺术形象。第一句"花近高楼伤客心"，这一句诗就是杜甫了，除了杜甫没有别人，他登上高楼，看见了花，并感伤于怀。这一句里面有一个"客"字，因为他在外面漂流很久了。就这一句说，也是直接的写法，从最后一刹那写起，要说登楼，而已在楼上，要说楼上，而已见高楼外，所以首先是"花"。又难得第六个字是一个"客"字，即登楼之人。此人是"万方多难此登临"了。所以这首诗的第二句是"万方多难此登临"。第一句"客"字的位置，第二句"此"字的位置，都是直接的写法，其时其地其人自知了。杜诗所表现的感情总是极其直接的，作者不容许一点间接。然而直接的感情究竟是要传达给读者，于是不能不有三四两句，即是解释"此登临"的"此"字。此是何地呢？此地水有锦江，山有玉垒，换句话说客在成都。但不能这样告诉读者，这样告诉读者，便不是直接的感情，是间接的文字了。所以杜诗只能是抒情："锦江春色来天地，玉垒浮云变古今。"这样的两句就是沈德潜说的"笼盖宇宙"。一句写空间，一句写时间。江上春色不就是世界的存在吗？山上浮云不等于古今的变换吗？杜甫一点没有"人生如梦"的意思，他是写景，他是抒情，他有的是对祖国的献身感，对历史的责任感。所以诗接着写："北极朝廷终不改，西山寇盗莫相侵。"这都是直接的感情，在杜甫写《登楼》的时候，吐番曾经侵入到长安，然而被击退了，所以有"北极朝廷终不改"句，这一句也确实表示杜甫的信心。在四川方面吐番也为患，故有"西山寇盗莫相侵"句。最后两句我非常爱好，我认为杜甫的思想感情极深刻，表现得极直接，他是写成都的刘后主庙，刘后主是亡国之君，所以他用了"可怜"两个字，这一来与"北极朝廷终不改"的思想好象有矛盾似的。然而杜甫有信心，所以马上接一句："日暮聊为梁甫吟。"这用的是诸葛孔明的故事，诸葛孔明好为梁甫吟，这是一种兴奋的精神。"日暮"两个字我们应该注意，登楼是在日暮，所以"日暮"是写实，但杜甫没有一丝一毫"只是近黄昏"的意思，他有的是屈原的"吾令羲和弭节兮，望崦嵫而勿迫"的精神。不过杜甫也和屈原不同，他这首诗表现的是现实主义，不是浪漫主义，他是"日暮聊为梁甫吟"。就作诗的技巧说，题目是"登楼"，作者应该告诉读者他在什么时候什么地方登楼的，杜甫当然没有这么笨，然而我们读完了诗也都知道了，地方在四川成都，时间是春天日暮。

我爱杜甫的这一首诗，有两点：一，它反映了中国古代长期封建统治的历史，一方面诗人相信"北极朝廷终不改"，一方面又"西山寇盗"相侵；二，这首诗的语言充分表现汉语之美，它利于作对仗，而杜甫用以抒情。

（一九六一年）

格义致知

阿赖耶识论

序

  民国三十一年冬我一家人住在黄梅五祖寺山麓一个农家的宿牛的屋子里，一日我开始写这部书。我今开始说这句话，是记起陶渊明的话："今我不述，后生何闻焉？"我的意思很想勉后生好学。此书脱稿则在三十四年秋。这三年中并非继续不断的写，整个的时间忙于课蒙，无余力著作，到三十四年乃得暇把它一气写成。写成之后，很是喜悦，这一件活泼泼的事算是好容易给我放在纸上了。世间无人比我担负了更艰难的工作，世间艰难的工作亦无人比我做得更善巧。我却不是有意为之，即是说我未曾追求，我是用功而得之于自然。在自然而然之中，我深知中肯之不易了。

  学问之道本是"先难而后获"，即是说工大难，结论是简单的。只看世人都不能简单，便可知工夫是如何其难了。我这话同学数学的人讲大概容易被接受，因为他会数学便知道数学不是难，是简单。因为简单，答案只有一个。世间不会有两个答案的真理。阿赖耶识便是简单，便是真理的答案。我开始想讲它的时候，便无须乎多参考书。恰好乡间住着亦无多书可参考，乐得我无牵无挂，安心著书。不但此也，我还想我著的书只要有常识思想健全的人都可以看，不须专门学者。关于西洋哲学方面，那时我手下有一学生给我的两本古旧的严译《天演论》，我于其中取得译者讲特嘉尔①的话作为西洋哲学的代表而批评之。我觉得我可以举一以概其余，必能得其要害。何以呢？西洋哲学家对于死生是不成问题的，他们无论唯心与唯物都是无鬼论，这便是说他们不知不觉的是唯"形"，只承认有五官世界了，形而上的话只是理论，不是实在了。故西洋的唯心论正是唯物论。若唯心，则应问死后，问生前，问死后的实在，问生前的实在。所以据实说，宗教与哲学并不是学问的方法不同，学问的方法都是经验都是理智，不过哲学是经验有所限，因之理智有所蔽而已。西洋哲学家能拒绝我这话吗？故我举出笛卡尔来说说便可以的。我因为能简，故能驭天下之繁了。

　　去年来北平后，买得郑昕教授著的《康德学述》一读，令我欢喜得很，我一面感谢郑先生使我能知道康德，一面我笑我自己真个是"秀才不出门能知天下事"了。我喜爱康德，只是不免有古人吾不见之感，不能相与订正学问。这点心情我对于程朱亦然。在中国有程朱一派，在西洋有康德一派，虽然方法不同，他们是如何的好学，可惜他们终是凡夫，不能进一步理智与宗教合而为一了。照我的意义，哲学进一步便是宗教，宗教是理智的至极。康德认为论理是先验的，即是说论理不待经验而有，这同我说理智是本有的，论理是理智的作用的话，不尽同，却是相通的，我的话可以包括他。这一点最使我满意，我没有学过论理

---

　　① 特嘉尔，今译为笛卡尔。——编注

学，我本着生活的经验，再加之普通中学的数学习惯，乃悟得理
智是怎么一回事，为我的一大发现，而与西方专家的话不相悖。
我想求证于西方哲学者只此。此外则我本着佛法，可以订正康德
的学说。我已说过，哲学是经验有所限，因之理智有所蔽，康德
亦正如此。郑先生说，康德是"先验的唯心论，经验的实在论"，
即是说由理智来规定经验，而经验正是理智施用的范围，离开这
个范围是假知识。康德的意思假知识就好比是我们做的梦一样，
不可靠的。佛却是告诉我们人生如梦，也便是知识如梦。梦也正
是经验，正如记忆是经验，说它是假知识，是不懂"实在"的性
质而说的话。康德所谓实在，岂不是以眼见为实在吗？耳闻为实
在吗？科学的实验为实在吗？换一句话说便是相信耳目相信五
官。其实五官并不是绝对的实在，正是要用理智去规定的。那么
梦为什么不是实在呢？梦应如记忆一样是实在，都是可以用理智
去规定的。梦与记忆在佛书上是第六识即意识作用，第六识是心
的一件，犹如花或叶是树的一件。你有梦我也有梦，你有记忆我
也有记忆，是可经验的。康德以为有可经验的对象才是知识，梦
与记忆都是有可经验的对象，不是"虚空"。不过这个可经验的
对象不在外，因之好像无可规定了。说至此，我们更应该用理智
去规定。所谓内外之分，是世俗的习惯，是不合理的。见必要
色，闻必要声，是一件事的两端，色与声无所谓外，不是绝对的
"对象"。西洋哲学家说是对象，佛书上说是心的"相分"。凡属
心，都有其"见分"与"相分"。梦与记忆是意识作用，而意识
自有其相分，就法则说，意识的相分本不如五官识的相分为世俗
所说的那个外在的对象罢了。不应问外在的对象，只应问你的意
识同我的意识是不是受同一规则的规定，如果你的意识同我的意
识是受同一规则的规定，那便是经验的实在了。阿赖耶识更好像

是没有对象，不可经验，其实我们整个的心就是阿赖耶识，我们谁都有心的经验，为什么没有对象呢？整个的世界整个世界的法则正是这个对象了。不以这个为对象，正因为你是执着物罢了。我想打一个比方来说明什么是康德认为经验的实在，什么是他认为不可经验的，他认为经验的实在好比眼面前立着的一株树，分明有一株树的根茎枝叶花果，人人得而经验之，若已给风吹离开了这株树而是这株树的种子则不在他的意中，他没有考虑到这件事了，他所认为不可经验的正相当于这颗离开原树的种子，其实是经验的实在了。《华严经》说，"识是种子，后身是芽，"这个识，是阿赖耶识，是实在的。懂得这种子阿赖耶识，正因为懂得吾人的世界是阿赖耶识，正如一株树与一颗种子是一个东西，都应该是经验。大家以眼面前的一株树为经验，却从不以离开树而尚未发芽再长成树而是树的种子放在意中，即不以"识是种子"的识为经验，有之则斥之为迷信，因为吾人不可得而见闻之也。独不思，梦吾人不可得而见闻之，而吾人有梦之经验。觉而后知其为梦也。我这话，无人能拒绝的。说至此，更有一重大问题，或者不如说更有一有趣问题，因为问题便是问题，无所谓重大不重大，而这个问题确是很有趣了，即我所发现的理智问题。郑先生说，康德认为"纯我"或"心"是分辨了别的主体，"在一切判断中它是主体，没有它即没有判断。它是每个可能的判断的主体，而不能是任何判断中的对象。它是不具任何经验的或心理学的内容的。"这话颇可以拿来形容理智，理智简直是《易·系辞》所谓神无方而易无体的"神"，因为"它不能是任何判断中的对象，它是不具任何经验的或心理学的内容的"，它无在而无不在，我们一切合理的话都是理智在那里替我们作主而说的，小学生算算术是理智作用，哲学家如康德亦不过是理智作用，你的话说得对一定是合乎理，你的话说得不对一定可以指出你的不合理的地方，而理智本身无话可说，是言语道断，一言语便不免具有"经验的或心理学的内容"了。若康德所谓纯我或心而为判断的主体者，倒不是判断的主体，而是判断的对象，即是说它具有经验的或心理学的内容。这个纯我或心佛书上叫做末那识。末那识以"恒审思量"为性相。我们的感觉应没有相同的，然而我们可以有同一的知识，正因为我们有一个同一的"我"。同一的知识同同一的"我"正是一个东西，是恒审思量的末那识，是结缚。因为是结缚，所以同一，正如一切东西关在箱子里而同一了。东西不同，所有权是同一的。然而东西剥掉了没有另外的所有权。故说纯我或心正是"经验的或心理学的内容"。佛说"诸法无自性，一切无能知"，我们的心是一合相，没有一个独立的实在，如世间不能单独的有一枚活的叶子，不能单独的有一朵活的花，无所谓"我"，无所谓"主体"，总之是"经验的或心理学的内容"。离开"经验的或心理学的内容"则是解脱，而解脱亦是可经验的。解脱是工夫，解脱乃无所得了。学问的意义在此。无所得才真是理智的实在，你可以随俗说话，你的话将总说得不错。而世间哲学家的话正是结缚的言语。笛卡尔说"我思故我在"，正可以代表西洋哲学家的结缚的言语，独不思他是认"思"为"我"，离开经验没有思，离开思没有我，说"思"也好，说"我"也好，都是"经验的或心理学的内容"。我感得一大可惊异事，何以西洋哲学家都不能"无我"？他们的理智作用为什么不能擒贼先擒王呢？因而陷于一个大大的理障。他们的工夫都是很好的，我们应该向他们介绍佛法，然后他们真是如释重负了。我说离开经验没有思，离开"思"没有"我"，正是佛说的"一切法无我"，"一切无能知"，西洋哲学里头完全没有这个空气。所谓"经验"，所谓

"思"，所谓"我"，是没有起点的，佛书上谓之"无始"。若以"生"为起点，自然以"死"为终点了，这便叫做"戏论"，也正是俗情，是可悲悯的，是经不起理智的一击的。所以说唯心，答案便是阿赖耶识。它是缚解的话。这里才见理智是神。我深愿中国研究西洋哲学者将它介绍于西洋哲学界。这是觉世之道。

我在本书里说心是一合相，认有宗菩萨说八识正是说心的一合相，是我左右逢原的话，一合相三个字我却是见之于《金刚经》，除了空空一个名词之外《金刚经》上没有任何解释，我毅然决然照了我的解释。去年来北平后买得《摄大乘论》世亲释一读，见其释心"由种种法薰习种子所积集故"有云："所积集故者，是极积聚一合相义。"是证余言不谬。

在黄梅关于宋儒只有一部《宋元学案》，来北平后买得二程张朱诸子书读，甚是喜悦。他们都能"无我"，他们能"无我"故能认得天理。所谓"天理"，不是一个理想，是实实在在之物，因为天地万物是实实在在的。天地万物不是你我，正是天理，是天理的显现。我在一篇文章里打了一个比方，天地万物好比是几何学的许多图形，天理好比是几何这个学问，几何这个学问是实在的，它不是空虚无物，而任何图形都是几何这个学问的全部表现。所以天理是体，天地万物是用，即用见体。宋儒见体，然而他们不能说是知道用。必须懂得理智是神才是知道用。他们以生为受，以死为归，即是受之于天归之于天。这样理智无所用其神了。这样于理智不可通。这样不是即用见体，而是体与用为因果。这便叫做神秘，因为无因果道理之可言。事实是，死生自为因果，所谓"种生芽法"——这正是理智。因果是结缚，结缚才成其为因果——这正是理智。结缚则本来无一物，本来无一物故正是理智。于是理智是用，即用见体了。儒佛之争，由来久矣，实在他们是最好的朋友，由儒家的天理去读佛书，则佛书处处有著落，其为佛是大乘。因为天理便是性善，而佛书都是说业空，业空正是性善了。若佛书宗教的话头多，是因其范围大些，即是用之全体。

朋友们对于拙著"论妄想"一章所发表的意见最令我失望，即吾乡熊翁亦以我为诡辩似的，说我不应破进化论。是诚不知吾之用心，亦且不知工夫之难矣。佛教是讲轮回的，我们且不谈，即如孔子亦岂不斥近代生物观念为邪说的？"天生蒸民，有物有则，民之秉彝，好是懿德。"这岂是近代生物观念？进化论是近代生物观念的代表，是妄想，是俗情，我破之而不费篇幅，却是最见我自己平日克己的工夫。我半生用功，读提婆《百论》一句话给了我好大的觉悟，他说，"若谓从母血分生以为物生物者，是亦不然。何以故？离血分等母不可得故。"是的，离血分等母不可得，于是我切切实实知道世人之可悲都是离分别有有分，再回头来读提婆的书，菩萨所以谆谆诲人者都是破这个妄想了。"头足分等和合现是身，汝言非身，离是已别有有分为身。轮轴等和合现为车，汝言离是已别有车。是故汝为妄语人。"我读科学家讲木生子的话，知道科学家亦正是凡夫，是菩萨所说的妄语人，大家确有离种子别有木的执着，种子好比是幼体，木好比是母体，木是能生，子是所生。我这样攻击科学家，正是我自己知道痛处。我的攻击也最得要领，正是我应该说的话，我知道范围。我的朋友们尚无有能知道我这部书的一贯处，尚无有能知道我的选择。我从没有范围的如虚空法界选择一个最好的范围了。我破进化论正是讲阿赖耶识正是讲轮回。我最得佛教空宗有宗的要领。我的书没有一句宗教的口气，然而理智到颠扑不破时是宗教。

三十六年三月十三日废名序于北平

第一章　述作论之故

我在二十四年作了一篇小文章，题目是"志学"，写的是我当时真实的感情。因为那时我懂得孔子"四十而不惑"这一句话，也便是"朝闻道夕死可矣"的喜悦，同时又是一个很大的恐惧，原来我们当初算不得学，在人生旅途当中横冲直撞，结果当头一棒令自己睁开眼睛一看，呀，背道而驰竟也走到了原处！本不知道有这么个处去，到了这个处去乃喜于自己没有失掉，其惭愧之情可知矣，其恐惧之情可知矣，不知道自己尚有补过之方否，于是我有志于学。所以我的志学乃在不惑之后。到现在这已是七年前的事了。在这几年之中，遭遇国难，个人与家庭流徙于穷村荒山之间，其困苦之状又何足述。只是我确是做了一个"真理"的隐士，一年有一年的长进，我知道我将在达尔文进化论之后有一番话要向世人说，叫世人迷途知返，真理终将如太阳有拨云雾而现于青天之日，进化论乃蔽真理之云雾也。今天我决定写此《阿赖耶识论》，我愿我的工作进行顺利。

开首就以摧毁进化论为目标，因为他是一个无根的妄想而做了近代社会一切道德的标准，殊堪浩叹。往下我的说话却不必与他有交锋之点，只要话说明白了，进化论不攻自破，世人知其为妄想可也。大凡妄想都是无根的，那里还有攻击的余地呢？所以我诚不免有孟夫子"我亦欲正人心息邪说"的意思，然而我说话的方法完全是论辩①的，我的态度也完全是为学问而学问的态度。有话说不清楚不说可也，世道人心不能替你做口实。万一给

---

① 废名使用"论辩"，"诡辩"时，有"辨析"之意，不完全同于现在的"论辩"、"诡辩"。故此处保留废名的用词习惯。——编注

我说清楚了，正在我而负在你，你便应该信服我，对于世道人心你也应该负责任。总之我攻击的目标是近代思想，我所拥护的是古代圣人，耶苏①孔子苏格拉底都是我的友军，我所宗仰的从我的题目便可以看得出是佛教。

于是说到我的题目。我选择阿赖耶识做题目，却是从我的友军儒家挑拨起来的。我欢喜赞叹于大乘佛教成立阿赖耶识的教义，觉得印度圣贤求真理的习惯与欧西学人一般是向外物出发，中国儒家则是向内，前者的方法是论理，后者的方法等于"诗言志"。究其极儒佛应是一致，所谓殊途而同归，欧西哲学无论唯心与唯物却始终是门外汉未能见真。儒家辟佛是很可笑的，他自己是差之毫厘，乃笑人谬以千里。"惟于理有未穷，故其知有不尽"，朱夫子的话可以转赠给孟子以下宋明诸儒。世之自外其友者，未有过于儒者之于佛也。欧西学人因为与天竺菩萨求真习惯相同故，菩萨之言说，都是学者之论理，那么科学家何以动斥彼为"宗教"，一若宗教便是感情，便是迷信，便是一个野蛮的东西，此科学家之最应该反省者也。时至今日印度学问之真面目真应该揭开，只要指出来了，好学深思之士岂有不承认之理。而中土读书人则因笼统于认识事理，急迫于眼前生活，未必乐于谈学问，未必不笑我们迂阔。试看汗牛充栋一堆物事，除了和尚们翻译的经论而外，还剩下有几部书够得上著作？宋明儒者深造自得是我所很尊重的，他们对于真理于我有很大的启发，在我懂得他们的时候不知手之舞之足之蹈之，然而他们辟佛，在这一点他们仍是三家村学究。他们每每令我想起印度菩萨，印度菩萨也每每令我想起这些儒者，我觉得我应该为儒者讲阿赖耶识，然后他们

---

① 耶苏，即耶稣。——编注

未圆满的地方可以圆满，然后他们对于真理的贡献甚大，而我只是野人献曝而已。那么我的《阿赖耶识论》乃所以教儒者以穷理，而穷理应是近代学问的能事，欧西学人有不赞同我者乎？我以阿赖耶识做题目的原故是如此。此外还有一个近因，黄冈熊十力先生著有《新唯识论》，远迢迢的寄一份我，我将它看完之后，大吃一惊，熊先生何以著此无用之书？我看了《新唯识论》诚不能不讲阿赖耶识。熊先生不懂阿赖耶识而著《新唯识论》，故我要讲阿赖耶识。所以我的论题又微有讥讽于《新唯识论》之不伦不类。熊先生著作已流传人间，是大错已成，我们之间已经是有公而无私。

我的材料将一本诸常识，我的论理则首先已声明了是印度菩萨与欧西学者所公用的。我不引经据典，我只是即物穷理。我这句话说得有点小气，但这一句小气的话是我有心说来压倒中国一切读书人的。方我在这个穷乡陋室之中着手著书的时候，大哥问于我曰，你能不要参考书？他的意思是，你手下几部书而已，说话不怕错么？其实大哥是惑于中国一向以读书为穷理之传统。哥伦布发现西半球不是读书来的。达尔文研究生物也不是捧着书本子。吾友古槐居士曾经说过，何必读书然后为学这句话是不错的，孔子责子路不是说他这句话不对，是说子路不该以这句话为理由，故说他是佞。我亦以为如此。我常赞叹印度菩萨的著论，他们那里目中有一部经典在？他们才真是"博学于文，约之以礼"。真理是活的，又真是"瞻之在前，忽焉在后"，从那里下手就权且从那里下手。中国只有程朱诸子有此力量，此外则不知学问为何事。我今欲为中国读书人一雪此耻。我谈佛教而不借助佛书，我只有取于常识。然而我的道理都是从佛书上来的。我因为懂得道理，说话不能不印证于佛书，佛书上没有的我便不敢说，我也便没有佛书上没有讲到的话。我从前读英国诗人莎士比亚的剧本，如读莎士比亚个人的传记。我后来读印度佛教大乘小乘空宗有宗的经论，犹如我个人对于真理前前后后一旦豁然贯通之。请诸君相信我的话都不违背佛教。不违背佛教便是不违背真理。不违背真理便是认识自己。

第二章　论妄想

　　当初哥伯尼①说地是动的，哥伦布说他从西边可以走到印度去，一般人都说这是妄想。后来事实证明又不是妄想。其实即使未经证明，我们也不能说地动地圆是妄想，因为他们的推论是合理的，他们的合理乃是根据于事实。再经事实证明，乃是合理的价值罢了，并不是事实的价值。事实是无所谓价值的，你说天圆而地方于事实之价值无损。有一回我同一个初中学生讲牛顿与苹果的故事，他听到我述说牛顿的思想，苹果何以不向上"落"而向下落？何以不左倾右斜？他很以为异。他的神情是说牛顿是妄想。我解释道："你不要奇怪，天下没有向上落的东西么？风筝不是向上落么？风筝不左倾右斜么？"于是他笑了，他的智力足以明白向上飞也是一种"落"。他乃承认牛顿的思想是合理的。我家有一个小孩子，在他四岁的时候，冬天里望着天下雪，问我道："爸爸，雪是什么时候上去的？"家里的人都笑他，仿佛笑小孩子爱妄想。我不以为他是妄想，我只是暗地里好笑，何以小孩子也属于经验派？（读者诸君，是他呱呱堕地以后四年之内的经验么？）他应该有他的童话，下雪应是一个童话世界，而他却是合理的推理。科学家会告诉他雪是天晴的时候上去的，叫做水蒸气。因为小孩子的推论是合理的，所以科学家的事实替他回答了。有时"妄想"即事实。鱼是怎么游的？鸟是怎么飞的？那么合乎鱼游鸟飞的法则，我们圆颅方趾之伦也应该飞，也应该游，于是我们水行的器具有了，叫做船；空行的器具有了，叫做飞机。常情之所谓妄想，科学家每证明是事实。

---

　　① 哥伯尼，今译哥白尼。——编注

　　然而我今天的主意是说科学家偏妄想！我在此曾有学生拿着严译《天演论》要我讲授，我翻开书面，"光绪辛丑仲春富文书局石印"，乃旧雨重逢，我小时在乡间读的《天演论》，正是这样两册书，以后"物竞天择"、"生存竞争"的思想也都是从那时来的。于是我捧着这两册书，我不为学生讲，我自己翻阅着，满纸荒唐言，真不啻读一部旧小说，令我叹息又叹息。在上卷第三篇译者按语云：

　　　　学问格致之事，最患者人习于耳目之肤见，而常忘事理之真实。今如物竞之烈，士非抱深思独见之明，则不能窥其万一者也。英国计学家马尔达有言，万类生生，各用几何级数，使灭亡之数，不远过于所存，则瞬息之间，地球乃无隙地。人类孳乳较迟，然使衣食裁足，则二十五年其数自倍，不及千年一男女所生当遍大陆也。生子最稀莫逾于象，往者达尔文尝计其数矣，法以牝牡一双，三十岁而生子，至九十而止，中间经数，各生六子，寿各百年，如是以往，至七百四十许年，当得见象一千九百万也。又赫胥黎云，大地出水之陆，约为方迷卢①者五十一兆，今设其寒温相若，肥确又相若，而草木所资之地浆日热炭养亚摩尼亚莫不相同，如是而设有一树，及年长成，年出五十子，此为植物出子甚少之数，但群子随风而飏，枚枚得活，各占地皮一方英尺，亦为不疏，如是计之，得九年之后，遍地皆此种树，而尚不足五百三十一万三千二百六十六垓方英尺。此非臆造之言，有名

---

　　① 方迷卢，今译平方米。下文提到英方迷卢，即平方英里。——编注

数可稽，综如上式者也。① 夫草木之蕃滋，以数计之如此，而地上各种植物，以实事考之又如彼，则此之所谓五十子者至多不过百一二存而已。且其独存众亡之故，虽有圣者莫能知也，然必有其所以然之理，此达氏所谓物竞者也。竞而独存，其故虽不可知，然可微拟而论之也。设当群子同入一区之时，其中有一焉，其抽乙独早，虽半日数时之顷，已足以尽收膏液，令余子不复长成。而此抽乙独早之故，或辞枝较先，或苞膜较薄，皆足致然。设以膜薄而早抽，则他日其子又有膜薄者，因以竞胜。如此则历久之余，此膜薄者传为种矣。此达氏之所谓天择者也。……

	每年实得木数
第一年以 1 枚木出 50 子 =	50
第二年以 50 枚木出 50^2 子 =	2500
第三年以 50^2 枚木出 50^3 子 =	125000
第四年以 50^3 枚木出 50^4 子 =	6250000
第五年以 50^4 枚木出 50^5 子 =	312500000
第六年以 50^5 枚木出 50^6 子 =	15625000000
第七年以 50^6 枚木出 50^7 子 =	781250000000
第八年以 50^7 枚木出 50^8 子 =	39062500000000
第九年以 50^8 枚木出 50^9 子 =	1953225000000000

而	英方尺
英之一方迷卢 =	27878400
故 51000000 方迷卢 =	1421798400000000
相减得不足地面 =	531326600000000

---

① 原文所附算式移排引文后。——编注

　　我告诉诸君，这些话都是妄言，首先世间无此事实，不能作假设，上面的算式，正如小学生课本上的算术题目，是教师捏造出来的，第一年以一枚木出 50 子，第九年以 50^8 木出 50^9 子！又正是佛书上所说的兔角，夫兔角者，在文法上与"羊角"、"牛角"同成为名词，无奈我们平常说话不能以此开口，也就没有人以此开口，因为世间无此事也。我说达尔文赫胥黎的事实等于"兔角"，并没有对不起他们的意思，他们实在是对不起科学。科学总应该根据事实，哲学家则本是妄想。那么科学家的事实我是承认的，我所明以告世人者，世上的科学家都是哲学家，于是他们的事实是妄想。"一枚木年出五十子"，菩萨说这句话不能成立，首先"木"字不能成立，因为离开"子"没有"木"故。我们说"某甲有钱"是可以的，但说"某甲有脚"则不可。说"某甲有脚"，等于说"某甲有某甲的脚"。把脚除开，把手除开，把肢体器官除开，什么是某甲呢？说"木出子"，犹之乎说"某甲有某甲的脚"。真的，一般科学的哲学家应该没有发言权，他们说话只能说是没有文法的错误，他们尚不能说是懂得论理，因为他们不懂得事实故。我们眼见由种子而芽而根茎枝叶花果，除却种子芽根茎枝叶花果别无什么东西叫做"木"。说"一枚木年出五十子"，仿佛一方面有木，一方面有子，是妄想，不是事实。由妄想堆积而成的算式，是妄想而已。世间植物，布种发芽以至根茎枝叶花果，都是事实，我们一一得而研究之，但研究不出"生存竞争"的事实来。如说此存而彼亡，非生存竞争焉有此结果，须知存亡是植物的事实，彼此是人生的意见。如刚才所说，我们眼见有由种子而芽而根茎枝叶花果这样的东西，另外没有一个东西叫做"木"，没有一个东西叫做"木"能生出子来，于是而有能生之"木"与所生之"子",于是而此所生与彼所生争生存。人生有"业",故意见亦造作事实,于是生存竞争是人生之事实。

第三章　有是事说是事

我尝默契于印度菩萨说话的原故，即是有是事故说是事。换一句话便是，没有的事不说，此其一；说此事不乱说，此其二。比如火，是有的，我们便说他。要说他怎样说呢？说火烧房子么？那便是乱说，乱说的话便不一致，你说火烧房子，我说火作光明。菩萨说火，说火相暖。这个规矩，应该就是科学家的规矩，我再说一遍，没有的事不说，说此事不乱说。然而科学家都是哲学家，是唯物论者，于是科学家的事有范围。世间本来没有范围，要说范围，范围如虚空，掘地得穴虚空不因而加增，堆石为山虚空不因而不足，故有范围结果便不守范围，没有范围乃随处是范围。科学家择"知之为知之，不知为不知"作科学的谦德，佛则说是无不知。是的，无不知是宗教，亦必无不知而后乃为知。无不知故没有范围，没有范围故选择，选择乃为知也。若有范围，安得而言知？安得而守范围？科学家能够制造话匣子，但说话的原故呢？照相机能够照相，但我们看东西的原故呢？我从前读英国汤姆生一篇谈虫声的文章，甚觉有趣，作者说世上的声音最初是无生物声音，如山崩海啸，那真是一个很有趣味的世界，世上喧哗得很，但也寂静得很，谁在那里听这个声音呢？那么声音这两个字的意义又如何而成立呢？我当时并不是认真起这些疑问，只喜欢汤姆生的文章美丽。现在我记得这件事，感于科学家不足以言知，不足以言知道"声音"。其原故因为有范围。科学家以为声音就是话匣的声音，研究声音便是研究声浪，他忘记了有耳在那里听，于是科学家的耳等于电话机上的听话机。于是天下的事情只有听话机的范围。所以科学家的"不知"亦是知，他知道话匣子不知道照相机，是不知也，然而他的照相机的范围即是话匣子的范围，故他仍是知。倘若你告诉他天下的事情不是这个范围，没有范围，那么科学家的话都越了范围，因为他是以不知为知也。总之科学家是有的事不说，因之说的事不免于乱说。菩萨是有是事故说是事。

我们就风的现象来说。菩萨说风，说风相是动。比如一棵树本来是立着不动的，忽然枝叶摇动起来了，是因为风的原故。动是风的性质犹如暖是火的性质。人非水火不生活，其实生活也是不离开风的，我们谁能不呼吸呢？我家小孩子在庭前种瓜果，也知道选择"过风"的地方。可见风是事实。科学家对于这个事实怎么说呢？科学家对于这个事实没有说。科学家只说空气——空气是不动的，犹之乎水流而水相不是动，菩萨说水相湿。是的，科学家不认识动的现象，所以科学家不认识动物。我说科学家不认识动物，并不含有讥讽的意思，照科学家的范围是不许有动物的。科学家的动物不同火车行路飞机航空是一样的物事么？其实动物的定义很简单，动物是能动的。动物何以能动呢？大凡动，是风的性质，我们看见物动，知道起了风。现在看见有动物，不待外风而自动，必是此物自己起了风也。因为动必是风的原故，犹如暖必是火的原故，此是物理。自动是自己起风，此是心理。菩萨说心发起风。必有物，此是耳目所共见闻；必有心，此是科学家所不承认的。岂但不承认而已，而且不许别人说，你说有心，算你不识时务。科学有心理学一科，这个心理学即是那个物理学，其所说的现象虽是心的现象，发生这个现象的东西则是物也，神灭论者说是犹如刀之与快。什么叫做刀？我们能替刀下一个界说么？刀是人生的业，不应有物曰刀，犹如我们眼见林中有树，不见有物名曰椅子曰桌子，桌子椅子是人生的业。什么叫做快？说刀已是无此物，说快又岂是此物之相？科学家在谈物理的时候，何至如此无物无相但有言说，但说心与物的关系，其乱说类此。其原故因为不知有心。科学家不知有心而不说，说亦不说心这个东西而说心的现象，于是有心的现象而没有心这个东西，于是心这个东西即是物这个东西，所以科学家是唯物的哲学家。在另一方面，世有唯心的哲学家，须知唯心的哲学家亦是唯物，因为他们眼见物而已，他们离开物没有东西，他们以物的现象为心这个东西，于是他们不曾说物这个东西，他们亦不曾说心这个东西。心有心这个东西，这是我首先要请大家认识的。菩萨是将心这个东西与物这个东西等而说之，所谓色法与心法。有一个东西的现象必有一个东西之体，如有动之现象斯有风之体，何独于心之现象而不认识心之体呢？科学家不认识心这个东西，正同不学科学的人呼吸空气而不认识空气一样。科学家将伤心与涕泪混为一事，伤心人有其事，涕泪人见其形，一心一物，此固毫不成问题者，而问题正在这里。我必诉之于科学家之理智请认识此问题。

　　我重复的说，有一个东西的现象必有一个东西之体，比如物理学研究光，研究声音，研究磁电，声光磁电各有其现象斯各有其体。心的现象，亦世间现象之一种也，如哀，如怨，如希望，如恐怖，如羞耻，如贪，如痴，如怒，如推理，如记忆，如忍耐，如发愤，如闻一知十，举一隅不以三隅反，科学家的心理学总析之为知与情与意。说这些心的现象待感官与外境而生起，是的，但生起的是这些心的现象，不是心这个东西，犹之乎我们打电话，电话通了，即是现象发生了，要待许多条件许多配合，然而即使电话未通，即使电话机器尚未发明，电之为物仍在，不能因为没有通电话的现象而失却电这个东西。所以心的现象未发生，心这个东西仍是有的——这句话这么说诸君不以为可笑么？

这么说不同主人不在家你说你的主人没有了一样的不合事实么？一方面我们承认物，一方面我们也要承认心。照相机的范围是物的范围，我们的眼睛诚然同其范围。听话机的范围是物的范围，我们的耳朵诚然同其范围。鱼游的条件舟行的条件同之，鸟飞的条件飞机的条件同之。你懂得自然法则，你还制造物品出来证明自然法则，真个是有物有则。于心亦然。乐则笑，哀则泣，羞则脸红，怒则气盛，贪食垂涎，忧思不寐。心不在焉，视而不见，听而不闻，食而不知其味。庄周曰，可行已信，而不见其形。世人特以不见其形而遂不知有心这个东西耳。有之则指着我们体内的心脏。科学家的部位不同，指着脑。我们有脑，犹如有耳目，然而脑与耳目不是心，是感官。心藉感官，犹如藉外物。外物不是心，犹如感官不是心。因为是心不是物，所以"不见其形"。如说不见其形所以没有，有何以必是形？你昨夜做的梦呢？你今天的记忆呢？如说那是因为有生理在，即是有物在，所以有此心理作用，（科学家动辄曰生理作用心理作用，其可笑一如说刀与快的关系，无物无相但有言说，乱其平日说物的规矩，经我指出，应该反省。）那么在你记忆一个东西记不清楚的时候，是因为你的生理有缺欠么？如果不是因为生理有缺欠而有记忆不清楚之事，则记忆这个现象不能说是生理作用。如曰是因为生理有缺欠而有记忆不清楚之事，则在你记一个字记不清楚的时候何以翻开字典便记清楚了？可见你记忆不清楚不是生理有缺欠，乃是心的现象（因为记忆是心的现象）必是心藉感官（如眼睛）与外物（如字典）而生起的。而感官与外物不即是心。心有心这个东西，犹如有眼睛，有字典，各有其自体。这个东西最直接的证明应莫过于良心，不藉感官，无待烦言，人人有的，人人自证，而今世之哲学家却坚决的否认之，遂令我不好开口，一若此事应无庸议者。此天下之最可惊骇者也。此事姑且留到最后再说，那时也容易说得清楚。

　　我姑总说一句，世人都是唯物的，无论哲学家，无论科学家，无论老百姓（老百姓程度尚浅）都不知道心有心这个东西，但我们必须认识心有心这个东西，然后凡人是这个东西，作佛也是这个东西，活着有这个东西，躯壳没有了这个东西也不是没有，因为他本是不见其形何得谓之"没有"？然后你能懂得佛教，然后只有佛是唯心。这时你懂得佛是不妄语，有是事故说是事。

第四章　向世人说唯心

　　心有心这个东西，是事实，如果讲道理，道理是无有不承认事实的。无奈世人"执着"，就是惑。自哲学家以至于老百姓，皆惑也。佛说轮回的原因是"无始乐着戏论"，我窃叹其确切不可移易，思一言以有助于世人，而佛已昭示给世人了，世人不理会！乐着戏论，尤莫过于学人之惑，他们耳目聪明，诸事以为求决于理智，而根本不讲理，根本是执着，犹如人之见物而不自见其目也。与学人之惑相对，有老百姓的迷信，破除迷信，那不是我的意中之事。中国人的迷信其实很浅，智愚贤不肖的思想都是经验派，一方面不相信上帝，一方面也不相信神我，只是相信五官，在这一点确是科学之友，因此之故我今破执着的方向甚简单，我破执着即是破常识，唯一是对经验派说话。

　　我说有心，因为是心不是物，所以不见其形。如说不见其形所以没有，有何以必是形？讲道理这几句话已极尽道理之能事，毫无疑义。然而汝不知反省，对于我的话深恶而痛绝之。何以故？汝总是执着有一个东西故也，这个东西应该是可以执之于掌握中者也。我说话在有心这个东西，躯壳没有了心这个东西也不是没有。这句话，常情尚可容纳，不至于厌恶，但问我道："不是没有当然是有，有，我何以不晓得呢？"此问殊堪同情，我思首先答复一番。你说"不晓得"么？我且问你，睡觉的时候，"我"晓得么？在耳目不及的范围，"我"晓得么？你能知道百里以外的事情么？平常所说的"我晓得"，并不是有一个"我"，超乎诸事之外，然后诸事"我"晓得；乃是诸事配合起来而说一句笼统的话"我晓得"。比如今天下雨，我晓得今天下雨。我晓得今天下雨，是由于有眼看着雨，或有耳听着雨声，诸事一齐作用，才生出今天下雨的意识，诸事之中缺少一件就无所谓"我晓得今天下雨"了。雨淅淅淅沥的响着，聋者便不晓得。所以把雨点或雨声，眼或耳诸事除开没有一个另外的东西叫做"我"。"听雨明明是我的耳朵听，不是聋子的耳朵听，为什么不说是我呢?"那么聋子有"我"么? 照常情，当然不能说聋子没有"我"，然而聋子"不晓得"。可见我们不能以"我不晓得"来否认"有"。佛说"一切无能知"，我们可以承认一切事情，而不能承认"我"，而一切事情不能独立成知。所以说"不晓得"，本是不晓得。倘若晓得的话，便应无条件，能知百里以外，能知千载以后，岂不荒诞乎?"有"而"不晓得"，不足怪也，法则本是如此；晓得才是怪。我们平常乃说"晓得"，于是妄以"晓得"为我，于是又说"我晓得"。于是无我而执着有我，无知而说知，虚度此生。佛说我们是"乐着戏论"。我们要相信聋者可以成佛，盲者可以成佛，正如我们五官完全的人可以成佛。我们要相信我们的耳朵我们的眼睛都不是"我的"，可以割掉，正如我们的牙发落在地上可以弃之而不顾。我们要相信佛书上所说的忍辱的故事是真的，正如耶稣基督背十字架是真的。

　　诸君，你说你的眼睛是你的是可以的，无奈你因此迷失道理，故我劝你不如割去眼睛。你或者因此可以得救。在痛定思痛之后，请你再来想一想，你或者可以相信我不是空口说白话和你谈玄。你爱惜你的身子，并不是因为懂得道理而爱惜你的身子，乃是爱惜身子因而丧失自己，而这个自己是真的——便是佛! 你所爱惜的，你说是"我"，却是假的，是你的妄想。什么叫做我的眼睛呢? 我在"论妄想"那一章里曾说达尔文赫胥黎口中的"木出子"是妄想，因为把根茎枝叶花果种子这些东西除开，没有一个能生叫做"木"。我们可以图示之:

种子——芽——根——茎——枝叶——花——果

这几件东西，种子，芽，根，茎，枝叶，花，果，都是有的，我们可以指出它的实体来。但离子则"一枚木"这个东西不可得，你指不出这个东西给人家看，你要指木给人家看，你还是要绘出一个图形来，这个图形仍不外这几件东西，种子，芽，根，茎，枝叶，花，果。所以你心目中的"一枚木"是你的妄想。说"我的眼睛"亦然。我们可以绘一个图形，有耳目口鼻手足等器官肢体，正如植物种子芽根茎枝叶花果诸件，但绘不出"我"来。说"我的眼睛"正如说"木出子"，离开种子"木"不可得，离开眼睛"我"不可得。又如我们说"一座房子"，房子是砖瓦门窗梁柱等等聚合起来的假名，若指着砖说房子的砖，指着瓦说房子的瓦，此时的房子应无有此物，（因为说砖则不应有房子，必待砖聚合而有房子！）何得以此物来表明砖瓦说是房子的砖瓦乎？指着你的眼睛说是"我的"，无异于指着砖瓦说是"房子"的，"我"与"房子"是你执着的一个东西。你以为有这个东西！故我相信有人要将你的眼睛剜掉，而你相信真理，你必然无怨无怖，等候真理指示。真理这时指示你，你的眼睛本无"我"，你不因为剜掉眼睛而丧失自己，你依然故我也。眼睛如是"我的"，那么也不过如你的眼镜是你的一样，你何至于如此无知，执着身外之物你的眼镜说是"我的"呢？然而世人谁又不是如此无知如此执着？所以说你认贼作子，你确是认贼作子。你将说，"我的痛苦是我受，我有过失我承当，君能替我作恕辞乎？我何劳君作宽解乎？"是的，是的，这里我应告诉你无作无受。有痛苦然而无我，有过失然而无我，理由仍如前破"我的眼睛"。我们的感情可以析为诸种，如喜，怒，哀，乐，我们可以指示之：

　　　　喜——怒——哀——乐

这几件事，喜，怒，哀，乐，都是有的，但另外没有一件事叫做"我"。说我喜我乐，岂非以喜乐为我，犹如以砖瓦为房子？"是我喜乐不是你喜乐，我喜乐与你喜乐有异，何得不说是我喜乐呢？"无我何得有"你"呢？说"你"乃是汝之我见未除也。"然则我们大家都是谁呢？"都是佛。都是真理。你信不及吗？不能明白吗？我甚为汝惜。我们感受痛苦，我们有所造作，我们眼见色耳闻声，作此想作彼想，佛书上别为色受想行识五蕴，色受想行识可以承认有其事，不可以色受想行识而执着有我。以受为"我"受，作为"我"作，见为"我"见，晓得为"我"晓得，那是惯习使然，犹如我们站在溪上，看见水里的影子，以为有一个人影，不知这个影子的认识是惯习使然，惯习的势力甚大，故虽智者亦难免有此静影之见，然而汝非下愚不难知道流水里无此立着的人影也。我们平常是以感受痛苦为"我"，以晓得为"我"，并不是有"我"来感受，有"我"来晓得，名理实是如此。而愚痴实是如此——我们谁不说是"我感受"、"我晓得"呢？举世一切恶事都从此愚痴来——谁不是因为"我"的原故而不肯让人呢？举世一切名理亦都从此愚痴来——谁的名理是建筑在"无我"之上方便作说呢？举世学人当然都是讲名理的，他不知佛所讲的亦是名理，惟学人的名理是从"无明"来，即是惑，故不能信佛，故不能懂得佛的名理。若说名理，佛与学人原无二。我今说无我的话，世人应无能非我者。其实无我即无色受想行识，因为色受想行识而执着有我，因为执着有我而转于色受想行识，到得以我见为愚痴，犹如悟得绳子无有绳子，（我们谁不是看见有一条绳子呢？谁能见绳子犹如见麻而不执着麻相呢？）则结缚已解，汝是明觉。那么我们承认色受想行识有其事，是就世间名理说话，就世间名理说话我见是愚痴。"然则世界到底是什么一回事呢？谁要我们受苦呢？谁令我们愚痴呢？所谓天地不仁以万物为刍狗者不信然耶？"汝作此想，正是汝的我见，汝何愚痴之甚。结缚解便是明觉，明觉何有愚痴？以世间现象作比，光明之下黑暗何在？众生（实无有众生！）是愚痴，佛是明觉。换言之，愚痴是众生，明觉是佛。众生与佛不异，愚痴与明觉不是两个范围。我们以图示之：

光之下无有暗，光却不是异于暗的范围，或超于暗，或大于暗。而暗即是光，因为由暗可以达到光。所以光与暗是一个东西。故众生是佛，佛是众生。愚痴正是佛要我们认识他。认识他便是认识我们自己。君再不可以痴人说梦话。

　　无我便能信佛，实不应多说话。然而往下我要谈唯心的问题。谈唯心所以破法执。从用功的过程说，破我执尚易，破法执为难。好比你能够知道说"我的"眼睛非是，而"眼睛"这个东西仍在，将如何发付呢？世间学人本其耳目聪明，其执着有一个东西较不读书人为甚，故必须破法执。我破法执即是破唯物，故谈唯心。色受想行识五蕴，色法是物，受想行识是心法，色法与心法本是等而说之，然而那是就因果法则说话。无我即无色受想行识，色法已连带破了，然而物之惯习根深蒂固，我们还应大声疾呼向世人说唯心。达尔文赫胥黎说木出子，我说他们心目中的

"木"是执着的一个东西，非世间果有此物，犹如我们执着有一条绳子，而世间本没有一条绳子，我们眼见的是麻。即此已足以说明唯心，非唯物。你能说"一枚木"不是你的意识作用吗？"一条绳子"不是你的意识作用吗？好学深思之士从此受了一打击，我们平常颠斤簸两乃是为了镜花水月之故！于是你将有根茎枝叶花果种子而另外无"一枚木"，犹如有麻而无绳。须知万法唯心。绳子固然是心的执着，麻亦是心的执着。木是心的执着，根茎枝叶花果种子亦是心的执着。除却眼之于色，耳之于声，鼻之于香，舌之于味，身之于触，冉加上一个意识，什么叫做"物"？眼是心的门，在眼的心佛书上叫做眼识；耳是心的门，在耳的心叫做耳识；鼻识，舌识，身识仿此。因为色声香味触，我们认有外物，实在是物在内而不在外，色声香味触是眼识耳识鼻识舌识身识的作用。物即是心。根茎枝叶花果种子之异于你意识中的"一枚木"者，只是多了色声香味触识（即眼识耳识鼻识舌识身识）的作用，"一枚木"则完全是意识作用而已。色声香味触的识同意识都是一种东西，这种东西叫做心。你认根茎枝叶花果种子是外物时，又已离开了色声香味触识的作用而完全是意识作用。故根茎枝叶花果种子亦是心的执着。你能说梦是假的，影响是假的，即是说身外没有这个东西。梦是纯意识作用；影响尚有待于见闻，因为这个东西还有声有色。由此事实，可见只有香味触三事惯习太深，牢不可破，其中以触为尤甚，世闻的东西明明碰在我们的头上落在我们的手中何得而说是假的呢？英国有一位小说家，他的著作都是厌世的彩色，在他一部小说里叙述一人黑夜行路，举头为一树枝所碍，此人叹言道："甚矣人生在世是一件事实！"此以触觉为有物之明证。汝何不思，影子是假的，则眼见可信为假；回响是假的，则耳闻可信为假；何独于身触而不信为是假的呢？你有时不信眼耳，你说眼耳所见闻的是假的，菩萨则叫你鼻舌身意等等都莫信以为真，故《金刚经》说："一切有为法，如梦幻泡影，如露亦如电，应作如是观。"又说："若以色见我，以音声求我，是人行邪道，不得见如来。"先须破除我见，再须空此法执，这两层执着都是惯习使然。要除这两层执着，最好是执着有心。我说执着有心，犹如你执着有物。心是一个东西。这个东西发生许多作用。你说世间有"我"，世间离子有"一枚木"，是你的心之作用，便是你的意识作用。你说世间有根茎枝叶花果种子，是你的心之作用，是你的眼耳鼻舌身识同意识一起作用。我说无我，我说世间离子没有"木"这个东西，你可以承认，因为你相信物，相信五官，"我"与"木"这个东西不是五官所能接触的，其为妄想，即是意识作用，自然容易明白。（若就执着有心说，则我见与物执亦可承认，本都是心的作用。）我说无根茎枝叶花果种子，你将瞠目不知所对，从理智上你现在大约可以承认，无如物之惯习太深何，世界本是有的，而你因惯习之故以为有物则有，不知有心亦是有。你看见的花果是你的心，你看见的山河大地是你的心。当你看见一个东西的时候，你的眼中有一个影像，俗谓之瞳人，你能说这个影像是物吗？你能说物不是这个影像吗？到底物是在内还是在外呢？如说在外，则你眼里的影像是在外吗？在什么之外呢？所以物不如同影像一样说是在内。你这时最好是莫存心用手去摸那个东西，把惯习渐渐离开，自然接近事实。说物在外不如说物在内为合理。何况你看见一个东西听见一个声音并不是有眼睛耳朵就行，还要待眼识作用耳识作用，如你夜晚在睡中时眼耳识不生作用虽有雷声电光而你一无所知。物果非心乎？心能藏物，犹如镜能藏像；心有眼识耳识鼻识舌识身识意识等等，犹如树有根茎枝叶花果等等；根茎枝叶花果各有其作用各有其自体，而又能藏在一颗种子里头，种子又毕竟是种子的自体，能藏不碍所藏。总而言之是心。物不是离心独在，物是与心合而为一，说心就应有物，犹如说镜子就应有像，我们则因惯习之故将物与心隔开以为是外面的东西。须知隔者无非距离而已，天下之物果因距离而非一事乎？

棵树的种子落在地下长成另一棵树，此两棵树非一事乎？在植物学上雌雄异株的树木与其说是两棵树不如说是一棵树。无线电两处机关是一个机关。照相机与所照之人物是一个东西。我们以眼观物必须有适当的距离，迫在眉睫物在前而不见，是距离者乃法则之当然，不可以此有物我之隔也。（菩萨说心与物是一，而身亦是物；俗则以身为我，身外之物为物。）所以物与心是一体，有心无所谓物。汝所谓物者，是汝心的范围而已。能够悟到物是心，心是一个东西，如你说物是一个东西，则你容易信佛，信佛说的是实话。凡人的世界是这个心的执着，成佛是执着心断。心断亦是有，不是断了便成虚空。凡夫心断便是佛心，犹如你平常损人利己的心断便是公心。不是有一个佛心又有一个凡夫心，凡夫心是结缚，结缚是无所谓有的，缚解何所有？有的是佛。凡夫是佛的显现，是佛叫你认识他。认识他便是认识自己，便是大家都是佛。

古今学人因为执着物的原故，虽是唯心的哲学家亦是眼见物说话，他说这个物不是物是心，他忘却他是眼见物。其与唯物的哲学家不同者，唯物的哲学家信任眼睛，唯心的哲学家则不信任眼睛。不信任眼睛他却戴上了眼镜，心的眼镜，因为他是观物说话。如此说物是心，等于说眼见的物是心。这个心在佛书上叫做意识所缘的"法"。（意识所缘叫做法，犹如眼识所缘叫做色，耳识所缘叫做声。）唯心的哲学家之所谓心是意识所缘的法，唯物的哲学家之所谓物亦何曾不是意识所缘的法，两者是答案不同，一答曰心，一答曰物，两者的答案却同是意识答的，两者都是有内心外物之分。我最当提醒者，唯心的哲学家信任意识而不知意识应是一个东西！意识不是一个东西则汝唯心的哲学家之所谓心究是什么呢？唯物的哲学家倒说物是一个东西！唯心而不认心是一个东西，学理的意义全无。必也心是一个东西而说唯心，（佛书上叫做唯识）然后善恶问题，死生问题都迎刃而解。因为从此没有死生，没有善恶，都是真理。死生是执着"形"而来的。心则无所谓死生了。汝辈哲学家之所谓时间问题空间问题都成戏论。这些都是由物的观念来的。至善是有的，诸恶是缚，缚则无所谓有，汝立地成佛。

熊十力先生的《新唯识论》也因为不知心有心这个东西遂而乱添出许多话来说。熊先生仍是眼见物说话。他当然不是以物为物，他说物是大用的显现，然而他看见物了，他看见大用显现的物了。必待物而见大用的显现！熊先生不但误会了佛家唯识的精义，亦且不懂得孔子的中道。孔子不答问死，是不谈这个问题，不是不许有这个问题。孔子又说"敬鬼神"。大哉孔子。若照熊先生的理论，死生鬼神都不许成问题，因为他虽不以物为物，而他的世界观是五官世界了。这个世界观便是唯物，不是中道。我说我们最好是执着有心，犹如执着有物（便是有这个东西的意思），佛家的唯识正是此意。从此是可以超凡入圣的。从此没有话说不清楚的。

第五章 "致知在格物"

上章写完了，在大哥处见其案上有《宋元学案》，乃取伊川学案而阅之。说到书籍上面，我思补述几句。我于二十六年回故乡，觉得自己能信佛便好，无须读书。稍后思读《百论》，因为在北平时读龙树二论，未读提婆《百论》，现在欲看提婆是怎样说话。然而在乡间，在流离转徙的乡间，从何而得这样本不常见的书呢？稍后又悟得种子义，思取佛教有宗书而阅之。这又从何处觅得呢？此时信佛而更思读书，叹息无书可读而已。稍后在一友人处得见县图书馆书目，并悉这些书都保存在山中一个人家里，书目中有《百论》，有《瑜伽论》，有《成唯识论》，于是只有《摄论》思读而无有。我这时的喜悦，不足为外人言。这事令我信佛。我曾写信给友人说，"世间对于任何人都不缺少什么"，也便是耶苏说的只要求便得着。我从图书馆尚取得《华严经》读之，《涅槃经》则无有。此二经在二十六年以前读过，我信佛，信有三世，乃在二十六年秋读《涅槃》"佛法非有如虚空，非无如兔角，"而大悟，于是抛开书本而不读，旋即奔回故乡，从此在故乡避难。离北平时将《涅槃经》留给沈启无君，劝其一读，我在图书馆取《华严》，乃思《涅槃》也。孰知今日重读《华严》，乃是六经注我我注六经，仿佛这是我最后读的一本书了，我已能一以贯之，可为世人讲佛法矣。故我提起《宋元学案》时，亟述此一段故事，表明这无非是佛为我作善知识。这一部《宋元学案》也是县图书馆藏的，经大哥借来。我对于伊川甚为尊重，孔子以后，孟子与伊川是两位大贤。我何曾读过伊川的书，何曾研究过他，只是这几年在乡间住着，翻阅四书五经而有所认识。有一部《易经大全》之书，难中在一间破楼上拾起来的，我在这上面读了许多伊川的话，觉得他是真能懂得格物致知的。程朱重格物，阳明重致知，而阳明确是不及程朱的，而世人固不甚懂得格物与致知。程朱不信佛，乃是"惟于理有未穷，故其知有不尽"。我尝自思量，"致知在格物"，这一句话应尽学佛之能事。倒转来说也是的，"物格然后知至"。这是如何一件大事，总思与世人说个清楚也。我取伊川学案而阅之，是对于大贤表示敬意，未必是想从上面得什么道理。孰知他讲格物致知，道人之所不能道，于我又很有启发。他说，"致知在格物，非由外铄我也，我固有之也，因物而迁迷而不悟，则天理灭矣，故圣人欲格之"。那么格物就是要能够没有外物之见。必须能没有外物了，乃是知至。此事怎令人不喜悦，正是孔子所谓有朋自远方来，不问古人今人，中国外国也。所以我常想，要同儒者讲佛是很容易的，只要请他格物，物格然后知至。在另一方面，要同西人讲佛，是很简单的，也只要请他格物，因为致知在格物。总而言之是熊十力先生在他的著作里特别提出来的，《中庸》里面的一句话，"合内外之道"。中国儒者合内外之道，孟子便已明白说了，"万物皆备于我"，只是中国学问是默而识之，不能将世界说得清清楚楚，虽然世界在其语默之中。欧西学问重在明辨，应该将世界说得清清楚楚，却是外物而内心，其结果乃至于俗不可医，因为明辨而妄语也。往下我要说明儒者何以是"惟于理有未穷，故其知有不尽"以及西方学者外物内心之失。

我先说外物内心之失。严译《天演论》下卷第九篇译者按语述赫胥黎讲特嘉尔之义曰：

> 世间两物，曰我非我。非我名物，我者此心。心物之接由官觉相，而所觉相是意非物。意物之际，常隔一尘；物因

意果，不得迳同。故此一生，纯为意境。特氏此语，既非奇
创，亦非艰深，人倘凝思，随在自见。设有圆赤石子一枚于
此，持示众人，皆云见其赤色，与其圆形，其质甚坚，其数
只一，赤圆坚一合成此物，备具四德不可暂离。假如今云，
此四德者，在汝意中，初不关物，众当大怪，以为妄言。虽
然，试思此赤色者从何而觉，乃由太阳于最清气名伊脱者照
成光浪，速率不同射及石子，余浪皆入，独一浪者不入反射
而入眼中，如水晶盂，摄取射浪，导向眼帘，眼帘之中脑络
所会，受此激荡，如电报机引达入脑，脑中感变而知赤色。
假使于今石子不变，而是诸缘如光浪速率目晶眼帘有一异
者，斯人所见不成为赤，将见他色。每有一物当前，一人谓
红，一人谓碧，红碧二色不能同时而出一物，以是而知色从
觉变，谓属物者无有是处。所谓圆形亦不属物，乃人所见名
为如是。何以知之？假使人眼外晶变其珠形而为圆柱，则诸
圆物，皆当变形。至于坚脆之差，乃由筋力，假使人身筋力
增一百倍，今所谓坚将皆成脆，而此石子无异馒首。可知坚
性，亦在所觉。赤圆与坚是三德者皆由我起，所谓一数似当
属物，乃细审之则亦由觉。何以言之？是名一者，起于二
事，一由目见，一由触知，见触会同，定其为一。今手石子
努力作对眼观之，则在触为一，在见成二。又以常法观之，
而将中指交于食指，置石交指之间，则又在见为独，在触成
双。今若以官接物，见触同重前后互殊，孰为当信？可知此
名一者，纯意所为，于物无与。即至物质，能隔阂者，久推
属物，非凭人意，然隔阂之知亦由见触，既由见触亦本人
心。由是总之则石子本体必不可知，吾所知者不逾意识断断
然矣。惟意可知，故惟意非幻。此特嘉尔积意成我之说所由

生也。非不知必有外因始生内果，然因同果否必不可知，所见之物即与本物相似可也，抑因果互异，犹鼓声之与击鼓人亦无不可。是以人之知识止于意验相符，如是所为已足生事，更謷謷高远，真无当也。

我每逢读了这些话，总是叹息，要在言语道断之后才能说话，说话才于人有益，否则开口便错，过而不自知也。他们根本的原因就是我所说的执着，执着外面有一个东西。无论这个东西为方为圆，为红为碧，为坚为脆，总而言之是"物"，而这个物不是方便是圆，不是红便是碧，不是坚便是脆，决不是方圆红碧坚脆以外的东西，所以他们不信世间有一个东西叫做"鬼"，说鬼神是迷信，那么这个物他们明明的肯定了，为什么说"必不可知"呢？而他们说"必不可知"，所知者"是意非物"，那么这个意是什么东西呢？这个意总不应该说是官能！为什么丢了所知的东西而不说呢？这个意总不应该以眼见，不应该由触知，因为以眼见由触知便是物。他们口中说意，而心里不知道意应是一个东西，徒曰"世间两物，曰我非我，非我名物，我者此心"。换一句话便是，一个在内，一个在外；我在内，物在外。岂知在外的是汝的心，而汝说是物，犹如逐影像是物——影像果有此物么？在内的是汝的物，而汝说是心，因为汝认心犹如认影像——影像果无此物么？汝的物理学不能研究此物的法则么？汝不知心应是一个东西，犹如影像是一个东西，它有物有则。物不可执着，犹如影像不可执着，执着它它没有，是妄想。那么什么叫做内外呢？合内外便是心了。不应曰"是意非物"，因为曰非物正是执着物，犹如我们看见鹿曰非马，非马正是汝从厩里可以牵得出一匹马来也。从执着的心说出来的话是无有不错的，原故便是心中执着有一个东西，而这个东西没有这个东西，即是你从理智上否认它，而"无明"已经承认它了。犹如你在路上遇见一个陌生人，你说你不认得他，然而你已认有这个人了。赫胥黎将"物质"之隔阂都泯除了，"既由见触亦本人心"，是其理智不错，接着又说"石子本体必不可知"，虽不可知，然而它不是坚的便是脆的，这块石头要粉碎了才没有！到得粉碎了，汝便说是"虚空"。汝的虚空观念仍是物，是此物现在无有也。汝看见一块石头是汝的感识（色声香味触识叫做感识）同意识一起作用，即是汝心的作用；汝说物，说虚空，是汝的意识单独作用，亦是汝心的作用。故说"惟意非幻"，我在这里是许可的，但要知道意是一个东西。这个东西不是官能，官能正是汝所执着的物之类也。从此便有许多大问题在。世间的死生问题，都是执着"形"来的，执着形便是执着物，有形曰生，形灭曰死。而汝不知道有心，不知道心有心这个东西。如果知道心有心这个东西，则人死了，即是形没有了，应问，心这个东西呢？人生，形有了，也应问，心这个东西呢？这个东西何所来何所去呢？说来说去正是形的事，不应用来说心，心应无所谓来去，因为它不是形呀，它没有来去的工具呀，你们叫做手足呀——此不近于世俗所谓"神"的观念吗？那么神的观念不很合论理吗？独汝科学家哲学家开口便错！汝应执着有心，犹如执着有物，然后可以说因果法则，然后才是致知在格物，然后宗教才合论理，合乎论理才是事实。说到事实，是无有不合论理的。

欲辨石子的赤圆坚一，"此四德者，在汝意中，初不关物"，特嘉尔，赫胥黎，无论是谁，西方学者都不足以语此。因为他们是"无明"说话，便是执着。我最要告诉他们的，是他们不守平日说物理的规矩。说物理要有是事说是事，不能随便作假设，假设乃是根据事实，好比大气压力是事实，以地面水银柱高七六厘米的压力为一气压，则高山上空气稀薄，水银柱应下降，于是拿到高山上去水银柱果然下降。此是科学家的规矩，假设正是事实。今说"假使人眼外晶变其珠形而为圆柱，则诸圆物皆当变形"，此真是妄语，这样说话谈什么学问，所以我说他们俗不可医，西方学者应惭愧无地矣。印度菩萨告诉他们曰，眼实不能见圆，眼乃能见色。你且拿一圆物去叫襁褓中的小孩子看，你说，"有眼可看者便看！"然而这个小孩子不能看见圆，犹如不识字的人见墨痕而不认得字。"在见为独，在触成双"，你何能见"独"呢？又何以叫做"双"呢？你且叫襁褓中的小孩子去见，叫他去触，因为他有见有触。至于说明赤色之故，则是物理学，止于意验相符，可谓能守范围，在人生经验上有其事实，然而这些事实正是法则，并不是执着有物。执着有物便不是法则了。汝愈知法则，愈见真实，愈见幻空，因为幻空才是真实，大家都不能逃此法则。否则真实是幻矣，如汝说鬼怪是幻。汝以为科学发达才见真实，其实在未有科学以前，固丝毫无损于知道真实，因为知道真实是幻，即是说真实是法则。第一义在于明觉，汝本明觉说话，决不说眼见赤色，要说眼能见色。说赤色者，是别于非赤色，是汝的意识。说一说圆说坚都是汝的意识。（汝曰"纯意所为，于物无与"，本应不错，不过汝的"物"字，是叠床架屋，实无此一物。）电影无异于幻灯，电影不是动的，虽然我们看见它动，可见俗谓见动，眼实不能见动。然而我们平常说水流，说我们看见水流！水之流果异于影之动乎？那么眼见的界说应是什么呢？故应说眼能见色。"每有一物当前，一人谓红，一人谓碧，红碧二色不能同时而出一物，以是而知色从觉变，谓属物者无有是处。"这是没有界说而说的乱话。此所谓觉，我且下一个界说，

是眼识同随着眼识而起的意识；红或碧是境；另外再加上眼睛即
感官。在这里，一人谓红，其识与感官与境三事俱有，成见之法
则；一人谓碧，其识与感官与境三事俱有，亦成见之法则，无所
谓"同时而出一物"，本来无此一物也。根据化学的实验，酸性
物将蓝色石蕊质变成红，碱性物将红色石蕊质变成蓝，此时觉不
变，感官不变，变在境——不是变在物。所以我们应该说三样东
西，即识与感官与境。感官与境在佛书上叫做色法，即俗所谓
物；识是心法。物不应如汝执着的那个物，而心则应执着为一个
东西。执着有物时，已是心的现象，不过成这个心的现象要有物
之实，即是境，虚空之中你不能看见一个东西。此物之实不同彼
物之实，所以我们看见红或看见蓝，我们不能以耳见以眼听，世
界有色世界也有声音，不是乱的。色法有色法之实，心法又有心
法之实，俗说五官不能并用，其实是五识各有其实。又如寤寐之
心（你能说寤寐时没有心吗？心停了或断了吗？）不能作见闻之
事。菩萨说种种因果决定差别无杂乱性，故世界不一。因为是因
果法则，故世界不异。不一不异故实，实即有也，有即幻也，幻
者没有汝所执着的那个物也，说到物时正是心也。识是了别境
的，境非外在的东西也。境是心犹如一幅彩画是心的事不是颜料
的事。若汝所执着的物，不是幻的意义，是怪的意义，因为没有
决定性，它可以是一，它可以是异，世界将不成其为世界矣，科
学家可以随便作假设矣。"非不知必有外因，始生内果"，欧西学
者说因，无论如何说不出因果的道理来，（本非事实，何能有
道理？）假设有内而无外呢？假设有外而不为因呢？则内果何从
而生？我这样假设是可以的，因为曰内曰外本无决定性，我们可
以内有眼而外不见物，犹如有镜子而终年不生影像。像本不是镜
内之果，物亦本不为镜外之因，外物与此一面镜子是不相干的。

按汝之意，耳是内声是外，必有外因始生内果，则色因生见果，因必有果故，而吾人见不必以眼。声因生听果，因必有果故，而吾人听不必以耳。见必以眼，听必以耳，是眼耳自有因果，非内外为因果。"合内外之道也，故时措之宜也"，中国人的默识较西方明辨切近事实多矣。提婆语人曰，"汝谓乳中有酪酥等，童女已妊诸子，食中已有粪"。世人闻此言，岂能忍受，人何以荒谬至此？不知学者因果之说正是"食中已有粪"。何以故？汝说食为因粪为果故。犹如说形为因影为果。不知食是食粪是粪，非因果也。若因果则食中已有粪。

西方学问的价值在科学，科学如能守科学的范围，即是"人之知识止于意验相符"，则不至于妄语。不过这是不可能的，严格的说起来，"人之知识"正是业，业如何而知止呢？于是中国的学问尚矣。中国的学问"在止于至善"。然而惟孔子是真能"默而识之"，是真能"知之为知之，不知为不知"，于是惟孔子真是知止矣。孔子以下，大体不差，独不能如孔子之默耳。孔子之默，乃见孔子之知。孔子曰，"未知生，焉知死？""未能事人，焉能事鬼？"又曰"敬鬼神而远之"。我们不能说孔子知道死生鬼神，那样说便是不知道孔子，因为孔子本是不知为不知，但孔子知有鬼神，知有死，知有生。知有鬼神生死，便是唯心。唯心而不知有鬼神生死，那便是西方的唯心哲学，便是熊十力先生的谈"用"，便是五官世界观，便是唯物，因为未能将物"格"之。中国儒者如程朱是知有鬼神生死的，因为他们是能格物的。知有鬼神生死，为什么辟佛呢？佛所说的不过是范围大些，而且说其因果法则罢了。故我尝说，程朱之辟佛，正见其格物之未能究竟。在《论语》季路问鬼神章，朱注引程子言曰，"昼夜者死生之道也，知生之道则知死之道，尽事人之道则尽事鬼之道，死生人鬼一而二二而一者也"。子不语怪力乱神章朱注曰,"怪异勇力悖乱之事,非理之正,固圣人所不语,鬼神造化之迹,虽非不正,然非穷理之至有未易明者,故亦不轻以语人也"。程朱这些话,都见其格物的心得,其态度是"知",不是孔子的"不知"。因为是知,我们乃见其知有未尽。于是我一言以尽之曰,儒者未能唯心而唯理。其未能唯心之故,是格物未能究竟。佛则是唯心,即唯识。儒者从孟子便曰求放心,"人有鸡犬放则知求之,有放心而不知求!"是明明指出心来了,心是一个实实在在的东西了,为什么说儒者未能唯心呢?是的,儒者所求的放心是理义之心,儒者的价值便在指明这个心,这个心要留到后说。首先要将境与心对说的心说清楚,即是将境即是心的心说清楚。儒者能合内外之道,他不是从唯心来的,他简直是丢开见闻心识而不理会,他是直接承认天理。天理不是与见闻心识对待的,本来可以直接承认。见闻心识是因果法则,无事于见闻心识,故不能认识因果法则。孔子则以"天命"一词包括一切。朱子注天命曰,"天命即天道之流行而赋于物者,乃事物所以当然之故也"。《中庸》注有云,"天下之物皆实理之所为"。这些话都切切实实,直接了当,令我赞叹不已。其所谓实理,不是指理智说,是指天理。儒者固无事于理智,理智者因果法则也。无事于理智,其实应曰"不知",故孔子曰不知。大哉孔子。程朱则曰一理万殊,不有因果法则,何以万殊?换一句话说,何以有世界?我们凡夫都是耳目见闻,孔子虽欲无言,人情诚不免天问!嗟呼,谁知理智,必也理智才是万殊,必也理智才是一理。予欲向重理智之西方学者说明原故矣,由理智自然说得唯心,于是世界不只是五官世界,固无所谓内外也。曰合内外,终有物之见也,如鱼不外水而饮水。《孟子》形色天性章朱注引杨氏之言曰,"天生烝民,有物有则,物者形色也……"是儒者无意间露出来的话，注定了物是形色。以形色为物，故儒者未能唯心。死生大事都要从唯心说得清楚。儒曰死生一理，其实死生是一物，即是心。生是因果法则，死亦是的。芸芸众类为万殊，死亦万殊，世界是轮回。到这时儒者自然能将伦理范围扩大，愿度众生，闻佛之言说真是一则以喜一则以惧。故儒者之辟佛乃其知有不尽耳。

第六章　说理智

现在我且谈理智。

我前说合乎论理①才是事实，又说事实是无有不合论理的，欲表明这个意思，莫如举数学为例，我平常喜欢同中学生谈几何，几何所说的不是一个实物，它只是论理，即完全是理智的表现，然而几何的定理都是事实。当我们开始学它的时候，它告诉我们以点、线、面，我们觉得可以承认，另外它告诉我们公理公法，我们都觉得可以承认，这个承认便是理智的作用，凡具有理智者是无有不承认的。理智并不是一件难事，乃是简单，智愚共有的。我们之有理智，正如我们之有世界。由简单而演进到复杂，其实还是简单，因为还是理智。在我们承认简单的点线面公理公法的时候，我们不晓得会发生许许多多复杂的定理，然而许许多多复杂的定理从点线面公理公法便已决定。从简单到复杂是不相冲突的，其不相冲突，并不是因为理智在那里安排布置，理智只是简单不晓得安排布置。例如起初我们在直线形里头知道三角形三内角之和等于二直角，后来学圆，画一个三角形的外接圆，由圆心角与圆周角的关系也是三角形三内角之和等于二直角。始终只是理智，理智不包含事实而符合事实。事实并不是有许许多多，事实只是事实，由你去表现它。事实怎么会冲突呢？冲突还能成为事实吗？事实不会冲突，正如理智不会冲突。世界是有的，所以事实是有的，我们有言语，我们有论理，无非是事实的表现，事实岂有不合乎论理者哉？合乎论理又岂有不合乎事实者哉？而世间论理之合

---

① 废名此处的"论理"，是"逻辑"之意。——编注

乎事实者，大约只有不含事实之数学，因其不含事实，故能表现理智。

从上面一段话，我的意思明明是说，世间的论理包含世间的事实，根本上不是理智作用，故世间的论理不合乎事实。世间的事实是妄想。

论理有两个乎？曰否，论理没有两个，正如文法没有两个。我们说"我看见牛角"，这句话是合乎文法的；说"我看见兔角"，亦合文法。然而前一句话我们那样说，后句我们则不说，因为不合事实。我们可以这样判断，"人皆有死，汝是人，汝亦有死"。这是合乎论理的。我们也可以这样判断，"动物皆是伏地而行，人是动物进化来的，故人最初亦是伏地而行。"这也是合乎论理的，一般人便这样说，这样相信。须知这个判断不合事实。我们换一个说法，伏地而行便是不能"仰天而视"，人是能仰天而视的，所以他是人类，不是动物。这话不能表现着事实吗？若大家首先相信"人是动物进化来的"这一个前提，则这个前提里面已包含着事实，固无须乎判断。故世间的论理根本上失却了论理的意义，论理者乃无所容心于其间，其性质如虚空，它只有容纳，无有违碍，故能表现事实。有论理之故，便是有事实之故。其事简单，即是理智作用，人人可以承认的。到了你拉着它替你说话时，是你自己相信的事情要人相信，是妄想，非事实也。你要它替你说话，你只认识它的躯壳，你不认识它的道德，这时的理智便是世人的理智。它的道德是容纳，若有违碍，是你自己违碍。这样说来，说论理有两个也可以的，一个论理是论理的精神，一个是论理的形式，世间的论理便是论理的形式。我还是借文法的事情来说明这个意思。在一本初中教科书名叫《文化英文读本》上面有一个练习，系汉译英，汉文是这样一句，"一个人看见一只鸟登在树上",学生翻了英文给我看,几个名词前面都加了无定指件字①,因为中文原句是"一个人","一只鸟",都照样翻了;"登在树上"原句虽没有写着"一棵"字样,他们以为照英文规矩名词前面要加指件字,所以他们的译文也是在"一棵树"上了。我看了这句英文,殊觉可笑,虽然这句英文没有文法的错误。我问学生道:"一个人看见一只鸟登在一棵树上"表现的是什么事实呢?换一句话,这句话告诉你一个什么意思呢?你必瞠目不知所对,因为这句话本没有意义,本没有表现着事实,徒有文法的形式而已。如果你写一个故事,说,"昔时一人看见一鸟登在一棵树上,思援弓缴而射之",那么"一个人看见一只鸟登在一棵树上"才有意义。编英文读本的人,只记着文法的规则,不考虑到意义,结果乃不知所云。因此我告诉学生,文法的精神是表现事实,如果只懂得文法的规则,不懂得事实,徒有文法的形式而已。论理亦然,"凡甲是丙,今乙是甲,故乙是丙",此固为形式,即使把甲乙丙三个代字嵌了名词进去,把世间的日月星辰动植物都号召进去,亦不能断其不徒为形式。有人向你这样论断,"凡神仙不死,吕洞宾是神仙,故吕洞宾没有死",你理会这个论断吗?你一定说这个人不懂得论理,徒有论理的形式。因为这里包含了你所不相信的事实,"凡神仙不死","吕洞宾是神仙"。

我于提婆《百论》而认识论理的精神。提婆叹惜世间学人不懂得事实,叹惜学人的事实都不合事实,虽然学人以语言文字表现其事实,求合乎文法,求合乎论理。提婆语之曰,"头足分等

---

① 无定指件字,即"不定冠词"。下文的"指件字",即"定冠词"。——编注

和合现是身，汝言非身，离是已别有有分为身。复次，轮轴等和合现为车，汝言离是已别有车。"这就是说离开众树还有一个树林，离开眼睛离开耳朵等还有一个你所爱惜的身子。世间到处是这样的言语，到处是这样的感情，因此到处是这样的事实。如我前所说，达尔文物竞天择的学说是根据这样的事实推断出来的，因为他离开种子别有植物，正如离开麻别有绳子。其他如说人的手是从兽的前腿变来的，换一句话说由动物进化为人，都是离"分"别有"有分"，于是分身一变！所以天下的动物都应是孙悟空的分身变化，比说同出一源，这个是那个的种属要圆满得多。这里还有什么因果法则呢？这便叫做怪异。照学者们的事实实应如此怪矣，然而学者们的说话都合乎论理。这个论理是论理的形式，其所表现者不是事实，而是——佛书上叫做"相，名，妄想"。车是相是名是妄想。身是相是名是妄想。推而至于动物是相是名是妄想，人是相是名是妄想，无须乎要等到说人是动物进化来的乃是妄想。学者们每每说老百姓的话是迷信是妄想，因为老百姓的话不能合乎论理，不求证于事实。岂知不能"无相"便不合乎论理，不能"无相"又何须求证于事实？何以故？已别有车故。既已有车，何须乎要事实去证明它？又何须乎要论理去说明它？如说有怪便有怪，只要你相信，无须说明。老百姓与学者不同之点，确乎在于一则求证事实求合论理，一则只是相信。而学者不知事实是"无相"，"无相"乃合乎论理，论理正所以表现"无相"之事实，否则汝所谓事实仍是汝相信它是事实，汝徒有论理的躯壳耳。事实是"无相"，故事实非汝所执着的车子；事实是实有，故事实有论理的表现。人人有论理，正如人人有言语，菩萨的言语菩萨的论理与世人同，不过世人说话是要人相信，菩萨说话是说世人的话说错了，即是世人的事实不是事实。

菩萨固不另外拿事实来要人相信。菩萨的话只是合乎论理，合乎论理故是事实。世人有论理，是世人能信菩萨的话；世人执着名相，是世人不懂得论理的精神。菩萨乃以汝之论理破汝名相，即是破汝事实，因为世间事实是名相，非事实。我们于此乃认识论理的精神。

我前引提婆乳中有酪酥食中已有粪的话指世人不知因果，也就是不知"无相"。世间有乳酪酥之事实，但没有汝执着的乳酪酥之物，犹之乎流水中没有一个静影，然而没有静影并不是没有事实，事实是无相。我重复的说，论理所以表现此"无相"之事实也。换一句话便是凡事都要于理说得通。在汝几何学上讲的，世间没有这个实物，而在理智上是一个事实。汝之理智与菩萨是一般的，菩萨之言说，正是诉之于汝之理智。汝惟陷于名相之中，故汝之理智乃不足以认识真理即事实。岂惟不认识真理，反而障蔽真理，菩萨说汝乐着戏论。汝一旦觉悟了，便知道事实是无相，然而事实是有，是论理。这时汝之理智固不增不减，便是虚空，无障碍故；便是世界，实有故。

最后我引提婆破灯喻的话作本章的结束。世人说灯能照暗，提婆说灯本无暗，照什么？试思之，灯下那里有暗，犹如日光下那里有黑夜？然而世人都相信灯能照暗的事实，正是执着名相之故，一方面执着一个暗，一方面执着一个明，于是名相与名相加起来，曰灯能照暗，实在是明无暗何谓照。所谓"本来无一物"也。《华严经》则曰："譬如清净日，不与昏夜俱，而说日夜相，诸佛亦如是。"

第七章　破生的观念

世界是有不是"生"。世间生的观念不合乎事实，故亦于理说不通。而世人相信不疑，以为睁眼看见事实。

我前就"木生子"的话已指明其不合理，即不合事实。"木"非能生，"子"非所生，离开子没有木，"木"是妄想，因而木生子是妄想。这话是多么明白呢？道理是多么简单呢？吾不知世人因我的话而有所觉悟否？世间尽说母生子，犹如木生子。菩萨说母实不生子，子先有从母出。子从母出，犹如芽从土出。世人对于这个话则决不肯信，因为世人不懂得"有"字，以为有形则是有，故生而后有也，故世界是生也。总而言之，照世人的意思是物生物。母生子，母是一物，子是一物，由甲物生出乙物来，同时有甲又有乙，世间母子并有，不是颠扑不破的事实吗？须知，汝在未听我的说话以前，亦正以为一棵树生出果实来同时有甲又有乙，有一棵树，又有一棵树上落下来的果实！我告诉你离开果实，离开花叶，离开植物的各样器官一棵树不可得，所以汝心目中的"一棵树"不成立。汝心目中的"母"亦然，菩萨说离血分等母不可得，照汝之意亦应是血生子，非母生子也。故说物生物，由甲物生出乙物来，同时有甲又有乙，正是一般的"我所"之心，即执着。我曾同一友人谈植物是种子续生，非甲植物生乙植物，友破我的话举种柳插枝为例，他说从一棵树上折下一根枝条来，这根枝条又长成一棵新的树，这棵新的树非原树所生吗？不是同时有甲又有乙吗？我说离开枝条树不可得，你以为这根枝条是那棵树的枝条，岂知"那棵树的枝条"是妄念的根本。

再说，物生物的观念堕无穷过，堕不定过。此二问题是理智上必有之问，不能以不可知了之，以为此事应该是存而不论。世间没有不可知的事实，理智又岂是"不可知"。怎么说无穷过呢？汝说物生物，由甲物生出乙物来，则甲物又是怎么来的呢？追问下去，能非戏谈。所以乡下人说笑话便有，鸡蛋是怎么来的？鸡生的。鸡是怎么来的？蛋孵的。还是先有蛋还是先有鸡呢？于是一哄而散，说了一个大笑话。物生物，甲物生乙物，便要问甲物是怎么来的，虽有言说而等于一句白话，是无穷过。怎么堕不定过呢？甲物生乙物，然而，就世间的观念，从甲物不能决定有乙物。龙树说，泥水和合而生瓶，但从泥与水不能决定有瓶生。即是说泥水与瓶没有关系。天下可以有泥水，而天下可以没有瓶，怎么说泥水生瓶呢？就我们所学的化学为例，轻气养气①化合而生水，但从轻气养气不能决定有水生。我们看见世上有轻气养气，我们看见世上有水，如是而已，怎么叫做"生"呢？生者必有因果的关系，如种必生芽。所以照世人的"生"，世界便不成世界，因为不定。世界是生而后有，（须知这句话是多么不通！既肯定世界，则世界已有，生何用？）而生不定，是世人之生根本上是一个偶然，还谈什么道理。你再同他谈，他说你同他谈玄。于是他说他重事实，不讲理论。他不知道事实是无有不合乎理论的，理论是无有不简单的，无所谓玄。他之所谓事实是妄想。《易·系辞》曰，"易简而天下之理得矣"，诚哉是言，无如世人不思何。孟子曰，"思则得之，不思则不得也"。又曰，"物交物，则引之而已矣"。世人是逐于外物，遂而不思。世界是有，固无所谓生，生者有之法则耳，非生而后有也。一棵树的道理就是一个世界的道理，一棵树上讲得通的一个世界也讲得通。一棵树是有，而这个有不是另外有一个有名叫种子生出来的。种子就

---

① 轻气，现写作"氢气"。养气，现写作"氧气"。——编注

是树，种生芽是有之法则。说到这里我附说一事，世界是有，故"无始"，我们不能说种子为始，而以树终之。总之是无始，本来是无始。《俱舍论》曰，"故知有轮，旋环无始。若执有始，始应无因"。那么有因故无始。所以佛书上无始一词，乃是智者无不知的说话，非如俗情不知道起头的时候故说无始也。俗情以为凡事有始，凡物有始，都是从生的妄念来的。熊十力先生在其著作里释无始为泰初，未免不识佛义，由自己的意思加解释。

下面我更本着菩萨的两番说话指出"生"是戏论。

《百论》破外云，"汝若有生，为瓶初瓶时有耶？为泥团后非瓶时有耶？若瓶初瓶时有瓶生者是事不然。何以故？瓶已有故。是初中后共相因待，若无中后则无初，若有瓶初必有中后，是故瓶已先有生复何用？若泥团后非瓶时瓶生者是亦不然。何以故？未有故。若瓶无初中后是则无瓶，若无瓶云何有瓶生？"这里且不谈因果，就说生的话，要问是什么时候生出来的。这个东西已有，不能说生，因为已经有了。这个东西未有不能说生，因为本没有这个东西，怎么说这个东西生呢？不同你现在手下没有钱，有人向你索欠，你说明天有钱。而同你问鸡是什么时候生的，鸡未生你不能指着蛋说鸡生，犹如没有主词根本不能成立一句话；鸡已生你不能指着这个鸡说鸡生，因为它已生。我再说明白些，一个婴孩已有了，不能说儿生。婴孩未有，又何能说儿生？只有两个场合，有与未有，那么怎么能成生呢？世人还是大惑不解，他说是慢慢地生出来的，由一枚鸡蛋慢慢地孵出鸡来。他不思索初中后共相因待的话。《百论》外曰，"初中后次第生故无咎。泥团次第生瓶底腹咽口等，初中后次第生，非泥团次有成瓶，是故非泥团时有瓶生，亦非瓶时有瓶生，亦非无瓶生。"这正代表了一般人的意见。初中后非次第生，次第生者，有初而无中，由初生中，有中而无后，由中生后，换一句话便是，初不知中，中不知后。如儿在母胎初时不知为男不知为女。而实不然。若有初便已有中后，如说鸡蛋快要孵成鸡了，始有鸡之形而鸡已全，而非他物，所以有鸡之始必不有牛之后，有雌之始必不有雄之后。若次第生，则初为鸡，中后何以不为别的怪物呢？故说一个东西是慢慢地生出来的，则中间应不晓得叫做什么东西，于理不合。只有有与未有，有则不须生，未有云何生。而世间说生，不是有而说生，便是未有说生。前者如说一个婴孩生了，后者如说轻气养气生水。

又《百论》外曰，"应有生，因坏故。若果不生因不应坏，今见瓶因坏故应有生。"这就是说，甲为因乙为果，有乙之果生，故甲之因失。如有瓶果，斯失泥因。若无瓶果生，则泥因不失。这也正是一般的意见。甲物生出乙物来，甲物虽没有了，而有乙物以代之矣。内破之曰，"因坏故生亦灭。若果生者，是果为因坏时有耶？为坏后有耶？若因坏时有者，与坏不异故生亦灭。若坏后有者，因已坏故无因，无因故果不应生。"以乙代甲，甲非坏而何？甲坏何以能生乙？如此裁判，毫无疑义。何以有此不合理的案件呢？是世人生的观念也。我提醒科学家一件事，一般的意思是因坏而生果，提婆的意思汝因无所谓坏，汝果无所谓生，我于此诚不能不赞叹夫合理者必合事实！试就我们所学的化学说，轻养化合而生水，而水仍是轻养，可以分解还原，何曾是因坏故应有生乎？故世界是无生，而是有。

第八章　种子义

《新唯识论》批评空宗有宗讲因缘的话，见得熊先生于佛教无心得，熊先生依然是中国智者，异乎印度菩萨与欧西学者的求真，故不能面对真实，也就是不懂得佛教的空宗与有宗。熊先生说，空宗谈因缘，尚无后来有宗所谓种子义，但从宽泛的说法，一切事物都是依众缘而起的，都不是独立的实在的东西；有宗则将因缘义改造，以种子为因缘，于是铸成大错，陷于臆想妄构，未可与空宗并论。我于此不能不想到孟子说的"君子深造之以道，欲其自得之也，自得之则居之安，居之安则资之深，资之深则取之左右逢其原。"熊先生是能自得者，然而他曾经从师学佛，学唯识，关于唯识的话熊先生都是学来的，与熊先生自己无关。熊先生由唯识一变而反唯识，因为正对之是得其糟粕，所以反对之仍是糟粕，反不如我这不学的人懂得他的精神。我读书向来没有从书上学得什么，我读书乃所谓"就有道而正焉"。当我自己悟得种子义的时候，我欢喜赞叹，于是我由空宗而懂得有宗，由有宗而更懂得空宗矣。且让我将我不学人对于此事的经过略述之。

熊先生最初在北京大学讲唯识，屡劝我学佛，其时我则攻西洋文学，能在莎士比亚斯万提司的创造里发现我自己，自以为不可一世，学什么佛呢？稍后熊先生毁其唯识讲义稿，欲撰新唯识，我观他的神情终日若有所思，一日同游北海，问之曰，"为什么反唯识呢？他的错处在那里呢？"熊先生曰，"他讲什么种子。"当下我听得了"种子"这个名词，毫无意见，因为同他完全是一个陌生的，又无心思去理会他，有什么意见呢？我向熊先生发问，本是随口问出了一句话。民国十九年以后，我能读佛书，龙树《中论》于此时读之，较《智度论》读之为先，读《智度论》时则已读《涅槃经》，已真能信有佛矣。读《中论》最不能忘的是其泥中无瓶的话，觉得世间因果之说很无道理，说因就应有果，何世间的因与果没有必然性呢？那么因果二字只是普通的关系二字，便是熊先生所谓宽泛的说法。《中论》的许多言语，其余的话我懂得他说得圆，有时也能打动我的心，而最不能忘令我深思的是破因果。世间"生"的观念于此已发生动摇，不过尚隐而未发。二十六年读《涅槃》而信有佛，信有三世，是"生"之说已完全动摇矣，然而无暇去考虑，只是信佛，信有三世。以后且不读书。在故乡避难时，习于农事，每年见农人播种，见农人收获，即是说见植物的下种发芽开花结实，周而复始，一日在田间而悟得种子义，大喜，思有以说明"生"矣，即是种子续生。种必有芽，非如泥不有瓶也。这时我乃忆起熊先生曾经说过种子，他反对种子，那么唯识乃说种子乎？种子究应如何说法乎？我思读有宗的书。我以前只喜龙树，有宗菩萨的书未尝寓目也。我固已知熊先生一定是错了，因为我在许多经验之后，知道古圣贤的话都没有错的，"新"则每每是错。觅得《瑜伽师地论》读，同时读提婆《百论》，空宗有宗乃双管齐下，乃一以贯之。我读书合于陶渊明好读书不求甚解，我敢来讲阿赖耶识，只读了一部《瑜伽论》之后，而《瑜伽论》又未曾细读。《成唯识论》虽也取在案前，只供翻阅，并不怎样借助于他。因为我确实已懂得阿赖耶识了，天下道理本来是自己的，是简单的，百姓日用而不知，知之又有什么难呢？我固知道熊先生不懂得阿赖耶识，中国大贤如程朱陆王都不懂得阿赖耶识，（只有伊川是最能及之）因为求真习惯不同，而我不能不讲阿赖耶识矣，我想请大家共信真理，殊途同归。此事真是一件大事。等我的《阿赖耶识论》写完，我倒想不远千里到那里去从师学佛。

还是回到空宗有宗说因果。空宗菩萨之为空宗菩萨在其说因果，有宗菩萨之为有宗菩萨亦在其说因果。在论两说以前，我不妨引伊川学案里面的两则话，于这两则话证明我一向认伊川是能格物的没有认错，于这两则话有宗的因缘之说应该容易为中国儒者接受矣。伊川曰，"冲穆无朕，万像森然已具，未应不是先，已应不是后，如百尺之木，自根本自枝叶皆是一贯，不可道上面一段是无形无兆，却待人旋安排引出来，教人涂辙。既是涂辙，只是一个涂辙。"又曰，"有一物而可以相离者，如形无影不害其成形，水无波不害其为水。有两物而必相须者，如心无目则不能视，目无心则不能见。"伊川的意思等于说，形与影不能为因果，水与波不能为因果，因为有形可以无影，止水不必生波，若因果则两不应相离。其根本枝叶之喻则是说，植物的根茎枝叶花果是一贯的，应不分先后，由根本必有枝叶。那么这两则话确能见到因果的意义不是普通所谓关系的意义了，很令我欢喜。有宗说因缘，要"亲办自果"，亲办自果者，不如形之于影，水之于波，此中因果不定，要如植物的种子，有种子之因即已决定有其果。这个意思是最要紧的，我由空宗因果不定的启示，到"亲办自果"而圆满，往下的话不过左右逢原耳。《成唯识论》说种子义有六种，其中两种是我想提出的，即其第二义"果俱有"，与其第六义"引自果"。果俱有者，不是就种子的狭义说，是就种子的广义说。种子的狭义，如植物以一颗种子为因，要到后来开花结果了，果中藏着种子，于是前以种子为因，后以种子为果。种子的广义，如植物是随时为种随时为果，在我们栽植的时候，有分根，有插枝，则根与枝都是种，即根与枝都决定有其必生之果。如是根可以谓之果，因为由种子来的；根亦可谓之种子，根亦能生故。枝可以谓之果，由种子来的；枝亦可谓之种子，枝亦能生故。这样叫做果俱有，"依生现果立种子名，不依引生自类名种，故但应说与果俱有。"《瑜伽论》云，"种子云何？非析诸行别有实物名为种子，亦非余处。然即诸行如是种性，如是等生，如是安布名为种子，亦名为果。当知此中果与种子不相杂乱。何以故？若望过去诸行即此名果，若望未来诸行即此名种子。如是若时望彼名为种子，非于尔时即名为果。若时望彼名果，非于尔时即名种子。是故当知种子与果不相杂乱。譬如谷麦等物，所有芽茎叶等种子，于彼物中磨捣分析求异种子了不可得，亦非余处。然诸大种如是种性，如是等生，如是安布，即谷麦等物能为彼缘，令彼得生，说名种子。"这段话很有趣，"谷麦等物，所有芽茎叶等种子，于彼物中磨捣分析，求异种子，了不可得，亦非余处"，是种子非如俗人认为是一棵植物的种子，而是"芽茎叶等种子"了。植物学家拿一颗种子简直可以分析得出来，一颗种子并不是囫囵吞枣，他里面是有芽茎叶等种子，另外还同婴孩要吃乳一样自己带了养料。这样便联到"引自果"义。《成唯识论》释引自果云，"谓于别别色心等果，各自引生，方成种子。此遮外道执唯一因生一切果，或遮余部执色心等互为因缘。"植物的芽茎叶都是芽茎叶种子长出来的，不是一个性质的种子长出各样东西如芽与茎与叶来，也不是由一枚叫做种子的东西而芽而茎而叶互为因缘生长出来。芽要芽种，茎要茎种，叶要叶种，自种生自果，不是一般种生诸多果。用我们现在的新名词是"分工合作"，可将"果俱有"与"引自果"两条包括起来。有都是同时有，而又互相引生，并不是如提婆所说"从谷子芽等相续故不断，谷子等因坏故不常"。因无所谓坏。这里或者是我一得之愚贡献给菩萨。这是说笑话，我只注重"亲办自果"四个字，其余的话都是枝叶。然而说这一番枝叶话我却有一个大原故，便是事实是论理。我在上章之末证明非因坏而有生的话举轻养化合生水而水仍是轻养可以分解还原为例，现在就种子义说，因果同时，植物不是种灭芽生而是种芽俱有。因坏而果生，于理不合。若合乎理，必合乎事实。植物种子里面有植物的芽茎叶，正如水里面仍是轻养。菩萨的论理要宗、因、喻三项，这个"喻"甚属重要，因为论理是要说明事实，事实因性质不同，范围所限，有时不能举证，必可得喻。我今说种子义，以植物种子为喻，自知深合菩萨意，而熊十力先生在其著作里说菩萨不该拿世俗稻麦上的事情应用到玄学上来，殊非格物君子之言。《华严经》曰，"令一切世人得无生心，不坏因缘。"又曰，"了诸法空，悉无自性，超出诸相，人无相际，而亦不违种生芽法。"无生无相，是空宗菩萨教给我的。因缘即种生芽法，应是我自己悟得而有宗菩萨为我作证的。那么空宗确是教了我一个空字，有宗确是教了我一个有字。空宗是就世间的事实破世间的事实之不合理，其立言甚难，故其立言甚巧，他的论理真如一个虚空，实物冲突让实物自己去冲突，在诸般冲突之后而信有虚空，不冲突故。世界是有，空宗岂有不知，故提婆说"是因缘生法世间信受。"独是提婆所谓因缘生法未必如有宗所说因缘之具体而有定义，故必待有宗起而说之。此事亦殊有趣。提婆斥世人的事实是"乳中有酪酥等，童女已妊诸子，食中已有粪"，其实照因果之说应是如此，"乳中有酪酥等，童女已妊诸子，食中已有粪。"何以故？因必有果故。用有宗的话便是亲办自果，便是果俱有，引自果。故植物种子有芽茎叶等，说种子已有一株植物。那么空宗已是有宗之理论，而有宗则补出空宗之事实。其无相无生则一。

第九章　阿赖耶识

现在让我将我以前的话作一个总结。世人执着有物，不知有心，说物世人心目中有一个东西，说心则空空洞洞的，就身心说则心是官能的作用，如刀之与快。这是不合事实的，故我首说有心，心是一个东西，犹如物是一个东西，各有各的因果法则。由认识心有心这个东西之后，然后说唯心，即是中国儒者所谓合内外之道，不是物在外心在内，心物是一体，应没有"距离"，没有内外之分，这样物就是心，世界是心不是物。主要的意思便是一句，世界是心不是物。因为这是事实，故你可以用论理去表现它，由你左说右说它无有不合理的。世人执着有物，因为不合事实，故于理说不通，而世人固承认理智，菩萨故以理智同世人说话，叫世人认识事实。世人执着有物，于是而有"相"有"生"，世间的理智也正从有相有生起，独不思有相有生则不应理。菩萨说无相无生，说因缘。在唯心之后，无相无生是不成问题的，因为汝之相是物之相，汝之生是物之生，汝已将物之结缚解开了，汝无物为相，无物为生。要紧的是唯心，如不能得此密意，只说一切事物都是依众缘而起的，都不是独立的实在的东西，那么唯物论者又何尝不是说事物间的关系，又何尝承认世间有一个独立的实在的东西？唯因他不能唯心之故，他的意识间总有一个物，由有一个物再来说物与物的关系罢了。智者如熊十力先生依然是眼见物说话，不过熊先生观物如看活动电影罢了。认识心何其是一件难事！中国儒者合内外之道，究其实是他的伦理观念如此，是他的物我无间的怀抱，他不是唯心而合内外，他还不能将物"格"之。将物格之便是唯心，便是合内外了。汝能唯心，再来说"相"说"生"，是可以的，而且应该说，故佛说因缘。这样便说到阿赖耶识。

　　阿赖耶识就是心。不用心这个字而用中国人所不惯的阿赖耶识，便是唯心之后要来说"相"，要来说"生"，要能够"合内外"。在说阿赖耶识以前，我不妨又引用伊川的话，伊川学案里面有一则曰，"天地之间，有者只是有，譬之人之知识闻见，经历数十年，一日念之，了然胸中，这个道理在那里放着来?"伊川的意思是说有心，道理是在心上放着。他慨乎其言之，是他目中无物而体认得心，不如世人"物交物则引之而已矣"。虚空则不生，如土里没有种子不能长出芽来，未曾发生的事情脑中无所谓记忆，因为本是虚空无有。若夫"知识闻见，经历数十年，一日念之，了然胸中"，数十年之中虽然忘记了它，并不是没有它，它如一颗种子潜藏在那里，发生时便发生了。所以伊川曰，"天地之间，有者只是有。"接着他问，"这个道理在那里放着来?"他确实有惊异之情，他知道有心，而不知道这个东西的相，不知道这个东西是如种子一样的生起，他仿佛这个东西不可思议。故我常想，同儒者讲阿赖耶识确是很要紧的。儒者的格物再进一步是要到这个地位的。这里并不是不可思议，是可以分辨得清清楚楚的。伊川所说经历数十年的知识闻见，是意识的作用，意识是心的一种，是一个实实在在的东西，它以了别法为相，犹如眼识了别色，耳识了别声等等。色与声等世人以为有这个东西，因为色"有见有对"，声"无见有对"。法虽无见无对，而法不是虚空，它也是一个东西，故经历数十年而念之了然了。若虚空则无所谓念之。法好比是影像，影像要待现境生，法亦然，那便是我们平常见物而识物，闻声而辨声之故，不过既见既闻之后，意识有忆念过去的作用，不如影像离现境而无物了。这个过去曾所受境的藏所是什么呢? 这个藏所便叫做阿赖耶识。故阿赖耶识亦名藏识。对藏识说，意识以及眼耳鼻舌身五识则叫做转识。藏识与转识各各的作用不同，中国人则笼统的叫做心。是必有意识的，如我们第一次遇见一个陌生人，我们不认识他，见了然后认识他，到得第二回再见，虽然与第一次同是以眼见，而所见不同，这回是见了一个认识的人，这便不是眼见，是意识来认识了。若论眼见，则第一次与第二次无异，故区别决不在眼见上面。又如我们记一个字记不清楚，但确有一个字，即是有一个东西，与未曾识这个字的时候不同，到得旁人将这个字写出来看，一看便认识了，看时是眼见，一看便认识是眼见之外再由意识去认识，记不清楚的时候是单独的意识作用了。普通见物闻声等等都是于眼识耳识等等各有作用外，同时有意识作用，若单独的意识作用如记忆则意识有不明了性。而意识是实有的。说见说闻并不是如一般人的意思以眼睛去见，以耳朵去听，而是眼识依眼了别色，耳识依耳了别声，眼识便是在眼的心，耳识是在耳的心。鼻识于香，舌识于味，身识于触类推。盲与聋不能见不能听，是他眼耳的缺陷，不是他眼之心即眼识耳之心即耳识的缺陷，其眼识与耳识同我们眼耳健全人一样，同我们在熟睡的时候眼不见耳不闻一样。眼识耳识鼻识舌识身识意识都如水流之波，而阿赖耶识如水流。波有时不兴，而水则无时不流，故我们可以不见物不闻声不追念过去如熟寐无梦的时候，而我们的心则无时不在，明朝早起依旧听啼鸟看落花了，好比水里又兴波作浪了。无时不在的心是阿赖耶识。它能藏诸转识，它虽能藏诸转识而它不能做它们的事情，如箱子不能做衣物的事情。谁能否认有意识呢？你认识一个字决不单是以眼见，你不以眼见你脑中还是有一个字。这是意识作用，即是心的作用，不能如俗说是官能作用。此刻以前你不记得那个字，此刻忽然记得了，是意识有时有不明了性，若论官能，你此刻的官能同此刻以前的官能原是一样的。你不记得那个字，打开字典忽然记得了，是意识待现境而明了；把字典拿开而意识所了别的法仍在，同种子一般，以后总藏在你的心里了。必有眼耳鼻舌身五识，否则在熟睡时，汝眼耳鼻舌身无恙，何以与色声香味触不发生关系呢？转识有时起作用，有时不起作用；起作用可以同时并起，如同时看一个东西的颜色听一个东西的声音；不起作用而其作用仍在，故知识闻见经历数十年一日念之了然胸中。各别作用不相混同，是人人可以证明的。不相混同各自藏在阿赖耶识里头。如果没有藏识的话，诸转识何以能不起作用呢？即是转识不起作用时候的心呢？（再说，死时的心呢？）因为汝已能唯心。如果没有藏识的话，诸转识何以忽起作用，同时作用，各自作用，而不互相冲突呢？此时不起作用，其曾经作用安置何处呢？如说作用谢灭，你何以有记忆呢？何以见猎心喜呢？故必有转识，必有藏识。转识与藏识各有其自体，各有其作用，换一句话说是不相混同各别的东西。总共又是一个东西，即我们的心。其各别不相混同，如一棵树的根茎枝叶花果种子。其总共为一个东西，如一颗种子长起来的树，又如一棵树所成熟的种子。种子长起来的树，树随时有种子性，现在树就是过去种子；树所成熟的种子，种子里面有一棵树的诸多器官各自种子，现在种子就是未来树。这便叫做"一合相"，有什么互相冲突的地方呢？不相冲突，各有自体，合乎理，故合乎事实。科学也正是如此。科学首重界说，即是首先认定那个东西，即各有自体。不相冲突，乃证明其各有自体。不过科学是唯物，观物而认其各有自体，是世间的理智。唯心而认心有自体，则其事甚难。熊十力先生论习气云，"习气者，本非法尔固具，唯是有生以后，种种造作之余势，无间染净，展转丛聚，成为一团势力，浮虚幻化，流转宛如，虽非实物，而诸势互相依住，恒不散失。"欧阳竟无先生的《瑜伽论序》里面也有同熊先生类似的话，"薰习义是种子义。与彼诸法俱生俱灭，而有能生因性，无间传来为后生因，是名薰习。虽无实物而有气分，气分者犹如云起。"这都是中国学者的口声，说的话笼统得很。其所谓"实物"应该就是实实在在的东西的意思，总不至于如世俗所说探囊取物之实物。依照唯识道理，心与心所（由心所生起的事情佛书上叫做心所，如中国所谓喜怒哀乐等都是。心比太阳，心所则是光，光是太阳所生起的事情。所谓习气，所谓薰习，都是心所生起的事情。）都是实实在在的东西，若无实则是虚空，有什么"气分"呢？有什么"势力"呢？所以我说唯心而认心有自体很难。印度菩萨与欧西学者求真要物有其实，不相冲突。事实是如此，理智亦是如此，如几何所讲的点线面虽不是实物，而非虚空，虚空则是"非法"，不会令人起解。若说"幻"的话，则幻义是对世俗说的，如说几何所讲的点线面不是实物是一个意思，因为世俗说点就有一个点儿，说线就有一条线，说面就联想到一张薄薄的面。学问上所说的幻正是法则，正是事实，岂对于一个什么实物而说幻哉？故唯心论者开口说什么实物，什么幻化，算是未能免俗。我说话总是极力避免显他人过，有时真是不得已。我的意思是要说明佛家"一合相"的意义，即是各有自体，不相冲突。熊十力先生在他的著作里一方面说一合相是不对的，一方面说有宗菩萨把心析为各个独立的东西也是不对的，他不知道有宗菩萨说的正是一合相。天下事情那里不是一合相呢？眼耳口鼻在一个首脑上，不是一合相吗？根茎枝叶花果种子同在树上，不是一合相吗？就拿一颗种子即未来树来看，不是一合相吗？要各有自体，不相冲突。我们的心，即藏识与转识，正是各有自体。藏识与转识，不相冲突，正是我们可以体认得着的心。世界是心，不是物。就我们见物一事说，要三项具备，即眼识与眼与色，而这三项是一事，诚如伊川所谓"有两物而必相须者，如心无目则不能视，目无心则不能见"，伊川将心与目合而为一，却还有外物在，仍不是合内外，事实是色与眼与识合而言之为在眼的心，不是离识别有存在的外物了。佛书上说见色的法则是"色于眼非合，非暗，非极细远，亦非有障"，非合即是要有适当的距离，迫在眉睫则视而不见。这些话我觉得很有趣，就说内外的话，是法则应有内外也。故心物一体。而心与物又有各自的体，即有其各自的因果，故起作用，否则是非法，是虚空。就转识与藏识说是一合相，就心与物说亦是一合相。就诸识说，藏识与转识各有自体；就一识说，心与物各有自体。换一句话说，心是诸多种心合起的，诸多种心是诸多种种子合起的，藏识有藏识种子，转识有转识种子，心与物又有心种子与物种子。说种子便是有自体，如树种子。说种子，便是一合相，如树种子如树。说种子便是亲办自果，如种生芽。说种子，便是无生，如一株树与一颗种子是一个东西，不是本无今有。这个道理是多么简单！这个事实是多么简单！道理是不生不灭！事实是有！再说，只能说有之相，不应问怎么有。汝正是问怎么有，于是汝答曰"生"，汝不知汝是妄想，非事实也。菩萨的话，只说谷麦，说谷麦种子，说的是这一个东西；世人的话则是说两个东西，即能生与所生。一株植物是诸多种子，诸多种子是一株植物，由种子长起一株植物，由一株植物又结成种子，若轮之旋环无始，佛教所说的轮回便是这个意思。阿赖耶识是诸多心诸多种子的藏所，犹如植物成熟的种子是植物一切种的藏所，种子的自种也藏在这里头，试看植物种子里头备有种子自己的营养，植物学家叫做子叶，岂非应有尽有。我们所说的

"死"，是阿赖耶识离身；我们所说的"生"是阿赖耶识依托着，即所谓投胎。死不是断灭，生仍是本有。《华严经》曰，"识是种子，后身是芽。"这所谓识，是阿赖耶识。这便叫做"种生芽法"。阿赖耶识能执持身，死时它渐渐离身，故身上冷触渐起。若转识则无执持身的作用，观于人死时意识可仍照常，而肢体冷触渐起可知。《瑜伽论》上有这样的话可能说明执持的意思，"心心所任持不舍说明执受。当知此言遮依属根发毛爪等，及遮死后所有内身，彼非执受故。"这就是说我们身上的发毛指甲为心即阿赖耶识所不执持，同我们死后的身子为阿赖耶识所不执持一样。死后的身子，因为阿赖耶识不执持，故即成尸体，渐渐腐败了。凡我们身内的排泄物亦然，离开身子，即阿赖耶识不执持，便腐败了。若头发指甲等，因为本非执受，几几乎是身外的东西，故割它它不痛，死后它也就不若一块骨头容易败坏了。骨肉本是阿赖耶识所执持的，死则阿赖耶识不执持，故败坏了。阿赖耶识是什么一个东西，读者至此，或可明白乎？世界不止我们人类这个世界，佛说三界，欲界色界无色界，阿赖耶识藏有各界种子，故各界都可生。在各界中打转，叫做轮回。我们要认得人生如梦的真实，真实是因果法则。世界是因果法则，犹如梦是因果法则，非如俗所谓一真一假。你说话匣子不是真的声音，它为什么不是真的声音呢？物理学所讲的它的法则不是真的吗？它同你亲口说话不是一个法则吗？你为什么一则执着，一则能不执着呢？佛叫你"了声如响"。在你的梦里，色声香味触都是有的，而你说是假的，因为没有色声香味触的东西在外面存着，岂知这是因果法则有异，不是真实有异；是心有异，不是内外有异。梦时是汝的意识转，醒时是汝的意识同眼耳鼻舌身识一起转，外物的因缘本来在汝的藏识里头，只是其主识有时不转罢了。如婴孩便没有外在的世界。没有外在的世界，但不是没有外在世界的种子，发生时便发生了。各自的世界都是各自的一棵心之树。心诚如种子，它无论如何要发生的，所以汝见猎心喜。心的发生诚如种子的发生，只有这里才能见因果的道理的，所谓种生芽法。

菩萨说八识，我在上面因说话方便之故少说一识，即是将第七转识末那识省略了。末那识亦名意，此识不关外境，恒内执我，就是我们平常耳无闻目无见而有有我之心了。读者要知道八识的详细说法，请自去看佛书。或者将我的话懂得了，不再看书亦可以，重在大澈大悟，悟得合内外之道，悟得人生如梦——这不是喻言，是同几何所讲的定理一样一点不差的。

第十章　真如

世界是心。心有眼耳鼻舌身识，故世界有色声香味触诸境。心有意识，故世界有一异，此物不是彼物。我们即不与此物彼物接触，即是耳无闻目无见鼻舌身意识都不起作用，总还有一个我在，即是不知不觉之间总有一个有我之心，这个心叫做末那识。这七个心，眼识，耳识，鼻识，舌识，身识，意识，以及末那识，谁能否认呢？是的，我们有这诸多心。有这诸多心，故有世界。

再问，我们有合理的思想没有呢？我们有合理的思想，我们处处求合理。那么照我以前所说的话，合理是"无我"。无我故末那识不是真实的。合理是唯心，意识所执着的此物彼物不是真实的，即是意识不是真实的。末那识不是真实的，即无我；意识不是真实的，即无相；无我无相故眼耳鼻舌身意空。空故种子灭，于是阿赖耶识断。阿赖耶识断，即种子心断，于是心不是生起的心，不在因果之中，便是"真如"。

那么唯识的精义至此不已明白乎？始终是心这个东西，世界是它，佛亦是它，一个可以我们的私心比之，一个可以我们的良心比之，我们平常总是私心用事，良心发现时则私心无有。而我们的良心即圣贤的良心，这里是没有智愚贤不肖的区别的，正是孟子所谓性善，（孟子说大人者不失其赤子之心则不然，赤子心是种子心萌而未发。）佛说平等平等。由私心到良心，有什么界限呢？只要私心灭，良心便发现了。那么种子心断便实证真如，有什么不可信呢？不可信岂不是不信任理智吗？理智是如此，故事实是如此。你以为世界很稀奇，真如也决不是虚空，只是我们不能拿世间言语去比拟，世间言语只说得真如实有而已。佛总是说他不诳语，也无非是要人相信。而世人不相信，不相信事实你说你不能作证，不相信理智——则是应该反省的！那么你为什么不能作证呢？

这样说来，事实好像是一件幻术，你说有，世界便在眼前，而且大家在这里受苦，耶稣为我们背十字架，苏格拉底我们要他服毒；你说幻，真个便一点实在的理由没有，反而有一个不相信的真实摆在当前，说时迟那时快，我们已是佛。众生受苦，而实无有众生。无有众生，而又自作自受，世界的差别，即是轮回，便是这样来的。这样来的，而又可以到那里去，即是佛。于是本无所从来，去亦无所至。这都不是诳语，明明白白简简单单理智是如此的。理智不是学得的，是本有的。若学得的理智则是从我执法执起，是相名妄想。离开相名妄想便是理智了。于是我总括一句，是的，世界是幻术，这个幻术是理智，一无所有而无所不有，便是"色即是空，空即是色，受想行识亦复如是"。我最赞叹佛经上这样的话："譬工幻师，造种种幻！"呜呼！孰能知此意！由理智而能知此意。宗教是理智之至极，世人乃以相名妄想去批评他。基督教说上帝创世，孔子说天命，正是圣人的言语。而近代思想乃有生物学，乃有进化论，举世不知其妄语，不知其造业！

"譬工幻师，造种种幻"，那么世界是佛的神通变化了，用熊十力先生的话正是"真如显现为一切法"。我极力避免说熊先生不是，自己把正面的意思说出来便罢了。《华严经》云：

眼耳鼻舌身　心意诸情根　因此转众苦
而实无所转　法性无所转　示现故有转
于彼无示现　示现无所有

示现而无所示现，众生受苦而无有众生，度众生而实无有众生得灭度者，理智是如此，故事实是如此。佛教三藏十二部经都是同我们说一个理字，说一个理字于是事实是唯心即唯识。

在另一方面中国儒者说一个理字，《四书》朱注"天即理也"。又云"天下之物皆实理之所为"。这个理字的含义却不是理智的意思，是至善的意思。用熊十力先生的体用二字，中国儒者的理字是"体"，佛家所说的理字是"用"。儒者见体而不识用之全，因其未能格物。未能格物，故有时于理智说不通，故儒者还是凡夫。而世界本不是凡俗，换一句话说不是科学，是佛的神通变化。用孔子的话是"天命"。佛慈悲，孔子曰畏天命，孰谓世界不苦乎？性善二字，直到孟子道出，最能见得儒家的价值，把真理面目一语道尽无遗，然而儒家从此离宗教远矣。

熊十力先生再三说"生化"，赞"生生不已"，实在是熊先生不识幻义。幻字就是示现的意思。我且引孔子的话说明示现的意思。孔子曰，"天之将丧斯文也，后起者不得与于斯文也；天之未丧斯文也，匡人其于予何！"孔子又曰，"天生德于予。"若执着于生，则孔子这些话是无可奈何之辞，等于穷则呼天；若懂得示现，则孔子说的是真实。诗云，"天生烝民，有物有则，民之秉彝，好是懿德。"这所谓"生"，不是生化，是示现，因为"有物有则"非本无今有，即非生而后有。世人执着物，故有生耳。熊先生书，未免太有世间气，因为熊先生的生仍是世俗的生耳，非孔子"天生德于予"之生。科学重理智，何其生的观念亦是世俗的生，于理智不可通。

最后问一句话，孔子应该是宗教家不是宗教家呢？我毫不踌躇曰，"孔子是宗教家。"圣人都是真理现身说法，都是宗教家。宗教家都是以出世主义救世的，只有孔子是现世主义救世。凡属宗教从世俗的眼光看都是近乎迷信的，故孔子亦有"凤鸟不至河不出图"的话。实在这是理智的至极，世界本是示现，不是生化。

（作于一九四二年冬至一九四五年秋。一九四七年三月十三日作序。）

说人欲与天理并说儒家道家治国之道

世界到底是天理还是人欲？这是一个根本问题。中国儒家的精神在于说明天理，道家处处是警告人欲。印度佛教则是说明人欲，他的人欲的意义包含于他的"业"字。

我先说儒家。大程子曰："吾学虽有所受，天理二字却是自家拈出来。"（见《上蔡语录》）天理二字本来是早有的，《乐记》便有"灭天理而穷人欲"的话，大程子却是真真懂得，故他特地提出来告诉我们是他自得。倘若有天理的话，天理当然是善的，岂有天理而叫人为恶？世间到处是恶事，还有什么天理？这话我想谁都想问的。大程子曰："天下善恶皆天理。谓之恶者，本非恶，但或过或不及，便如此。"这话是真正不错。世间父母没有不爱其子的，这便是天理。中国的贪官污吏，在他家里每每正是爱儿子的父母，只是他不明道理，要替儿子发财，故他贪污了，做恶事了。所以恶正是过或不及，还是从善来的。问题便在于难得"中"，中必是善。说中，人家不容易懂得，仿佛无可捉摸，说善人人点头，虽然你是恶人你也懂得善的意义了。所以善是天理，恶者惑也，过不及也。善是真有的，它如光之不可磨灭。你说这里黑暗吗？光并不与黑暗同存在，它并不是为暗掩藏，它总在那里，是你自己有障于它而有暗。然而你的暗是可以没有的，因为你的障可以没有。问题本不在于恶，恶是没有的。问题在于明善。人一明善，便马上懂得天理，喜怒哀乐都在这里——世界岂是虚空？天理正是实理，喜怒哀乐都是实理，所以说"喜怒哀乐之未发谓之中"。到了发而皆中节，则世界是天理流行，所以谓之"和"。"致中和，天地位焉，万物育焉"，从逻辑说是一点也不错的，不过实际没有这样的世界，世界是善恶并存，虽是善恶并存，善有因而恶无根，善不可消灭，恶则人心确乎是想去除。天理是善，而恶则势也，故恶亦是天理。我从前写一小诗，题作"太阳"，颇可以拿来作个比喻：

> 太阳说，
> "我把地上画了花。"
> 他画了一地影子。

仿佛有光明就必定有光明的影子，虽则就光明说它本来不包含影子。你能说太阳认得黑暗吗？再以健康作喻。世间当然只有健康的现象，健康者，中也。然而中则必有过或不及，故世间有疾病。疾病是因为健康而来的，但决不能说健康同疾病是相对的而并立的。善恶不能相对而并立亦然。只有善是实有的，绝对的。故世界是天理。换一句话说，性是善。我们的性的来源是天理。故《中庸》曰："天命之谓性。"我们能够知性，便能够知天，故孟子曰："知其性，则知天矣。"这个天，这个性，是实实在在之物，"其为物不贰"，不是空空洞洞的观念。要认识天或性的实在性，便是人生的意义。不过此事太难，因为我们生在世间，总不能离开外物的关系，倒是能离开天与性的关系——不是离得开，如鱼不能离开水而有生命，但就鱼的构造说它仿佛与水没有关系。世人只有己身与外物的关系，没有天与性的关系亦然。此圣贤所以要觉世之故。圣贤觉世的功课便只是这一句："致知在格物。"我常想努力讲这一句话。这句话的含义，与科学的求知，恰是反对的方向，一是向内，一是向外。二程子曰："欲思格物，则固已近道矣。是何也？以收其心而不放也。"《大学》的格物，就是孟子的求放心，说格物好像意义不确定，其实是最切实，因为格物才是求放心。中国在满清末年，创办学堂，设新功课，有"格致"一科，是以"致知在格物"的理想应是趋向于自然科学的研究，中国之不知自己有学问，中国人之失却根据，非一日矣。须知格物是要你认识"天理"，不是要你认识"物理"。须是认识天理而后有物理之可言，否则你所讲的物理是佛教所说的业。二程子曰：

> 仁义理智，非由外铄我也，我固有之也。因物而迁，迷而不悟，则天理灭矣，故圣人欲格之。

我们生活之间都是外面有一个物，向外追求，耳逐声，目逐色，科学还要扩充耳的范围发明电话，扩充眼的范围用显微镜，我们说是进步，老子说是令人目盲令人耳聋令人心发狂。不要以为这话可笑，试看科学发达的今日谁还敢说"天理"二字？如果天理二字是真理的话，那么我们现代人不是心发狂吗？孟子曰："有放心而不知求，哀哉。"我今日真是感觉得可哀。逐物便是放心。求放心便是格物，你要能知道物不是外物，同己一样，都是天理。你要用心。这个心不是耳目见闻，耳目见闻谁都会用的，小孩子一生下地就慢慢地会用，科学家虽然更会用，但还是耳目见闻。所以小孩子知道有物，科学家也不过知道有物而已，他进一步告诉小孩子知道用仪器，五十步与百步之间只是如此。圣贤学问不是耳目见闻，是用心，是忠于己。你不能以忠于你的眼睛忠于你的显微镜为忠，那是一辈子也不知有己的，所以你总不能知止，你总是追求外物，你若忠于己，则你当知止，反省，这时你不是用耳目见闻，你是忠于己，知道己之可贵，更由己知道己以外人之可贵，于是你由忠而恕了。这个忠恕之道决不是耳目见闻所能行的，不是吗？不过在你懂得忠恕之道以后，则耳目见闻都是忠恕之道，因为耳目见闻正是世界，世界是忠恕之道。孟子曰："形色天性也。惟圣人然后可以践形。"圣人的耳目见闻都是天理流行，真是美丽的世界，所谓逝者如斯不舍昼夜；我们则是私于耳目见闻，辜负了我们的身子，算不得"忠"了。宋儒在证明天理实有时，都不觉足之蹈之手之舞之，其切实处都从不私于耳目见闻起，即忠于己，因而认识"己"到底是怎么回事，张子曰："己亦是一物。"二程子曰："人能放这一个身，公共放在天地万物中一般看，则有甚妨碍？"又曰："以物待物，不可以己待物。"朱子曰："却将身只做物样看待。"这些话里面的"物"字不是西洋哲学上心物对待的那个物字，也不是孟子"物交物"的那个物字，是叫你莫执着有我，己同天地万物一般是天地万物，己便是世界，那么己便是天理了。世界是实实在在的，然而"无我"非天理而何？天理是实实在在的，因为己是实实在在的。我给你打一个比方。我们学数学学几何，几何这个学问有许多定理，我们看了许多定理之后，知道这个学问是实在的，你虽没有绘出一个几何图形来，这个学问的实在性一点没有损失，它不是虚空，然而你绘出一个图形来，则这个图形便是几何这个学问，这个图形之于几何不增不减。几何这个学问好比是天理，许多定

理许多图形好比是天地万物，故天地万物是实在的，天理亦是实
在的。"己"便是天地万物，便是天理的表现，便是天理，正如
一个三角形便是几何的表现，便是几何。而世人的"我见"，则
与学理完全无关，是惑，正如说"几何是欧几里德发明的"这句
话一样，几何的道理与欧几里德这个名字有什么关系呢？又如说
"这个三角板是我的，我不借给你！"这个感情与三角形又有什么
关系呢？所以程子体会出"天理"的时候，实在是欢喜——天理
实有，还不欢喜吗？他是因为己，忠于己，而体会出天理。忠于
己乃无我，无我故是天命。他曰：

> 除了身只是理，便说合天人。合天人已是为不知者引而
> 说之。天人无间。
>
> 言体天地之化，已剩一体字，只此便是天地之化。不可
> 对此个别有天地。

这便是说己不是与天对立的，己就是天，万物就是天。正如几何
图形不是与几何对立的，几何图形就是几何。

我总结我上面的话的意思，世界只有善，无所谓恶，这个
善，便是天理。天不但由天理表现得，天简直还是一个东西，这
个东西便是天地万物。这便是真理。这个真理便是儒家所表
示的。

真理表示出来，儒家还正是宗教，因为真理本来是宗教，是
天命，形而下即是形而上。故孔子自称其下学而上达。不过这个
宗教不是做教主，不是求永生，是做人。做人便是合乎天理。做
人自然是修身齐家治国平天下。修身齐家治国平天下是一个道
理，便是忠恕。《大学》所讲的平天下之道便是絜矩之道，便是

己所不欲勿施于人。孔子所赞美的禹，正把这个道理表现之于事功，禹治水是以四海为壑。以四海为壑是对以邻国为壑说的，以邻国为壑便是不忠，因为有私心，没有将己扩充，扩充便是恕，即以四海为壑了。所以禹真应该是儒家的代表，是中国民族的代表，我且引孔子赞禹的话说明我的意思，孔子曰：

> 禹，吾无间然矣。菲饮食而致孝乎鬼神，恶衣服而致美乎黻冕，卑宫室而尽力乎沟洫。禹，吾无间然矣。

大禹圣人如此，中国乡村间一般模范的农人也是如此，他们平日不吃肉，但祭祀时要拿酒肉祭祖先；穿衣服不讲究，但家里有吉庆事或丧事，或过年拜客，要穿整整齐齐的新衣服；房子当然都是卑陋的，关于田地里的工作则治得很干净，大禹圣人不过是做一个代表而已。孔子的道理，不过替中国民族做一个说明而已。

凡是属民族精神，都不是那个民族里面的少数圣贤教训出来的，是民族自己如此的，少数圣贤好比是高山，其整个民族便是平地。高山倒是以平地为基础，不是高山产生平地。确切地说，圣贤是民族产生出来的。印度产生佛，希伯来产生耶稣，中国产生孔子，产生二帝三王，希腊则产生西洋文明罢。禹是中国民族的代表，中国民族决不会产生帝国主义的，不但圣人不以邻国为壑，一般老百姓也是最有人道精神的。当前年日本投降之时，我真是感得中国民族精神的伟大，纠正了我平常的一些偏见，因为我平常佩服中国的圣人而感觉中国大多数人是不行的，然而中国人，没有一个例外，在残暴敌人投降之后，都是同情敌俘的，那个敌意不知怎的一下子丢得无影无踪了，极悭吝的农人也给饭日本兵吃，日本兵像一个叫化子在乡下走路，夜了他可以有地方住宿，小孩子，老祖母，甚至不爱管闲事整日在田地里工作的爸爸也来照顾他一下，说一声可怜，简直不问这个被同情者曾经加了他们如何的恐怖与损害。我因此懂得中国的圣人只是中国民族的代表，中国民族的根本精神是德不是力，所以孔子说："骥不称其力，称其德也。"我们对于禹忘记了他的功劳，而佩服他的道德。可笑浅学者流，自己发狂，还要叫人相信，要无中生有找出证据来，要证明禹没有这个人，因为社会是进化的，何以古代便有那么理想的政治呢？不是乌托邦吗？独不思，无论那个民族里，圣哲不都已出现过了吗？各个圣哲都是各个民族的代表，别的圣哲讲上帝，说轮回，（你们以为那是迷信，故不去怀疑他！）中国圣人只是中庸之道，中庸之道是以修身齐家治国平天下为事业的，故中国有二帝三王之治。中国二帝三王之治，正如佛的涅槃，耶苏的十字架。黑格尔说历史是哲学。其言确有道理，一个民族的历史正是表现一个民族的哲学，这个哲学不是唯物史观足以武断了之。孔子说他"述而不作，信而好古"。又曰："温故而知新，可以为师矣。"今之治历史者懂得"信而好古""温故知新"的道理吗？

　不但做学问的人要懂得"信而好古"，我希望今之做社会运动者也要信而好古，历史真是一部"资治"之书。战时我在乡间住了十年，得了许多益处，现在我感得中国农民个个是大禹，中国不要官治，中国自然是家治，家长自治其家，大禹亦不过是"三过其门而不入"的大家长而已。中国二帝三王都不是"君"而是家长，在另一方面孔子亦不是政治家而是"师"，做父母的与做老师的还用得着要权力吗？只要道德，只要礼义，而结果自然有事功。孔子的政治主张便是"道之以德，齐之以礼，有耻且格"，同父亲教儿子一样。孟子的政治纲领也不过是："五亩之宅，树之以桑，五十者可以衣帛矣。鸡豚狗彘之畜，无失其时，七十者可以食肉矣。百亩之田，勿夺其时，数口之家可以无饥矣。谨庠序之教，申之以孝悌之义，颁白者不负戴于道路矣。七十者衣帛食肉，黎民不饥不寒，然而不王者，未之有也。"

我抄了这节话，我非常喜悦，我相信中国政治马上有上轨道的可能，只要你莫替老百姓著急，替他们想出许多主张来。当然也不要剥削他们。何以呢？因为他们个个是大禹，即是说他们个个勤俭，他们都在那里养猪，都在那里种树——你如果是好政府，能告诉他们一个好方法使得他们养猪而不遭瘟疫，那他们便感激不尽了。他们自己还年年花钱请塾师替他们教小孩子，只是不相信政府替他们办的学校，怕政府害他们，骗他们的小孩子，有时又善意地觉得政府是多事，"何必劳驾替我们办学校呢？"这都是我观察之所得。由此可以看出两点，一是他们能做自己的事，无须你迫他们尽他们自己的义务；二是他们不信政府，因为中国政府的措施一概不是与民有益而是私利于官的呀！如果掉过来，政府能够使得他们信，扶助他们，那么他们会做他们自己一切的事了。只注重在扶助他们，让他们有田种，告诉他们养猪的方法，另外再无须给他们以你自己的法宝，你给他们，他们会受宠若惊的呀！他们反而不自安的呀！中国历史上的政治只有黄老之术是有成功的，急性者则失败，秦始皇王安石都是。这不足以借鉴吗？黄老一派或者比儒家来得更有效亦未可知，因为他比儒家更是简单，任其自然。儒家想做父母，黄老则是做保姆。老子曰："治大国若烹小鲜。"《淮南子》解释老子的话解释得很有趣味："治大国若烹小鲜，为宽裕者曰，勿数挠！为刻削者曰，致其咸酸而已矣！"最好是不要搅它，要加也不过加点酱油加点醋得了，你能另外加许多主义下去吗？老子最怕你生吞活剥，其结果将出乎你的意外的。他曰：

> 将欲取天下而为之，吾见其不得已。天下神器，不可为也。为者败之，执者失之。
>
> 以辅万物之自然而不敢为。
>
> 使我介然有知，行于大道，唯施是畏。

"施"也就是"为"。我读了这些话，真真是有些"畏"。天下是神器，你不能知道原因，你不会推测结果的，你何必那样的"不得已"呢？你比"自然"还要大公无私吗？那么你为什么那样大胆呢？我敢说，现在世界的灾难，就在一个"为"字。西洋的"为"或者有他的历史；中国的民族精神则本是"无为"，"为"反而没有根据，为就是乱。

说到这里，你将问我："我无为而人家为，那将怎么办呢？人家不征服我吗？我用什么去抵抗呢？而且，且不论幸福问题，桃花源的百姓或者比现在原子能时代的百姓幸福得多亦未可知，但总不能说物质文明不是人类的进化，如之何而否认进化，拒绝进化呢？所以在现在而不把问题注重在科学上面，徒然讲东方哲学，一般人的心里总觉得是不中肯的。"我坚决地回答，正因为此，现在世界的问题不是科学问题而是哲学问题。你的话还是因为不懂得哲学。只有中国自己可以救中国。只有东方哲学可以救世界。我且请大家先答复这个问题：中国民族是不是会使得科学发达起来？据我想，中国民族是不会发达科学的，如果中国民族会发达科学，就不说古代也应该有科学，也一定同日本一样维新以后便发达起来的。提倡科学提倡了几十年而没有科学如故，这个事实不是唯物史观可以说明的。事实是，中国民族根本不会发达科学。我常想，一个民族会发达科学，正如蚕子吐丝蜘蛛缀网一样，不会叫别的昆虫学会的。所以中国留学生在外国回来提倡科学方法便是提倡国故，仿佛以为整理国故也可以自附于科学似的。科学应看他的习惯，即是对于自然界有一种探手的习惯，若说方法则不过归纳演绎而已，不是糊涂人无论做什么事都有方法的，问题在于做什么事，不在做什么事的方法。中国读书人说他拿科学方法整理国故，即足以证明中国不能产生科学。不能产生科学就不能立国于今之世界吗？我以为不然，立国之道是立国之道，如果不明立国之道，有科学亦不能立国，如德国与日本便是。现在世界的强国，德日是给科学烧死了，其他强国则正在拿着一颗炸弹不知道怎么好，想藏着将来拿去烧死人，又怕先把自己烧死了，这就是老子说的"天下神器不可为"。真的，同小孩子玩火一样，利害是不可测的。老子又曰："以道莅天下，其鬼不神。"现在的科学就是其鬼"神"，而中国人正是羡慕这个洋鬼"神"得不得了，于是要全盘西化，哀哉。我记得我从前做学生时，读了吴稚晖先生的《机器促进大同说》，很是喜悦，觉得机器发达世界将真是大同了，大同世界并不是乌托邦了，孰知事实是机器发达世界先来了两次大战。外国的灾难都是从科学来的，因为科学是一个权力的伸张，并不真是理智的作用，（纯粹数学或如康德哲学倒可以叫做理智作用，倘若有一种方法单独可以称之为科学方法，这便是科学方法。）换一句话说，科学正是印度佛教所说的"业"。经济上的自由主义，资产发达，阶级斗争，明明显显的是业，是报应。中国则本没有这个业，不在这个报应之中。而中国在五四运动时提倡"赛恩斯"，后来又提倡共产主义，正是自己把自己拉到那个报应里去。其实中国的报应还是中国自己的报应，中国自己的报应是"自私自利"，是要个人有权，是要个人有利。换一句话，西人的权利观念是公的，或向"自然"求权，或向国家求权；中国人的权利说得干脆些是升官发财，或者压迫别人自己专制罢了。中国不产生科学，中国却并不惧怕为科学的洪流所淹没，因为科学的洪流正在那里淹没其自己，中国应是旁观者清，足以防御洪流，而且利导洪流的。我觉得孙中山先生就有这个眼光，有这个魄力，他真有民族的自信，他不是抄袭西人的。此事真是行之非艰，知之维艰。中国真有救世界的责任，因为中国的民族精神正是现代潮流的旁观者。如何而自己卷入潮流呢？在中国抵抗日本战争中，中国有一个"信"字，只有这一个"信"字可以抵抗强暴，现在也只有这一个"信"字是立国之道，因此我佩服孔子的话，去兵去食，而民不可以不信之，"自古皆有死，民无信不立！"中国现在并没有到死地，因为本无死地在外面放着，而中国人，尤其是知识阶级，对于民族之无自信，则真足以置中国于死地。中国不能产生科学，而科学本是业，不是立国之道，而中国人口口声声说科学救国，结果大家是白痴，做奴隶而已。中国人一旦自信了，只要"无为"便可以救国，由救国而可以救世界。中国的圣贤，儒家孔孟，道家老子，他们向天下后世讲道，"道也者不可须臾离也，可离非道也"，道同空气一样，非常之切实的，而你以为玄。"道在迩而求诸远，事在易而求诸难"，人生何异是一场悲剧。若说进化，那确是不可否认，也不可拒绝，本是事实如何可拒绝可否认呢？我们现在走路难道不用现代交通工具而用古代交通工具吗？不过这里又正要有一个哲学的认识。科学是业，进化也正是业，并不是神圣不可侵犯的，并不是不可以让我们检讨的。业的意思就是造作，造作自然又有一种势用。好比我们坐的桌子椅子是人类的业，并不是天生有这个东西，这个东西是造作出来的。

又如世间只有钢铁，并没有杀人的刀，刀便是业。我们陆行乘车，水行乘船，到现在空行还有飞机，我们说是进化，进化就是业力的追求。业力的追求是不知止境的。照佛教的意思人欲也是业，业力不知止，正如人欲不知止，科学的发明同人的贪财好色一样不会悬崖勒马的。说人欲是业并没有错，科学家不说人欲是本能，人同动物是一样的吗？什么叫做本能？猫吃老鼠是本能，狗抓地毯是本能，那么本能不是"天生的"，是"后起的"，因为猫本不一定要吃老鼠，变了家畜便吃老鼠；狗在今日生下地的时候不应抓地毯，科学家说是蛮性的遗留而抓地毯，不管怎样解释，总而言之是"后起的"。所以照佛教的意思人欲亦是"后起的"，即是"本能"不是本能，是业。在另一方面，照佛教的意思，鱼在水里游，鸟在天空飞，亦不是本能是业，正同人生水行有船空行有飞机一样。话说到此，则问题所涉太广，不是我今日这篇文章的意思，我只是告诉大家，业不知止，"进化"不是神圣不可侵犯，我们还有作中流砥柱挽狂澜于既倒的义务，即是警告"进化"。《老子》一书，充分表现这个意思，他总是"畏"，劝人知止，"天下神器，不可为也，为者败之，执者失之"。你说机器促进大同，而机器变了方向，用到世界大战的方向去了，即是"执者失之"。你说征服自然，是谓"代大匠斲"。"夫代大匠斲，希有不伤其手者矣。"庄子的书里有一段文章：

> 子贡南游于楚，反于晋，过汉阴，见一丈人方为圃畦，凿隧而入井，抱瓮而出灌，搰搰然用力甚多而见功寡。子贡曰，有械于此，一日浸百畦，用力甚寡而见功多，夫子不欲乎？为圃者仰而视之曰，奈何？曰，凿木为机，后重前轻，挈水若抽，数如泆汤，其名为槔。为圃者忿然作色而笑曰，

　　吾闻之吾师，有机械者必有机事，有机事者必有机心，机心存于胸中则纯白不备，纯白不备则神生不定，神生不定者道之所不载也。吾非不知，羞而不为也。

　　我前说中国没有发达科学的可能，也不会产生机器，照庄子的神气他简直"羞而不为之"。我们何至于这样顽固，贵心知其意。

　　要知"征服自然"，自然如果真正给你征服了，你将有束手无策的时候，你的飞机将没有汽油！老子告诉你"治人事天莫若啬。夫惟啬，是谓早服。"你应该早早服从道理老子说他有三宝，"俭"是其一。孔子亦曰"节用而爱人"今之世界何其太相反了，即不知道"俭"，不知道"早服"。孟子曰，"以齐王犹反掌"，反掌本是易事，但最难，因谁都不知要照一向所做的反过来。语云"放下屠刀立地成佛"，谁拿了屠刀肯放下呢？

（一九四七年）

孟子的性善和程子的格物

在人类历史上，先有圣人，后必有大贤。印度有佛之后，有空宗与有宗菩萨，将佛的意思说得具体明白。在中国亦然，孔子以后，有孟子与程子，孟子道性善，程子提出格物，由性善与格物二义，我们可以具体的讲孔子，否则孔子便如颜渊说的"仰之弥高，钻之弥坚，瞻之在前，忽焉在后"了——你能说你把孔子说得明白么？然而你懂得性善与格物两个意思，则你能将孔子说得非常明白了。孟子佩服孔子，是孟子自己佩服的，没有人要他佩服孔子，因为他懂得性善而自然佩服孔子，而孔子没有说过性善的话。程子佩服孔孟，是程子自己佩服的，没有人要他佩服孔孟，因为他懂得"致知在格物"而自然佩服孔孟，而致知在格物这句话程子以前谁也没有注意，是程子自己懂得的。这都是真理的自然发现，说得神秘一点是应运而生。此外再要辨同异，定是非，便不免出于私心了，即是从学人的习气来的，不是豁然贯通，近于有意追求。我这话是指了王阳明说的。阳明说致知是致良知，意思便死煞，因其未能懂得格物，而格物本来要难懂些，讲致良知而不讲格物本来正是学问的一个阶段，于此而将"格物"存疑可也。而阳明于此别程朱自立一派，缺乏"温故知新"

的精神，真的，这样便亏了一点"可以为师"之德，而程朱则正是温故知新了。阳明是真有得于己的，只是他无得于"格物"了。阳明的话最容易提醒人，豪杰之士从他的话当下可以得到用功处，故从之者众。孰知因此阳明乃有愧于程朱，王学近于孟子则有之，王学却较程朱距孔子远矣，距二帝三王之儒远矣。儒不是那么简单。

儒是知天命的。天命不是空空洞洞的一个概念，天命是同世间的现象一样具体。中国从二帝三王以至于孔子，其实都是宗教家，因为儒本来是宗教，其中心事实便是"天"。孔子曰，"不怨天，不尤人，下学而上达。知我者，其天乎？"这里的"天"字都不是一个想像之辞。即孟子亦曰，"存其心，养其性，所以事天也。"不过孟子的"事天"还只是感到心性的切实，与后来阳明的良知是一脉相传，说得干脆些，孟子的"天"是孟子的人格，是孟子的怀抱，孟子并不能如孔子"上达"。若上达，则是有个"天"了。阳明则完全是人事，较孟子的"事天"尚隔一步。孟子不是宗教家，是政治家哲学家。阳明更不是宗教家，是政治家哲学家。我可以同诸君打一个赌，我久没有看阳明的书，只是从前做学生时看过他的书，诸君去翻阳明的书，看他的言语里头有"鬼神"字样否？一定是没有的。孟子的书里头我想也是没有的。若孔子则以"敬鬼神而远之"为知。孔子知有鬼神也，孔子知有天也。圣贤的话语都是言之有物，不如后人只是想像之辞，我们要切实反省。《大学》的致知格物便是下学上达的工夫。不过孔子的话总是令人从之末由，难得具体的解释，"致知在格物"便具体了，你一解错了便不行。朱子训格物为穷理，朱子的格物穷理不是今日科学的格物穷理，他的穷理是伦理学，不是物理学。因为是格物，故根本上是唯理论，不是唯物论。非唯物，故有鬼神。朱子注《论语》"子不语怪力乱神"章云："怪异勇力悖乱之事，非理之正，固圣人所不语；鬼神造化之迹，虽非不正，然非穷理之至有未易明者，故亦不轻以语人了。"可见什么是朱子的穷理了。这是一个大关键，是古代学问与近代学问之所以不同，也应是哲学与科学不同。总之，《大学》的格物，其极端义便是唯心，并且到了宗教，非如世俗向外面追求物之理了。所以程子从儒家的经典里抽出《大学》来，从《大学》里提出格物二字来，朱子又能继之，最见学问的真实，由此我们确是知道儒家是宗教。至于孟子的性善，又最能见儒家这个宗教的价值，孟子以后，无论程朱，无论阳明，便是后来的颜元，都是同有此理的，难为孟子首先一语道破了。

（一九四七年）

佛教有宗说因果

佛教空宗破假法，有宗说因果。

佛教说因果就是说生死。世人对于任何事情要求讲道理，惟独对于生死之事不讲道理，亦即是世人不明因果。

《华严经》曰，"了诸法空，悉无自性，超出诸相，人无相际，而亦不违种生芽法。""种生芽法"，便是佛教的因果义。因果者，要如"种生芽"，有种子之因，决定要生芽之果。此所谓种子，便是普通说的植物的种子，是"种子"的狭义。严格说起来，一颗种子并不是一颗囫囵东西，而是"一合相"，是诸多种子积聚一起，《瑜伽论》说谷麦等物"所有芽茎叶等种子"，那么芽有芽种，茎有茎种，叶有叶种，推而言之根有根种，花有花种，种子亦有种子的种。这是种子的广义。有宗菩萨所说的种子，是指着这个广义的种子说。这个说法，据一位学农科的朋友告诉我，是科学上的事实。植物的生长，并不是由一般性的种子生出芽来，于是而根茎枝叶花果，乃是芽要芽种，茎要茎种，叶要叶种，推而言之根要根种，花要花种，种子亦要种子的种。《华严经》"种生芽法"，只是确定因果这一件事实如种生芽，并不详及种子义。到了有宗菩萨乃将因果的意义详细规定，即种子六义。

种子六义只有两义难懂，其余四义是容易得人承认的。这难懂的两义是"果俱有"义与"引自果"义。熊十力先生便因为误解了"果俱有"义而著《新唯识论》，因此佛教失了一个信徒，这真是最大的损失。我今来说"果俱有"与"引自果"，这两义讲清楚了，因果道理便明白了。道理本来就是事实，事实有什么难懂呢？并不是难懂，乃是你不信。你如果信，你自然求懂了。且让我绘如下的图：

（一）甲乙丙丁戊己庚辛——（二）辛庚己戊丁丙乙甲——（三）甲乙丙丁戊己庚辛

这里还是就植物作比喻。图一好比是一株树，甲乙丙丁戊己庚辛代表一株树的芽茎叶花果等种子，这芽茎叶花果等种子都是有实体的，一株树即尚未开花，尚未结果，果里面的种子尚未成熟，而其花其果其种子都各有种子藏在里面，不是虚空无物。我们把辛代表狭义的种子，便是常情所说的一株树的种子，种子成熟了，则它要离开这株树，于是而为图二，我们以大写的辛代表之，即是说它是一株树上落下来的种子，它里面是有各种种子的。它自己的种子也在里面。由这颗种子发生为另一株树，于是第一阶段由图二生出图三的甲，即《华严经》说的"种生芽"。图二生出图三甲，接着图三甲生乙，乙生丙，丙生丁……即是由发芽而慢慢地又长成一株树了。

这三个图表明的事实很明白。而果俱有与引自果义在于其中。果俱有者，因与果同时俱有，即甲必生乙，而甲不因乙生了而消灭，甲乙是同时俱有；乙必生丙，乙不因丙生了而消灭，乙丙是同时俱有。丙丁戊己庚辛类推。故植物种必生芽，而且种芽俱有，种的种子后来又自生种。《瑜伽》说"无常法与他性为因，亦与后念自性为因，是因缘义"，便是这个意思。果俱有是"与他性为因"，引自果是"与后念自性为因"。《成唯识论》释"果俱有"有云："虽因与果有俱不俱，而现在时可有因力。"便是说，甲为因，乙为果，是因与果俱，而丙丁戊己庚辛则不俱，丙丁戊己庚辛虽不俱而丙丁戊己庚辛都在里面，现在时可有因力。试看我们栽植物，不一定是要种发芽，分根与插枝都可以生长，是"现在时可有因力"了。由我上面绘的图，"虽因与果有俱不俱，而现在时可有因力"，是很显然的，甲乙丙丁戊己庚辛本来都在里头，只是有隐有现罢了。隐便是因，现便是果。[①] 故《华严经》曰，"识是种子，后身是芽。"而死亦是因果。死者是识离身，如种子离开树，而又要落地发芽了。说到这里当然要懂得唯识道理，即是要懂得心，懂得心是一个东西，心如一株树，如一株树的种子。惟此事很要用功，读者诚有志于此，他日再谈。我今天的意思只是略说因果，我们眼见的植物之生长是因果道理。

上面的因果义，最要紧的是有实体。有实体才成其为因果，否则便是迷信。世人的因果之说是迷信。世人不是说树生子，便是说花结子。我们来考核这两个观念。"树生子"，须知树是假法，假法者有其名无其实之谓也，如我们说"树林"——"树林"有这个东西吗？我们没有"树林"的实体。故"树林"不能生。同样"树"不能生。只有根茎枝叶花果种子的实体，没有"树"的实体。要生是根茎枝叶花果种子生，不是"树"生。《成

---

① 此处原刊排印文字有脱落，参看下一篇开头《"佛教有宗说因果"书后》。——编注

唯识论》说"假法如无，非因缘故"，意思是说，假法同"没有"一样，不能为因果。"树"不能生，如"兔角"不能生。"树"是假法，"兔角"是无。熊十力先生释"果俱有"谓为如母子同时并有，熊先生如何陷于世人之惑，"母""子"都是假法，非因果也。说"母生子"，正如说"树生子"。再来考核"花结子"。由"果俱有"来说花结子是可以的，那同"种生芽"是一样。但世人花结子的观念不如此。说到此，我们要将"一合相"的意义解释一下。一合相是积聚义，（见世亲《摄论》释）诸多种子积聚一起，诸多种子各有实体，却不是常情所认为的诸多实物。好比我们有耳目口鼻，但没有单独存在的耳目口鼻这样东西，你不能拿我们的一只耳朵一只眼睛给人家看，虽然我们的耳目口鼻都是事实。同样我们不能有单独存在的一枚叶子一朵花，而我们说"花结子"，仿佛有一个单独存在的花，把花当作一个绝对的东西，由这个东西结出子来，故世人以花结子与女生子为喻，那么世人的花正是假法了。所以世人的"花结子"亦不能成立。实体与实物的意思，是理智上最大的问题，我们可以拿几何学上的点线面来作比喻，几何上的点线面是实体，并不是实物，世间拿不出点线面这三件实物给我们看，而我们却可以由点线面的定理替世间实物作说明。世俗的点线面是实物，点是一个点儿，线是一根线，面如一张桌子的面，而这个实物是假的，从它上面说不出一句道理来，要说它，仍然是从几何的点线面上去说了，所以实物只是"实体"之用。换一句话说，世界是理。

世界是理，最要紧的是懂得因果道理。这时你知道佛教不是迷信。世人是迷信。

（一九四七年）

"佛教有宗说因果"书后

前期本刊拙作《佛教有宗说因果》一文排印有脱落的地方，即六叶十七行"隐便是因，现便是果"，下脱掉这样一句半："这样才见因果的道理。生正是因果，生者，如种生芽，"特此订正。①

我今天的意思本来只想写上面一句订正的话。旋想，既然动笔，不如写一篇小文，题为前期拙作书后。这或者是我的寂寞，自己替自己的文章作书后。其实不然，我那里会寂寞。读者不知道我的《说因果》的文章重要，有心再来提醒一下，倒确是我的本意。

佛教的因果道理佛教徒也都不懂，儒家也都不懂。科学家也不懂得因果。在这三种人中，即佛教徒，儒家，科学家，应以科学家为最能懂得，因为求真的习惯相同，用俗话说便是"科学方法"相同。科学不是真理，但科学方法是真理的用具，如数学，没有人认为不是对的，便因为数学是科学方法的具体表现。拙作《说因果》一小文，虽然只有那么一点篇幅，是将整个佛教空有

---

① 参看上一篇《佛教有宗说因果》注释。——编注

二宗的精义摆在纸上，不仅是"科学方法"，而是理智的本身。因为科学方法也无非是理智本身的表现而已。佛教便是理智本身的代表，向世人说明因果，说明生死，说明轮回。科学方法不容许虚妄，但生物学"生"的观念同世俗"生"的观念一样是虚妄，即是以"假法"为因果，以"无"为因果。世间那里有这样荒谬的道理？荒谬的事实？事实是不会荒谬的，只是你们妄想中的事实——当然是荒谬的。你们如有反省，拙作《说因果》特地供你们参考。你们如说我是玄学，那么你们的数学亦是玄学。你们如说数学可以应用，可以应用到别的科学上面，可以应用便是可以实证，故不是玄学，那么佛教因果亦是实证，因为世间有生死的事实，生死事实便是因果道理的应用。

我上一段话，完全是尊重科学方法，故尔有意同科学家挑衅似的。拙作《说因果》一文则并没有指科学家的名字说话，倒是提起熊十力先生的名字，而熊先生我并不想同他再说话，因为我同他说的话太多了，他简直有点说话不负责任。

拙著《阿赖耶识论》亦注重在向现代科学家说话，因为科学家必了解"科学方法"的精神，科学方法是不容许有两个答案的，故科学上的事实只有一个答案。如有两个答案，必有一个错了，或者两个都错了。而不错的答案则只有一个。我要向科学求一个生死的答案，即因果的定义，因果的事实。《阿赖耶识论》稿上半年中国哲学会拿去了，并且给了我稿费，我本意是不要钱的，受稿费是表示一种契约的意思，希望把拙论早日印出来，同今世的科学家哲学家见面。而迫使我作论仍是熊十力先生。

最后我向僧人一盲"佛教漫谭"四里面的话表示一点儿抗议，即我将《阿赖耶识论》手抄本请他看，只是让他先睹为快，并没有想他另有意见向我提出的意思。这并不是我不谦虚，乃是我本不应该客气的。我曾向他戏言，我的话如果说错了，可以让你们割掉舌头。其实这也并不是我的戏言，只是说得太认真了，中国人便觉得你可笑。

（一九四七年）

体与用

　　熊十力先生屡次说着这一句话："佛氏是一个大诡辨家。"熊先生说话的感情是可以了解的，但熊先生"诡辨"两个字有很大的罪过。我今问这一句话：倘若事实真个是识投胎，不是母生子，那么我们是不是还说佛氏是一个大诡辨家呢？说他是诡辨家，无非是不知他所以"辨"之故。事实是识投胎，不是母生子，这与常识该是相差多远！要说明这个事实，乃有辨。我个人从这个"辨"格外懂得佛教，而且格外懂得孔子，因为都是中道。孔子是"瞻之在前，忽焉在后"。佛氏是"辨"。《论语》上面的话没有一句同佛教冲突的。孔子曰，未知生焉知死，未能事人焉能事鬼，这是孔子的宗教，即是救现世的宗教，佛教则是知生知死，救众生出轮回。

　　我也因为是中国人，说话喜欢切近生活的话，不喜欢诡辨，但我深知佛氏不是诡辨。我得要领地将菩萨的话集中为两句："空宗菩萨破假法，有宗菩萨说因果。""母"是假法，"树"是假法，"母"不能生正如"树"不能生，离开种子根茎枝叶花果别无什么"树"，生是"种生芽"。"树"是假法，正如"树林"是假法。"树"不能生，正如"树林"不能生。"树"无因果之可言，正如"树林"无因果之可言。要"种"与"芽"才是因果。

有许多人不明白，以为世间明明有"树"，有"树林"，更切近的说我们明明有我们的"身子"，为什么佛书上都破之呢？佛书上破身子正如破树破树林，说离开身体各部分无"身"，身是假名。我今告诉大家，佛氏不是破得好玩的，他是说明因果，即是说明生死，假法不能生，必要有体法才能生，树是假法，种与芽是有体法，是种生芽，不是树生子。是识投胎，不是母生子。故《华严经》曰"识是种子，后身是芽"。

破假法，只是说假法不能为因果，并不是说假法没有这个东西，《成唯识论》说"定有法略有三种"，其第二种为"现受用法，如瓶衣等"。这便是说假法是有的。只是这个东西无因果道理之可言。好比"树"，这个东西是有的，我们可以站在它下面乘荫，我们还可以把它拿来作器具如桌子椅子等，但实际上树同桌子椅子一样，这些东西都无"体相"，即是没有定义——你能替桌子椅子下一个定义吗？只是在吾人的生活上有受用而已。同样我们制造出来的车子飞机等等都是假法，我们可以把这些东西拿来有用处，但这些东西都无体相——你能说飞机是一个什么"物"呢？飞机就是钢铁，并不是于钢铁之外还有什么"飞机"。而飞机确有飞机的用处，不是一块钢铁的用处。就因果道理说，你如说钢铁是因飞机是果，那便错了，因为飞机就是钢铁，非因果。同样你说缕为因布为果，泥为因瓶为果，都错了。这些都无因果道理之可言，因为布就是缕，瓶就是泥。你将瓶子打破了，布撕碎了，不还是泥还是缕吗？"瓶子"，"布"，都是假法，都无体相，在因果道理之下是不能说话的，而确有其用处，布之用非缕之用，瓶之用非泥之用。那么要紧的便是一句话：要有体法才是因果，假法则是用而已。树可以乘荫，一个树林的用处不等于一棵树的用处，树与树林都与因果无关，即是树不能生，树林不能生，生是种生芽。种与芽便是有体法。那么佛氏的"诡辨"不都是破假法说因果吗？破假法说因果不正是说生死吗？他同孔子未知生焉知死的话都是宗教的感情，吾辈凡夫只有用功，不能轻置可否的。

从我上面的话可以看出来，佛教的因果是说体的，世人的因果则是说用的。这也是最得要领的一句话。冬天来了，我们说，"你为什么不冷呢？""因为穿了衣服。"或者说，"这个地方的雨量为什么大呢？""因为树林多。"这些话都是可以说的，世人平常正是这样说因果，换一句话说世人的因果是就"假法"言其"用"。若问，"这颗种子是怎么来的？"答曰，"树生的。"此则是世人之大惑不解，佛便是来觉世的。科学最懂得"定义"的意义，我代表佛教要求今世科学家给我一个因果的定义。

（一九四七年）

附　录

旧时代的教育

西方的格言，"不自由，毋宁死！"莫须有先生笑其无是处。世界的意义根本上等于地狱，大家都是来受罪的，你从那里去接受自由呢？谁又能给你以自由呢？唯有你觉悟到你是受罪，那时你才得到自由了。真理实是如此。而莫须有先生对于这个道理，最初是从小孩子受教育这件事情上面得到启示。莫须有先生每每想起他小时读书的那个学塾，那真是一座地狱了。做父母的送小孩子上学，要小孩子受教育，其为善意是绝对的，然而他们是把自己的小孩子送到黑暗的监狱里去，可是世上没有自由的地方。没有自由的地方，那我们永远是一个囚徒了，然而我们自己可以把枷锁去掉，人唯有自己可以解放，人类的圣哲正是自己解放者，自己解放然后有绝对的自由，自由正是从束缚来的，所以地狱又正是天国，人生的意义正是受罪了。唯有懂得受罪意义的人才是真正的教育家。这时才能有诚意，才能谦虚，生怕自己加罪于人，知道尊重对方，不拿自己的偏见与浅识去范围别人了。最有趣的，地狱并不一定是苦，而是乐，莫须有先生想起他小时读书的那个学塾，简直憧憬于那个黑暗的监狱了，如果要莫须有先生写一部小说，指定以这学塾的一切为题材，他可以写得一个

"奇异的乐园",世间没有那样的光明,因为世间是黑暗,而黑暗对于莫须有先生是光明了,世间没有另外的光明。所以教育并不能给小孩子以什么,教育本身便是罪行,而罪行是可以使人得到解脱的。莫须有先生最近有一篇文章,写他小时读《四书》的情形,是为江西一家报纸写的(不知为什么后来又在南京的一个杂志上转载起来了),因为那里距莫须有先生家乡甚近,他乃故意写这一篇有教育意义的文章,现在把它抄在这里,足以证明教育本身确乎是罪行,学校是监狱:

> 我自己是能不受损害的,即是说教育加害于我,而我自己反能得到自由。但我决不原谅他。我们小时所受的教育确是等于有期徒刑。我想将我小时读《四书》的心理追记下来,算得儿童的狱中日记,难为他坐井观天到底还有他的阳光哩。
>
> "子曰,视其所以,观其所由,察其所安,人焉廋哉!人焉廋哉!"我记得我读到这两句"人焉廋哉",很喜悦,其喜悦的原因有二,一是两句书等于一句(即是一句抵两句的意思),我们讨了便宜;二是我们在书房里喜欢廋人家的东西,心想就是这个"廋"字罢?
>
> 读"大车无輗,小车无軏"很喜悦,因为我们乡音车猪同音,大"猪"小"猪"很是热闹了。
>
> 读子入太庙章见两个"入太庙每事问"并写着,觉得喜悦,而且有讨便宜之意。
>
> 读"赐也尔爱其羊"觉得喜悦,心里便在那里爱羊。
>
> ……
>
> 先读"哀公问弟子孰为好学",后又读"季康子问弟子

孰为好学"，觉得喜悦，又是讨便宜之意。

读"暴虎冯河"觉得喜悦，因为有一个"冯"字，这是我的姓了。但偏不要我读"冯"，又觉得寂寞了。

读"子钓而不网"仿佛也懂得孔子钓鱼。

读"鸟之将死"觉得喜悦，因为我们捉着鸟总是死了。

读"乡人傩"喜悦，我已在别的文章里说过，① 联想到"打锣"，于是很是热闹。

读"山梁雌雉子路共之"觉得喜悦，仿佛有一种戏剧的动作，自己在那里默默地做子路。

读"小子鸣鼓而攻之"觉得喜悦，那时我们的学校是设在一个庙里，庙里常常打鼓。

读"君子之德风，小人之德草，草上之风必偃"觉得喜悦，因为我们的学校面对着城墙，城外又是一大绿洲，城上有草，绿洲又是最好的草地，那上面又都最显得有风了，所以我读书时是在那里描画风景。

读"在邦必闻，在家必闻"，"在邦必达，在家必达"，觉得好玩，又讨便宜，一句抵两句。

读樊迟问仁"子曰，举直错诸枉"句，觉得喜悦，大约以前读上论时读过"举直错诸枉"句，故而觉得便宜了一句。底下一章有两句"不仁者远矣"，又便宜了一句。

……

读"斗筲之人"觉得好玩，因为家里煮饭总用筲箕滤米。

读"子击磬于卫"觉得喜欢，因为家里祭祖总是"击

---

① "别的文章"即《打锣的故事》。——编注

磬"。又读"深则厉,浅则揭"喜欢,大约因为先生一时的高兴把意义讲给我听了,我常在城外看乡下人涉水进城,(城外有一条河)真是"深则厉,浅则揭"。

读"老而不死是为贼"喜欢。

……

读"某在斯某在斯"觉得好玩。

读"割鸡焉用牛刀"觉得好玩。

读"子路拱而立"觉得喜欢,大约以前曾有"子路共之"那个戏剧动作。底下"杀鸡为黍"更是亲切,因为家里常常杀鸡。

上下论读完读《大学》《中庸》,读《大学》读到"秦誓曰,若有一个臣……"很是喜欢,仿佛好容易读了"一个"这两个字了,我们平常说话总是说一个两个。我还记得我读"若有一个臣"时把手指向同位的朋友一指,表示"一个"了。读《中庸》"鼋鼍蛟龍魚鱉生焉",觉得这么多的难字。

读《孟子》,似乎无可记忆的,大家对于《孟子》的感情很不好,"孟子孟,打一头的洞!告子告,打一头的炮!"是一般读《孟子》的警告。我记得我读《孟子》时也有过讨便宜的欢喜,如"五亩之宅树之以桑"那么一大段文章,有两次读到,到得第二次读时,大有胜任愉快之感了。

这里完全是写实,大家看了这个记载,能不相信人生是黑暗的话吗?小孩子本来有他的世界,而大人要把他拘在监狱里了。你如说那是黑暗时代的教育,社会进步了,教育也便趋向光明。我们当然希望如此。但事实是,谁都不承认自己是黑暗,谁都自居于光明,于是人生永远是黑暗,光明是解脱。儿童教育是黑暗的极端的例子，社会也确乎是进步的，以今观昔，这里的是非简单，大家都承认旧时代的教育是虐政了。

我们从上面的记载看来，莫须有先生的儿童世界该是怎样的自由，整个的世界应该就是学校，而大人们却将小孩子与小孩子的世界隔离，不但隔离，且从而障蔽之，不但障蔽之，且从而残害之，而这颗自由种子一点没有受到损害，只是想逃脱，想躲避，我们看那读书讨便宜的心理，真不知感到怎样的同情。这颗种子了，等到要发展时便发展起来了，莫须有先生是后来在大学里读了外国书因而发展起来，最初读的是英国一位女作家的水磨的故事，[①] 莫须有先生乃忽然自己进了小学了，自己学做文章，儿童生活原来都是文章，莫须有先生从此若决江河沛然莫之能御了，从此黑暗的世界也都是光明的记忆，对于以前加害于他的，他只有伟大的同情了。莫须有先生曾经写了一篇短篇小说，题名"火神庙的和尚"，里面写一和尚同一塾师，这个塾师便是莫须有先生小时的塾师，和尚是学塾所在的那个庙里的和尚，莫须有先生与他们相处大约有四年之久，是整个的读了一部《四书》同一部《诗经》的光阴。那庙的真名字是"都天庙"，因都天庙不普遍，故换上较普遍的火神庙这个名字。莫须有先生之家，从曾祖以来，其祖，其父，其父之诸弟，莫须有先生之诸兄诸弟，都在都天庙上学。社会确是进步的，莫须有先生私自庆幸，现在小儿辈再也不入这个地狱了，名副其实的地狱。请大家读一读那篇《火神庙的和尚》，那塾师与和尚，两个鳏夫，该是怎样的变态人物，在莫须有先生的笔下则成为可怜的圣徒了。他们对于小孩子

---

① 即乔治·艾略特（George Eliot）《弗洛斯河上的磨坊》（*The Mill on the Floss*）。——编注

的影响不应等于世间的狱吏之于罪犯吗？然而对于莫须有先生只有光明，莫须有先生对于他们只有同情。人与人那里是有害的？人与人之间确乎是一个"仁"字。都天庙是半公半私的庙，香火不盛，除了"犯都天太岁"的人要来烧香而外，很少有人来烧香，所以学童们终年没有新鲜的接触，新鲜的接触是先生的儿子同先生家里的姑爷，而先生家里的姑爷同先生一样是一位塾师，而凡属塾师都是畸形人物。先生的儿子来了，学童们都非常之喜，因为看着先生同先生的儿子说话，仿佛先生也同平常人一样有口是说话的，并不专门是子曰诗云，也不专门是发号施令，开口便是叫小孩子们"读！"或者"背！"或者"回家吃饭去！"而先生同先生的儿子说话之际，学童们也可以稍为自由自由了，虽不敢大声交谈，却可以抓痒抓痒，一时各人都知道各人的痒处，身子活动活动起来了。读史书不知道皇太子的高贵，看了先生的儿子便知道皇太子的地位，应该受人的尊敬了，他没有布施而有恩惠，他不给人以喜悦而人人喜悦，他使得先生同平常的爸爸一样，大谈其家常话了，而平常总以为先生只有面孔，先生是免开尊口的。先生其实有三个儿子，幼儿是学童之一，他只是要同学巴结他，有时简直向同学勒索，同时却是替同学挨打，因为先生生气时便特别鞭打自己的儿子，头上打成了好些山峰，先生便也心痛，向大家说道："看你们心痛不心痛！"大家虽是小孩子，却也很能体贴做父亲的伤心了。所以这位学童之一的先生的儿子最代表人生的黑暗方面。先生的第二个儿子，不常来，偶尔来，其人是一个矮子，大家认为不足重轻似的，即是不注意他，先生也不同他多谈。精神上居于皇太子的地位者，是先生的长子，那时他是在九江杂货店里做伙计，后来原来是一位酒癫，先生的三个儿子结局以他的境遇为最惨，其仲与其季则在第二次世界大战之中，在沦陷于敌伪的区域里，都因经商而发财了，莫须有先生闻之也很为之喜悦，人生不仅仅是苦了，人生也有发财的欢喜了。再说先生家里的姑爷，在学童们的口中则是"先生的姑爷"，其实是先生的儿子的姑爷，此翁一来了，大家便欢喜若狂，交头接耳道："先生的姑爷来了！先生的姑爷来了！"他一来则学童们大半天精神上可以自由，虽然身体不自由，仍得呆坐在位上。他家离县城大约有十里至二十里的路程，故他到学校里来，即是到先生的家里来（因为先生另外没有家），得吃一餐饭，有半天的逗留。莫须有先生记得他是一个驼背，但在乡间，驼背并不显得是畸形，中国的农村里无论男女老少本来都是畸形。他使得莫须有先生留下了一个很好的印象，好像是在一位前辈而又是一位画家的书案上看见的画谱上的人物，即是说驼背而不显得驼背，驼背而与其道貌调和。而奇怪，莫须有先生是留了他的一个赤背的印象，因为那时是在夏天。这是莫须有先生记得清清楚楚的。先生的教坛，亦即是学生的禁闭之室，本来是设在都天庙的客堂里，是一间长方形的屋子，向东，早半天有太阳，一到盛暑时则临时迁到都天庙的正殿里去，正殿的屋子大，正向着天井，向着天井有二丈长不立墙壁，这真等于一个转地疗养，其对于莫须有先生精神上的解放，非世间的言语所能形容，莫须有先生一年中的盼望便盼望这个搬家。搬家时各人端各人的椅子，两人抬一张桌子，其为快活快活的举动是不待说的，而搬进佛殿之后，寂寞时可以观观佛像，看看钟鼓，烧香的来了又可以与烧香人的精神集会在一起，否则隔了空间便好像隔了世界，你是在那里烧香我是在这里上学了，现在则聚首一堂，人生真是可喜。而下大雨时又可以看天井的雨滴。而天井洞开又等于在露天之下，可以望见大门以外，几几乎等于身体不拘在学校里了。而"先生的姑爷"来了，其为乐也，虽南面王不与易也，那天，这位驼背翁，赤背，忽然要代替莫须有先生（其时是一学童）"换印本"，莫须有先生平常颇不喜于先生替他换印本，因为先生的字写得不好，而莫须有先生的字也写不好，现在换一个手法，而且完全离开了先生与学生的形式，等于好事者为之，等于姑妄写之，天下那里有这样好玩的事！据莫须有先生凭良心的批评（良心对不对又是一问题），"先生的姑爷"写的"印本"比先生自己写的"印本"好得多，只是莫须有先生自己的字写得依然故我，即是写得不好，因此又未免自己寂寞了。莫须有先生字虽写得不好，却有一个绝大的发现，此是使得莫须有先生喜出望外，原来世间的字句都有意义，不仅仅是白纸黑字，大家不应都是白痴了，因为此驼背翁替莫须有先生写的"印本"是这几个字：

　　一去二三里
　　烟村四五家
　　楼台六七座
　　八九十枝花

莫须有先生当下大大地换了一个读书的境界，懂得字中意义，懂得数字的有趣，正如后来在大学里读英国的莎士比亚懂得戏剧的意义了。这个换印本的故事后来在莫须有先生的一部小说里头改装了一下，① 给人翻译成英文。

　　莫须有先生常常想，他做大学生时乃是真正的做小学生，有丰富的儿童生活，学做文章，然而真正的做小学生的生活则略如

---

　　① "小说"即《桥》上篇《习字》。——编注

上述，其不加迫害于儿童者几希，而奇怪，莫须有先生丝毫未受其迫害，倘若那时有一位高明的教师，能懂得儿童心理，好好地栽培之启发之，莫须有先生长大成人是不是比现在更高明呢？莫须有先生连忙肯定这是一个无意义的假设，须知一切是事实，世间是地狱，而地狱正是天堂，一是结缚，一是解脱。没有离开黑暗的光明。而从光明说没有黑暗的存在。世界是如此。莫须有先生还想补充几句话，他是中国人，他的最大的长处，同时也是最大的短处，是他做不了八股，他作文总要有意思才作得下去，而他也总有意思，故他也总有文章，而八股则是没有意思而有文章。而上面的老师第一次教莫须有先生作文便是作八股，出的题目是"雍也可使南面义"，莫须有先生清清楚楚地记得他奉得这个题目，摊开一张纸，自己不晓得写什么，而这件事，此刻总可以断定地说，人生在世等于没有这一回事了。莫须有先生的绝对的自由是谁给的呢？世间岂不是一个觉悟吗？一旦觉悟之后，不曰坚乎磨而不磷，不曰白乎涅而不缁，而世人还不相信圣人，是世人之愚终不可救。

　　莫须有先生今天说了上面的话，简直自居于全知全能的地位，觉得世间无所用其谦让，本来只有觉与不觉，谦让有何意义呢？也无所用其勇猛，你对于黑暗不能拔它一根毫毛了。说来说去莫须有先生倒是充满了人情。他打算明天到金家寨小学去做教师，而今天早晨，他听得他的屋后，转一个土坡，在那里有一群小孩子的诵读声，正是他当年在都天庙的那个冤声，他顿时心里很沉重，知道那里有一个私塾，同时又愤怒，简直是一个革命的情绪，革命不应该从这里革起吗？连忙他想到那个私塾里去参观，这时心情完全和平了，是一个诗人的心情，一个人可以从别人的生活里拾得自己逝去的光阴似的，于是他把那个学塾的功

课，时间都估计了一番，早餐之后，忖着学童们正在伏案无事
了，是闯学的好时间，携了纯，同去拜访那个学塾。莫须有先生
所以携纯同去者，因为他觉得这是一个难得的机会，好像让纯去
读一篇小说，可喜中国的一部分的儿童将不再有受这样教育的经
验，同时正不妨有这一篇写实了。莫须有先生将入门，尚在这个
学塾的门外，不觉记起一章书，读起来便是：

　　　　子曰，谁能出不由户？何莫由斯道也！

　　于是他真正在这个门外叹息，人生为什么那么黑暗，那么不
讲道理，各自要筑起一道墙来，把人关在里面，而不知这公共应
走的路正是自由之路必由之路呢？莫须有先生深深爱好孔夫子的
言语，而其抒情则等于杨朱泣路了，而其勇往直前的精神则是墨
翟兼爱摩顶放踵利天下为之。而其人尚在塾师的户前裹足不进。
塾师则已离了塾师之席向莫须有先生行迎客之礼了，其心情则是
一个职业的威胁之感，因为此间五里之内已盛传有莫须有先生，
从前是大学教员，现在来金家寨小学教书，住在他本家的家里，
此刻门前的不速之客非此人而谁，乡间鲜有此盛德之人也，此人
如报告乡公所，报告县政府，要将这个私塾撤消，则私塾除关
门，学童除星散，塾师除失业，此外还有什么办法？听说金家寨
小学虽已成立，各年级学生，尤其是低年级，尚不足法定人数远
矣，不将私塾关门，又从那里去拉人来足数？所以莫须有先生一
进门，这位塾师便已恐慌了。而莫须有先生一看，此人是一位青
年，年不及三十，莫须有先生大失所望，因为他完全不能算是理
想中的塾师人物，莫须有先生理想中的塾师人物，以为应如小说
上所描写的，美洲独立本不算是怎样久远的事情，伊尔文笔记里

面的塾师，坐在茶馆里，戴着眼镜，捧着明日黄花的报纸一字一句地诵读，尚不失为近代史上的美谈，总之莫须有先生今日所拜访的塾师，如果一位老头儿，一位近视眼，莫须有先生以为恰如其分，莫须有先生很想在那里逗留几分钟，现实则是一位青年，而青年卑躬折节，莫须有先生啼笑皆非，国事真不足以有为矣，想逃出门而已身入重围，可谓十目所视，十手所指，一群小人儿的注意都集中在莫须有先生的身上了。莫须有先生当然能解救他们，绝对的能解救他们，而莫须有先生不能解救他们，绝对的不能解救他们！那么谁能解救他们呢？他们的父兄吗？政府吗？都有相对的可能。只有莫须有先生有绝对的可能而绝对不可能。因为莫须有先生是先知先觉，故有绝对的可能。一个人不能解救别人，故解救是绝对的不可能。莫须有先生决不承认自己是懦弱，因为懦弱故不自承为社会改革者。相反的，莫须有先生是勇者，勇于解救自己，因为勇于解救自己，故知解救别人为不可能了。莫须有先生现在的年岁，是精神的力量大而官能的效率小，老年花似雾中看，他分不清这一群小人儿的面目，但是小孩子的一群，正如我们初次见西洋人，仿佛西洋人个个的面孔都相似似的。认识这位塾师，仿佛认识中国的青年。认识站在自己身边的纯，而是认识自己的孩子的感情。他真真地为这个小孩子庆幸，深深地替他感得幸福，这个小孩子已经得救了，他的爸爸决不让他走进监狱了。连忙是一个黯然，那么这个小孩子的自由国土在那里呢？莫须有先生觉得他完全不能为力了。他可以尽做爸爸的良心，但他不能代表社会，代表国家，代表教师，甚至不能代表纯，即是一个人不能代表另一个人。连忙又很得安慰，从圣人的言语里头得之，"后生可畏，焉知来者之不如今也？"于是深深地懂得人生的意义，人生的意义是真理的示现了。当莫须有先生在这个学塾里起一个大大的心理作用时，纯也有一个小小的纳闷，他不知道这些小朋友们都坐在这里做什么。其中一位以极小极小的声音问他姓什么，做什么，他以其自然的态度回答道：

"我是冯思纯，家在城里，到乡下来避难的。"

小朋友们听了这个声音，一齐大为惊异而且喜悦，因为他们没有一个人敢于这样大声说话了，其实是说话的自然的声音，正如水里自然有鱼，以钓者不自然的眼光去看鱼，看见鱼乃惊奇了，而且喜悦了。塾师听了这个声音，惭愧无地，他觉得他不能同这个小孩子一样清清朗朗地说话了，他衷心赞美这个小孩子，他简直自暴自弃，自己认自己完全不行，除了教蒙学而外。他不知道他正是教蒙学不行了。莫须有先生听了纯的声音，也是惊异，也是喜悦，惊异者因为莫须有先生也是不自然惯了，小时也是私塾出身，没有听见过这样自然的声音，故听了而惊异，等于见猎心喜是一颗种子心；喜悦者，喜纯之善于对答，而且善于学习，他从爸爸的口中学得"避难"一字，此时乃知应用了。其实平常说话总是说"跑反"，有时爸爸说"避难"，纯简直知道选择，他今时说的完全是国语了。而那些小朋友们完全不懂得这句国语的意义，只是懂得说话的声音大，一鸣惊人了。莫须有先生连忙喝道：

"纯，不要大声说话。"

仿佛进了这个门户儿童们便应该唧唧哝哝。莫须有先生连忙又觉得自己可笑，革命决不会成功，人生都是习惯的势力了。莫须有先生进了私塾之门便默守私塾的成规了。

有一位小朋友离席走向塾师面前向塾师说一声道：

"屙尿！"

莫须有先生从旁费了好大的思索，简直是非礼而听，因为他窃听这两个字的意义了，简直是自己的昨日之事了，是学童向先生请示的口气，其完全的意义是："先生，许不许我出去屙尿呢？"塾师照例是"去！"或者点头，或者不答等于点头。

又有一位小朋友离席走向塾师面前向塾师说一声：

"屙尿！"

塾师有一点儿愁眉莫展，但点头。其所以眉愁之故，是说小儿辈多事，此刻有一位高宾在座，即大学教员资格的莫须有先生，你们要小便便各去小便可也，何须请示。

又有一位小朋友离席走向塾师面前向塾师说一声"屙尿！"于是者四，于是者五，慢慢地童子六七人都不告而去了，连纯也跟着去了，屋子里只剩有那位塾师同莫须有先生两人。莫须有先生乃清清楚楚地看得每人位上都摊着一本书，正是中国儿童的冤状，莫须有先生于是很有韩文公的愤怒，要"火其书！"革命便要从这里革起！然而莫须有先生一言不发，他简直狼狈得很，他觉得是役也，非公非私，不知所以处之，结果大败而逃了。

出门时，他四处找纯，在学塾东墙外茅房门口找着了。而学童们也都在茅房门口，老师送莫须有先生出门，一阵又都挤到茅房里去了。

于是莫须有先生同纯两人在归途之中，纯同爸爸说道：

"这许多孩子都是屙假尿——他们是做什么的呢？"

莫须有先生很难回答纯的问话，他觉得他将来要写一篇小说，描写乡村蒙学的黑暗，那时便等于答纯了。

（一九四七年）

莫须有先生教国语

　　莫须有先生现在在金家寨小学做教师了。这个小学的校长一向在故乡服务,高等师范出身,以前同莫须有先生见过面没有谈过话,那是莫须有先生在武昌做中学生时期,他则住高等师范。后来莫须有先生海内有名,他当然是知道的了,他知道莫须有先生是一位新文学家。在这回同莫须有先生认识了以后,他简直忘记了莫须有先生是新文学家,他衷心佩服莫须有先生是好小学教师,在教学上真有效果。而使得他最感愉快,认为自己用人得人,理由不是莫须有先生是好小学教师,是莫须有先生简直不像新文学家!有一天他无意中同莫须有先生说明白了,他说道:

　　"我以前总以为你是新文学家,其实并不然。"

　　他说话的神气简直自认为莫须有先生的知己了,所以莫须有先生很不便表示意见,不能否认,亦不能承认,也只好自喜,喜于柳下惠之圣和而不同而已。余校长(校长姓余)之不喜欢新文学家——其实是不喜欢新文学,新文学家他在乡间还没有见过,无从不喜欢,在另一方面攻击莫须有先生的那腐儒倒是不喜欢新文学家,因为他认莫须有先生是新文学家,他与他有利害冲突,他以为黄梅县的青年不归扬则归墨,不从莫须有先生学白话文便从他读衰了凡《钢鉴》了。腐儒不喜欢新文学家，但他这样攻击莫须有先生："我并不是不懂新文学，故我攻击他，冰心女士鲁迅文章我都读过，都是好的，但他能做什么文章呢?"这个他字是莫须有先生的代词。莫须有先生因此很动了公愤，他对于人无私怨，故是公愤。他以为读书人不应该这样卑鄙，攻击人不择手段。老秀才而攻击新文学可也，老秀才而说冰心女士鲁迅文章都是好的，是迎合青年心理也。乡间青年《鲁迅文选》《冰心文选》人手一册，都不知是那里翻印的，也不知从那里传来的空气，只知它同自来水笔一样普遍，小学生也胸前佩带一枝。总之新文学在乡间有势力了。夫新文学亦徒为有势力的文学而已耳，并不能令人心悦诚服，余校长无意间向莫须有先生说的话情见乎辞，他同莫须有先生已经很有私交，所以不打官腔，若打官腔则应恭维莫须有先生是新文学家也。若是新文学家，则彼此不能在学校共事，不能有交谈之乐也。大约新文学家都不能深入民间，都摆架子。然而莫须有先生不能投朋友之所好，他是新文学家，因为他观察得余校长喜欢韩昌黎，新文学家即别无定义，如因反抗古文而便为新文学家，则莫须有先生自认为新文学家不讳。只要使得朋友知道韩昌黎不行便行了，不拒人于千里之外，自己不鼓吹自己是新文学家亦可。所以当下莫须有先生不否认不承认该校长的话，只是觉得自己在乡间很寂寞，同此人谈谈天也很快乐，自己亦不欲使人以不乐而已。慢慢地他说一句投机取巧的话：

"我生平很喜欢庾信。"

这一来表示他不是新文学家，因为他喜欢用典故的六朝文章。这一来于他的新文学定义完全无损，因为他认庾信的文学是新文学。而最要紧的，这一来他鄙弃韩昌黎，因为他崇拜庾信。而余校长不因此不乐。此人的兴趣颇广，鲍照庾信《水浒》《红楼》都可以一读，惟独对于新文学，凭良心说，不懂得。

莫须有先生又说一句投机的话：

"我喜欢庾信是从喜欢莎士比亚来的，我觉得庾信诗赋的表现方法同莎士比亚戏剧的表现方法是一样。"

余校长是武昌高等师范英文科出身，读英文的总承认莎士比亚，故莫须有先生说此投机的话。然而莫须有先生连忙举了许多例证，加以说明，弄得朋友将信将疑了。

"我是负责任的话，我的话一点也不错，无论英国的莎士比亚，无论中国的庾子山，诗人自己好比是春天，或者秋天，于是世界便是题材，好比是各样花木，一碰到春天便开花了，所谓万紫千红总是春，或者一叶落知天下秋。我读莎士比亚，读庾子山，只认得一个诗人，处处是这个诗人自己表现，不过莎士比亚是以故事人物来表现自己，中国诗人则是以辞藻典故来表现自己，一个表现于生活，一个表现于意境。表现生活也好，表现意境也好，都可以说是用典故，因为生活不是现实生活，意境不是当前意境，都是诗人的想像。只要看莎士比亚的戏剧都是旧材料的编造，便可以见我的话不错。中国诗人与英国诗人不同，正如中国画与西洋画不同。"

人家听了他的话，虽然多不可解，但很为他的说话之诚所感动了，天下事大约是应该抱着谦虚态度，新奇之论或者是切实之言了。于是他乘虚而入，一针见血攻击韩昌黎：

"你想韩文里有什么呢？只是腔调而已。外国文学里有这样的文章吗？人家的文章里都有材料。"

余校长不能答，他确实答不出韩文里有什么来。外国文章里，以余校长之所知，确实有材料。

"我知道你喜欢韩愈的《送董邵南序》，这真是古今的笑话，这怎能算是一篇文章呢？里面没有感情，没有意思，只同唱旧戏一样装模作样。我更举一个例子你听，王安石的《读孟尝君传》，没有感情，没有意思，不能给读者一点好处，只叫人糊涂，叫人荒唐，叫人成为白痴。鸡鸣狗盗之士本来是鸡鸣狗盗之士，公子们家里所养的正是这些食客，你为什么认着一个'士'字做文章呢？可见你完全不知道什么叫做文章，你也不知道什么叫做学问，你只是无病呻吟罢了。这样的文章都是学司马迁《史记》每篇传记后面的那点儿小文章做的，须知司马迁每每是言有尽而意无穷，写完一篇传记义再写一点文章，只看《孔子世家赞》便可知道，这是第一篇佩服孔子的文章，写得很别致，有感情，有意思，而且文体也是司马迁创造的，正因为他的心里有文章。而韩愈王安石则是心里没有文章，学人家的形似摇头唱催眠调而已。我的话一点也不错。"

莫须有先生说完之后，他知道他的目的完全达到了，他觉得他胜任愉快。但事实上这样的播种子一点效果也没有，知之者不如好之者，好之者不如乐之者，余校长到底有余校长之乐，其乐尚不在乎韩文，凡属抽象问题都与快乐无关，快乐还在乎贪嗔痴，有一天余校长当面向莫须有先生承认了，因为莫须有先生这样同他说：

"先生，我觉得你这个人甚宽容，方面也很广，但我所说的话对于你一点好处没有，你别有所乐。"

"是呀！你以为我所乐是什么？我还是喜欢钱！可笑我一生也总没有发财。"

言至此，说话人确是自恨没有发财，莫须有先生很为之同情了，然而莫须有先生说话的兴会忽然中断了。余校长又悔自己失言，一时便很懊丧，莫须有先生则又鼓起勇气，人生只贵学问，所谓"十室之邑必有忠信如丘者焉，不如丘之好学也"，一切过失都没有关系，不必掩盖，便这样提起他的兴会道：

"我知道先生有一个快乐，喜欢算术难题。"

莫须有先生真个把他的乐处寻着了，于是他很是得意，这个快乐同爱钱财应该不同罢，是属于学问的，趣味的罢，总之是雅不是俗罢。而莫须有先生则又不然。莫须有先生笑道：

"先生的此快乐我也想表示反对。我看见学校编辑试验出的算术文字题都很难，我知道是先生出的，而且我看见学生算不对，先生便很高兴，证明这个题目真个是难。倘若学生做对了，我想先生心里一定有点失望，对不对？"

"是的，这个确有此情。"

"我认为这是先生教学上的大失败！倘若要我出算术题，我要忖度儿童心理，怎样他们便算得对，使他们能得到算对的欢喜。这样他们慢慢地都对了。先生则是教他们错，万一他们对了，又养成他们的好奇心，不是正当的理智的发展。再说算术文字题都与算术这个学科本身无关，完全是日常生活上的经验。算术本身只有加减乘除，亦即和差与倍，不论整数也好，小数也好，分数也好，原则一贯，而在小学生，整数的乘除他们能懂得，分数与小数的乘除每每发生疑惑。'整数是积大商小，分数小数何以积小商大呢？'这是我自己做小学生时常发生的问题，因此应用分数乘除的文字题我总做不了，即做得了亦无非记得一个死法子而已，毫无意义。我想这是发展学生理智作用的最好的练习，当教师的要使得他们懂得加减乘除的原则是一贯的，如以1为本数，本数的 2 倍，3 倍，4 倍……写在左边，本数的 1/2，1/3，1/4……写在右边，知道本数求左右是用乘法，知道左右求本数是用除法，那么学生不容易懂得道理是一个吗？即是理智是一个。没有疑惑的地方。再说，我小时算年龄问题最令我糊涂，其实我想这应该有一个简单的方法，先问学生，知道二数的倍与差求二数应该用什么方法，学生一定答曰以倍之差除二数之差，那么年龄问题正是倍差算法，用事实告诉他们这里的差是一定的，今年之差与去年之差与明年之差是一个数目，于是学生懂得算术本来简单，把经验上的事实加进去乃有许多好玩的题目，所以数学简单得有趣，事实复杂得有趣。我觉得这样才算得算术教学，练习以简驭繁。若专门出难题目，便等于猜谜，与数学的意义恰恰相反。"

这一番话余校长甚为感动，他在学校里带了六年级算术功课，从此大大的采取莫须有先生的教法了，确是很收效果。同事中还有一位先生，也想在此留个纪念。这是教务主任汪先生，其人有读书人风度，平常不大言语，不轻易同人来往，但不拘谨，而幽默。有一回，黄梅县长来校视察，战时当县长的多是军人，加之这个县长为人能干，具戡乱之才，且有戡乱之事实，威风甚大，先声夺人，人人都怕他，余校长不知为什么也怕他了，其实大可不必，而校长怕他，因之做先生的有点为难，县太爷来了，学校空气紧张起来了，余校长首先自己发现学校门口墙壁上没有"国民公约"！这是临时补写不了的！看了余校长仓皇失措，汪主任也确是发愁道：

"这真是一个大缺憾，但不是污点，没有关系。"

因为他的话空气忽然缓和了，大家都笑了，莫须有先生实在佩服他的态度，渐近自然。

余校长等于发命令，又等于哀求，觉得要做到故有命令之意，恐怕做不到故有哀求之情，他请诸位先生出大门——大约要走五十步与百步之间迎接县长。其时同人集于校政厅，将服从命令，将出校政厅，校长前行，已出门槛，汪主任次之，尚未出门槛，而汪主任忽然站在门槛以内，向校长道：

"教员等就在这里迎接县长可以。"

汪先生的话是来得那么自然，其态度是那么和平，而其面上的幽默之情近乎忧愁之色，使得余校长忽然自告奋勇，他一个人赶快迎接县长去了，留了诸位先生在校政厅。从此懦弱的余校长也同"久在樊笼里复得返自然"一样，他同县太爷谈话旁若无人了。莫须有先生真真的佩服汪主任君子爱人以德，不陷朋友于不义。以后每逢跨这校政厅的门槛便感激汪先生——感激者何？莫须有先生的传记里头没有迎接县长之污点也。两年之后，莫须有先生曾访汪先生于其家，至今尚记得那个招待的殷勤，汪先生亦曾在莫须有先生之家小酌，那时县中学恢复，余校长同莫须有先生都换到中学当教员去了，汪先生则由主任迁为金家寨小学校长。不久汪校长受了地方强豪的压迫，县政府将其校长撤职，因而忧愤成疾，战乱之中死于家，生后萧条，孤儿寡妇无以为生，莫须有先生每一念及为之凄然。

莫须有先生专任的功课是五六年级国语。照学校习惯，一门主科，是不够一个教师应教的钟点数目的，故于主科之外得任一门或两门辅科。在定功课的时候，不是汪教务主任同莫须有先生接洽，是余校长亲自同莫须有先生接洽，所以莫须有先生与汪先生相见甚晚，起初莫须有先生简直不知道学校有教务主任，以为诸事由校长一人包办。余校长替莫须有先生拟定的辅科是历史或地理，他以为这是决不成问题的，由文学家而照顾一下历史或地理有什么问题呢？太史公不就是文学家游过名山大川的吗？中国的历史不都是文学家做的吗？只不过莫须有先生是新文学家，（此时余校长尚未与莫须有先生认熟，故理想上以为如此）而逻辑卜新文学家是文学家，故新文学家小必担任历史或地理，总之余校长的意思以国文（他的国语的意思即国文）史地为一家子的事情，历任教员都是教国语兼教历史或地理，在定功课的时候他便这样同莫须有先生说明：

"我们想请先生教五六年级国语，另外教一班历史或地理。"

"历史地理我不能教。"

余校长听了这话，顿时感得新文学家真是名不虚传，即是说新文学家要摆架子，诸事要有否决权，不好惹，这么一个简单的事情为什么竟遭拒绝呢？后来莫须有先生却是替他解决了困难，因为自然一科诸教师都在谦逊之中，而莫须有先生肯担任了，他所不能教的历史地理旁人认为是一桩好交易，抢去了。这样功课表顺利地通过了，只是给余校长留了一个问号，"他肯教自然？"这个他字代表新文学家，即莫须有先生。光阴一天一天地过去了，莫须有先生之为人余校长一天一天地认识了，他懂得莫须有先生肯担任自然之故，也懂得莫须有先生不能教历史地理之故，理由均甚正确，而且关系重大，关乎一个学问的前途，关乎国家的命运，简直使余校长感到惭愧，他深知自己是一个世俗之人了，对于真理是道听途说态度，有时在莫须有先生面前学莫须有先生说话而已。

莫须有先生担任自然，因为他喜欢这门功课，即是喜欢常识。莫须有先生后来成为空前的一个大佛教徒，于儒家思想数学习惯而外便因为他喜欢常识。他喜欢常识是从他做中学生时候喜欢实验来的。他记得他旋转七色板因而呈现一个白色的轮子，在透镜的焦点上放着的纸片因而烧着了，轻养化合而成水，水分解仍是轻养，其他如观察动植物标本，对于他都有不可磨灭的印象，产生了不可度量的影响。他常说，"人生如梦"，不是说人生如梦一样是假的，是说人生如梦一样是真的，正如深山回响同你亲口说话的声音一样是物理学的真实。镜花水月你以为是假的，其实镜花水月同你拿来有功用的火一样是光学上的焦点，为什么是假的呢？你认火是真的，故镜花水月是真的。世人不知道佛教的真实，佛教的真实是示人以"相对论"。不过这个相对论是说世界是相对的，有五官世界，亦有非五官世界，五官世界的真实都可以作其他世界真实的比喻，因为都是因果法则。而世人则是绝对观非相对观，是迷信非理性，因为他们只相信五官世界，只承认五官世界的事实。须知绝对的事实便非事实，据物理学不能有此事实。物理学不能有绝对的事实，即物理学不能成立，因为"物"字是绝对的。"物"字不能成立，则"心"字成立，因为必有事实，正如不是黑暗必是光明。"心"字成立，则不能以"生"为绝对，因为世人"生"的观念是"形"的观念。"形"灭而"心"不能说是没有。"心"不能说是没有，正如"梦"不能说是没有，"梦"只是没有"形"而已。那么"死"亦只是没有"形"而已。据莫须有先生的经验，学问之道最难的是知有心而不执着物。知有心便知死生是一物，这个物便是心。于是生的道理就是死的道理，而生的事实异于死的事实，正如梦的事实异于觉，而梦是事实。莫须有先生生平用功是克己复礼，而他做中学生的时候科学实验室的习惯使得他悟得宗教，即是世界是相对的。由相对自然懂得绝对，于是莫须有先生成为空前的大乘佛教徒了。但莫须有先生教小学生常识功课，决不是传教，他具有科学与艺术的修养，只有客观没有主观了。他认他是最好的小学自然教师，得暇自己到野外去替学生找标本，却是没有一个学生肯陪同莫须有先生去，有时纯同爸爸去。

莫须有先生不肯担任地理，理由很简单，因为他不会绘图。

　　莫须有先生不肯担任历史，因为他是一个佛教徒的缘故。历史无须乎写在纸上的，写在纸上的本也正是历史，因为正是业，种瓜得瓜，种豆得豆。中国的历史最难讲，当然要懂得科学方法，最要紧的还是要有哲学眼光。中国民族产生了儒家哲学，儒家哲学可以救世界，但不能救中国，因为其恶业普遍于家族社会，其善业反无益于世道人心。孔子说"骥不称其力，称其德也"。但骥不是无力，是不称其力，儒家应以二帝三王为代表，最显明的例子莫如禹治水，禹治水以四海为壑，是何等力量！这个力量不以力称以德称。三代以下中国则无力可称，而其德乃表现在做奴隶方面。百姓奴于官，汉族奴于夷狄，这个奴隶性不是绝对的弱点，因为是求生存。夷狄征服中国之后，便来施行奴化教育，而中国民族从来没有奴化，有豪杰兴起，"黄帝子孙"最足以号召人心，以前如此，以后也永远如此，而夷狄也永远侵入中国！而夷狄之侵入中国是因为暴君来的，而暴君是儒家之徒拥护起来的，因为重君权。而暴民又正是暴君。于是中国之祸不在外患在内忧，中国国民不怕奴于夷狄，而确实是奴于政府。向夷狄求生存是生存，向政府求生存则永无民权。宋儒能懂得二帝三王的哲学，但他不能懂得二帝三王的事功，于是宋儒有功于哲学，有害于国家民族，说宋明以来中国的历史是宋儒制造的亦无不可。中国的命脉还存之于其民族精神，即求生存不做奴隶，如果说奴隶是官的奴隶不是异族的奴隶。宋儒是孔子的功臣，而他不知他迫害了这个民族精神。中国的历史都是歪曲的，歪曲的都是大家所承认的，故莫须有先生不敢为小学生讲历史，倒是喜欢向大学生讲宋儒的心性之学。

　　再说莫须有先生教国语。名义上莫须有先生教的是小学五六年级国语，应是十二岁以下的儿童，实际上则是十五岁至二十岁的大孩子不等。这些大孩子大半是在私塾里读过《四书》同《诗经》《左传》的，同时读《论说文范》，买《鲁迅文选》《冰心文选》。其平日作文则莫须有先生偶尔抽出一李姓学生在私塾里的作文本一看，开首是一篇《张良辟谷论》，这个私塾的老师便是攻击莫须有先生的那腐儒。要教这些小学生，大孩子，读国语，写国语，不是一件顺利的事，但莫须有先生他说他有把握。他把小学的国语课本从第一年级至第六年级统统搜集来一看，都是战前编的，教育部审定的，他甚是喜悦，这些课本都编的很好，社会真是进步了，女子的天足同小学生的课本是最明显的例子，就这两件事看，中国很有希望。这都是为都会上的小学生用的，对于乡村社会的小学生，对于金家寨的大孩子，则不适宜。此时，民国二十八年，教科书也没有得买，莫须有先生所搜集的都是荒货，于是莫须有先生不用教科书，由自己来选择教材了。这里莫须有先生想附带说一句话，关于中国文化是否应该全盘西化的问题，莫须有先生认为是浅识之人的问题，而中国教国语的方法则完全应学西人之教其国语，这是毫无疑问的。中国的小学教科书便是全盘西化。独是中学教科书又渐渐地走入《古文观止》的路上去了，这是很可惜的事。莫须有先生因为教小学国语而参考到中学国文教科书，于是又受了一个大大的打击，觉得世事总不能让人满足了。他虽不以他所搜集的国语教科书做教材，他却把这些战前的教科书都保存起来，各书局出版的都有，各年级的也都有，他预备将来拿此来教纯了。莫须有先生如果有珍本书，这些教科书便是莫须有先生的珍本书。纯后来果然从一年级的猫狗读到三年级的瓦特四年级的哥伦布了，而日本乃投降。莫须有先生教金家寨的大孩子到底拿什么教呢？他教"人之初"，教"子曰学而"，教"关关雎鸠"。然而首先是来一个考试。这个考试是一场翻译，教学生翻译《论语》一章。莫须有先生用粉笔将这一章书写在黑板上：

"子曰：'孰谓微生高直？或乞醯焉，乞诸其邻而与之。'"

大孩子们便一齐用黄梅县的方言质问莫须有先生，用国语替他们翻译出来是这样：

"先生，你写这个给我们看做什么呢？这是上论上面的，我们都读过。"

"你们都读过，你们知道这句话怎么讲吗？你们各人把这句话的意思用白话写在纸上，然后交给我看。"

"这样做，为什么呢？有什么用处呢？"

"你们给我看，我给你们打分数。"

大孩子是私塾出身，向来虽爱好虚荣，却无所谓得失，现在听说"打分数"，仿佛知道这是法律的赏罚，不是道义的褒贬，一齐都噤若寒蝉，低头在纸上写了，有的瞪目四面望。这使得莫须有先生甚有感触，便是，人生在世善业与恶业很难分，换一句话说，中国的儒家有时是理想，而法家是事实，即如此时做教师的要答复学生的质问，以道理来答复是没有用的，"打分数"马上便镇压下去，天下太平了。而这一个效果，对于教育的根本意义，又算不算得效果呢？可笑的，莫须有先生一旦当权，也不知不觉地做起法家来了。

孩子们的试卷，莫须有先生一个一个的看了下去，给了他甚大的修养，想起孔子"学不厌诲不倦"以及"有教无类"的话——孔子的这个精神，莫须有先生在故乡教学期间，分外地懂得，众生品类不齐，不厌不倦，正是"不亦悦乎""不亦乐乎"了。有时又曰"后生可畏"，老则不足畏。由这些孩子们写在纸上的字句，使人想到有口能说话已是人类之可贵，何况文字呢？

那么作文不能达意，同时无意可达，应不足异了。莫须有先生考虑到以后的教学方法，首先要他们有意思，即作文的内容；再要他们知道什么叫做"一个句子"。在第二次上课的时候，莫须有先生是最好的"人不知而不愠不亦君子乎"的榜样，和颜悦色，低声下气，而胸中抱着一个整个的真理的过程，这个过程便是空空如也，他以这个态度，把学生们的翻译卷一个一个的发下去了，告诉他们道：

"你们的卷子我都没有打分数，你们是第一回写白话，还不知道什么叫做一句话，慢慢地我要教给你们，等你们进步之后，我再给你们定分数。昨天的试题应该这样做：孔子说道，'谁说微生高直呢？有人向他讨一点儿醋，他自己家里没有，却要向他的邻家讨了来给人家。'"

莫须有先生把这句翻译在黑板上写了出来，班上有一个顶小的孩子发问道：

"先生，孔子的话就是这个意思吗？这不就是我们做菜要用酱油醋的醋吗？"

"是的，孔子的话就是这个意思，孔子的书上都是我们平常过日子的话，好比你是我的学生，有人向你借东西，你有这个东西就借给人，没有便说没有，这是很坦直的，为什么一定要向邻人去借来给人呢？这不反而不坦直吗？你如这样做，我必告诉你不必如此。微生高大家都说是鲁国的直人，孔子不以为然，故批评他。"

"那么孔子的话我为什么都不懂呢？"

"我刚才讲的话你不是懂得吗？孔子的话你都懂得，你长大了更懂得，只是私塾教书的先生都不懂得。我教你们做这个翻译，还不是要你们懂孔子，是告诉你们作文要写自己生活上的事情，你们在私塾里所读的《论语》正是孔子同他的学生们平常说的话作的事，同我同你们在学校里说的话作的事一样。"

莫须有先生的门弟子当中大约也有犹大，这一番话怎么的拿出去向私塾先生告密了，一时舆论大哗，在县督学面前（县督学姓陶，恰好是金家寨附近的人）对莫须有先生大肆攻击。同时有些父老，他们是相信新教育的，失了好些期待心，也便是对于大学教员莫须有先生怀疑，孔子的书上难道真个讲酱油吗？

莫须有先生第一训练学生作文要写什么。第二，知道写什么，再训练怎么写，即是如何叫做一个句子。为得要使得学生知道如何叫做一个句子，莫须有先生在黑板上写《三字经》给他们看，问他们道：

"这是什么？"

"《三字经》。"

学生有点不屑于的神气。

"那里算做一句呢？"

"人之初。"

"不对——我且问你们，‘子曰学而’算不算得一句呢？"

"子曰学而是一句。"

"不对——‘子曰学而’怎么讲呢？凡属一句话总有一个完全的意思，好比你们喜欢在人家的背上写字，我亲自看见一个人写‘我是而子’，‘而子’虽然错写了，应该是‘儿子’，然而‘我是而子’四个字有一完全的意思，字写白了，意思不错。‘子曰学而’有什么意思呢？‘子曰’是‘孔子说’，‘学’就是求学，‘而’是‘而且’，那么‘子曰学而’如果是一句，岂不是‘孔子说求学而且’吗？所以‘子曰学而’决不是一句，只是乡下先生那么读罢了，要‘子曰学而时习之’才有意义可讲，是不是？"

"是——先生，我知道，'人之初'不能算一句，要'人之初性本善'算一句。"

"是的。"

莫须有先生说着把那说话的学生一看，又是首先发问的那个顶小的孩子了。于是学生都改变了刚才不屑于《三字经》的神气，同辈中也有人听来津津有味了。

莫须有先生接着在黑板上写四个字——

关关雎鸠

连忙问他们道：

"这四个字你们读过吗？"

"读过，《诗经》第一句。"

"这四个字算得一句吗？"

学生都不敢回答了，都怕答错了。慢慢地那顶小的孩子道：

"先生，我说这四个字算得一句。"

莫须有先生连忙回答他道：

"我说这四个字算不得一句，要'关关雎鸠在河之洲'八个字才算一句。凡属一句话总有一个主词，一个谓语，好比'我说话'是一句话，'我'是主词，'说话'是谓语。'关关雎鸠在河之洲'，'雎鸠'是主词，'在河之洲'是谓语，意思是说有一雎鸠在河洲上，'关关'则是形容那个雎鸠。故单有'关关雎鸠'不能算一句话，必要'关关雎鸠在河之洲'才是一句话了。"

关于关关雎鸠不能算一句的消息传布出去之后，社会上简直以为了不得，连一位不爱说话的秀才也坚决地表示反对了，他说，"关关雎鸠不能算一句书，什么算一句书呢？世上没有这样

不说理的事情！我不怕人！你去说，关关雎鸠是一句书！"秀才
的话是向他的侄儿说的，他的侄儿在金家寨上学。莫须有先生不
暇于同人争是非，倒是因为这个句子问题默默地感得三百篇文章
好，即如"关关雎鸠在河之洲"这一句，完全像外国句法，而人
不觉其"欧化"！"在河之洲"四个字写得如何的没有障碍，清净
自然了。而"关关雎鸠"这个主词来得非常之有场面似的。莫须
有先生的城内之家，城外是一小河，是绿洲，那上面偶有小鸟，
莫须有先生想极力描写一番，觉得很费气力了。而"关关雎鸠在
河之洲"这一句话，直胜过莫须有先生的一部杰作。秀才的话，
殆亦螳臂当车耳。而最大的胜利自然还是学生的成绩，有一个学
生，由小学生后来做了大学生，他说"有朋自远方来"这个句子
写得别致；又有一个学生，也是由小学生后来做了大学生，他喜
欢陶诗"有风自南，翼彼新苗"，都是受了莫须有先生的影响了。

（一九四七年）

上回的事情没有讲完

　　莫须有先生教国语，第一要学生知道写什么，第二要怎么写，说起来是两件事，其实是一件，只要你知道写什么，你自然知道怎么写，正如光之与热。所以最要紧的还是写什么的问题。这个问题简直关乎国家民族的存亡。莫须有先生常常这样发感慨。他说这个问题重要。他说他决不是因为当了国语教员便这样说，他是有真知灼见，他不是感得他话里的意义确实他不说话了。在民国三十五年，莫须有先生尚未坐飞机出来，在黄梅县看报，有一天看得冯玉祥将军出国的消息，冯将军出国考察水利，新闻记者去访问他，问他对于中国前途的希望，冯将军说要水利有希望中国才有希望。莫须有先生当时大笑，这个答话真是幽默得可以了，莫须有先生看了三十年的报纸没有像今天开口笑过。中国人为什么都这样把国事看得若秦越之不相关呢？这样肯说官话呢？可见莫须有先生说的话都是向国人垂泣而道之，不是因为自己当了国语教员便说国语重要。他说中国人没有语言，中国人的语言是一套官话。口号与标语是官话的另一形式。他在抗战期间把黄梅县的公私文章拜读遍了，有时接到县政府的公文，有时街头无事看看县政府的告示，有时亲戚家族告状拿状子来请莫须

有先生修正修正，有时接到人家的讣文，有时接到喜帖，他说他
只好学伯夷叔齐饿死，不配作中国的国民！关于这些事情他简直
干不了。首先还不是他不肯干，而是他不能干。私的方面他不会
应酬，公的方面他不会起草。既然是读书人，你不会这些事，那
你还做什么呢？教书也不要你！真的，莫须有先生起先是在小学
教国语，不久便改了，在中学里教英语，教算学，是他知难而
退，否则就要受社会的压迫了。其实在小学教国语压迫便已来到
头上了。另外有几个学生始终跟他私读书，算是行古道，便是上
章所说的关于句子喜欢"有朋自远方来"之徒了。县政府的公文
第一句是"抗战期间"那是当然的，但件件公文都是这一句，便
显得世间的事情都没有理由，简直是不许有理由！这也便是对于
国事漠不相关。有一回莫须有先生在乡下走路，看见一家小铺子
门上贴了两行字：

石灰出卖
日本必败

乍时莫须有先生不知其意义，连忙懂得了，这家小铺子是卖石灰
的，意思是要你买他的石灰。这种人是没有国家观念的，他是开
玩笑的态度，他的目的只是卖他的石灰罢了。卖石灰本不失为他
的本分，但何必出乎本分呢？出乎本分便把国家与自己的职业分
开了，自己同自己开玩笑了。有一回看见一个小学生的草帽上写
着"抗日"两个大字，不觉微微一笑，但后来遇见的小学生，草
帽上都是"抗日"，莫须有先生便发恼了，原来小孩子都在做八
股。他们根本上不是国家的小学生，他们住小学是为得避免兵
役。因为避免兵役，故各处小学生如雨后春笋了。这意思是说，

以前小学不发达，小孩子不住学校。曾有讽刺者曰，黄梅办大学，他们也便住大学。他们的年龄本来都不小。他们不知道学校的性质，他们的父母只是要送儿子"住学校"，"住学校"便可以避兵役了。有小学便住小学。有中学便住中学。故讽刺者曰有大学便住大学了。所以从父母以至小孩都不知有国，然而他们的草帽上都写着"抗日"两个大字了。还有替小孩子起名字叫做"抗日"的，这位做父亲的是黄梅县唯一的前清进士，年近古稀，生了一个儿子更是稀奇，命名"抗日"，一时传为美谈，儿子的名字同老子的功名说起来一样的响亮了。因之有儿子命名"必胜"的，一时又传为美谈，仿佛胜利是属于他的了，等于中了状元，比进士还要高一些。莫须有先生看着大家做的事都不对，而名字都要起得对，心里便很难过，他觉得他在乡下孤独了，他是有理说不清了。名字当然要对，但最要紧的是要事做得对，做得对才有得数，正如小学生做算术题，一步一步的做对了，最后才得数，否则你的结果不错了吗？到得结果错了然后才知道错了，错了而不知道错了的理由，以为是偶然而已尔，岂知是孔子说的"罔之生也幸而免"！莫须有先生看得自己的国情不对，因之很动了一个到外国去考察的心理，尤其是想到英国去，他想人家一定是要事做得对，不是要题目对，题目是天生的，便是国家民族，各人切实做些忠于国家民族的事罢了。他很想考察英国小学生的作文，就他所读到的英语读本看来，他觉得那都很好，够得上健全二字，即是不乱说话，话都有意义，事都有理由，事是一件一件的事，不是笼统的事。思想健全正同身体健全一样，以健全的身体执干戈以卫社稷，不是很自然的事吗？中国则是昏聩，大家都没有理由，不许有理由。你说这是上头的愚民政策使之然吗？未必然。因为便是愚民也有这个嗜好。有好几次莫须有先生看了老百姓与老百姓之间告状的状子，莫须有先生十分的害怕，这虽然是读书人写的，但目不识丁者都有分，他们告状首先问请谁做状，请谁作状了便问"八个字"，这"八个字"不是算命先生问你生下地的"八个字"，而是做状先生笔下要打倒你的"八个字"，所谓"局语"是也。莫须有先生起初听错了以为是"诛语"，后来听了一位高明说是"局语"。其实真是"诛语"，惟恐一下诛你不死了。中国人没有法律，只有八股，大家都喜欢这个东西，到乡间去查考告人的状子，你如是爱国者你将不寒而栗。国无事时，自相鱼肉罢了，无奈中国偏总有外患，你如是爱国者能不抱杞忧乎？国亡了还在那里做文章！做了奴隶还正在那里高兴做文章！满清多尔衮读了奴隶们恭维天朝骂明朝的话有"人神共愤"四个字，大不懂，说道："神愤你怎么知道呢？"这是多尔衮不懂得八股。岂知"人神之所共愤，天地之所不容"，向来是好文章。莫须有先生悲愤填胸，他爱国，他教国语，举世皆浊而我独清，举世皆醉而我独醒，中国的小孩子都不知道写什么，中国的语言文字陷溺久矣，教小孩子知道写什么，中国始有希望！万一在这上面他失败了，举世攻击他了，他可以学伯夷叔齐饿死，也可以学屈大夫投江淹死，只要不拿别的空话做他死的理由，只说他是为反抗中国没有国语而死，他承认。这本来是他的匹夫之志也。要小孩子知道写什么，其实很简单，只要你自己是小孩子，你能懂得小孩子的欢喜，你便能引得他们写什么了。在这个文学革命时期，这个简单的事当然是最艰难的事，只有莫须有先生胜任愉快，他能如孟子说的"惟大人者不失其赤子之心"，他能知道小孩子。到得革命成功了，真正的儿童文学，国语课本都有了，那又不成问题，并不一定要有莫须有先生这样的人才才能教国语，凡属师范生都可以教国语，正如别个国度里的国语教学一样。莫须有先生在金家寨小学教国语，有一回出了一个"荷花"的作文题，因为他小时喜欢乡下塘里的荷花，荷叶，藕。凡属小孩子都应该喜欢，而且曾经有李笠翁关于这个题目写了一篇很好的散文，可惜被人家认为非"古文"罢了，即是说不是文章的正宗。它为什么不是文章的正宗呢？文章的正宗者，应该是可以做小孩子的模范的文章，莫须有先生认为李笠翁的《杨柳》，《竹》，《芙蕖》，是很难得的几篇模范文。莫须有先生自己的文章还近于诗，诗则有时强人之所不能，若李笠翁的《芙蕖》能说到荷叶的用处，拿到杂货店里去包东西，是训练小孩子作文的好例子，比林黛玉姑娘称赞"留得残荷听雨声"有意思多了。莫须有先生出了荷花这个题目，心里便有一种预期，不知有学生能从荷塘说到杂货店否？结果没有。莫须有先生颇寂寞。有一学生之所作，篇幅甚短，极饶意趣，他说清早起来看见荷塘里荷叶上有一小青蛙，青蛙蹲在荷叶上动也不动一动，"像羲皇时代的老百姓"。莫须有先生很佩服他的写实。不是写实不能有这样的想像了，这比陶渊明"自谓是羲皇上人"还要来得古雅而新鲜。有的学生说到荷叶间的鱼，但都没有写得好，莫须有先生乃替他们描写一番，而且讲这一首古诗歌给他们听：

> 江南可采莲，
> 莲叶何田田，
> 鱼戏莲叶间，
> 鱼戏莲叶东，
> 鱼戏莲叶西，
> 鱼戏莲叶南，
> 鱼戏莲叶北。

莫须有先生曰，"这首诗很像你们小孩子写的，我很喜欢。这样的写文章便是写实，最初看见荷叶间有一尾鱼，于是曰'鱼戏莲叶间'。接着这边也有鱼，那边也有鱼，东西南北四方都看见有鱼，于是曰'鱼戏莲叶东，鱼戏莲叶西，鱼戏莲叶南，鱼戏莲叶北。'要是你们能写这一首诗，我一定能赏识，我知道你们是写实，并不因为这是一首古诗便附会其说。你们能写吗?"台下乃答曰能写。莫须有先生很高兴了。莫须有先生谆谆教诲总是要他们写实，只要能够写实，便可上与古人齐。若唐以后的中国文章，一言以蔽之曰，是不能够写实了。有一学生喜欢捉蟋蟀，莫须有先生有一回出了一个"蟋蟀"题，他预期喜欢捉蟋蟀的学生作"蟋蟀"了，结果失望，这个学生不写自己的游戏，他写的是"过中秋"。莫须有先生在黑板上写的题目总是很多很多的，任人自由选择。莫须有先生便看他怎样写过中秋。他写的是："光阴一天一天的过去了，转瞬间又到了中秋节……"莫须有先生便替他大大的改正，而且在课堂上告诉大家，这样作文是顶要不得的，这样作文便是做题目，不是写实了。写"今天是中秋节"便可以，何须乎说"光阴一天一天的过去了"呢? 连忙问该生道：

"你不是喜欢捉蟋蟀吗?"

"喜欢。"

"你怎么不作'蟋蟀'呢?"

"那怎么作呢?"

"你怎么捉蟋蟀呢?"

"那怎么作文章呢?"

莫须有先生知道同这个学生讲话是讲不通的，最好是莫须有先生自己作一篇"蟋蟀"给他看。莫须有先生对于别的题目都感到技痒，自己真个的想写一篇，惟独对于"蟋蟀"无感情，作不出文章来，因为莫须有先生从小时便不喜欢捉蟋蟀，他只喜欢看草，看着别的小朋友在草地上捉蟋蟀，他认为那人同盲人一样在这青青河畔草上不知看些什么了。我们在以前说过，莫须有先生小时的草地是河边绿洲。奇怪，其余的学生也都没有作"蟋蟀"的，大约这个题目难作，不比捉蟋蟀容易多了。直到数年之后，纯住县城小学五年级，有一回作"蟋蟀"，莫须有先生赶忙接过来看，是写实，但写不出，只是有一句莫须有先生颇能欣赏，纯写他自己捉蟋蟀的事情，他说他捉蟋蟀同做贼一样，轻轻走到它的身边。这位国语教师是青年女子，曾经是莫须有先生的学生，她能够这样命题，莫须有先生很是喜悦，而且替纯喜悦了。

莫须有先生当时因为蟋蟀又讲到三百篇上去了，正如前次讲关关雎鸠一样，在黑板上写了这一句给学生看：

"七月在野，八月在宇，九月在户，十月蟋蟀入我床下。"

于是把这句诗讲给学生听，而且问捉蟋蟀不能作文的学生道：

"你为什么不写蟋蟀呢？"

那学生还是不能答。有一年龄最大的学生从旁答道：

"先生，这是《诗经》，不是文章。"

"你说《诗经》是什么呢？"

"《诗经》是诗，不是文。"

莫须有先生颇赞美这学生，他能知道《诗经》是诗了。于是莫须有先生告诉他道：

"作文应该同作诗一样，诗写蟋蟀，文也可以作蟋蟀。诗写'清明时节雨纷纷'，写九月九日'遥知兄弟登高处，遍插茱萸少一人'，文也可以写清明，写九月九日登高。但中国的文章里头你们读过这样的文章吗？一篇也没有读过！这原故便因为以前的文章都不是写实，而诗则还是写实的。我现在教你们作文，便同以前作诗是一样，一切的事情都可以写的。以前的文章则是一切的事情都不能写，写的都是与生活没有关系的事情。正同女人裹脚一样，不能走路，不能操作。同唱旧戏一样，不是说话是腔调，不是走路是台步，除了唱戏还有什么用处？世上那有这样说话的方法？"

莫须有先生话还没有说得尽兴，忽然又注意自己在黑板上写的一句《诗经》，于是暗自赞叹，《诗经》的句子真是欧化得可以，即是说蹩扭得可以，"七月在野，八月在宇，九月在户，十月蟋蟀入我床下"，诵起来好像是公安派，清新自然，其实是竟陵派的句法。（公安竟陵云者，中国的文体确是有容易与蹩扭之分，故戏言之。即《论语》亦属于竟陵一派。）他指着问学生道："这句话的主词是那一个字？"

全场鸦雀无声。慢慢地有一极细微的声音答着"蟋蟀"。莫须有先生很是高兴。于是又提高学生的兴会，增加大家的注意，大声说道：

"不错，这句话的主词蟋蟀，是说蟋蟀七月在野，八月在宇，九月在户，到了十月入我床下。我们这样说文章便不好。《诗经》的文章真是好得很。你们同意否？"

"同意。"

有几个学生连忙答着。接着全场欢声一片了。

有一次作文莫须有先生出的题目有"枫树"一题，阅卷时碰着"枫树"的卷子，第一句是，"我家门前有两株树，一株是枫树，还有一株，也是枫树。"莫须有先生甚喜，觉得此人将来可是一个文学家，能够将平凡的事情写得很不平凡，显出作者的个性，莫须有先生简直知道这个人一定是很蹩扭的。但碰到又一本

"枫树"卷子时，又是这样的句子："我的院子里有两株树，一株是枫树，还有一株，也是枫树。"莫须有先生便有点奇怪了，刚才的欢喜都失掉了。接着还有三本四本卷子都是如此起头，莫须有先生知道事情不妙，他们一定是抄袭，于是去翻书，结果在鲁迅的《秋夜》里有这样的句子："我的后院里有两株树，一株是枣树，还有一株，也是枣树。"莫须有先生得了这个发现时，一则以喜，一则以怒。喜者看了鲁迅的文章如闻其语，如见其人，莫须有先生很怀念他，虽然他到后来流弊甚大。怒者，怒中国的小学生比贾宝玉还要令人生厌了！夫贾宝玉并不一定讨厌，只是因为他将女人比作水做的，于是个个人崇拜女子，有些肉麻，故贾宝玉令人生厌了。光阴一天一天的过去了，转瞬间又到了发卷子的时候——话这样说，决不是模仿，凡属改作文的教师们一定同情，只有改卷子最觉得日子过得快，上一次刚完，下一次又来了。伟大的莫须有先生亦有此同感，然而莫须有先生确是不厌不倦的时候多，他见了学生总是很高兴的，出题高兴，自己总是技痒，碰得一本好卷子高兴，善如己出，碰得一本极坏极坏的卷子虽是十分的感得混饭吃无意义，一个人难于人有益，但慢慢地也惯了，人生在世是如此，反而不急急于要向人传道，还是孔子学不厌诲不倦真是可爱的态度了，于是碰了一本极坏的卷子亦等于开卷有得，是高兴的。到了发卷子的时候，特别将"枫树"提出来，大发雷霆道：

"你们为什么总是模仿呢？一个人为什么这样不能自立呢？我总是教你们写实，作文能写实，也便是自立。你们模仿鲁迅，你们知道鲁迅作文是写实吗？他家后院里确是有两株枣树，这一说我也记起那个院子了，他的《秋夜》的背景，你们糊糊涂涂的两株树的来源，我清楚的记得了。鲁迅其实是很孤独的，可惜在于爱名誉，也便是要人恭维了，本来也很可同情的，但你们不该模仿他了。他写《秋夜》时是很寂寞的，《秋夜》是一篇散文，他写散文是很随便的，不比写小说十分用心，用心故不免做作的痕迹，随便则能自然流露，他说他的院子里有两株树，再要说这两株树是什么树，一株是枣树，再想那一株也是枣树，如是他便写作文章了。本是心理的过程，而结果成为句子的不平庸，也便是他的人不平庸。然而如果要他写小说，他一定没有这样的不在乎，首先便把那个事情想清楚，即是把两株树记清楚，要来极力描写一番，何致于连树的名字都不记得呢？写起散文来，则行云流水，一切都不在意中，言之有物而已。方法是写实，具体的写自己的事情。你们只可谓之丑妇效颦而已。”

人都是虚荣心用事，学生们听了莫须有先生这番话，心想，你同鲁迅是朋友吗？至于话里的教训，反而不暇理会了。莫须有先生则确乎是思慕鲁迅，虽然他现在已经不是文学家，他是小学生的教师。

黄梅有“放猖”“送油”的风俗，莫须有先生小时顶喜欢看“放猖”，看“送油”，现在在乡下住着，这些事情真是“乐与数晨夕”了，颇想记录下来，却是少暇，因之拿来出题给学生作文，看他们能写生否，他们能将“放猖”“送油”写在纸上，国语教育可算成功了。说至此，莫须有先生想略略说及散文与小说的利弊得失——在前段谈鲁迅的文章时，莫须有先生已微露其偏袒散文之意了。他自己向来是以写小说著名，他曾经将“送油”改装了一下，写了一篇《送路灯》，即是小时看“送油”所留下的印象，因为求普遍起见故题曰“送路灯”，而在黄梅另外有“送路烛”，与“送油”是两件事。莫须有先生现在所喜欢的文学要具有教育的意义，即是喜欢散文，不喜欢小说，散文注重事实，注重生活，不求安排布置，只求写得有趣，读之可以兴观，可以群，能够多识于鸟兽草木之名更好，小说则注重情节，注重结构，因之不自然，可以见作者个人的理想，是诗，是心理，不是人情风俗。必于人情风俗方面有所记录乃多有教育的意义。最要紧的是写得自然，不在乎结构，此莫须有先生之所以喜欢散文。他简直还有心将以前所写的小说都给还原，即是不假装，事实都恢复原状，那便成了散文，不过此事已是有志未逮了。在他出"送油"与"放猖"给学生作文时，他总想自己也各写一篇，结果非不为也，是不能也。我们应同情于他，他实在太忙了，孩子们的卷子都改完，则已无余力了。作这两个题目的学生占多数，但都不能写得清楚明白，令异乡人读之如身临其境一目了然，可见文字非易事，单是知道写什么也还是不行的。小孩子都喜欢"放猖"，喜欢"送油"，然而他们写不出，他们的文字等于做手势而已。等于哑子吃黄连对你说不得。这些小门徒，徒徒苦了老师大匠莫须有先生，替他们斧削斧削，莫须有先生认为徒劳而无功也。莫须有先生发卷子时，简直生气道：

"你们的文章难道都是预备自己看的吗？难道简直没有传之天下后世的意思吗？作文是不应该要人作注解的，如果需要注解那就非自己注解不可，到得要旁人注解便不成其为文章了。你们写'送油'，首先就应该把'送油'这个风俗介绍给读者，因为别的地方未必有这个风俗，或有类似者，未必就是'送油'，你们仿佛天下后世都同你们黄梅县人一样，个个都知道清楚'送油'是怎么一回事了，完全没有一点介绍的意思，这便是自己的思想不清楚，谈不上著作。我作文向来不需要注解，若说旁人看不懂，那是旁人的事，不干我事。可笑有许多人要我替我自己的诗作注解，那简直是侮辱我了，那我岂不同你们一样了吗？"

这却有点近乎《莫须有先生传》的作风，宣传自己，莫须有先生又好笑了。《莫须有先生坐飞机以后》，则要具有教育的意义，不是为己，要为人。连忙拿着几本"送油"的卷子指示给作者们看，笑道：

"你们看，我替你们都改正了，首先是替你们作注解。"

事过数年之后，因为纯也总是喜欢看"送油"，那时纯也是莫须有先生的门徒之一，应是小学三年级生了，有一回纯也作了一篇《送油》，他的第一句文章是："我们中国，家里死了人，都举行'送油'。"莫须有先生看了大悦，这个注解虽不算完全，但纯知道注解的意义了，莫须有先生愈是知道他是经验派。

再事过数年之后，即是莫须有先生坐飞机以后，已经重来北京大学执教鞭了，莫须有先生又开始有闲作文章，乃居然写了一篇《放猖》，此事令他很愉快，好像是一种补过的快乐。这篇《放猖》同上回所说的写小时读《四书》的文章都是为南昌一家报纸写的，因为那里离莫须有先生故乡甚近，有许多旧日同学且在江西住高中，可以见得到。我们现在把这篇《放猖》完全抄在这里：

　　故乡到处有五猖庙，其规模比土地庙还要小得多，土地庙好比是一乘轿子，与之比例则五猖庙等于一个火柴匣子而已。猖神一共有五个，大约都是士兵阶级，在春秋佳日，常把他们放出去"猖"一下，所以驱疫也。"猖"的意思就是各处乱跑一阵，故做母亲的见了自己的孩子应归家时未归家，归家了乃责备他道："你在那里'猖'了回来呢？"猖神例以壮丁扮之，都是自愿的，不但自愿而已，还要拿出诚敬来"许愿"，愿做三年猖兵，即接连要扮三年。有时又由小孩子扮之,这便等于额外兵,是父母替他许愿,当了猖兵便可以没有灾难,身体健康。我当时非常之羡慕这种小猖兵,心想我家大人何以不让我也来做一个呢?猖兵赤膊,着黄布背心,这算是制服,公备的。另外谁做猖谁自己得去借一件女裤穿着,而且必须是红的。我当时跟着已报名而尚未入伍的猖兵沿家逐户借裤,因为是红裤,故必借之于青年女子,我略略知道他和她在那里说笑话了,近于讲爱情了,不避我小孩子。装束好了以后,即是黄背心,红裤,扎裹腿,草鞋,然后再来"打脸"。打脸即是画花脸,这是我最感兴趣的,看着他们打脸,羡慕已极,其中有小猖兵,更觉得天下只有他们有地位了,可以自豪了,像我这天生的,本来如此的脸面,算什么呢?打脸之后,再来"练猖",即由道士率领着在神前(在乡各村,在城各门,各有其所祀之神,不一其名)画符念咒,然后便是猖神了,他们再没有人间的自由,即是不准他们说话,一说话便要肚子痛的。这也是我最感兴趣的,人间的自由本来莫过于说话,而现在不准他们说话,没有比这个更显得他们已经是神了。他们不说话,他们已经同我们隔得很远,他们显得是神,我们是人是小孩子,我们可以淘气,可以嘻笑着逗他们,逗得他们说话,而一看他们是花脸,这其间便无可奈何似的,我们只有退避三舍了,我们简直已经不认得他们了。何况他们这时手上已经拿着叉,拿着叉郎当郎当的响,真是天兵天将的模样了。说到叉,是我小时最喜欢的武器,叉上串有几个铁轮,拿着把柄一上一下郎当着,那个声音把小孩子的什么话都说出了,便是小孩子的欢喜。我最不会做手工,我记得我曾做过叉,以吃饭的筷子做把柄,其不讲究可知,然而是我的创作了。我的叉的铁轮是在城里一个高坡上（我家住在城里）拾得的洋铁屑片剪成的。在练猖一幕之后，才是名副其实的放猖，即由一个凡人（同我们一样别无打扮，又可以自由说话，故我认他是凡人）拿了一面大锣敲着，在前面率领着，拼命地跑着，五猖在后面跟着拼命地跑着，沿家逐户地跑着，每家都得升堂入室，被爆竹欢迎着，跑进去，又跑出来，不大的工夫在乡一村在城一门家家跑遍了。我则跟在后面喝采。其实是心里羡慕，这时是羡慕天地间唯一的自由似的。羡慕他们跑，羡慕他们的花脸，羡慕他们的叉响。不觉之间仿佛又替他们寂寞——他们不说话！其实我何尝说一句话呢？然而我的世界热闹极了。

放猖的时间总在午后，到了夜间则是"游猖"，这时不是跑，是抬出神来，由五猖护着，沿村或沿街巡视一遍，灯烛辉煌，打锣打鼓还要吹喇叭，我的心里却寂寞之至，正如过年到了元夜的寂寞，因为游猖接着就是"收猖"了，今年的已经完了。

到了第二天，遇见昨日的猖兵时，我每每把他从头至脚打量一番，仿佛一朵花已经谢了，他的奇迹都到那里去了呢？尤其是看着他说话，他说话的语言太是贫穷了，远不如不说话。

莫须有先生看了自己现在的作文，自认为比以前进步些。以前是立志做着作家，现在是"行有余力则以学文"了。莫须有先生又记起当时有一姓鲁的学生写了一篇《放猖》，其描写正在放猖的一段，颇见精彩，有五猖之一的爸爸也在群众当中看放猖，背景是在野外，五个猖神，一个领带。百千万看客，拼命的跑，锣声震天地，而爸爸看见自己的儿子跌了一跤了，一时竟站脚不起来，远远地破口大骂一声：

"你这个不中用的家伙！"

更令爸爸生气的，孩子忘记自己的地位了，自己的地位是神，不能开口说话了，而他回头回答爸爸：

"我再不跑！"

群众的嘲笑，爸爸的失体面，孩子的无勇气，都给鲁生写得可以了。

莫须有先生还想附说一事，中国的国语文学是很有希望的，大家真应该努力，新文学运动初期很有一番朝气，莫须有先生为得选文给学生读，曾翻了好些初期作品看，有陈学昭的一篇《雪地里》，令人不相信中国曾经有古文了，新鲜文字如小儿初生下地了。别的文章都可以不提起，这一篇《雪地里》是应该提起的，它表示无限的希望。只可惜国事日非，而国语之事亦日非，大家都已失了诚意，在文坛上八股又已经占势力了。

（一九四八年）

图书在版编目（CIP）数据

少时读书 / 废名著；木叶编. -- 上海：上海文艺
出版社，2018（2023.3重印）
ISBN 978-7-5321-6683-1
Ⅰ.①少… Ⅱ.①废… ②木… Ⅲ.①随笔—作品集
—中国—当代 Ⅳ.①I267.1
中国版本图书馆CIP数据核字(2018)第090281号

发 行 人：毕　胜
策 划 人：黄德海　肖海鸥
责任编辑：肖海鸥
封面设计：刘谢翔

书　　名：少时读书
作　　者：废　名
编　　者：木　叶
出　　版：上海世纪出版集团　上海文艺出版社
地　　址：上海市闵行区号景路159弄A座2楼 201101
发　　行：上海文艺出版社发行中心发行
　　　　　上海市闵行区号景路159弄A座2楼206室 201101 www.ewen.co
印　　刷：上海盛通时代印刷有限公司
开　　本：880×1320 1/32
印　　张：12.75
插　　页：5
字　　数：297,000
印　　次：2018年6月第1版 2023年3月第5次印刷
I S B N：978-7-5321-6683-1/I.5328
定　　价：88.00元
告 读 者：如发现本书有质量问题请与印刷厂质量科联系　T:021-37910000